Alle Rechte, einschließlich das des vollständigen oder
auszugsweisen Nachdrucks in jeglicher Form, sind vorbehalten.

Der Preis dieses Bandes versteht sich einschließlich
der gesetzlichen Mehrwertsteuer.

Umwelthinweis:
Dieses Buch wurde auf chlor- und säurefreiem Papier gedruckt.

Die Handlung und Figuren dieses Romans sind frei erfunden.
Ähnlichkeiten mit lebenden oder verstorbenen Personen
sind nicht beabsichtigt und wären rein zufällig.

Elizabeth Heiter

Ewige Ruhe
Thriller

Aus dem Amerikanischen von
Ivonne Senn

MIRA® TASCHENBUCH
Band 25848
1. Auflage: August 2015

MIRA® TASCHENBÜCHER
erscheinen in der HarperCollins Germany GmbH,
Valentinskamp 24, 20354 Hamburg
Geschäftsführer: Thomas Beckmann

Copyright © 2015 by MIRA Taschenbuch
in der HarperCollins Germany GmbH
Deutsche Erstveröffentlichung

Titel der nordamerikanischen Originalausgabe:
Vanished
Copyright © 2015 by Elizabeth Heiter
erschienen bei: MIRA Books, Toronto

Published by arrangement with
Harlequin Enterprises II B.V./S.àr.l

Konzeption/Reihengestaltung: fredebold&partner GmbH, Köln
Umschlaggestaltung: pecher und soiron, Köln
Redaktion: Thorben Buttke
Titelabbildung: Arcangel
Autorenfoto: © Harlequin Enterprises S.A., Schweiz
Satz: GGP Media GmbH, Pößneck
Druck und Bindearbeiten: CPI books GmbH, Leck – Germany
Printed in Germany
Dieses Buch wurde auf FSC®-zertifiziertem Papier gedruckt.
ISBN 978-3-95649-196-2

www.mira-taschenbuch.de

Werden Sie Fan von MIRA Taschenbuch auf Facebook!

Dieses Buch ist meinen Großeltern in liebevoller
Erinnerung gewidmet.
Danke, dass ihr immer an mich geglaubt habt.
Ich liebe euch. Ich vermisse euch.

PROLOG

Die Mädchen liefen, einander an den Händen haltend und kichernd, durch den Garten, sich keiner Gefahr bewusst. Sie rannten schnell und schneller, bis sie das Ende des Grundstücks erreicht hatten, das gut achtzig Meter vom Haus entfernt war. Zu weit weg, als dass irgendjemand von drinnen sie hätte sehen können.

Zorn loderte in ihm, intensiv genug, um Schmerz in jede seiner Nervenzellen zu jagen. Wenn er nicht hier wäre, konnte ihnen alles Mögliche zustoßen.

Er kauerte sich tiefer in sein Versteck in dem großen, blühenden Fliederbusch und atmete tief die feuchte Sommerluft von South Carolina ein. Und wartete. Beobachtete.

Er beobachtete sie schon seit Wochen, also wusste er genau, wie viel Zeit er hatte, bevor sie zum Abendessen hineingerufen wurden.

Es war der Garten des kleinen blonden Mädchens. Cassie. Sie war ihm zuerst aufgefallen, die wippenden Zöpfe, Augen von der Farbe eines perfekten Sommerhimmels. Sie war zu unschuldig. Zu gutgläubig. Cassie hatte keine Ahnung, was die Welt für sie bereithielt.

Er wollte nicht, dass sie es jemals herausfand. Er hatte sie ausgewählt, bevor er ihre Freundin gesehen hatte.

Cassies Freundin war anders. Für ihre zwölf Jahre war sie klein. Ihre Haut hatte die Farbe von Kaffee mit einem großzügigen Schuss Sahne. Dazu moosgrüne Augen, die zu aufmerksam, zu misstrauisch schauten. Evelyn.

Evelyn war nicht die Art Mädchen, nach der er gesucht hatte, aber angesichts dessen, wie alle sie behandelten, wäre sie bei ihm besser dran. Weshalb er sie beide beobachtete, weshalb er immer noch versuchte, zu entscheiden, welche er retten sollte. Sie brauchten ihn beide. Aber welche von ihnen *konnte* er retten? Welche?

Schmerz schoss seinen Rücken herauf, eine Bandscheibe nach der anderen, bis er durch seinen Kopf tobte. Eine weitere Migräne. Vermutlich ausgelöst von dem Stress, eine Entscheidung treffen zu müssen.

Er wollte keine von ihnen zurücklassen. Aber ihm blieb keine andere Wahl. Er ging bereits ein großes Risiko ein, indem er das hier in Rose Bay tat. Noch nie zuvor hatte er sich getraut, jemanden so nah an seinem Zuhause auszukundschaften.

Cassie lachte, der Klang hallte laut durch die Luft. Die Vibration schien über seine Haut zu krabbeln, obwohl sie zehn Meter entfernt war.

„Lass uns Verstecken spielen." Cassie schloss die Augen und fing an zu zählen.

Evelyn wirbelte zu schnell herum und stieß einen Schrei aus, als sie beinahe hingefallen wäre. Er glaubte, sie würde an ihm vorbeilaufen, aber sie blieb stehen und strich mit ihren kleinen Händen über die lilafarbenen Blüten des Flieders, als überlege sie, hineinzukrabbeln und sich dort zu verstecken.

Tu es, wollte er ihr zuflüstern.

Sie beugte sich vor und linste durch die Äste. Er duckte sich noch tiefer in sein Versteck. Sie neigte den Kopf. Er machte sich bereit, sie zu schnappen, sollte sie ihn sehen.

„Mädchen!", rief Cassies Mutter. „Die Limonade ist fertig!"

Evelyn wandte sich von ihm ab und wartete auf Cassie, bevor sie Hand in Hand gemeinsam zum Haus zurückkehrten.

Sobald sie außer Sicht waren, verließ er den Busch, doch der Geruch des Flieders blieb in seiner Nase haften. Er huschte durch die hundert Jahre alten Lebenseichen im hinteren Bereich des Grundstücks und trat auf die Straße, wo sein Van wartete. Die Migräne schwoll ab, als ein friedliches Gefühl sich in ihm ausbreitete. Er hatte seine Entscheidung getroffen.

Er nahm den gleichen Weg wie in der letzten Nacht, als die ganze Stadt geschlafen hatte, achtlos ihren Kindern gegenüber, ignorant gegenüber dem, was in einem unaufmerksamen Augenblick passieren konnte. Nach heute Nacht würde keiner von ihnen je wieder so sorglos sein.

Denn heute Nacht würde sich alles verändern. Vielleicht brauchte er nur eine von ihnen, aber er konnte weder die eine noch die andere zurücklassen. Heute würden sie beide mit ihm kommen.

1. KAPITEL

Achtzehn Jahre später

Evelyn Baine konnte wie ein Mörder denken.
 Sie war sogar verdammt gut darin. Serienmörder, Feuerteufel, Bombenleger, Kindesentführer, Terroristen – sie krabbelte in ihren verdrehten Köpfen herum. Sie lernte ihre Fantasien kennen, sagte ihre nächsten Schritte voraus und jagte sie.
 Aber egal, wie viele sie erwischte, es gab immer noch mehr.
 Noch bevor sie das unauffällige Gebäude in Aquia, Virginia, betrat, in dem das FBI seine Behavioral Analysis Unit, kurz BAU, die Abteilung für Verhaltensforschung, versteckte, wusste Evelyn, dass der Stapel mit Anfragen für das Erstellen von Profilen auf ihrem Schreibtisch über Nacht gewachsen war. Das war unausweichlich.
 Sie trat durch die Eingangstür und wurde von einem kühlen Luftzug aus der Klimaanlage begrüßt, der die heiße Juniluft hinfortblies und ihr eine Gänsehaut auf den Armen verursachte. Als sie in Richtung des trostlosen grauen Großraumbüros ging, in dem auch ihr Schreibtisch stand, stieg ihr der Geruch von altem Kaffee in die Nase. Das Whiteboard neben dem Eingang zum Büro war mit der krakeligen Handschrift ihres Chefs bedeckt – Notizen zu einem Fall. Die waren gestern Abend noch nicht da gewesen, als sie Feierabend gemacht hatte.
 Die Handvoll Verbrechensanalytiker, die schon vor ihr gekommen – oder gar nicht erst nach Hause gegangen waren –, schaute sie aus blutunterlaufenen Augen mit fragendem Blick an. Dabei war es schon zwei Wochen her, dass sie die Erlaubnis erhalten hatte, wieder zur Arbeit zu kommen. Volle zwei Wochen, in denen sie sich hätten daran gewöhnen können, dass Evelyn nicht mehr der erste Agent war, der morgens kam, und der letzte, der abends ging.
 Und volle zwei Wochen für sie, um sich selbst daran zu gewöhnen. Doch es fühlte sich immer noch unnatürlich an.
 Sie schlüpfte in die vertraute Heimeligkeit ihrer Arbeitsnische, stellte ihre Aktentasche auf den Boden, hängte das Jackett über die Rückenlehne ihres Stuhls, nahm ihre SIG Sauer P228 aus dem Holster an ihrer Hüfte und legte sie in eine Schublade. Dann schaute sie auf den Aktenstapel auf ihrem Tisch. Ja, er war definitiv gewachsen. Und die Lampe an ihrem Telefon, die ihr verriet, dass neue Nachrichten auf sie warteten, blinkte hektisch.

Schuldgefühle wirbelten wie ein Sandsturm in ihr auf. Wenn sie gestern Abend noch ein paar Stunden geblieben wäre, und auch am Abend zuvor, hätte sie noch ein paar Akten durcharbeiten können. Aber sie wusste nach einem Jahr mit Zehnstundentagen an sieben Tagen der Woche, dass sich hinter ihrem Schreibtisch zu vergraben die neuen Fälle nicht weniger machen würde.

Es hielt sie nur davon ab, ein Leben außerhalb der Arbeit zu führen. Und nachdem sie beinahe von einem Serienmörder getötet worden war, von dem sie vor einem Monat ein Profil erstellt hatte, war das wichtig für sie geworden.

Also drängte sie die Schuldgefühle zurück, setzte sich auf ihren Stuhl und hörte ihren Anrufbeantworter ab. Es gab drei Anfragen bezüglich älterer Fälle, bei denen sie Täterprofile erstellt hatte, was ein ziemlich normaler Start in ihren Tag war. Sie schrieb sie auf und hörte weiter.

Der nächste Anruf kam vom Mitarbeiterunterstützungsprogramm des FBI und erinnerte sie daran, dass das FBI über Psychologen verfügte, mit denen sie über den Fall sprechen konnte, der sie beinahe umgebracht und das Leben eines anderen Agents gefordert hatte. Evelyn biss die Zähne zusammen und löschte den Anruf. Sie hatte selber ein Diplom in Psychologie und nach ihrer professionellen Meinung ging es ihr gut. Sie wollte gerade auflegen, als sie sah, dass es noch eine Nachricht gab.

„Ich suche nach Evelyn Baine." Die Stimme kam ihr vage vertraut vor, und jedes Wort vibrierte vor Anspannung. „Die Evelyn Baine aus Rose Bay. Hier ist Julie Byers, Cassies Mutter."

Was auch immer sie als Nächstes sagte, wurde von einem plötzlichen Klingeln in Evelyns Ohren übertönt. Und von einer bittersüßen Flut an Erinnerungen. Cassie, das kleine Mädchen von nebenan, das jeden Tag zum Spielen herübergekommen war, nachdem Evelyn bei ihren Großeltern eingezogen war. Das Mädchen, dem es als einzigem Menschen in der Stadt – Evelyns Großeltern eingeschlossen – egal gewesen war, dass sie nicht weiß war. Zumindest nicht ganz. Und vor achtzehn Jahren in Rose Bay war das wichtig gewesen.

Cassie war Evelyns erste echte Freundin gewesen, ein Symbol für alles, das sich durch den Umzug zu ihren Großeltern in ihrem Leben ändern sollte.

Zwei Jahre lang waren sie und Cassie unzertrennlich gewesen. Und dann, eines nachts, war Cassie aus ihrem Bett verschwunden. An ihrer statt hatte der Entführer seine Visitenkarte hinterlassen, einen makabren Kinderreim.

Cassie war nie nach Hause zurückgekehrt. Dass Julie Byers jetzt, achtzehn Jahre später, anrief, konnte nur eines bedeuten: Sie hatten sie gefunden.

In ihrer Brust baute sich Druck auf. Evelyn hatte in ihrem Jahr bei der BAU an genügend Fällen von Kindesentführung mitgearbeitet, um die Statistiken zu kennen. Nach achtzehn Jahren würde man Cassie nicht mehr lebend finden. Aber dennoch wollte sie den kleinen Funken Hoffnung in ihrem Herzen nicht löschen, der die ganze Zeit über geglimmt hatte.

Mit zitternden Händen rief Evelyn noch einmal ihren Anrufbeantworter ab und spulte zur letzten Nachricht vor, um zu hören, was Julie Byers vermutlich sagen würde. Cassie war tot.

Sie presste ihre Hände fest zusammen und lauschte der Nachricht.

„Ich suche nach Evelyn Baine. Der Evelyn Baine aus Rose Bay. Hier ist Julie Byers. Cassies Mutter."

In der Pause, die folgte, trübten Tränen ihren Blick. Ihr gesamter Körper verspannte sich, während sie darauf wartete, dass Julie Byers den Traum zerstören würde, den sie seit achtzehn Jahren träumte. Den Traum, Cassie noch einmal wiederzusehen.

„Bitte ruf mich an, Evelyn."

Sie sackte in sich zusammen und ließ den Kopf auf die Schreibtischplatte sinken.

„Evelyn?"

Sie zwang sich, sich den Schmerz nicht ansehen zu lassen, und drehte sich um. „Greg", krächzte sie.

Greg Ibsen war bei der BAU für sie das, was einem Partner am nächsten kam. Selbst wenn sie normal geklungen hätte, wäre er der Einzige im Büro, der sie vermutlich durchschaut hätte. Als er an ihren Tisch trat, sah sie Sorge in seinen Augen aufblitzen.

„Was ist passiert? Geht es dir gut?"

Sie starrte ihn an und versuchte, sich unter Kontrolle zu kriegen. Aber ihr Blick verschwamm immer wieder und ihr Herz klopfte immer noch stolpernd in ihrer Brust.

„Komm her." Greg stellte seine Aktentasche neben ihre und zog sie an ihrem Arm aus dem Stuhl.

„Einen Moment", brachte sie hervor und notierte die Telefonnummer von ihrer Nachricht.

Dann drehte sie sich um, den Blick fest auf den grellbunten Schlips geheftet, den jemand – vermutlich seine Tochter Lucy – ihm zu seinem seriösen blauen Anzug herausgesucht hatte. Greg zog sie mit sich in einen leeren Besprechungsraum.

Dort führte er sie zu einem Stuhl, schloss die Tür und lehnte sich dagegen. „Ist was nicht in Ordnung?"

Nichts war in Ordnung. Sie war zum FBI gegangen, war zur BAU gewechselt, um Cassie zu finden, aber sie hatte niemandem im Bureau von ihrer Vergangenheit erzählt. Abgesehen von Kyle McKenzie.

Kyle war ein Agent des Hostage Rescue Teams, kurz HRT, des Geiselrettungsteams des FBI. Da das HRT und die BAU eng zusammenarbeiteten, hatte sie ihn an ihrem ersten Tag in der BAU kennengelernt. Und ein ganzes Jahr lang war es ihr gelungen, seinen Flirtereien zu widerstehen, von denen sie dachte, dass sie nur ein Scherz seien. Bis vor einem Monat.

Vergangenen Monat hatte sie der Anziehung nachgegeben. Und zwischen ihnen hatte sich alles verändert. Obwohl er zu schnell zu einem Einsatz gerufen worden war, um gemeinsam herauszufinden, wohin ihre Beziehung gehen könnte, wünschte sie, er wäre hier. Wünschte, sie könnte sich an seine starke Schulter lehnen, während sie Cassies Mom zurückrief.

Aber Kyle war nicht hier. Er war irgendwo in der Nähe des Ortes, wo sie aufgewachsen war, auf einer Mission, über die sie „nichts zu wissen brauchte". Und es lag in der Natur seines Jobs, dass sie keine Ahnung hatte, wann er zurück sein würde.

Greg hatte sie ausgebildet und war ein guter Freund geworden. Er war sogar ihr Notfallkontakt, weil sie keine wirkliche Familie hatte, außer ihrer Großmutter, doch dieser Tage musste Evelyn sich um sie kümmern anstatt umgekehrt.

Vor einem Monat hätte Evelyn noch so getan, als ging es ihr gut. Sie hätte Gregs Sorgen beiseitegewischt und sich wieder an die Arbeit gemacht. Aber sie versuchte, etwas in ihrem Leben zu verändern. Also erzählte sie es ihm. „Als ich zwölf war, ist meine beste Freundin Cassie verschwunden. Sie ist nie gefunden worden." Dieser Vorfall war seit achtzehn Jahren die treibende Kraft in ihrem Leben, das Einzige, wofür sie gewillt war, alles zu opfern. „Und jetzt …"

Sie presste die Augen zusammen. Sie hatte sich immer nach einem Abschluss gesehnt, hatte immer wissen wollen, was passiert war. Aber wenn Cassie tot war, wollte sie jetzt auf einmal lieber ahnungslos bleiben.

Gregs Hand ruhte auf ihrem Arm, und als sie die Augen öffnete, hockte er neben ihr, sein Blick ruhig und mitfühlend. Der Blick von jemandem, der schon neben zu vielen Opfern gesessen und immer das Richtige zu sagen gewusst hatte.

Und vielleicht wusste er besser als jeder andere, was sie jetzt tun sollte. Er war geübt darin, Überlebende zu trösten – sein Sohn Josh hatte zugesehen, wie sein leiblicher Vater seine Mutter getötet hatte, bevor er von Greg und seiner Frau adoptiert worden war.

„Cassies Mom will, dass ich sie zurückrufe." Die nächsten Worte wollten nicht heraus, aber sie zwang sie über ihre Lippen. „Dafür kann es nur einen Grund geben. Dass sie endlich ihren Leichnam gefunden haben." Es laut auszusprechen fühlte sich an, wie ein Pflaster von einer Wunde zu reißen, das diese schon so lange bedeckte, dass es in die Haut eingewachsen war.

Trauer mischte sich in die Falten neben Gregs rehbraunen Augen. „Es tut mir so leid, Evelyn." Er drückte ihre Hand und suchte ihren Blick. „Achtzehn Jahre sind eine lange Zeit. Zu lang, als dass irgendetwas Gutes dabei herauskommen könnte."

Damit hatte er natürlich recht. Wenn Cassie noch am Leben wäre, welche Hölle hätte sie dann die letzten achtzehn Jahre durchlebt?

Eine Flut an Bildern eines Entführungsfalls, den sie in ihrem ersten Monat bei der BAU bearbeitet hatte, wirbelte durch ihren Kopf. Sie war mit an den Tatort gefahren, um die HRT-Agents zu beraten, die in das Haus des Verdächtigen eindringen wollten. Sie hatte zugesehen, wie Kyle die Tür eintrat. Sie roch immer noch das Kordit der Blendgranate, spürte immer noch die Anspannung, die letzten Reste der Hoffnung, dass sie diesen Jungen vielleicht, ganz vielleicht, noch lebendig vorfinden würden.

Sie hatte gewartet und gewartet, bis sie endlich wieder herausgekommen waren. Erst zwei HRT-Agents, die den Verdächtigen abführten – nackt, mit Handschellen gefesselt und fluchend. Dann Kyle, der den Jungen trug, der wie durch ein Wunder noch atmete. Jemand hatte eine FBI-Jacke um seinen misshandelten Körper geschlungen, doch die Qual in seinen Augen – siebenhundert Tage voller Grauen – hatte sich tief in ihre Seele gebohrt, und sie hatte es gewusst. Er war nicht mehr wirklich lebendig gewesen.

Gregs Stimme brachte sie in die Gegenwart zurück. „Du warst zu jung, als dass du Cassie hättest retten können, Evelyn. Aber sie hat dich zu uns gebracht. Und zu all den Opfern, die du nach Hause bringen konntest."

„Ich möchte nicht hören, dass es keine Hoffnung mehr gibt", gab sie zu.

„Ich weiß."

Greg ließ ihre Hand nicht los, als sie ihr Handy herausholte und es anstarrte. Sie wollte nicht anrufen.

„Du musst es hinter dich bringen. Es wird nicht leichter, und abzuwarten wird nichts ändern. Du schaffst das."

Evelyn nickte und versuchte, sich zu wappnen. Schnell wählte sie die Nummer, bevor sie es sich anders überlegen konnte. Ein feiger Teil von ihr hoffte, Julie würde nicht rangehen, doch noch vor dem zweiten Klingeln hob sie ab.

„Mrs Byers? Hier ist Evelyn Baine." Ihre Stimme klang seltsam, zu hoch und gepresst, als wäre sie gerade über den Trainingsparcours in Quantico gelaufen.

„Evelyn." Julies Stimme verriet, dass sie geweint hatte.

Das Grauen verstärkte sich, und eisige Schauer liefen Evelyn über den Rücken.

„Ich bin so froh, dass ich dich gefunden habe." Ihre Stimme wurde ruhiger. „Ich habe gehört, dass du beim FBI bist."

Woher? Evelyn hatte Rose Bay mit siebzehn verlassen, nachdem ihre Großmutter krank geworden und ihre Mom plötzlich wieder aufgetaucht war. Sie war nie zurückgekehrt und hatte seit über zehn Jahren mit niemandem mehr aus Rose Bay gesprochen.

„Ja", brachte sie hervor. Sprechen Sie weiter, wollte sie sagen, erzählen Sie mir einfach, dass Cassie tot ist.

Ein Schluchzer stieg in ihrer Kehle auf, und Evelyn presste die Kiefer zusammen, um ihn zurückzuhalten.

„Du wunderst dich vermutlich, warum ich mich nach all dieser Zeit melde ... Es geht um Cassie."

Evelyns Finger fingen an zu kribbeln, und sie merkte, dass sie Gregs Hand so fest umklammerte, dass ihrer beider Knöchel ganz weiß waren. Aber sie konnte den Griff nicht lösen.

„Man hat sie gefunden?"

„Nein. Aber ihr Entführer ist zurück."

2. KAPITEL

Der Kinderreim-Killer ist zurück.

Die Worte liefen in einer Endlosschleife durch Evelyns Kopf, so wie Gewehrfeuer nachhallte, nachdem der Schusswechsel bereits zu Ende war. Doch sie konnte ihnen keinen Sinn geben. Achtzehn Jahre des Schweigens und dann eine weitere Entführung? Das war nicht vollkommen ungewöhnlich, aber doch sehr selten.

Vor achtzehn Jahren hatte der Entführer zwei andere Mädchen aus zwei anderen Städten in South Carolina gekidnappt, bevor er Cassie entführt hatte. Ihre Leichen waren nie gefunden worden, aber die Presse hatte den Entführer den „Kinderreim-Killer" getauft.

Nachdem Cassie verschwunden war, hatte in Rose Bay Angst geherrscht. Alle hatten darauf gewartet, dass er erneut zuschlagen würde. Aber das tat er nicht. Seitdem war die Spur erkaltet. Und Evelyn hatte achtzehn Jahre auf die Gelegenheit gewartet, in dem Fall zu ermitteln. Entschlossenheit beschleunigte ihre Schritte, als sie durch das Großraumbüro zum Büro ihres Vorgesetzten ging.

„Ah, der Schwung ist zurück", sang Kendall White, als sie an seinem Schreibtisch vorbeimarschierte. „Ich wusste gleich, dass diese entspannte Haltung der letzten zwei Wochen nur Show ist", rief er ihr nach.

Sie ignorierte ihn, doch ein unbehagliches Gefühl rumorte in ihrem Magen. In ihrem Jahr bei der BAU hatte sie intensiv und ohne Unterbrechung gearbeitet. Die letzten zwei Wochen waren ihren Kollegen vermutlich unnormal vorgekommen, aber sie hatte wirklich vorgehabt, ernsthaft etwas zu verändern.

Doch dazu würde es nun nicht kommen. Nicht jetzt, wenn der Kinderreim-Killer sich neue Opfer suchte. Sie öffnete die Tür zum Büro ihres Chefs, ohne vorher anzuklopfen. „Dan, ich muss nach Rose Bay, South Carolina."

Dan Moore, der Assistant Special Agent in Charge, der die BAU leitete, hob seufzend seinen Kopf und sah sie frustriert an. „Verdammt." Dann sprach er in den Telefonhörer, den er sich ans Ohr gedrückt hielt: „Ich glaube, ich weiß, wer sie hat. Ich muss Sie zurückrufen."

Er legte auf und bellte: „Schließ die Tür."

Mist. Sie hätte klopfen sollen. Aber Dan war auch an guten Tagen nicht ihr größer Fan, also versuchte sie, sich von seiner Reaktion nicht verrückt machen zu lassen.

Als sie die Tür geschlossen hatte und sich zu ihm umdrehte, sagte er: „Das war Chief Lamar aus Rose Bay."

Erleichterung durchflutete sie. Wenn Rose Bay offiziell einen Profiler anforderte, würde es wesentlich einfacher werden, sich diesen Fall zuteilen zu lassen. „Ich kenne den Fall bereits. Ich …"

„Weil du die Akten unter Vorspiegelung falscher Tatsachen bereits angefordert hattest?", unterbrach Dan sie mit rotem Gesicht. „Chief Lamar hat angerufen, um nachzufragen, ob das FBI irgendetwas gefunden hat, seitdem wir vor einem Monat um eine Kopie der Akten gebeten haben. Ich war gerade dabei, ihm zu erklären, dass wir sie nie angefordert haben, als du hier hereingestürmt bist."

Er schlug hart auf den Tisch, was Evelyn zurückzucken ließ. „Was zum Teufel tust du da, Evelyn? Nimmst ohne das Wissen oder die Zustimmung des FBI selber Fälle an? Möchtest du dich unbedingt erneut einem Verhör durch die Interne Ermittlung unterziehen?"

Evelyn stellte sich ein wenig gerader hin und wappnete sich für einen Streit. Die Interne Ermittlung hatte sie nicht wirklich verhört, aber sie hatten sich den Fall noch einmal angeschaut, für den sie im letzten Monat ein Profil erstellt hatte, bei dem ein Agent ums Leben gekommen war und sie beinahe auch. Vor diesem Fall hatte sie nie Ärger innerhalb des Bureaus gehabt. Ihr war gar nicht in den Sinn gekommen, dass die Akte von Cassies Fall anzufordern sich negativ auf ihre Karriere auswirken könnte.

Als ihrer Grandma nach siebzehn Jahren des Schweigens herausgerutscht war, dass in der Nachricht des Mörders stand, er hätte sie auch mitgenommen, musste Evelyn es einfach mit eigenen Augen sehen. Und in der Akte hatte sie die Bestätigung gefunden, dass aus ihrer Grandma nicht die Demenz gesprochen hatte.

Vor achtzehn Jahren war es ihr irgendwie gelungen, nicht an Cassies Seite zu sterben.

Evelyn strich sich mit der Hand über die Haare, die zu ihrem üblichen makellosen strengen Knoten zusammengefasst waren. „Ich musste herausfinden, was wirklich passiert ist. Deshalb bin ich überhaupt erst zur BAU gekommen."

Dan massierte sich die Schläfen, wodurch die Haare seitlich am Kopf – der einzige Ort, wo sie noch wuchsen – in alle Richtungen abstanden. „Um *den* Fall geht es hier?"

Das hatte er nicht erkannt? Sie wusste, dass er über ihre Vergangenheit informiert war. Die beste Freundin eines Entführungsopfers und damit so eng mit dem Fall verbunden zu sein hatte sie beinahe ihre Aufnahme in die BAU gekostet. Aber offensichtlich hatte Dan sich den Fall nicht sehr genau angesehen oder die Einzelheiten vergessen. Bevor er zum Bureau gekommen war, war er Anwalt gewesen, und da er sich problemlos an Einzelheiten von Verhandlungen erinnern konnte, die vor dreißig Jahren stattgefunden hatten, nahm sie an, es handelte sich um Ersteres.

Sie hätte beinahe ihren Platz in der BAU verloren und Dan kannte nicht einmal die Fakten des Falles ... Sie unterdrückte ihren Ärger. Das war jetzt egal.

„Ja, das ist der gleiche Fall. Wenn der Täter zurück ist, bin ich die Beste, um ein Profil von ihm zu erstellen. Ich kenne den Fall und auch die betroffenen Leute."

Dan schüttelte den Kopf. „Oder du bist die schlechteste Wahl, weil du zu sehr involviert bist, um objektiv zu sein."

„Ich bin die Einzige, die ..."

„Derzeit ist ein CARD-Team vor Ort", unterbrach Dan sie in hartem, endgültigem Ton.

Das FBI hatte seine Child Abduction Rapid Deployments-Teams, Einheiten, die nach Kindesentführungen sofort entsandt wurden, überall im Land verteilt. Sie standen nicht nur schnell bereit, sondern verfügten auch über spezielle Ressourcen. Normalerweise koordinierte ein BAU-Agent das Team, entweder aus Aquia oder – häufiger – vor Ort.

Dan schob den Kiefer vor, und Evelyn spürte, dass er überlegte, ob er eine Information mit ihr teilen sollte oder nicht. Schließlich sagte er: „Vince ist in Florida. Er sollte eigentlich schon auf dem Rückweg sein, aber in seinem Fall hat es eine unerwartete Wende gegeben."

Bevor Dan ihr sagen konnte, wen er vorhatte, an Vinces Stelle zu schicken, unterbrach sie ihn. „Ich bin bereits auf dem neuesten Stand. Ich kann sofort abreisen."

Dan gab einen Laut von sich, der gut ein Lachen hätte sein können, hätte nicht so viel Frustration mitgeklungen. „Ich muss den Agent wählen, der für den Fall am besten ist, Evelyn. Und wir haben Agents hier, die wesentlich mehr Fälle von Kindesentführung bearbeitet haben als du. Agents, bei denen kein Interessenkonflikt besteht."

Evelyn machte ein paar Schritte vor und stützte ihre Hände auf Dans Schreibtisch. Sie musste ihn überzeugen. Nichts würde sie von diesem Fall fernhalten. „Es gibt niemanden – *niemanden* –, den dieser

Fall mehr interessiert als mich. Ja, Sie haben recht. Es besteht ein Interessenkonflikt. Aber vielleicht ist das genau der Grund, warum ich diesen Fall nach achtzehn Jahren lösen kann."

Sie schaute ihn an, ohne zu blinzeln, und war sich sicher, dass die Leidenschaft in ihrer Stimme und die Wahrheit ihrer Worte ihn überzeugen würden.

Doch er runzelte die Stirn, was die tiefen Falten neben seinem Mund stärker hervortreten ließ, und warf sich eine Handvoll Magentabletten in den Mund. „Evelyn, es tut mir leid. Ich kann dir den Fall nicht geben."

„Ich gehe trotzdem." Die Worte platzten einfach aus ihr heraus, und ihr Herz fing an, in einem wilden, unsteten Rhythmus zu schlagen. Ihre Arbeit bedeutete ihr alles.

Dan presste die Lippen zu einer dünnen Linie zusammen. Als er sprach, war seine Stimme leise, aber eindringlich. „Du bist gewillt, deine Karriere hierfür hinzuschmeißen? Denn wenn ich dich nicht entsende und du trotzdem gehst, wird die nachfolgende interne Untersuchung reine Formsache. Du wirst deinen Job beim Bureau verlieren."

Schmerz blitzte in ihrem Inneren auf. Sie hatte alles aufgegeben, um beim FBI zu sein. Aber nur wegen Cassie war sie überhaupt hingegangen.

„Ich muss es tun." Ihre Stimme zitterte, doch sie sprach weiter. „Was auch immer es für Konsequenzen nach sich zieht, ich kann diesem Fall nicht den Rücken kehren. Sie war meine beste Freundin." Sie ballte die Hände zu Fäusten. „Ich muss das für sie tun."

Dan sprang auf die Füße, das Gesicht zu einer wütenden Maske verzerrt. „Du bist die schlimmste Plage, die ich je in meinem Team hatte."

„Was?" Hoffnung kämpfte sich durch ihre Furcht.

„Weißt du eigentlich, was mich erwartet, wenn du das hier vermasselst? Verdammt, Evelyn. Du bist eine gute Profilerin. Ich will dich nicht verlieren. Und ich schätze es gar nicht, in diese Position gedrängt worden zu sein."

Er ließ ihr keine Möglichkeit, zu antworten, sondern zeigte nur auf die Tür. „Bring die Papiere in Ordnung. Und wenn der Fall vorbei ist und du zurückkommst, wirst du die gehorsamste Mitarbeiterin des gesamten verdammten Bureaus sein, haben wir uns verstanden?"

„Ja", stieß sie hervor. Sie wollte am liebsten um den Schreibtisch herumlaufen und Dan umarmen. Stattdessen brachte sie jedoch nur ein „Danke schön" heraus und eilte aus der Tür.

Nach dreizehn Jahren würde sie endlich nach Rose Bay zurückkehren. Und dieses Mal würde sie nicht fortgehen, ehe sie wusste, was mit Cassie geschehen war.

„Sie müssen sie nach Hause schicken."

Polizeichef Tomas Lamar schaute von den Informationen über den Kinderreim-Killer auf, die seinen Schreibtisch bedeckten. „Was?"

Jack Bullock, langjähriger Police Officer und Sohn des vorherigen Polizeichefs von Rose Bay und eine ziemliche Nervensäge, stand mit grimmiger Miene in der Tür zu seinem Büro. Hinter ihm tobte der Lärm des Reviers.

„Evelyn Baine", sagte Jack angespannt. Unter seinem Auge zuckte ein Nerv, und an seiner Stirn pochte eine Ader.

Tomas sprang auf die Füße. „Die Profilerin vom FBI ist hier?"

„Sie machen Witze." Jack starrte ihn fassungslos an. „Wissen Sie denn nicht, wer sie ist?"

Es sah so aus, als hätte Jack irgendein Problem mit der Profilerin. Der Leiter der BAU hatte Tomas erzählt, dass Evelyn ursprünglich aus Rose Bay stammte, aber er hatte den Eindruck gehabt, sie wäre mit siebzehn Jahren fortgegangen.

„Was ist, Jack?"

„Wirklich? Haben Sie die Akte überhaupt gelesen?" Jack schnaubte durch die Nase. „Sie ist in einer der verdammten Nachrichten erwähnt worden."

Tomas bedachte ihn mit einem warnenden Blick. „Nicht in diesem Ton." Dann runzelte er die Stirn. Jack hatte gute zehn Jahre weniger Erfahrung als er, aber er kannte die Stadt besser. Und Jack war bei der ursprünglichen Ermittlung vor achtzehn Jahren als junger Polizist dabei gewesen. „Wovon reden Sie da?"

Jacks Nasenflügel blähten sich, als er sich bemühte, seinen Zorn unter Kontrolle zu bringen. „Evelyn Baine. Sie war die beste Freundin von Cassie Byers. In der Nachricht des Täters stand, dass er auch Evelyn entführt hätte. Wir wussten nicht, warum er das gesagt hat, aber Evelyn ist viel zu sehr in diesen Fall verstrickt. Sie sollte nicht hier sein."

Die Frustration, die in ihm hochkochte, erhöhte die Anspannung in seinen sowieso schon bis zum Zerreißen gespannten Nerven. Als wenn er nicht genügend Probleme hätte. Eine Polizeitruppe, die er von Jacks Vater geerbt hatte und in der ihm zu viele wegen seiner Hautfarbe oder seiner Herkunft misstrauten. Ein Kindesentführer, der nach Opfern suchte. Eine verängstigte Stadt, die von ihm erwartete, ein Monster aufzuhalten, das vor achtzehn Jahren davongekommen war. „Verdammt."

Jack nickte und die Ader an seiner Stirn verschwand. „Sie schicken Sie gleich wieder nach Hause, oder? Wir haben hier schon genügend Leute vom FBI herumschleichen. Wir brauchen kein ehemaliges Opfer, das in unsere Ermittlungen hineinpfuscht."

Tomas ließ die Schultern sacken. Er hatte neunzehn Stunden auf dem Revier verbracht, angetrieben von Adrenalin und Koffein, doch mit einem Mal war er unglaublich müde. „Bitten Sie sie herein."

„Chief ..."

„Holen Sie sie einfach her, Jack."

Widerstrebend nickte Jack und verließ das Büro.

Als die Tür sich wieder öffnete, war Tomas nicht sicher, wer geschockter war, er oder die Frau, die da in ihrem korrekten Anzug und dem Dutt vor ihm stand.

Ihre Überraschung stammte vermutlich daher, dass der Chef der Polizei schwarz war, und das in einer Stadt, die in ihrer Erinnerung immer überwiegend weiß gewesen war und vorgehabt hatte, das zu bleiben.

Seine kam daher, dass er, als Jack sagte, sie wäre ein beabsichtigtes Opfer gewesen, angenommen hatte, sie wäre weiß. Und das war sie auch. Zumindest teilweise. Aber sie war auch zum Teil schwarz.

In seiner Kindheit war die Stadt Rose Bay in der Vergangenheit gefangen gewesen. Nördlich von Hilton Head und südlich von Charleston an einer kleinen Bucht gelegen, herrschte hier zum Großteil altes Geld. Die Stadt hatte ihre Armen und Ungewollten an die Ränder in der Nähe der Sümpfe gedrängt. In Rose Bay hatte beinahe vollständige Rassentrennung geherrscht.

Tomas hatte seine Kindheit in den Sümpfen verbracht, aber als der Kinderreim-Killer das erste Mal zuschlug, war er schon längst fort gewesen. Trotzdem wusste er, dass die Einstellung damals nicht sonderlich anders gewesen war als zu seiner Zeit.

Er musterte Evelyn neugierig. Ihre hellbraune Haut war so anders als die von den Mädchen auf den Bildern, die er in den letzten Stunden betrachtet hatte. Alle Opfer des Kinderreim-Killers waren weiß gewesen. Aber wenn Evelyn auch ein Opfer hätte sein sollen ...

Grauen schlug wie eine Flutwelle über ihm zusammen. Er hatte seinen drei Söhnen bereits eingeimpft, dass die Jüngste – seine einzige Tochter, die genau der Altersgruppe des Täters entsprach – nirgendwo alleine hingehen durfte. Sobald er mit der Profilerin gesprochen hatte, würde er zu Hause anrufen, um sicherzugehen, dass sie seinen Befehl befolgten.

Er schüttelte kurz den Kopf, um seine Gedanken zu klären, und streckte dann die Hand aus. „Agent Baine. Ich bin Polizeichef Tomas Lamar. Danke, dass Sie gekommen sind."

Sie legte ihre winzige Hand in seine, und er schüttelte sie kurz und vorsichtig. „Als ich mit Dan Moore gesprochen habe, hat er Ihre persönliche Verbindung zu diesem Fall gar nicht erwähnt."

Evelyn ließ die blaue FBI-Tasche, die beinahe so groß wie sie war, von der Schulter auf den Boden rutschen. Dann stellte sie ihre Aktentasche daneben, setzte sich und öffnete ihr Jackett, wodurch die Waffe an ihrer Hüfte sichtbar wurde.

Er musste kein Profiler sein, um diese Geste deuten zu können. Sie sagte ihm, dass sie nicht gehen würde, egal, was er von ihrer persönlichen Verbindung halten mochte. „Entspannen Sie sich, Agent Baine. Ich bin nicht begeistert, das von meinen Officers zu erfahren, aber ich nehme alle Hilfe, die ich kriegen kann. Und ich denke, die Tatsache, dass Sie die Fallakte vor einem Monat angefordert haben, bedeutete, dass Sie entschlossen sind, uns zu helfen, diesen Hundesohn zu schnappen."

Ihre Schultern entspannten sich ein wenig, genau wie der strenge Zug um ihren Mund. Aber die Intensität ihres Blickes blieb, als sie sagte: „Dieses Mal wird er nicht davonkommen."

Er hoffte bei Gott, dass sie recht hatte. Brittany Douglas wurde seit dreizehn Stunden vermisst. Und für ihn war das Ergreifen des Kinderreim-Killers nur ein Erfolg, wenn es ihnen auch gelang, Brittany lebendig nach Hause zu bringen.

Er ließ sich auf seinen Stuhl sinken und konnte nicht verhindern, dass seine Schultern ein wenig hinuntersackten, als er einen Schluck von dem Kaffee trank, der schon vor einer Stunde kalt geworden war. „Sagen Sie es mir geradeheraus, Agent Baine. Ist es schon zu spät?"

Sie beugte sich vor und sah ihn aus ihren meergrünen Augen an. „Das kann ich Ihnen nicht sagen. Noch nicht. Nicht einmal, nachdem ich mir den Fall noch einmal angesehen habe – nicht mit hundertprozentiger Sicherheit. Die aber brauchen Sie, um all die Suchmannschaften abzuziehen, die ich bei meiner Ankunft gesehen habe. Aber ich muss Brittanys Akte sehen. Alles, was Sie haben. Und die von vor achtzehn Jahren ebenfalls. Dann kann ich Ihnen ein Profil erstellen, nach wem wir suchen müssen. Manchmal kann man in das Gehirn des Täters schauen, wenn man die Schritte der Opfer nachvollzieht. Denn wenn Sie ihn finden, finden Sie auch Brittany."

Tomas nickte schnell. Der Schimmer der Hoffnung, der sich in den vergangenen Stunden geweigert hatte, zu verschwinden, wurde ein wenig stärker. „Ich habe mit dem Entführungsteam gesprochen, das das FBI geschickt hat. Sie sagten, sie wüssten, dass Sie kommen." Das CARD-Team des FBI war schnell eingetroffen, hatte ein Lagezentrum im Konferenzraum des Reviers aufgebaut und sich sofort an die Arbeit gemacht. Aber bislang wussten sie immer noch nicht, wo Brittany war. Vielleicht würde ein Profiler das ändern können.

„Das CARD-Team hat einen Arbeitsplatz für Sie in ihrem Lagezentrum. Dort finden Sie alles, was Sie benötigen. Aber lassen Sie mich Ihnen kurz die Eckdaten geben."

„Gerne." Sie holte einen Stift und einen Block heraus.

„Brittany Douglas verschwand gestern Abend aus ihrem Vorgarten. Ihre Mutter war im Haus, als es passierte. Sie hat die Entführung nicht gesehen, sagte aber, dass sie regelmäßig aus dem Fenster geschaut habe, sodass es ein ziemlich kleines Zeitfenster gibt, in dem er sie geschnappt haben muss. Ungefähr gegen einundzwanzig Uhr dreißig war Brittany noch nicht reingekommen, also ist ihre Mutter nach draußen gegangen – und hat einen Kinderreim gefunden." Sobald sie den gesehen hatten, waren alle altgedienten Polizisten blass geworden.

„Nur ein Kinderreim?" Evelyn sprach mit fester Stimme, doch ihre angespannte Körperhaltung verriet sie.

Vor achtzehn Jahren hatten die Medien Wind davon bekommen, dass der Entführer an den Tatorten Kinderreime hinterließ. Daher stammte sein Spitzname. Aber was die Medien nicht wussten, war, dass der Täter die Reime verändert hatte. „Eine verdrehte Version eines Kinderreims, um genau zu sein", fügte er an.

Evelyn stieß hörbar den Atem aus. „Genau wie früher."

„Es ist der gleiche Täter wie vor achtzehn Jahren, oder?"

„Das weiß ich noch nicht. Ich muss erst alle Nachrichten analysieren. Ich habe einen Teil der Originalakte gelesen, aber um ehrlich zu sein, nicht alles." Sie senkte den Blick und kämpfte offensichtlich mit sich. Dann sagte sie: „Ich habe nur die Nachricht gelesen, die in Cassies Haus gefunden wurde."

Die Nachricht, in der sie erwähnt worden war. Das gefiel Tomas zwar nicht, aber er verstand es. „Okay. Nun können Sie sie alle lesen."

Und nachdem Sie die Akten durchgearbeitet haben, können Sie mir sagen, ob wir es hier mit einem Nachahmungstäter zu tun haben?"

Bitte, bitte lass es einen Nachahmungstäter sein, flehte Tomas innerlich. Ein entführtes Kind war schlimm genug. Aber der Kinderreim-Killer hatte vor achtzehn Jahren nicht den Hauch eines verwertbaren Beweises hinterlassen. Tomas hatte die alten Akten ausgiebig genug studiert, um zu wissen, dass es nie eine vielversprechende Spur gegeben hatte. Der Täter war wie ein Geist.

Wenn er zurück war, fürchtete Tomas, dass es dieses Mal nicht anders wäre. Egal, wie viele FBI-Agents mit ihren Datenbanken und Mannschaften und spezialisierten Ausrüstungen in Rose Bay auftauchten.

„Ja", versprach Evelyn. „Geben Sie mir ein paar Stunden, dann sollte ich Ihnen sagen können, ob es sich um die gleiche Person handelt."

Ein paar Stunden. Das Gewicht, das auf Tomas' Brust lag, schien noch schwerer zu werden. Er wünschte, er hätte die leitende Agentin des CARD-Teams vorhin nicht gefragt, wie Brittanys Chancen standen. Und er wünschte, sie hätte ihm nicht gesagt, dass die meisten Entführungsopfer, die später tot gefunden wurden, innerhalb der ersten drei Stunden nach der Entführung gestorben waren.

War es bereits zu spät?

Das Lagezentrum des CARD-Teams im hinteren Bereich des Reviers hatte die Größe von Evelyns Büro zu Hause. Tische waren in den Raum geschoben worden und nun von Laptops, Akten und Fotos bedeckt. Aktentaschen und FBI-Reisetaschen lagen unter den Tischen und in den Gängen. In einer Ecke lag sogar ein Bluthund und schlief – Evelyn vermutete, dass er wohl zur Hundestaffel des FBI gehörte.

Irgendwann musste es in diesem Raum von Agents und Officers gewimmelt haben, aber jetzt lag er beinahe verlassen da. Nur ein weiblicher Agent war dort und versuchte, das Stimmengewirr aus dem vorderen Teil des Reviers zu ignorieren. Sie wirbelte in ihrem Stuhl herum und sprang auf, als Evelyn eintrat. Alles an ihr verriet, dass sie hier die Leitung hatte – von den Falten auf ihrer Stirn bis zu ihrem geschäftsmäßigen Schritt, mit dem sie auf Evelyn zukam und ihr die Hand entgegenstreckte.

Sie schüttelte Evelyns Hand energisch, sodass ihre Locken, die zu einem Pferdeschwanz zusammengebunden waren, hüpften. Die Worte sprudelten in einem von Koffein getriebenen Rausch aus ihrem Mund.

„Ich bin Carly Sanchez, die leitende Agentin. Wir haben den Anruf vor ungefähr zehn Stunden erhalten und sind seit sieben Stunden hier vor Ort."

„Ich bin Evelyn Baine. Tomas hat Ihnen gesagt, dass ich auf dem Weg bin?"

„Ja. Wir brauchen Ihre Hilfe."

„Wie weit sind Sie gekommen?" Evelyn war heiß in dem kleinen Raum. Die kühle Luft aus der Klimaanlage, die durch die Lüftungsschlitze in der Decke hereinströmte, schaffte es nicht, die Wärme zu vertreiben, die durch die frühsommerliche Hitze South Carolinas und die vielen Computer verursacht wurde.

„Wir haben die Aussagen der Eltern aufgenommen, uns einen Überblick über Brittanys Tagesablauf verschafft, mögliche Personen ausfindig gemacht, die einen Groll gegen die Familie hegen könnten, solche Sachen. Die meisten Leute aus meinem Team sind draußen und befragen die Anwohner. Wir versammeln uns wieder hier, sobald Sie bereit sind, uns Ihr Profil zu präsentieren."

„Okay."

„Das in der Ecke da ist Cody." Sie zeigte auf den Bluthund. „Er ist kurz vor Ihnen gekommen. Sein Hundeführer wird gleich wieder da sein, dann gehen sie rüber zu Brittany Douglas' Haus. Cody ist auf menschliche Gerüche trainiert."

Nun, das wollte Evelyn hoffen, denn es gab auch Hunde, die für das Aufspüren von Leichen ausgebildet waren. „Gibt es schon irgendwelche vielversprechenden Hinweise?" Evelyn schob ihre Tasche höher auf die Schulter und schaute zu Carly auf, die gute zwanzig Zentimeter größer war als sie.

Um Carlys Lippen zuckte es, und Evelyn sah Frustration in ihren Zügen, aber noch keine Niederlage. Es gab zehn CARD-Teams im ganzen Land, die bereit waren, sofort aufzubrechen, sobald ein Kind entführt worden war, um die örtlichen Polizeibehörden zu unterstützen. Wenn es sich um eine Entführung durch ein Elternteil handelte, waren die Chancen, das Kind aufzuspüren, gut. Aber in allen anderen Fällen sprachen die Statistiken eine grausame Sprache. Jeder, der sich entschied, in einem CARD-Team zu arbeiten, musste entweder unfassbar optimistisch oder unglaublich abgehärtet sein.

Vermutlich konnte man dasselbe für die Mitarbeiter der BAU sagen. Und Evelyn wusste nur zu gut, zu welcher Kategorie sie zählte.

„Wir haben nicht viel", sagte Carly. „Brittany lebte in der High Street. Kennen Sie die noch?"

Evelyn nickte. Das war nur ein paar Straßen von dort entfernt, wo sie von ihrem zehnten bis zum siebzehnten Lebensjahr mit ihren Großeltern gewohnt hatte. Wenn sich in den letzten dreizehn Jahren nichts verändert hatte, lagen die großen Häuser weit auseinander, die Nachbarn waren höflich, standen einander aber nicht nahe, und die Gärten waren so angelegt, dass jeder größtmögliche Privatsphäre hatte.

„Dann wird es Sie vermutlich nicht überraschen, dass es keine Zeugen gibt. Ich habe ein Team aus sieben Leuten hier und jedem ist ein Officer zugeteilt. Einer meiner Agents geht die örtlichen Sexualstraftäter durch und fünf befragen die Nachbarn. Wir hatten gehofft, wenigstens eine Fahrzeugbeschreibung zu bekommen, aber bisher haben wir nicht einmal das."

„Wie sieht es mit verwertbaren Spuren aus?"

Carly zuckte mit den Schultern und schob die Ärmel ihres Nadelstreifenanzugs hoch. „Unwahrscheinlich. Die Nachricht wurde an Brittanys Fahrrad geklebt. Wir haben sie auf Fingerabdrücke untersucht, aber nur die von Brittanys Mutter darauf gefunden. Wir untersuchen auch das Fahrrad, aber ich bezweifle, dass wir etwas finden werden."

Evelyn versuchte, ihre Enttäuschung zu unterdrücken. Sie hatte so etwas erwartet. Vor achtzehn Jahren war sie zu jung gewesen, als dass man ihr viel über die Ermittlungen erzählt hätte, aber anhand der Mienen ihrer Großeltern hatte sie verstanden, dass die Beweislage dürftig war. Und als die Tage zu Jahren wurden, war die Hoffnung noch dürftiger geworden.

Sie schwor sich, dass es dieses Mal anders sein würde. „Welches ist mein Arbeitsplatz?" Sie hob die Stimme, um das Geplapper aus dem vorderen Bereich zu übertönen, das immer lauter wurde. Die Leute glaubten, wenn ein Kind vermisst wurde, wäre es auf einem Polizeirevier leer, aber normalerweise war es voller als sonst mit Polizisten, die die Hotline bedienten und die Sondereinheiten koordinierten. Mit Zivilisten, die verdächtige Vorgänge meldeten, Antworten verlangten und anboten, sich den Suchmannschaften anzuschließen. „Ich würde mich gerne an die Arbeit machen."

Carly deutete auf einen Platz am Ende der Tischreihe, auf dem bereits mehrere Kartons standen. „Gleich dort. Brittanys Akte liegt obenauf. Und in den Kisten finden Sie Kopien der Akten von vor achtzehn Jahren. Haben Sie die schon gesehen?" Sie sah Evelyn fragend an und verriet ihr damit, dass sie ihre Geschichte kannte.

Evelyn schüttelte den Kopf und ging zu ihrem Platz. Ein scharfer Pfiff ließ sie herumwirbeln.

Der Bluthund sprang auf und folgte seinem Hundeführer aus dem Raum, während ein paar Polizisten hereinkamen, um Carly auf den neuesten Stand zu bringen.

Evelyn ließ ihre Tasche auf den Boden fallen und quetschte sich am Tisch vorbei, um einen besseren Blick in die Kartons werfen zu können. Sie versuchte, den ansteigenden Lärmpegel zu ignorieren, den die ein und aus gehenden Polizisten verursachten, aber es war schon ein großer Unterschied zu der Friedhofsstille, die normalerweise im Büro der BAU herrschte.

Sie klappte einen Deckel auf und schaute in eine der Kisten. Zuoberst lagen ein paar Fotos. Das erste zeigte eine abgeliebte und schmutzbedeckte Puppe auf dem Rasen, daneben eine Nummerntafel.

Matilda. Der Name von Cassies Puppe fiel Evelyn sofort wieder ein, als sie das Bild sah.

Evelyn klappte den Deckel zu. Sie spürte, dass Carly sie ansah, hob aber nicht den Blick. Sie konnte das hier. Dan irrte sich, wenn er glaubte, sie stünde dem Fall zu nah, um ihn ordentlich analysieren zu können.

Sie hatte nur nicht erwartet, Cassies Spielzeug zu sehen. Als sie vor einem Monat eine Kopie der Akte angefordert hatte, war es ihr hauptsächlich darum gegangen, die Nachricht zu lesen, die auf Cassies Bett hinterlassen worden war. Die Liste der Beweismittel hatte sie nicht angeschaut. Deshalb hatte sie nicht gewusst, dass Cassies Puppe gefunden worden war. Sie hatte nur gewusst, dass man Cassie nicht gefunden hatte.

Sie wappnete sich innerlich und öffnete den Karton erneut, doch ihre Hände zitterten. Sie musste das hier in Ruhe tun, nicht inmitten des im Revier herrschenden Chaos.

Sie klemmte sich die Kiste unter den Arm und ging zur Tür. So normal wie möglich sagte sie zu Carly: „Ich suche mir eine ruhige Ecke, in der ich arbeiten kann."

Dann sah sie auf ihre Uhr und runzelte die Stirn. „In drei Stunden bin ich mit einem Profil zurück." Das war nicht wirklich genügend Zeit, aber Brittany wurde bereits seit dreizehn Stunden vermisst, und nach vierundzwanzig Stunden sanken ihre Chancen noch einmal dramatisch. Sie alle mussten sich beeilen.

3. KAPITEL

Evelyn nahm die drei Kartons mit Beweismitteln aus dem Kofferraum ihres Wagens und klemmte sie unter ihr Kinn. Ihre Reisetasche schwang bei jedem Schritt und ihre Aktentasche baumelte gefährlich an ihrer rechten Hand. Ihre Oberschenkel stießen gegen die Kartons, als sie zum Hotel eilte.

Normalerweise würden die Akten das Polizeirevier nicht verlassen, denn es handelte sich nicht länger um inaktive Fälle. Aber es waren nur Kopien, und sie hatte Tomas versprochen, sie nicht aus den Augen zu lassen, bis sie in drei Stunden aufs Revier zurückkehren würde.

Das Hotel lag ein paar Meilen vom Revier entfernt am Rande der Stadt. Es wurde von einem dichten Wald aus Lebenseichen, die mit Spanischem Moos bewachsen waren, von der Straße abgeschirmt. Vor hundertfünfzig Jahren war das hier eine Plantage gewesen. Als Evelyn noch in Rose Bay gewohnt hatte, gab es hier ein kleines Bed & Breakfast. Doch die Stadt war gewachsen, sowohl was die Einwohnerzahl als auch was die Touristen betraf. Als Ergebnis gab es, zumindest in den Teilen der Stadt, die sie bisher gesehen hatte, mehr Bars, Restaurants und Hotels.

Es fühlte sich surreal an, zurück zu sein. Sie erwartete ständig, um eine Ecke zu biegen und ihre Großeltern zu sehen. Oder Cassie.

Aber ihr Grandpa war seit fünfzehn Jahren tot, und ihre Grandma wohnte jetzt in einem Seniorenheim in Virginia, ganz in der Nähe von Evelyn. Und Cassie … Ob Cassie tot war oder noch lebte, Evelyn würde endlich erfahren, wo sie die ganzen Jahre gewesen war.

Greg hatte sich um ihre Flug- und Hotelreservierungen gekümmert, während sie zum Flughafen geeilt und in den ersten Flieger nach South Carolina gestiegen war. Die Reisetasche, die ihr jetzt schwer über der Schulter hing, hatte wie immer bereits gepackt im Kofferraum ihres Wagens gelegen.

Sie verlagerte die Kisten ein wenig, womit sie ihr die Sicht versperrten, und drückte die Tür auf. Dabei rutschte ihr die Tasche von der Schulter. Sie fiel mit solcher Wucht auf ihr Ellbogengelenk, dass sie eine Hand von den Kisten lösen musste. „Mist."

Evelyn riss ihre Hand wieder hoch und versuchte, die Kisten aufzufangen, bevor die vertraulichen Fallinformationen sich über den Hotelfußboden ergießen konnten.

Ein paar Hände packten die Kisten von der anderen Seite. „Hab sie."

Sie kannte diese tiefe Stimme. Als die Kisten ihr abgenommen wurden, stotterte Evelyn: „M-Mac. Was tust du hier?"

Hitze stieg ihr in die Wangen, als Kyle McKenzies Blick ihren traf. „Ich hatte mir schon gedacht, dass du hierherkommen würdest", sagte er.

Sie wusste, dass das HRT in der Gegend war, aber es arbeitete an einem anderen Fall in einer anderen Stadt, also hatte sie angenommen, dass sie dort ihre Kommandozentrale errichten würden.

Sie hatte überlegt, Kyle anzurufen und ihm zu sagen, dass sie ganz in der Nähe sei. Die Vorstellung, ihn an ihrer Seite zu haben, während sie sich Cassies Fall anschaute, war zu verlockend gewesen. Doch sie hatte dem Drang widerstanden, weil er seine eigene Arbeit zu erledigen hatte und sie nicht wirklich wusste, wie die Dinge zwischen ihnen standen.

Kyle schenkte ihr ein breites Grinsen, das seine Grübchen zum Vorschein brachte. Und obwohl er tiefe Ringe unter den dunkelblauen Augen hatte und sein Haar in alle Richtungen abstand, wurde ihr ganz heiß.

„Die Aktivitäten, die wir beobachten, finden nachts statt. Tagsüber sind wir hier. Die Menschen, die wir überwachen, leben in einer kleinen Stadt, und wenn wir zu nahe wären, würden sie uns bemerken. Dem Hotel hier haben wir erzählt, dass wir Ingenieure auf einem von der Firma bezahlten Ausflug sind."

Evelyn hob eine Augenbraue. Erwarteten sie wirklich, dass jemand das glaubte? HRT-Agents waren die durchtrainiertesten Männer des Bureaus. Zu ihrem Tagesablauf gehörten regelmäßiges körperliches Training, das Abseilen aus einem Hubschrauber und das Üben der Abwehr von terroristischen Angriffen. HRT-Agents sahen eher aus wie olympische Langstreckenläufer oder Spezialkräfte des Militärs, aber definitiv nicht wie Ingenieure.

„Verrate uns nicht, okay?", fügte er mit einem Zwinkern hinzu und trug die Kartons mit Leichtigkeit ins Foyer. „Wo sollen die hin?"

Evelyn streckte ihre Hände aus. „Ich kann die nehmen. Ich bin gerade erst angekommen, also muss ich jetzt in mein Zimmer und an meinem Profil arbeiten." Sie strich sich mit der flachen Hand über ihr zurückgebundenes Haar; ihr war bewusst, dass sie viel zu schnell sprach.

Bei normalen zwischenmenschlichen Begegnungen war sie schüchtern und fühlte sich unbehaglich. Wenn dann noch Kyle McKenzie dazukam, wurde sie sofort unsicher. Vor allem während des letzten Monats, seitdem sie ihm von ihrer Vergangenheit und Cassie erzählt hatte. Seitdem sie ihn geküsst und überlegt hatte, ihren Job bei der BAU seinetwegen zu gefährden.

Technisch gesehen gehörten sie zur gleichen Einheit, womit sie riskierten, gefeuert zu werden, wenn sie miteinander ausgingen. Aber die Critical Incident Response Group, das Kriseninterventionsteam, war einzigartig, ein Überbau, der aus der BAU, dem HRT und anderen wichtigen Einheiten bestand, die auf Krisen im ganzen Land reagierten. Jederzeit konnte sie abberufen werden, um mit anderen CIRG-Einheiten zu reisen oder in besonders stressigen Situationen zusammenzuarbeiten. Sie wusste nicht genau, wie die Regeln für eine Beziehung zwischen Agents verschiedener CIRG-Einheiten aussahen, aber ihr Chef hatte ihr unmissverständlich klargemacht, dass es unter seiner Leitung nicht passieren würde. Und ihr Job war jetzt schon seit Jahren ihr Leben.

Trotzdem, nachdem Kyle ihr geholfen hatte, einen Serienmörder zu fassen, hatte sie sich und ihn überrascht, indem sie der gegenseitigen Anziehung nachgegeben hatte. Sie hatte vorgehabt, während der Zeit, in der sie krankgeschrieben war, herauszufinden, was genau das zwischen ihnen war, aber dann war Kyle vor drei Wochen zu diesem Einsatz gerufen worden.

Und nun war ihre emotionale Verletzlichkeit einigermaßen abgeklungen und die wichtigste Ermittlung ihrer Karriere war aufgetaucht. Sie durfte sich keine Fehler erlauben. Nicht einmal für Kyle.

Als sie ungeduldig ihr Gewicht von einem Fuß auf den anderen verlagerte, wurde Kyles Miene ernst. „Greg hat angerufen und mir gesagt, dass du auf dem Weg bist."

Er sprach nicht aus, dass Greg ihn gebeten hatte, auf sie aufzupassen, doch Evelyn hört es an seiner Stimme.

Er trat näher und sah viel zu viel mit seinem eindringlichen Blick. „Ich weiß, dass du an dem Fall deiner Freundin arbeitest, Evelyn. Wenn du etwas brauchst, ich bin für dich da."

Sie nickte schweigend, konnte ihm jedoch nicht in die Augen schauen und im Moment auch nicht darüber reden.

Das schien er zu spüren, denn er sagte: „Ich nehme die Kisten. Check du ein und ich bringe sie für dich rauf."

Kyle in die Nähe ihres Zimmers lassen? Eine ganz schlechte Idee. Vom Kopf her mochte sie entschlossen sein, sich nicht ablenken zu lassen, doch ihre Hormone schienen die Nachricht noch nicht erhalten zu haben. „Das musst du nicht."

Seine Augen funkelten amüsiert, als wenn er erraten hätte, was sie gerade dachte. „Natürlich muss ich das."

Anstatt Zeit mit weiteren Protesten zu vergeuden, checkte sie an der Rezeption ein und ging dann voraus zu ihrem Zimmer. Nachdem er die Kartons abgesetzt hatte, scheuchte sie ihn raus, indem sie ihm sagte, dass sie in drei Stunden mit einem Profil auf dem Revier erwartet wurde.

Und als die Tür hinter ihm ins Schloss fiel, atmete sie erleichtert aus. Über Kyle würde sie sich später Gedanken machen. Im Moment musste sie herausfinden, ob Cassies Entführer tatsächlich wieder zurück war oder ob es in Rose Bay einen Nachahmungstäter gab.

Truthahngeier kreisten mit ausgebreiteten Flügeln am Himmel. Sie waren Aasfresser, und Kyle wusste, was ihre V-förmige Formation bedeutete. Sie hatten einen frischen Kadaver gefunden.

Er schaute zum Himmel, in die Ferne, über das hohe Gras hinweg, das zu den Sümpfen führte. In seinem Beruf hatte er viel zu viel davon gesehen, was Menschen einander antun konnten. Aber Kinder trafen ihn immer am härtesten.

Zu wissen, wie wichtig dieser Fall in Rose Bay für Evelyn war, machte es nur noch schlimmer. Seitdem er sie im Hotel gesehen hatte, bekam er sie nicht mehr aus dem Kopf. Wie zum Teufel wollte sie in diesem Fall ein Profil erstellen?

Er betete, dass sie die Antworten fand, die sie seit all diesen Jahren suchte, aber selbst wenn sie es tat, wären sie vermutlich nicht gut. Und es gab nichts, was er tun konnte, außer sich der Suche nach dem Mädchen anzuschließen, das seit gestern vermisst wurde.

Hinter ihm bewegten sich die Officers und Freiwilligen von den Suchtrupps in die entgegengesetzte Richtung auf das überwachsene Feld neben dem Friedhof zu. Über ihnen kreiste ein Hubschrauber, der seit fünf Stunden aus der Luft suchte.

Offiziell sollte Kyle sich trotz seiner Ausbildung nicht einbringen. Er war nicht wegen dieses Falles hier. Aber sein derzeitiger Auftrag nahm ihn nur nachts in Anspruch, also hatten er und sein Kollege Gabe Fontaine beschlossen, sich einem Suchtrupp aus Zivilisten anzuschließen, der an diesem Morgen nach Brittany Douglas suchte.

Gabe wusste nichts von Evelyns Verbindungen zu dem Fall, doch trotzdem hatte er nicht eine Sekunde gezögert, seine Hilfe anzubieten. Die Männer vom HRT waren es gewohnt, oft der letzte Ausweg zu sein – eine überwältigende taktische Lösung, wenn alles andere fehlgeschlagen war – also hatten sie schon viele verkorkste Situationen erlebt. Aber wenn ein Kind in Gefahr war, regte es die Jungs am meisten auf. Der Rest seines Teams würde sich vermutlich am Nachmittag der Suche anschließen.

Als er und Gabe angekommen waren, hatte er Noreen Abbott beiseitegenommen. Sie war eine der Verwaltungsassistentinnen der Polizei von Rose Bay und koordinierte die Suchmannschaften. Leise hatte er ihr ihre Namen genannt und ihre Marken gezeigt, weil er wusste, dass man sie sowieso überprüft hätte. Das tat man mit allen Freiwilligen, weil sich der Täter oftmals der Suche anschloss. Kyle wollte nicht, dass sie Zeit damit verschwendete, ihn und Gabe zu durchleuchten.

Vor Erschöpfung waren seine Schritte schwer. Er hatte drei Stunden geschlafen, nachdem sein Team gegen acht Uhr in der Früh von der Observierung zurückgekehrt war. Doch er und Gabe hatten geschworen, zu helfen, sobald sie nur halbwegs wieder fit waren. Schlaf wurde sowieso vollkommen überbewertet.

Nur, dass zu schlafen jetzt, als die Truthahngeier sich langsam ihrem Ziel am Boden näherten, nach einer fantastischen Idee klang.

„Mist", murmelte Gabe neben ihm. Er wischte sich mit der Hand über die Stirn und Kyle wusste, dass es nicht die über dreißig Grad waren, die seinen sonst so unerschütterlichen Kameraden ins Schwitzen brachten, sondern die Angst vor dem, was sie vielleicht finden würden.

„Truthahngeier sind kein gutes Zeichen", sagte ein Mann.

Kyle drehte sich um, überrascht, dass jemand sich ihnen von hinten genähert hatte, ohne dass er oder Gabe es bemerkt hatten.

Und der Mann war groß. Nicht ganz so groß wie Kyle mit seinen einszweiundachtzig, aber breit. Und nichts von seinem Körperumfang war Fett. Er schien um die sechzig zu sein, obwohl Kyles Bauchgefühl ihm sagte, er sei jünger und die tiefen Falten in seinem Gesicht stammten von einem harten Leben.

Kyle streckte seine Hand aus. „Ich bin Kyle. Das hier ist mein Freund Gabe. Wir sind auf einer Firmenreise hier, also dachten wir, wir helfen bei der Suche."

Die dunklen Augen des Mannes verengten sich in seinem faltigen Gesicht. Dann legte er seine Hand in Kyles und schüttelte sie kräftig, bevor er sie wieder zurückzog. „Frank Abbott."

Gabe deutete zu dem Tisch, an dem die Freiwilligen sich für die Suche registrieren mussten. „Sind Sie mit dem Mädchen verwandt, das sich um die Registrierungen kümmert?"

„Sie ist meine Nichte", erwiderte Frank. „Sie arbeitet auf dem Revier. Und ich hatte heute keine Aufträge, die ich nicht umlegen konnte, also bin ich hier." Er stieß einen schweren Seufzer aus. „Wieder einmal."

„Sie haben während der ursprünglichen Entführung auch schon hier gelebt?", wollte Gabe wissen.

„Ich habe mein ganzes Leben hier verbracht. Ich kann nicht glauben, dass diese Scheiße wieder passiert." Er schüttelte den Kopf und sah mit einem Mal müde aus. Dann marschierte er in Richtung der Sümpfe und rief über seine Schulter: „Wollen Sie das hier mit mir zusammen überprüfen?"

Verdammt, nein. Doch anstatt es auszusprechen, nickte Kyle nur angespannt und schloss zu Frank auf. Der alte Mann ging schnell, entschlossen, den Kiefer grimmig vorgereckt.

Die Geräusche des Suchtrupps wurden leiser, je weiter sie gingen. An ihre Stelle trat das seltsame Klappern, das, wie man ihm erzählt hatte, von Klapperrallen verursacht wurde. Unter anderen Umständen wäre es hier sehr friedlich gewesen.

Gabe und Frank gingen stumm neben ihm her. Gabe hatte die gleiche Ausbildung genossen wie er, besaß die gleiche Fähigkeit, die Angst beiseitezuschieben und den Job zu erledigen, aber ein Zivilist konnte das nicht. Man musste Frank zugutehalten, dass er nicht langsamer wurde, als die leisen, nasalen Schreie der Geier an ihre Ohren drangen.

Kyle versuchte, sich gegen das zu wappnen, was sie finden würden. Das Sumpfgras wurde höher und dichter und seine Füße versanken bereits leicht in dem schlammigen Boden.

„Passen Sie auf, wo Sie hintreten", warnte Frank und ging ohne einen Blick zurück voran. „Das Wasser in den Sümpfen steht im Moment tief, aber wenn wir zu den Geiern wollen, müssen wir trotzdem hindurch."

„Wenn da draußen eine Leiche liegt, hätten die Alligatoren sie sich nicht schon längst geschnappt?", fragte Gabe und schob sich die blonden Haare aus dem Gesicht, die dringend mal wieder geschnitten werden mussten.

Frank schnaubte und ging weiter. „Hier gibt es keine Alligatoren. Unten an der Küste vielleicht, aber nicht hier. Kommen Sie."

Kyle folgte. Seine Schuhe versanken immer tiefer, bis es schwierig war, sie frei zu kriegen. Das Sumpfgras reichte bis zu seinen Knien, als sie endlich ans Wasser gelangten. Es war hoch genug, um eine Leiche zu verstecken. Und definitiv einsam genug. Die Rufe der anderen Suchmannschaften waren zu einem leisen Murmeln verebbt.

Kyle wusste, sobald Evelyn ihr Profil abgegeben hatte, würde sie hier draußen bei ihnen sein; vermutlich hatte sie schon vor achtzehn Jahren darauf bestanden, bei der Suche zu helfen. Es war leicht, sie sich als junges Mädchen vorzustellen, deren beste Freundin aus ihrem Leben gerissen worden war, nur Stunden nachdem Evelyn sie das letzte Mal gesehen hatte.

Selbst mit zwölf hätte Evelyn nicht einfach zu Hause gesessen und gehofft, dass alles gut werden würde. Er sah sie förmlich vor sich, die grünen Augen zu groß für ihr Gesicht, das lange Haar in Zöpfen, dazu die entschlossene Miene, die ihr natürlicher Gesichtsausdruck zu sein schien. Auf keinen Fall hätte sie zugelassen, dass man sie ausschloss.

Und er wusste, dass sie Rose Bay dieses Mal auf keinen Fall verlassen würde, ehe sie die Wahrheit herausgefunden hatte. Egal wie grausam sie war, egal was es sie kosten würde.

Das Bild von Evelyn verblasste, als der Geruch von etwas Verrottendem aufstieg. *Bitte, Gott, lass es nicht Brittany Douglas sein.*

Er versuchte, nicht zu tief einzuatmen, als er Frank in das seichte Sumpfwasser folgte, wobei sie drei Truthahngeier aufscheuchten. Sie zischten tief und guttural und erhoben sich dann in die Lüfte, wodurch sie den Blick auf einen Kadaver am Rande des Sumpfes freigaben.

Der Atem stockte in seinen Lungen. Es waren die Überreste, die ein Jäger zurückgelassen hatte, aber sie waren nicht menschlicher Natur. Nur ein Hirsch. Er schloss die Augen und erlaubte sich einen Moment der Erleichterung.

Neben ihm seufzte Gabe. „Gott sei Dank."

Frank starrte den Kadaver an, dann schaute er in die Ferne, wo der Sumpf sich durch hohes Gras zog und schließlich aus der Sicht verschwand. „Machen wir weiter."

Und auch weit hinter ihnen ging die Suche weiter.

Jedes Mal, wenn Evelyn die Nachricht las, die an Brittany Douglas' Fahrrad geklebt worden war, bekam sie eine Gänsehaut.

Ich musste nicht warten,
sondern ging in den Garten,
wo du das arme Kind allein gelassen hast.
Alles war gut,
ich brauchte nur Mut,
und dachte für mich: Nimm sie mit und lauf davon.

Sie passte zu den Nachrichten von vor achtzehn Jahren ... und doch auch wieder nicht. Damals, genau wie heute, konzentrierte sich der Kinderreim auf zwei Ideen. Erstens, dass das Kind auf irgendeine Weise von den Eltern vernachlässigt worden war. Und zweitens, dass der Entführer es davor rettete.

Aber vor achtzehn Jahren hatte der Entführer nicht diese offensichtliche Freude über die Entführung gezeigt. Und anders als die Nachrichten von damals, die sich an das Kind gerichtet hatten, war diese hier an die Eltern gerichtet. Im Kontext betrachtet ergab dieser Wechsel durchaus Sinn, wenn man die stärkere Konzentration auf die Entführung selber bedachte.

Aber lag es daran, dass der Entführer inzwischen Spaß an der Entführung selbst entwickelt hatte? Oder daran, dass es sich um einen ganz neuen Täter handelte? Sie studierte die Einzelheiten der drei älteren und der neuen Entführung für über eine Stunde, war sich aber immer noch nicht sicher.

Und das war der wichtigste Teil des Profils, das sie versprochen hatte, in weniger als zwei Stunden der Polizei zu präsentieren.

Soweit kannte sie nur die Statistiken. Sie wusste, die Chancen, dass ein Entführer achtzehn Jahre inaktiv blieb und dann wieder auftauchte, waren gering. Sie wusste, dass Brittany Douglas mit elf Jahren das Durchschnittsalter für entführte und getötete Kinder hatte. Die Statistik besagte, dass Brittany ihren Entführer innerhalb einer Viertelmeile um ihr Haus herum getroffen hatte. Und die Statistik sagte auch, dass sie bereits tot gewesen war, bevor Evelyn in der Stadt angekommen war.

Aber es war egal, wie gering Brittanys Chancen waren. Wenn es auch nur einen Funken von Hoffnung gab, musste Evelyn es versuchen.

Ein kalter Schauer überlief sie in ihrem zu warmen Hotelzimmer und hinterließ ein intensives Gefühl der Angst. Der Angst, dass sie womöglich versagen könnte.

Evelyn versuchte, diese Angst zu ignorieren, als sie das Foto von Brittany Douglas in die Hand nahm. Mit ihren langen, braunen Haaren, den haselnussbraunen Augen und dem schüchternen Lächeln sah das Mädchen Cassie überhaupt nicht ähnlich. Die Opfer wiesen alle keinerlei Ähnlichkeit miteinander auf. Die einzige Übereinstimmung waren das Alter und das Geschlecht. Und die Tatsache, dass der Entführer geglaubt hatte, dass die Eltern ihr Kind vernachlässigten – oder er wollte zumindest, dass die Polizei es glaubte.

„Verdammt!" Evelyn sprang auf und fuhr sich so heftig durch die Haare, dass sie ihren Knoten würde richten müssen, bevor sie zum Revier zurückkehrte. Der wichtigste Fall in ihrem Leben, und sie vermasselte ihn.

Hatte Dan recht? War sie zu unerfahren in Fällen von Kindesentführung, um die wichtigen Einzelheiten zu erkennen? War sie persönlich zu sehr involviert, um klar sehen zu können?

Evelyn atmete schwer aus. Nein, sie konnte das. Sie hatte ihr ganzes Leben für diesen Fall geübt. Sie würde alles geben. Sie durfte nicht das Profil von vor achtzehn Jahren lesen, durfte sich nicht die ursprünglichen Verdächtigen anschauen, weil das ihr Urteilsvermögen trüben könnte. Vor allem, wenn es sich um einen neuen Täter handelte.

Sie musste sich auf ihre Ausbildung verlassen und darauf, was die Beweise ihr über den Täter verrieten. Und selbst wenn Brittanys Entführer nicht viel hinterlassen hatte, irgendetwas von sich *hatte* er zurückgelassen. Das taten sie immer.

Sie ließ sich aufs Bett fallen, auf dem sie die Fallakten ausgebreitet hatte, und legte die vier Nachrichten in eine Reihe. Die direkte Kommunikation von einem Entführer konnte ihr viel verraten – oder sie vollkommen auf die falsche Spur führen.

Ein kluger Täter, der wusste, dass die Polizei die Nachrichten analysieren würde, würde sie dazu nutzen, die Ermittlungen in die falsche Richtung zu lenken. Und alles an diesem Fall, vom Mangel an forensischen Beweisen bis zu der riskanten Entführung des Mädchens direkt aus dem Vorgarten des elterlichen Hauses, schrie förmlich danach, dass sie es mit einem intelligenten Täter zu tun hatten, der sorgfältig plante.

Aber die Nachrichten hatten auch eine seltsame Intensität. Er verspottete sie, ja, aber da steckte mehr dahinter. Mit seinen Worten hatte der Entführer Hinweise auf seine Identität hinterlassen. Und Evelyn schwor, dass das sein Verderben sein würde.

Sie schaute erneut auf die Uhr. Achtundneunzig Minuten. Irgendwie musste sie in dieser Zeit herausfinden, ob der ursprüngliche Kinderreim-Killer wieder da war oder ob sie es mit einem Nachahmungstäter zu tun hatten.

Der Besprechungsraum im Polizeirevier war brechend voll. Polizisten in Uniform und Zivil musterten sie, die Schulter hingen vor Erschöpfung und in den Augen der harte Schimmer der Angst. CARD-Agents standen steif zwischen ihnen und versuchten, zuversichtlich auszusehen. Der Geruch nach Schweiß und Schmutz, von zu vielen Körpern auf zu engem Raum, war zu viel für die unzureichende Klimaanlage. Das Stimmengewirr kam abrupt zum Erliegen, als Evelyn ans Rednerpult trat.

Sie packte das Pult mit feuchten Händen. In ihrer Zeit bei der BAU hatte sie schon Hunderte von Profilen vorgestellt, aber mit einem Mal fühlte sie sich wieder, als wäre sie zwölf.

Sie hatte einen Flashback zum letzten Mal, als sie im Polizeirevier von Rose Bay gewesen war. Sie erinnerte sich, mit baumelnden Beinen auf einem Plastikstuhl gesessen zu haben. Mit der einen Hand hatte sie sich fest an ihrem Großvater, mit der anderen an ihrer Großmutter festgehalten, während die Polizisten ihr endlose Fragen gestellt hatten. Erinnerte sie sich an irgendetwas Ungewöhnliches von dem Tag, an dem Cassie verschwunden war? Hatte sie je gesehen, dass Cassie sich mit einem Fremden unterhielt? Wusste sie irgendetwas, das ihnen helfen konnte, Cassie nach Hause zu bringen?

Heute, genau wie damals, erschienen ihr die Antworten schwer greifbar.

Jemand von den Zuhörern hustete laut und brachte Evelyns Aufmerksamkeit damit in die Gegenwart zurück. Sie schaute über das Meer an Gesetzeshütern hinweg und zuckte vor der Feinseligkeit zurück, die sie in den Augen eines Polizisten entdeckte.

Jack Bullock. Das musste er sein. Er war jetzt Mitte vierzig und nicht mehr der Neuling, der sie vor so vielen Jahren so lange befragt hatte, bis sie angefangen hatte zu weinen. Aber die zu scharfen Gesichtszüge, die tief liegenden braunen Augen und die breiten Schultern auf dem stämmigen Körper waren unverkennbar. Die dünnen Silberfäden in seinen braunen Haaren und die Falten, die sich tief in seine Stirn gegraben hatten, waren neu – nicht aber der einschüchternde Blick.

Evelyn schaute schnell woandershin. „Ich bin Evelyn Baine von der Abteilung für Verhaltensanalysen des FBI. Meine Aufgabe ist es, die Beweise in Ihrem Fall zu sichten, um Ihnen eine andere Perspektive zu geben – ein Verhaltensprofil Ihres Täters. Ich bin hier, um Ihnen zu sagen, wie er denkt, wie er seine Opfer auswählt und was er als Nächstes tun wird."

Die Polizisten schienen sich geschlossen vorzulehnen. Blicke glitten nach rechts und links, um die Reaktion der Kollegen aufzuschnappen. Vorne im Raum stand Tomas und hörte aufmerksam zu. In seinen braunen Augen lag zu viel Hoffnung, zu viel Erwartung.

Sie betete, ihm und seinen Mitarbeitern geben zu können, was sie benötigten, um Brittany zu finden. Mit einem Blick auf das vor ihr liegende Profil, das sie vor wenigen Minuten hastig zu Ende geschrieben hatte, bevor sie zurück zum Revier geeilt war, fing Evelyn an: „Ihr Täter ist männlich und Ende vierzig bis Ende fünfzig. Er ist mit hoher Wahrscheinlichkeit weiß."

„Warum?", rief jemand aus dem hinteren Bereich des Raumes.

„Warum ich sage, dass er weiß ist? Ehrlich gesagt, weil die High Street immer noch zum Großteil von Weißen bewohnt wird. Jemand, der es nicht ist, würde selbst heute noch sofort bemerkt werden."

„*Selbst* heute noch? Heißt das, er war schon mal hier? Ist es der gleiche Typ wie vor achtzehn Jahren?" Tomas' Stimme vibrierte vor Grauen.

Nervöses Geflüster huschte durch den Raum.

„Darauf werde ich später eingehen." Sie wusste, diese Details zu Anfang zu besprechen würde alle nur ablenken. Und sie wollte nicht, dass sie irgendetwas von dem verpassten, das ihnen helfen konnte, Brittany zu finden.

„Lassen Sie uns zuerst über die Lebensumstände des Entführers sprechen. Er wohnt in der Nähe, entweder hier oder in einer Nachbargemeinde, und zwar schon sehr lange. Es ist möglich, dass er weggezogen und wiedergekommen ist, aber er ist hier bekannt. Seine Anwesenheit wird allgemein akzeptiert, was ihm einen plausiblen Grund dafür gibt, sich in der Nähe des Tatorts aufzuhalten."

„Einen Moment", unterbrach Jack. „Sie meinen, das Arschloch, das wir suchen, gehört hierher? Wird womöglich gemocht?"

„Vermutlich. Es ist unwahrscheinlich, dass er enge Freunde hat, aber er ist sozial kompetent. Er sticht nicht heraus. Wenn man nach ihm fragt, würden die Leute ihn vermutlich als anständig, wenn nicht gar sympathisch oder zumindest nicht unsympathisch beschreiben. Und er ist intelligent. Er benimmt sich in Gegenwart von Kindern nicht unangemessen, obwohl bei einem näheren Blick in seine Vergangenheit womöglich ein verdächtiger Vorfall ans Licht kommen würde. Dazu komme ich später, wenn wir über seine Motivation reden."

„Dieser Kerl schnappt sich *Kinder*", sagte der Officer neben Jack. „Wie kann er da anständig sein?"

„Ich habe nicht gesagt, dass er anständig *ist*", erläuterte Evelyn. „Nur, dass ihn die Leute so sehen. Wir sprechen hier nicht von unseren üblichen Verdächtigen, weil dieser Mann zu klug ist, um Aufmerksamkeit auf sich zu ziehen. Wenn wir ihn finden, werden die Leute nicht sagen, dass sie schon immer das Gefühl hatten, mit ihm stimmt etwas nicht. Ganz im Gegenteil. Alle werden schockiert sein, weil er mitten unter ihnen gelebt hat."

Die Officers scharrten unbehaglich mit den Füßen, blickten zu Boden, runzelten die Stirn. Als sie wieder aufschauten, zeigte sich auf ihren Gesichtern eine Mischung aus Beklemmung, Skepsis und Ungläubigkeit.

„Der Täter fährt ein Auto, das nicht auffällt und in dem man jemanden verstecken kann. Es könnte sich um einen Van mit getönten Scheiben handeln oder einen Kombi mit einem großen Kofferraum. Er hat außerdem einen Job mit flexiblen Arbeitszeiten. Er ist entweder selbstständig, hat wechselnde Schichten oder eine Arbeit, die es erfordert, dass er das Büro für längere Zeit am Stück verlässt. Eine Arbeit, wo den Kollegen seine Abwesenheit nicht auffällt."

„Aber Brittany ist abends entführt worden", sagte ein Officer in der Nähe des Podiums. „Warum müsste er dann tagsüber bei der Arbeit fehlen?"

„Weil er sie erst beobachtet. Dieser Täter ist ein Planer. Er kannte Brittanys Tagesablauf und die Termine der Familie. Er hat die Nachricht im Vorfeld geschrieben, und sie passte zu der Situation, in der er sie entführt hat. Sie war alleine im Garten. Und er wusste, dass sie das sein würde, weil er es schon zuvor beobachtet hatte. Also wartete er auf den richtigen Zeitpunkt, um sie sich zu schnappen."

Evelyn schaute sich unter den aufmerksam zuhörenden Polizisten um und fügte hinzu: „Er hat sich vermutlich einen Trick ausgedacht, um sich den Kindern zu nähern. Er könnte ihn bei Brittany angewandt habe, damit sie sich keine Gedanken macht, wenn er sie im Garten anspricht. Oder er könnte ihn vorher ausprobiert haben, um ihre Reaktion zu testen. Das tun viele Serientäter, vor allem solche, die vollkommen Fremde als Ziel auswählen."

„Ich dachte, Sie sagten, dieser Kerl sei in der Gemeinde bekannt?", hakte Carly Sanchez klar und laut nach.

„Ja, aber nicht unbedingt den Kindern, die er entführt. Also könnte es sein, dass er sie testet. Ein Kind, das begierig ist zu gefallen oder sich einem Fremden gegenüber naiv zeigt, ist ein wahrscheinlicherer Kandidat als eines, das clever ist. Natürlich hängt das auch von seiner Motivation ab."

„Und die wäre?", drängte Carly.

Evelyn wünschte, sie hätte eine absolute Antwort für sie. „Es gibt zwei Möglichkeiten", begann sie. „Die erste ist, dass seine Motivation genau die ist, die er uns in seinen Nachrichten übermittelt: dass er glaubt, das Kind wurde vernachlässigt. Wenn das der Fall ist, sieht er sich selber als ihr Retter. Und es gibt eine Tragödie in seiner Vergangenheit, die eine wichtige weibliche Person betrifft. Das könnte eine Tochter sein, eine Schwester oder jemand anderes, für den er sehr viel empfindet. Er benutzt diesen Verlust, um seine heutigen Handlungen zu rechtfertigen."

Jack meldete sich. „Wie lautete die andere Möglichkeit?"

„Nun, wie ich schon sagte, der Täter ist intelligent. Er könnte die Nachrichten auch hinterlassen, um uns von der Spur abzubringen. Und wenn das der Fall ist, ist seine wahre Motivation Kindesmissbrauch."

„Verdammt", platzte Jack heraus. „Wir müssen noch einmal mit Wiggins sprechen."

Bevor Evelyn fragen konnte, wer Wiggins sei, schaltete Carly sich ein. „Was glauben Sie, was ihn antreibt?"

„Ich weiß es nicht." Das ärgerte sie, aber so zu tun, als hätte sie die Antwort, wenn es keine ausreichenden verhaltensbezogenen Anhaltspunkte gab, um eine der beiden Theorien schlüssig zu unterstützen, würde mehr Schaden anrichten, als die Wahrheit zuzugeben.

Nur dass es sein kann, dass die Officers jetzt mein ganzes Profil nicht ernst genug nehmen, dachte Evelyn reumütig, als Jack rief: „Ist es nicht Ihr Job, das zu wissen?"

Im Raum wurde es ganz still, und Evelyn tat so, als störe sie das nicht. „Sobald ich mehr weiß, werden Sie es erfahren. Wenn die Entführungen von dem Wunsch nach Misshandlung der Kinder getrieben werden, könnte der Täter versuchen, sowohl sich wie auch uns zu überzeugen, dass er die Opfer rettet. Eine Entschuldigung, die er nutzt, um sich selber besser zu fühlen."

Jack schaute sie finster an, und Tomas schaltete sich ein. „Was ist mit einer Verbindung zu den früheren Entführungen? Sie sagten, Sie könnten uns sagen, ob es sich um den gleichen Täter handelt." Er massierte sich kurz die Schläfen. „Ist er es?", fragte er leise, als fürchte er sich vor der Antwort.

„Ja."

Evelyn hatte erwartet, dass jetzt Stimmengemurmel ausbrechen würde, doch stattdessen klang nur Tomas' Stimme wie ein Flüstern durch den Raum: „Sind Sie sicher, dass es sich nicht um einen Nachahmungstäter handelt?"

„Ja." Sie war es im Hotelzimmer wieder und wieder durchgegangen, und das war die einzige Erklärung für die Übereinstimmungen.

„Fangen wir mit den Nachrichten an. Ich weiß, über die Jahre hat es mehrere falsche Geständnisse gegeben, und diese Menschen haben immer gewusst, dass an den Tatorten Kinderreime hinterlassen worden waren, weil das in den Zeitungen stand. Aber das Revier hat sorgfältig darauf geachtet, die Art und Weise, wie diese Reime verändert wurden, für sich zu behalten. Und die neueste Nachricht weist in Ton, Inhalt und Stil viel zu viele Gemeinsamkeiten auf, um von einem Nachahmungstäter stammen zu können."

„Verdammt", hörte sie Tomas gedämpft fluchen.

„Ich würde mir gerne eine zweite Meinung von einem Handschriftenexperten des FBI einholen, aber die Nachrichten sind unser bester Hinweis. Und dieser Täter weiß zu viel, um ein Nachahmer zu sein."

Sie schaute mit zusammengekniffenen Augen auf ihr Profil, ohne die Worte richtig zu sehen – oder sehen zu müssen. „Die Entführungen sind auch viel zu ähnlich, als dass es sich um einen Zufall handeln könnte. Der Mangel an forensischen Beweisen und das Muster, das Kind spät am Abend vom eigenen Grundstück oder nachts aus dem Haus zu entführen, nachdem es zuerst beobachtet wurde, deutet auf einen geduldigen, entschlossenen Täter hin."

Sie ließ ihren Blick durch den Raum gleiten. Es war ihr wichtig, dass jeder verstand, warum sie davon ausging, dass sie nach der gleichen Person suchten. „Zuerst habe ich mir alle Beweise von unserem aktuellen Fall gesondert angeschaut. Und alles deutete auf jemanden hin, der so etwas schon einmal getan hat. Für eine erste Entführung war sie viel zu clever ausgeführt. Und sie kam den Einzelheiten aus den älteren Fällen, die nie an die Öffentlichkeit gelangt sind, viel zu nah."

„Und Sie sagen, entweder misshandelt er die Kinder oder er versucht, sie zu ‚retten', was auch immer das bedeutet?", fragte ein Officer.

„Das stimmt. Obwohl seine Motivation sich dieses Mal verändert hat. Bei diesem Mal hat er den eigentlichen Akt der Entführung mehr genossen. Er hat vorab darüber fantasiert und dieser Nervenkitzel gehört genauso sehr zu seinem Motiv wie sein ultimatives Ziel des Missbrauchs oder die Vorstellung, die Kinder zu retten."

„Warum hat er dann so lange pausiert?", wollte Tomas wissen, und seine Stimme klang noch müder als vor ein paar Minuten.

„Dafür gibt es mehrere Möglichkeiten." Evelyn zählte sie an den Fingern ab. „Er hat für ein anderes Verbrechen im Gefängnis gesessen und ist erst kürzlich entlassen worden. Er hatte eine Krankheit, die es ihm unmöglich gemacht hat, mit den Entführungen fortzufahren, und ist inzwischen genesen. Oder er ist auf irgendeine andere Weise davon abgehalten worden, für längere Zeit weitere Kinder zu entführen – zum Beispiel, weil es jemandem in seinem Leben aufgefallen wäre."

Es sah aus, als wollte Jack sie unterbrechen, deshalb sagte sie schnell: „Es ist auch möglich, dass er nicht wirklich aufgehört hat. Wenn es ihm um die Kindesmisshandlung geht, könnte er ein Opfer in seinem näheren Umfeld gefunden haben, zum Beispiel in der Familie. Oder er hat eine Stellung in der Gemeinde aufgenommen, die ihm einfachen Zugang zu Kindern ermöglicht. Er könnte für eine Weile weggezogen sein und weiterhin Kinder entführt haben, ohne jedoch Nachrichten zu hinterlassen, sodass keine Verbindung zwischen den Fällen hergestellt wurde. Oder er hat Kinder entführt, die nicht vermisst wurden."

„Wie meinen Sie das. Etwa Ausreißer?", fragte Tomas.

„Ja", erwiderte Evelyn. „Eine weitere, wenn auch eher unwahrscheinliche Möglichkeit ist, dass die vorausgehenden Stressoren des Täters – was auch immer ihn dazu getrieben hat, seine Fantasien auszuleben – aufgehört und achtzehn Jahre lang nicht wieder angefangen haben. Oder er hat Trophäen behalten, um seine Erfahrungen nachzuerleben, und das hat ihm bis vor Kurzem gereicht."

„Sprechen wir hier über Körperteile?", fragte Carly müde.

Die um sie herumstehenden Polizisten schauten von der Vorstellung angeekelt drein.

„Nein", sagte Evelyn. „Aber dieser Täter behält irgendetwas von seinen Opfern. Eine Kette, eine Haarspange oder etwas anderes, das die Mädchen getragen haben. Der Täter behält es als Symbol für das, was er getan hat." Evelyn atmete tief ein und versuchte, den Namen aus den Fallakten keine Gesichter zuzuordnen, nicht an Cassie zu denken und daran, was ihr womöglich angetan worden war. „Was die Entführung und vermutlich die Tötung seiner Opfer war."

Wieder senkte sich Stille über den Raum, aber alle starrten Evelyn angespannt an.

Sie wusste, was sie wissen wollten, aber sich nicht zu fragen trauten. Also erzählte sie es ihnen. „Was auch immer seine Motivation ist, was auch immer der Grund dafür ist, dass er aufgehört und jetzt wieder angefangen hat. Die Zeit ist ein wichtiger Faktor. Ich weiß nicht, wie lange Brittany noch hat. Und es ist durchaus möglich, dass er langfristig an diesem Mädchen festhält. Aber wie auch immer, er ist noch nicht fertig. Wenn wir ihn nicht aufhalten, wird er ein weiteres Mädchen entführen."

4. KAPITEL

„Das ist also Evelyn Baine", sagte eine unbekannte Stimme, als Evelyn sich endlich von den Polizisten lösen konnte, die sie nach der Vorstellung ihres Profils mit Fragen löcherten.

Evelyn verlangsamte ihre Schritte auf dem Weg zur Kommandozentrale des CARD-Teams. Wer auch immer da sprach, er stand um die Ecke im Flur des Reviers.

„So wie du über sie geschimpft hast, hatte ich beim Profil-Briefing ein totales Desaster erwartet. Aber sie scheint mir ziemlich klug zu sein."

„*Klug?*"

Evelyn kannte die erste Stimme nicht, aber sie wusste, zu wem die geknurrte Antwort gehörte: Jack Bullock. Was sie nicht wusste, war, warum er ihr gegenüber so feindselig eingestellt war. Als sie sich das letzte Mal miteinander unterhalten hatten, war sie gerade einmal zwölf Jahre alt gewesen.

„Sie ist eine Belastung", sagte Jack abwertend. „Aber wenn ihr Profil auf meinen Verdächtigen passt, warum kann ich dann nicht losziehen und ihn festnehmen? Gib mir ein paar Stunden mit ihm und ich garantiere dir, dass ich diesen Bastard dazu bringe, zu gestehen."

„Evelyn?"

Evelyn zuckte zusammen, als sie die Stimme hinter sich hörte und Jack und der Unbekannte, mit dem er sprach, verstummten. Sie wirbelte herum.

Hinter ihr stand Tomas. Seine Erschöpfung hing wie ein viel zu großer Mantel um seine Schultern. „Was tun Sie da?"

„Offensichtlich spionieren", sagte Jack, der mit feindselig funkelnden Augen um die Ecke bog.

Neben ihm stand ein Mann seines Alters mit zurückgehendem blondem Haar, breiten Schultern und einem Bauch, über dem seine Uniform spannte. Unter seinem sorgfältig getrimmten Bart lief er rot an, streckte ihr aber höflich die Hand hin. „Ich bin T. J. Sutton, Ma'am. Ich bin vor zehn Jahren zur Polizei gekommen, da waren Sie schon weggezogen." Sein Blick glitt zu Jack und wieder zu ihr. „Tut mir leid, dass Sie das mit anhören mussten. Wir sind froh, Sie bei uns zu haben."

Evelyn schüttelte T. J.s Hand, ignorierte Jacks grimmige Miene und fragte ihn: „Wer ist Ihr Verdächtiger?"

Bevor er antworten konnte, seufzte Tomas. „Nicht schon wieder Wiggins."

„Doch, Wiggins. Wollen Sie mir ernsthaft erzählen, er sei kein Verdächtiger?"

„Natürlich ist er das", gab Tomas angespannt zurück. „Aber Sie haben ihn bereits zusammen mit dem CARD-Agent befragt. Sie gehen nicht zu ihm zurück. Zumindest nicht, bevor wir neue Beweise haben."

Evelyns Blick schoss zwischen den beiden hin und her. Mit nur drei Stunden Zeit, um die Fälle durchzugehen und ein Profil zu erstellen, hatte sie keine Gelegenheit gehabt, sich mögliche Verdächtige anzusehen. Außerdem war es BAU-Praxis, sich damit erst zu beschäftigen, wenn das Profil fertig war. Die Verdächtigen vorab zu kennen könnte das Profil beeinflussen. Sie hoffte jedoch, die passendsten Verdächtigen als Nächstes befragen zu können.

„Wer ist Wiggins? Und inwieweit passt er ins Profil?"

Der Name kam ihr vage vertraut vor, aber sie konnte ihn nicht einordnen, bis Tomas sagte: „Walter Wiggins."

Da tauchte eine verschwommene Erinnerung an einen jungen Mann mit hellbraunen Haaren, die ihm in die Stirn fielen, und großen Ohren in ihr auf. „War er vor achtzehn Jahren nicht noch ein Teenager?"

„Er muss damals zwanzig gewesen sein", sagte Jack.

„Das ist ein wenig zu jung. Wie passt das zum Profil?"

„Er ist ein Würstchenwedler." Jack spuckte das Wort förmlich aus.

Überrascht fragte Evelyn: „Entblößt er sich in der Öffentlichkeit? Vor Kindern?"

Jack stieß einen angeekelten Seufzer aus. „Vermutlich. Aber vor allem ist er schon wegen Kindesmissbrauchs verurteilt worden."

Ein unangenehmes Gefühl breitete sich in ihrem Magen aus. Sie hatte gewusst, dass das Teil der Ermittlungen sein würde. Hatte es erwartet, es sogar in ihrem Profil geschrieben. Heutzutage handelte es sich bei der Mehrzahl der nicht durch Eltern durchgeführten Entführungen um Sexualstraftäter. Aber jetzt über einen potenziellen Verdächtigen mit einem diesbezüglichen kriminellen Hintergrund zu sprechen verursachte ihr Übelkeit.

Denk nicht an Cassie, ermahnte sie sich. Aber es war schon zu spät.

Sie wusste seit Jahren, dass Cassie vermutlich tot war. Aber sie hatte sich so sehr bemüht, sich nicht vorzustellen, was davor passiert war – nachdem man sie entführt hatte.

Die Polizisten schauten sie erwartungsvoll an, also sagte Evelyn: „Erzählen Sie mir von seiner Verurteilung."

„Es war, nachdem er mit dem College fertig war", sagte Tomas. „Er ist für irgendeinen Lobbyisten-Job nach Washington D.C. gezogen. Laut den Gerichtsakten hat er als Freiwilliger in einer örtlichen Kirche gearbeitet, war Babysitter für die Kinder der Nachbarn und wurde generell von allen gemocht, bis man ihn wegen Kindesmissbrauchs verhaftet hat."

„Und dann ist er hierher zurückgekehrt?"

„Ja. Offensichtlich haben seine Nachbarn in D.C. angefangen, seine Autoscheiben regelmäßig mit Baseballschlägern zu bearbeiten, also dachte Wiggins, dass er in Rose Bay sicherer wäre. Er ist wieder bei seinen Eltern eingezogen und wohnt seitdem dort. Nun ja, inzwischen nur noch bei seinem Dad. Seine Mom ist letztes Jahr gestorben und sein Vater hat schwere gesundheitliche Probleme. Über die Jahre hat es viel Druck gegeben, Walter aus der Stadt zu vertreiben."

„Das hätten wir lieber tun sollen", warf Jack ein. „Dann wären wir alle jetzt besser dran."

Tomas runzelte die Stirn. „Walters Eltern haben immer darauf beharrt, dass er unschuldig ist."

„Aber Sie sagten, er ist verurteilt worden, oder?", fragte Evelyn.

„Oh ja", erwiderte Tomas. „Seine Eltern ertrugen den Gedanken nicht, aber ich habe die Prozessakten gelesen. Es besteht kein Zweifel, dass Walter schuldig war, und er ist dafür ins Gefängnis gegangen. Nicht so lange, wie er gesollt hätte, wenn Sie mich fragen, aber ich würde solche Typen auch lebenslänglich einsperren. Wie auch immer, deshalb wollte das CARD-Team sich mit ihm unterhalten. Er steht auf der Liste der Sexualstraftäter."

„Hat er ein bevorzugtes Beuteschema?" Falls ja, bedeutete das, dass er sich auf ein spezielles Geschlecht und Alter konzentrierte, anstatt das einfachste Opfer zu wählen.

„Das hat er", bestätigte Jack. „Seine Opfer in D.C. waren alles Mädchen zwischen sechs und zwölf Jahren. Der kranke Scheißkerl."

Cassies Alter. „Was macht er jetzt? Hat er eine Arbeit, die ihm ermöglicht, potenzielle Opfer auszukundschaften?"

„Er macht irgendetwas mit Computern." Jack schaute Tomas an, der mit den Schultern zuckte. „Ich glaube, er arbeitet von zu Hause aus. Irgendwelche Auftragsarbeiten."

„Also keine festen Büroarbeitszeiten, wo sein Fehlen auffallen würde", schloss Evelyn. „Hat er eine Freundin?"

Jack schnaubte. „Verdammt, nein. Soweit ich weiß, hat er noch nie eine gehabt."

„Wer hat die Notizen von der heutigen Befragung von Wiggins?"

„Der FBI-Agent", sagte Jack. „Aber wir sollten einfach noch mal zu ihm gehen. Sie können gerne mitkommen, wenn Sie wollen. Aber überlassen Sie mir das Reden. Ich kann dem Kerl unter die Haut gehen."

Evelyn schüttelte den Kopf. „Nein. Wenn er dringend verdächtig ist, müssen wir ihn sorgfältig überwachen. Wenn wir ihn zu nervös machen und er Brittany wirklich hat, könnte es ihn dazu bringen, sie zu töten."

„Falls sie noch am Leben ist", fügte T. J. sanft hinzu.

„Ja, falls sie noch am Leben ist", stimmte Evelyn zu. „Aber wir müssen so vorgehen, als wäre sie es."

„Tja, und was, wenn wir nichts tun und das Wiggins die Möglichkeit gibt, sie zu töten?", argumentierte Jack.

Tomas und T. J. schauten sie an.

Ihre Nackenmuskeln verspannten sich. „Wo war der Mann vor achtzehn Jahren?"

„Auf dem College", erwiderte Jack. „Ungefähr eine Stunde nördlich von hier. Er hat seine Sommerferien hier verbracht und Extrakurse belegt, um früher seinen Abschluss machen zu können. Aber er ist oft genug an den Wochenenden heimgekommen. Nachdem er wieder hergezogen ist und Gerüchte darüber die Runde machten, was in D. C. vorgefallen war, haben die Leute angefangen, sich zu fragen, ob er damals unbemerkt zwischen den Städten hin und her gefahren sein könnte. Eine der ursprünglichen Entführungen hat in Rose Bay stattgefunden …"

Jack brach ab, weil sie das natürlich wusste. Nur Cassie war hier entführt worden. Die anderen Mädchen stammten aus kleinen Städten entlang der Küste.

Jack räusperte sich und fuhr fort. „Einmal ein Kinderschänder, immer ein Kinderschänder, oder?"

Evelyn spürte, wie ihre Schultern zusammensackten, und zwang sich, sich gerade hinzustellen. „Nicht notwendigerweise, aber einmal ein Pädophiler …"

„Immer ein Pädophiler", beendete Jack den Satz für sie. „Sehen Sie?" Er schaute Tomas an. „Wir müssen handeln, bevor es zu spät ist."

„Ist er jemals im Zusammenhang mit den ursprünglichen Entführungen befragt worden?", wollte Evelyn wissen.

„Das ist er", antwortete T.J. „Als er aus D.C. zurückgekommen ist, war ich schon hier im Team und wir haben uns den Kinderreim-Killer noch einmal angeschaut. Das war …?" Er sah Jack fragend an. „Vor neun Jahren?"

„Er ist vor neun Jahren verhaftet worden?", hakte Evelyn nach.

„Nein. Er ist mit fünfundzwanzig verhaftet worden. Aber vor neun Jahren war er die Angriffe leid und kam hierher zurück."

„Als ob wir ihn hierhaben wollten", warf Jack ein.

„Und? Haben Sie irgendwelche Verbindungen zu den Kinderreim-Fällen gefunden?"

T.J. schüttelte den Kopf. „Jack und ich waren in dem Team, das daran gearbeitet hat, aber wir sind auf nichts gestoßen."

„Das bedeutet nicht, dass er unschuldig ist", beharrte Jack. „Ich habe ein schlechtes Gefühl, was diesen Kerl angeht."

Das hatte Evelyn auch. Aber die Erfahrung sagte ihr, dass er nicht der einzige Sexualstraftäter in dieser Gegend war, der es auf Kinder abgesehen hatte. Und es bedeutete auch nicht, dass er der Kinderreim-Killer war.

„Ich sehe mir die Notizen der Befragung an und entwerfe Ihnen eine Strategie", versprach sie Tomas. „Ich würde das gerne mit allen Verdächtigen tun, die Sie haben."

Jack beugte sich vor und öffnete den Mund, aber Tomas brachte ihn mit einem strengen Blick zum Schweigen. „Okay, aber beeilen Sie sich. Und fangen Sie mit Wiggins an, wenn Sie glauben, dass er infrage kommt. Brittany wird jetzt seit …" Er schaute auf seine Armbanduhr. „Beinahe siebzehn Stunden vermisst. Und ich will sie verdammt noch mal lebendig nach Hause bringen."

„Lassen Sie hören: Wie lautet die Strategie bezüglich Wiggins?", verlangte Jack eine Stunde später zu wissen.

Er saß zu nah bei Evelyn in der Kommandozentrale des CARD-Teams. Seine breiten Schultern drangen in ihren persönlichen Bereich ein, während er über ihre Schulter die Notizen von der Befragung von Walter Wiggins las. Warum er sie noch einmal lesen musste, wenn er doch bei der Befragung dabei gewesen war, verstand sie nicht. Vermutlich, um sie zu ärgern.

Evelyn rückte unauffällig ein Stück beiseite. „Walter spricht hier wiederholt davon, dass die Leute in der Stadt ihm folgen, wohin er auch geht."

„Können Sie es ihnen verdenken?", fragte Jack. „Alle wissen, was er getan hat. Niemand will ihn hierhaben. Aber wenn wir ihn schon nicht loswerden können, beobachten wir wenigstens jeden seiner Schritte."

Evelyn zog die Augenbrauen hoch, aber Jack schaute sie nur an, bis sie seufzte. „Wenn die Leute ihn konstant beobachten, wäre es ihm dann wirklich möglich gewesen, Brittany auszuspionieren und zu entführen, ohne dass es jemandem aufgefallen wäre?"

„Es ist ja nicht so, als hätten wir einen genauen Plan. Die Nelsons folgen ihm von zwei bis sechs, dann übernehmen die Grants und so weiter."

„Ja, ich verstehe", unterbrach Evelyn ihn. „Aber wenn die Leute sich seiner so bewusst sind, könnte er das dann wirklich durchgezogen haben? Denken Sie bitte darüber nach, okay? Ich weiß, Sie mögen ihn nicht, und das werfe ich Ihnen auch gar nicht vor, aber wir sollten keine Zeit auf ihn verschwenden, wenn er kein realistischer Verdächtiger ist."

Jacks Miene verfinsterte sich, aber er schwieg für eine Minute, bevor er zugab: „Er müsste ziemlich raffiniert sein. Wenn ihn jemand auf der High Street sähe, würde das auffallen, da haben Sie recht. Es ist nicht so, wie wenn zum Beispiel T. J. die Straße entlanggehen würde. Daran würden die meisten Leute sich nicht erinnern, weil er einfach dazugehört. Aber Wiggins? Ja, den würde man mit Stöcken vertreiben. Und man würde sich definitiv daran erinnern, wenn man ihn kurz vor der Tat in der Nähe von Brittanys Haus gesehen hätte."

„Okay. Dann …"

„Aber ich schließe ihn trotzdem noch nicht aus. Ich bin schon lange Polizist und die Erfahrung hat mich gelehrt, dass Zufälle wie dieser selten sind. Ich meine, wir haben einen Sexualstraftäter, der Kinder im gleichen Alter wie Brittany mag, und einen Mann, der diese Kinder entführt. Wie stehen die Chancen, dass es sich nicht um den gleichen Mann handelt?"

„Die Erfahrung sagt Ihnen dann sicherlich auch, dass Sie, wenn Sie einen Blick in die Datenbank werfen, noch mehr Sexualstraftäter in der Gegend finden, die ebenfalls ins Profil passen."

Jack nickte. „Tja, ich wurde dem CARD-Agent zugeteilt, der diesen speziellen Abschaum befragen musste, also glauben Sie mir, das weiß ich. Es gibt einen Typen eine Stadt weiter, der keine besonderen Präferenzen hat. Er nimmt sich alles und jeden und ist schon mehrmals verurteilt worden und immer wieder rausgekommen. Und es gibt zwei weitere in der Stadt, in der das erste Mädchen vor achtzehn Jahren entführt wurde, die auch passen könnten. Aber alle drei Arschlöcher haben ziemlich solide Alibis für den Zeitpunkt von Brittanys Entführung."

„Sind Sie sicher? Denn die beiden aus der Stadt von der ersten Entführung …"

„Ja, ich bin mir sicher", unterbrach Jack sie. „Ihre Alibis sind absolut wasserdicht. Also konzentrieren wir uns auf Wiggins. Ich verstehe Ihren Standpunkt, aber der Kerl ist widerlich."

Evelyn unterdrückte ein Seufzen. Walter Wiggins kam ihr wie eine Sackgasse vor, aber wenn sie ihn außer Acht ließ und sich herausstellte, dass sie sich geirrt hatte, würde sie sich später dafür hassen. „Okay. Was würde Walter tun, wenn er Brittany entführt hätte? Sie sagten, er wohnt bei seinem Vater?"

Jack klopfte mit den Knöcheln auf die Tischplatte und runzelte die Stirn. „Ja, das tut er. Aber zum Teufel, wer weiß, ob er sie überhaupt behalten hat, oder?" Seine Wut schien auf einmal zu verrauchen, und er sah mit einem Mal älter aus und sehr, sehr müde. „Wenn er sie nur … vergewaltigt und vergraben hat …" Seine Stimme brach.

Evelyn nickte und sah wieder auf die Notizen der Befragung. „Ich werde mit Tomas sprechen, dass er einen Officer auf ihn ansetzt. Wir könnten versuchen, seinen Vater zu befragen, aber wenn Brittany noch am Leben ist, dürfen wir ihn nicht verschrecken. Falls Walter der Täter ist und zu viel Druck verspürt, könnte er sie aus Angst töten."

„Es ist egal, was wir tun. Wiggins spürt den Druck bereits. Die ganze Stadt weiß, was er ist. Das Haus seines Dads ist bereits verwüstet worden. Jemand hat die Worte ‚Kindermörder' und ‚Perverser' an die Haustür gesprüht. Als wir hingegangen sind, um mit Wiggins zu sprechen, war niemand vor dem Haus, aber ich hab gesehen, wie sich die Gardinen an den Nachbarhäusern bewegt haben. Sie alle beobachten ihn."

Evelyn versuchte, positiv zu denken. „Nun, auf gewisse Weise ist das gut. Wenn er Brittany tatsächlich hat, macht es ihm das schwerer, sie woanders hinzubringen."

„Ja, schätze schon." Jack sah sich im Raum um.

Bis auf sie beide war die Kommandozentrale des CARD leer. Selbst Carly war fort, sie traf sich mit Noreen Abbott, der Verwaltungsangestellten, die die Suchmannschaften koordinierte.

Das ganze Revier war mehr oder weniger leer. Die Polizisten, die hergekommen waren, um sich das Profil anzuhören, waren wieder fort. Diejenigen, die keinen Dienst hatten, waren nach Hause gefahren. Die meisten anderen hatten ihre Befragung der Nachbarn wieder aufgenommen.

Eine bessere Gelegenheit, die Sache mit Jack zu klären, würde sich sobald nicht bieten. „Also, Jack, woher kommt Ihre Feindseligkeit? Ich habe Sie nicht mehr gesehen, seitdem ich aufs College gegangen bin."

Jacks Blick glitt zu ihr zurück und Wut blitzte in seinen braunen Augen auf. „Es ist mir egal, was Sie fürs FBI machen, Evelyn. Sie gehören hier nicht her und das wissen Sie. Sie haben hier nie hingehört."

Instinktiv lehnte Evelyn sich ein wenig zurück, dann straffte sie die Schultern. „Das hat also was mit meiner Hautfarbe zu tun? Deshalb haben Sie mich vor achtzehn Jahren so unnachgiebig befragt? Haben Sie absichtlich versucht, mich zum Weinen zu bringen?"

„Nein, es hat nichts mit der Hautfarbe zu tun", zischte Jack, doch der Ausdruck in seinen Augen sagte etwas anderes. „Es ist mir scheißegal, was für eine Mischung Sie sind. Ich habe Sie hart drangenommen, weil Sie einer der letzten Menschen waren, die sie lebend gesehen haben. Es ging nicht um ihre kostbaren kleinen Gefühle. Es ging darum, das Mädchen nach Hause zu bringen."

Er sprang auf und zeigte mit dem Finger auf sie. „Und genauso ist es auch jetzt. Können Sie wirklich behaupten, unparteiisch zu sein? Können Sie in diesem Fall wirklich ein Profil erstellen? Oder sind Sie so voller Hass und Wut, dass Sie etwas übersehen? Sind Sie so auf Cassie Byers konzentriert, dass Sie übersehen, was mit Brittany Douglas los ist?"

Eine Ader in seiner Stirn fing an zu pochen. „Sie sind wegen Cassie hier, aber die ist seit achtzehn Jahren tot, und das wissen Sie verdammt genau. Sie fühlen sich schuldig, weil Sie auch ein Opfer sein sollten. Aber wir brauchen jemand Unabhängigen. Wir brauchen einen echten Profiler, kein Opfer, das hergekommen ist, um die Heldin zu spielen."

Er ließ seine Faust auf den Tisch knallen. „Wir müssen dieses Arschloch fassen!"

Sie schluckte, unfähig, etwas zu erwidern, und dann sah sie ihn einfach nur an, als er angewidert den Kopf schüttelte und aus dem Raum eilte.

Sie versuchte nicht, die Heldin zu spielen. Cassie zu finden bedeutete, auch Brittany zu finden. Aber verdammt, so hässlich Jacks Worte auch waren, er hatte ein wenig recht. Sie konnte versuchen, die ursprünglichen Entführungen zu nutzen, um etwas über den Täter zu erfahren, aber ihr Fokus musste auf dem jetzt vermissten Mädchen liegen, nicht auf Cassie.

Und für sie würde es immer wieder zu Cassie zurückführen.

Sie drückte eine Hand gegen die Schläfe. Vielleicht hatte Jack recht. Vielleicht gehörte sie nicht hierher.

Vor achtzehn Jahren hatte sie das definitiv nicht getan. Vor achtzehn Jahren hatten alle sie angeschaut, als wäre sie eine Attraktion mit ihrer hellbraunen Hautfarbe in einer Welt voller Weißer. Damals war sie die Einzige in der Stadt gewesen, die nicht dazugepasst hatte.

Einigen Menschen – so wie Cassie – war es egal gewesen. Aber vielen anderen nicht. Die meisten waren zu wohlerzogen, um ihr gegenüber unhöflich zu sein, aber selbst mit zehn Jahren hatte sie das Geflüster gehört. Sie hatte nicht immer gewusst, was es zu bedeuten hatte, aber sie wusste, dass es um sie ging.

Es war zwanzig Jahre her, dass sie das erste Mal einen Fuß nach Rose Bay gesetzt hatte. Die Stadt hatte sich verändert. Aber vielleicht nicht so sehr, wie sie gedacht hatte.

Sie versuchte, ihre Emotionen in den Griff zu bekommen, als Tomas in den Raum gerannt kam. „Wo ist Jack?"

„Er ist vor ein paar Minuten gegangen. Warum?"

Tomas' Augen verengten sich, als ob er spürte, dass etwas mit ihr nicht in Ordnung war. Dann sagte er: „Er muss rüber ins Krankenhaus, um mit seinem Lieblingsverdächtigen zu sprechen."

Evelyn stand auf. „Walter ist im Krankenhaus? Warum?"

„Brittany Douglas' Vater hat ihn gerade verprügelt."

„Wie bitte?" Hatte sie es vermasselt, indem sie Walter als möglichen Verdächtigen verworfen hatte? „Hatte er einen speziellen Grund, Walter zu verdächtigen?"

„Ich weiß es nicht", erwiderte Tomas. „Zwei meiner Officers bringen Mark Douglas gerade aufs Revier."

Als Evelyn ihm in den vorderen Bereich der Polizeistation folgte, warnte Tomas sie. „Ich würde an Ihrer Stelle hierbleiben. Wir haben gerade den Vater des Opfers verhaftet. Darüber ist keiner sonderlich erfreut." Doch anstatt in die Kommandozentrale zurückzukehren, beschleunigte Evelyn ihre Schritte, um mit Tomas mitzuhalten.

Er schaute sie überrascht an, dann sagte er: „Alle sind sowieso schon extrem verängstigt. Nun haben wir sie auch noch verärgert. Da draußen geht es ziemlich hoch her."

Als sie an seiner Seite den vorderen Bereich betrat, sah sie, dass *hoch hergehen* eine Untertreibung war. Wütende Einwohner rotteten sich auf dem Parkplatz zusammen und wurden von ein paar Polizisten zurückgehalten. Die Menge bestand zum Großteil aus Männern zwischen zwanzig und sechzig. Sie trugen Shorts und T-Shirts, Anzüge und Krawatten. Evelyn schätzte, dass es ungefähr dreißig waren, aber mit nur drei Polizisten, die diesen Ärger nicht vorausgesehen hatten, waren es zu viele.

Die Menge schob und schrie, und die Polizisten, obwohl offensichtlich erfahren, wirkten überwältigt. Evelyn hatte ihre Heimatstadt noch nie so gesehen, selbst vor achtzehn Jahren nicht. Trotz allem, was sie im Bureau schon erlebt hatte, macht es ihr ein wenig Angst.

Vor allem als ein Streifenwagen so nah wie möglich an die Eingangstür heranfuhr und zwei Officers einen Mann vom Rücksitz zerrten, bei dem es sich um Mark Douglas handeln musste. Seine Augen waren blutunterlaufen, sein Gesicht zerfurcht von Trauer, seine Hände geschwollen und blutig.

Die Polizisten waren jung, eindeutig noch Anfänger. Einer hielt Marks Arm fest. Die andere Hand schwebte in der Nähe seiner Waffe. Sein Blick glitt nervös über die Menge, die auf ihn zustürzte.

„Schweine!", rief jemand. „Wir machen euren Job und werden dafür verhaftet?"

„Lasst ihn gehen!", rief ein anderer.

„Mist", sagte Tomas. „Jack! T. J.! Kommt sofort her. Nehmt eure Schlagstöcke mit."

„Vielleicht ...", setzte Evelyn an.

„Bleiben Sie drinnen", wies Tomas sie an und eilte zur Tür. „Die meisten unserer Officers sind unterwegs, um Spuren zu sichern, und das hier könnte hässlich werden."

Evelyn packte seinen Arm. „Haben Sie ein Megafon?"

Tomas schaute sie ungläubig an. „In meinem Büro." Er riss sich von ihr los und öffnete die Tür.

Das Gebrüll schwoll um mehrere Dezibel an. Die Polizisten, die versuchten, die Menge zurückzuhalten, wurden in Richtung der Polizeistation gedrängt. Die Polizisten, die versuchten, Mark Douglas hineinzubringen, waren bei ihrem Streifenwagen gefangen. Einer von ihnen zog seine Waffe, und sofort wurde er von zwei Einwohnern gegen den Wagen gedrückt.

Evelyn sah, dass die Waffe zu Boden fiel und Tomas in die Menge rannte. Sie wirbelte herum und lief zu seinem Büro. Sie war zwar keine ausgebildete Verhandlungsführerin, aber sie hatte mit den Besten des FBI gearbeitet. Und sie wusste, die Menge so schnell wie möglich zu beruhigen war der beste Weg, um zu verhindern, dass jemand verletzt wurde.

Auf dem Rückweg aus Tomas' Büro liefen Jack und T.J. an ihr vorbei. Sie trugen schwere Schilde, die sie in einer kleinen Stadt wie Rose Bay nicht erwartet hatte.

Die beiden Männer schoben sich mit den Schilden durch die Menge und versuchten, die Polizisten am Streifenwagen zu erreichen.

Evelyn erblickte Tomas in der Mitte, die Hände beruhigend erhoben. Ein breitschultriger Mann mit grauen Strähnen im Haar, der der Anführer des Mobs zu sein schien, schrie ihn an und schlug Tomas' Hände weg.

Die drei Polizisten, die die Menge zurückhielten, brüllten ebenfalls. Es klang, als wenn sie den Nachbarn zustimmten, dass Brittanys Dad nicht hätte verhaftet werden dürfen, und sie schienen zu versprechen, dass sie ihn gehen lassen würden, wenn alle wieder friedlich nach Hause gingen.

Die jungen Polizisten, die Mark Douglas hergebracht hatten, waren auf dem Boden neben ihrem Streifenwagen. Einer war halb daruntergekrabbelt, um nicht überrannt zu werden, während der andere versuchte, sich wieder aufzurappeln, und dabei eine Hand an eine blutende Wunde an seinem Kopf presste.

Mark wurde, immer noch in Handschellen, durch die Menge gezerrt. Er schaute immer wieder zurück und schien den Leuten zu erklären, dass es in Ordnung sei, wenn man ihn verhaftete, was die Menschen nur noch wütender zu machen schien.

Evelyn öffnete die Tür, trat heraus und hob das Megafon an den Mund. In dem Wissen, dass sie die Menschen dazu bringen musste, sich wieder auf das zu konzentrieren, was wichtig war, drückte sie auf den Knopf. „Das hier hilft Brittany nicht. Sie müssen die Ermittlungen der Polizei überlassen."

Die Menge verstummte beinahe sofort. Doch das dauerte nur eine gute Sekunde an. Dann rief der Mann, der mit Tomas sprach: „War es Ihre Idee, den Vater des Opfers zu verhaften?" Und die Menge drängte wieder vorwärts und in ihre Richtung.

Evelyn trat einen Schritt zurück und hob das Megafon wieder an. Doch es war zu spät. Die beiden Menschen, die ihr am nächsten standen, schoben sie beiseite, vom Revier weg, und das Megafon fiel ihr aus der Hand.

Sie erlangte ihr Gleichgewicht wieder, legte ihre rechte Hand zum Schutz auf ihre Waffe und versuchte, sich nach hinten zu bewegen. Doch jemand kam von der anderen Seite und blockierte ihren Weg.

Dann schnitt Jacks Stimme durch das Geschrei. „Evelyn! Hey! Lasst sie in Ruhe!" Er fing an, sich zu ihr durchzukämpfen, wobei er mit seinem Schild führte und jemanden aus dem Weg stieß.

Plötzlich schienen sich alle auf einmal in verschiedene Richtungen zu bewegen. Der Mann zu ihrer Linken wirbelte zu Jack herum und stieß sie dabei zurück.

Sie stolperte und richtete sich gerade in dem Moment auf, in dem eine Wolke Pfefferspray sich in die Luft erhob. Es füllte ihre Lungen und ließ sie bei jedem Atemzug husten. Ihre Augen brannten und tränten, bis sie kaum noch etwas sehen konnte.

Die Menge beeilte sich, von dem Pfefferspray wegzukommen, wobei sie so heftig schoben und drängten, dass Evelyn zu Boden gestoßen wurde und hart auf den Knien landete.

Sie versuchte, sich aufzurappeln, aber dann erklang ein Schuss und die Menge wechselte wieder die Richtung. Jemand stieß mit voller Wucht gegen sie, und sie fiel wieder hin. Dann konnte sie sich nur noch zusammenrollen und versuchen, ihren Kopf zu schützen und zu hoffen, dass sie nicht totgetrampelt wurde.

5. KAPITEL

Direkt neben der wütenden Menge vor dem Polizeirevier trat Gabe so heftig auf die Bremse, dass Kyle gegen seinen Gurt gepresst wurde. Er schnallte sich ab und stieg aus, bevor Gabe den Motor abgestellt hatte.

Das Pfefferspray stieg ihm brennend in Augen, Nase und Kehle. Anstatt sofort in die Menge hineinzugehen, sprang er auf das Dach des Mietwagens, um sich einen Überblick zu verschaffen.

Direkt hinter ihnen kam Verstärkung. Er hatte den Aufruf über die Funkgeräte der Suchmannschaft gehört. Alle Polizisten und FBI-Agents waren zum Revier zurückbeordert worden. Da Gabe ein Fahrtraining beim FBI absolviert hatte, war er gefahren. In jeder Kurve hatte Kyle ihn gedrängt, schneller zu fahren, sodass sie schließlich vor allen anderen auf dem Revier ankamen.

Alles, um schneller bei Evelyn zu sein.

Aber wo war sie? Kyle betrachtete die Menge genau. Einwohner, die vor dem Pfefferspray flohen, sich mit den Polizisten prügelten, einen mit Handschellen gefesselten Mann in Richtung eines Trucks schoben. Zwei Polizisten am Boden neben einem Streifenwagen. Zwei weitere, die Rücken an Rücken standen und versuchten, sich mit ihren Schilden zu schützen, während die Menge sie bedrängte. Der Polizeichef, der sich duckte, als ein Einwohner mit der Faust nach ihm schlug. Und da, neben der Eingangstür ... Kyle blinzelte. War das Evelyn?

Die Menge bewegte sich und ... Mist, sie war es. Sie lag auf dem Boden und war in Gefahr, niedergetrampelt zu werden.

Er musste sofort zu ihr. Kyle sprang vom Dach, landete neben Gabe und sagte: „Sie ist da drüben."

„Gehen wir."

Sie waren seit drei Jahren Partner, sodass Worte zwischen ihnen nicht nötig waren. Sie verbrachten jedes Jahr Hunderte Stunden damit, unter Realbedingungen zu trainieren, und dort bedeutete zu wissen, wo genau sein Partner sich befand, den Unterschied zwischen einem erfolgreichen Training und dem echten Tod.

Außerdem waren sie seit drei Jahren befreundet und Gabe wusste, wie tief Kyles Gefühle für Evelyn gingen und wie kompliziert sie geworden waren. Er würde verstehen, dass Kyle im Moment ziemlich verzweifelt war.

Kyle marschierte in die Menge hinein, wobei er sich an die Seite hielt, wo ihn weniger Widerstand erwartete. Gabe ging neben ihm; weit genug entfernt, um ihm Bewegungsfreiheit zu lassen, aber nah genug, um ihn notfalls zu unterstützen.

Kyle spürte, dass seine Augenlider anschwollen, als er sich dem Heck des Streifenwagens näherte, wo das Pfefferspray verteilt worden war. Bewohner von Rose Bay – ein paar Frauen, aber hauptsächlich Männer – eilten in alle Richtungen an ihm vorbei und schienen nicht zu wissen, ob sie fliehen oder kämpfen sollten. Jemand versuchte, ihm einen Schwinger zu versetzen, aber Kyle wich ihm aus, drehte den Mann herum und drückte ihn auf den Kofferraum des Streifenwagens, ohne seinen Schritt zu verlangsamen.

Aus dem Augenwinkel sah er, wie Gabe ein paar Männern auswich, die in Richtung Straße liefen.

Die Menge war gefährlich, aber sie war relativ klein. Er und Gabe hatten letzten Sommer geholfen, einen Gefängnisaufstand niederzuschlagen, und im Vergleich dazu war das hier ein Spaziergang. Zumindest versuchte hier niemand, ihn mit einem scharf gefeilten Metallstück zu erstechen.

Als sie sich Evelyn näherten, sah er, wie sie sich von einem Mann wegrollte, der gerade Anlauf nahm, um sie zu treten.

Kyle rannte schneller und stürzte sich auf den Mann, bevor der durchziehen konnte. Er stieß ihn um.

Gabe war inzwischen neben ihm. Kyle hob Evelyn hoch und warf sie sich über die Schulter. Eine Welle der Erleichterung überflutete ihn, als er sie vom Boden hatte, wo er sie beschützen konnte.

Weitere Wagen mit heulenden Sirenen kamen an, als er sich zur Eingangstür vom Revier durchkämpfte. Die Menge verteilte sich, bewegte sich schneller. Die meisten von ihnen hatte der Kampfgeist anscheinend verlassen.

Doch der Mann, den Kyle umgestoßen hatte, war wieder auf die Füße gekommen – Kyle hatte ihn nicht so hart umgeworfen, dass er bewusstlos wurde, weil er vermeiden wollte, dass er von der Menge totgetrampelt wurde. Doch anstatt jetzt wegzulaufen, stürzte er sich mit wütender Miene und einem Polizeischlagstock in der erhobenen Hand auf Kyle.

Kyle ging einfach weiter, trat über ein am Boden liegendes Megafon, und brachte Evelyn von dem rasenden Mann weg. Gabe trat schnell vor sie, so wie Kyle es geahnt hatte, und nutzte den Schwung des angreifenden Mannes, um ihn gegen die Außenmauer des Polizeireviers zu drücken. Anstatt ihn zu Boden zu zwingen, drehte Gabe ihm einen Arm auf den Rücken, zwang ihn, den Schlagstock fallen zu lassen, und schob ihn dann neben Kyle und Evelyn durch die Tür ins Revier.

Kyle ließ Evelyn vorsichtig zu Boden und hielt sie einen Moment, als sie schwankte. Er führte sie zu einem Stuhl, während sie eine Hand auf eine anschwellende Beule an ihrem Kopf drückte. Dann hob er ihren Kopf, um ihre Pupillen zu überprüfen. Ihre Augen waren klar, die Pupillen normal groß und aufmerksam. Sie wirkte ein wenig verstört, aber sie war okay. Verdammt, als er sie vom Wagen aus da auf dem Boden gesehen hatte, hätte er am liebsten jegliche Strategie vergessen und wäre einfach so durch die Menge gepflügt.

Er schaute zu Gabe. Sein Partner hatte den Mann, den er mit hereingebracht hatte, an eine Metallstange an der Wand gefesselt. Als er Gabes Blick auffing, nickte er in Richtung der Tür.

„Bleib hier", sagte Kyle zu Evelyn. „Ich bin gleich wieder da." Dann folgte er Gabe nach draußen.

Die Menge war jetzt einigermaßen unter Kontrolle. Die meisten der Leute waren schon weg. Ein paar lagen auf dem Boden und wurden gerade von den soeben eingetroffenen Polizisten und FBI-Agents gefesselt. Der Polizeichef half den Polizisten neben dem Streifenwagen auf die Füße. Ein mürrisch blickender älterer Officer legte seinen Schild ab und hob eine Glock vom Boden auf, die er neben die eigene in den Gürtel steckte.

„Wo ist die Profilerin?", fragte er dann und ließ seinen Blick über den Platz schweifen, als hätte er sie zu Boden gehen sehen.

„Sie ist drinnen", erwiderte Gabe. „Es geht ihr gut."

Der Polizist guckte grimmig. „Sie hätte nicht hier draußen sein sollen. Sie sollte überhaupt nicht hier sein." Er wirbelte herum und reichte die Waffe, die er aufgehoben hatte, einem der Anfänger vom Streifenwagen.

Kyle schaute Gabe an und zeigte auf das Revier. Sein Partner folgte ihm nach drinnen.

Evelyn stand auf, sobald sie durch die Tür traten. Die Beule an ihrer Stirn sah hässlich aus, und ihre Augenlider waren von dem Pfefferspray beinahe vollständig zugeschwollen. Ihr Anzug war am Knie und an der Schulter zerrissen, und so, wie sie auf ihn zuhinkte, schätzte er, dass an einem ihrer Schuhe der Absatz abgebrochen war.

Aber es hätte wesentlich schlimmer kommen können.

„Ist irgendjemand verletzt?", fragte sie. „Ich habe einen Schuss gehört."

„Es sieht nicht so aus, als wäre jemand angeschossen worden", antwortete Gabe.

„Gut." Evelyn beugte sich vor und zog ihre Schuhe aus. Dann sah sie zu den beiden Männern auf. „Was macht ihr überhaupt hier?"

„Was glaubst du?", fragte Kyle ein wenig barscher als beabsichtigt. Er nahm einen tiefen Atemzug. Es war nicht Evelyns Schuld, dass die Dinge aus dem Ruder gelaufen waren. Und es war auch nicht ihre Schuld, dass seine Gefühle die Kontrolle übernahmen, wenn es um sie ging.

Er wusste nicht genau, was passiert war. Aber irgendwann im letzten Jahr, zwischen ihrem ersten Zusammentreffen im BAU-Büro und heute, hatte sich alles verändert. Sie war von der neuen Agentin, die er nicht aufhören konnte aufzuziehen, zu einer Frau geworden, der er einfach nicht widerstehen konnte.

„Wir haben gehört, was hier los ist. Ich habe mir Sorgen gemacht, dass du mittendrin stecken könntest."

Sie sah ihn stirnrunzelnd an, schien dann aber zu merken, was sie da tat, und sagte: „Danke für die Hilfe. Es ist ziemlich schnell ziemlich hässlich geworden."

„Braucht das Revier Verstärkung?", fragte Gabe, als die Polizisten mit ihren Gefangenen durch die Tür kamen.

Evelyn schüttelte den Kopf und betastete vorsichtig die Beule an ihrer Stirn. „Ich glaube nicht. Sie hatten nur nicht mit so einer Reaktion auf die Verhaftung von Brittanys Vater gerechnet."

„Was für ein Schlamassel", sagte der erfahrene Polizist mit dem Schild, der gerade einen gefesselten, blutenden Mann durch die Tür schob.

„Ist jemand verletzt, Jack?", fragte Evelyn, während Gabe einem freien Polizisten signalisierte, dass er die Handschellen an dem Mann, den Gabe mit reingebracht hatte, austauschen sollte, weil er seine gerne wiederhätte.

„Nichts Ernstes." Jack drückte seinen Verhafteten auf einen Stuhl. „Bleib da", sagte er und richtete seinen Blick dann auf Evelyn. „Was zum Teufel haben Sie da draußen gemacht? Sie mit einem Megafon anstacheln? Sind Sie verrückt?"

Kyle unterdrückte eine Erwiderung, weil er wusste, dass Evelyn sauer wurde, wenn jemand für sie sprach.

„Ich habe versucht, sie zu beruhigen und daran zu erinnern, auf was wir uns alle wirklich konzentrieren sollten", erwiderte Evelyn wesentlich ruhiger, als Kyle erwartet hätte.

Jack schnaubte. „Na, das hat ja prima geklappt."

Kyle konnte nicht länger schweigen, bemühte sich aber um einen ruhigen Tonfall. „Das Problem war nicht, dass sie versucht hat, mit der Menge zu reden. Das Problem war, dass die Verhaftung nicht besser geplant worden ist." Er musste es wissen. Er hatte oft genug geholfen, hoch brisante Zielpersonen festzunehmen.

Jack warf ihm einen finsteren Blick zu, dann wandte er sich wieder an Evelyn. „Woher kennen Sie diese Typen? Wer sind die? Noch mehr Feds?"

Anstatt Jack zu antworten, fragte sie Kyle: „Kannst du mich mit zum Hotel nehmen?"

„Sie wollen jetzt einfach fahren?", warf Jack ein.

Was hatte der Kerl für ein Problem? Kyle trat näher und bedachte Jack mit einem warnenden Blick, den er normalerweise für unkooperative Zielpersonen reservierte.

„Ich hole mir nur noch schnell eine Akte, okay?" Evelyn rannte los, als hoffte sie, ihr Verschwinden würde dafür sorgen, dass Jack das Interesse verlor.

Aber Jack dachte gar nicht daran und schaute Kyle mit seinem Cop-Blick an.

„Sie wollen vielleicht ein Auge auf Ihren Gefangenen haben", sagte Gabe leise, als Jack Kyle zu nahe kam.

„Mist." Jack lief hinter dem blutenden Anwohner her, den er erst vor einer Minute hereingebracht hatte und der gerade zur Tür humpelte.

Dann war Evelyn zurück und Kyle führte sie durch die Tür in Richtung von Gabes Wagen. „Was hat der Kerl für ein Problem?"

„Offensichtlich hegt er seit achtzehn Jahren eine Abneigung gegen mich."

Kyle führte sie um die Glassplitter des zerborstenen Scheinwerfers des Streifenwagens herum, weil sie keine Schuhe anhatte. „Er hatte eine Abneigung gegen eine Zwölfjährige?"

Gabe schaute fragend zwischen ihnen hin und her, als Evelyn mit den Schultern zuckte. Sie hatte Kyle von ihrer Vergangenheit erzählt, aber Gabe wusste weder welche Bedeutung dieser Fall für sie hatte noch von ihrer eigenen Geschichte hier im Ort.

Kyle hatte versucht, ihre Privatsphäre zu respektieren und die Geschichte für sich behalten, aber wenn sie in Gefahr war – und mit einer Stadt, die sich in Sekunden in einen Mob verwandelt hatte, könnte sie das sein –, würde er es Gabe bald erzählen müssen.

Außerdem gefiel ihm die Stimmung auf dem Revier nicht. Irgendetwas stimmte mit Jack nicht.

Zum Teufel mit dem Schlaf. Sobald er wieder im Hotel war, würde er den Mann überprüfen. „Wie heißt er?"

„Jack Bullock", erwiderte Evelyn. Dann schien sie zu ahnen, warum er gefragt hatte, und fügte hinzu: „Ich glaube, es liegt an dem Fall. Er war damals erst achtzehn Jahre alt und konnte ihn nicht lösen. Das verfolgt ihn vermutlich seitdem."

Als wenn es sie nicht verfolgt hätte.

Sie musste es nicht sagen, er sah es ihr deutlich am Gesicht an.

Aber angesichts dessen, warum sie hier war, ging sie damit wesentlich besser um, als er erwartet hatte. Vielleicht war sie noch zu betäubt davon, dass der Entführer ihrer besten Freundin wieder da war, um wirklich zu realisieren, was los war. Oder vielleicht fraß sie auch nur alles in sich hinein.

Wie auch immer, die Ruhe würde vermutlich nicht lange anhalten.

Evelyn saß auf dem Rand ihres Bettes im Hotelzimmer, die Polizeiakte auf dem Schoß. Sie musste ihren schmutzigen, zerrissenen Anzug ausziehen und duschen. Sie brauchte ein wenig Eis für ihre Beule. Aber erst einmal musste sie sich die Akte ansehen.

Darin befand sich das Originalprofil des FBI vom Kinderreim-Killer.

Sie hatte es nicht gelesen, als sie ihr eigenes Profil geschrieben hatte, weil das ihre Analyse unterbewusst hätte beeinflussen können. Jetzt, wo sie ihr unabhängiges Profil abgegeben hatte, war es an der Zeit, sich alles andere anzusehen – von den ursprünglichen Verdächtigen bis zum Originalprofil.

Da sie sicher war, dass es sich um den gleichen Täter wie vor achtzehn Jahren handelte und nicht um einen Nachahmer, war jetzt der Zeitpunkt der Wahrheit gekommen.

Passte ihr Profil zu dem von damals?

Als Cassie verschwunden war, war auch ein FBI-Profiler nach Rose Bay gekommen. Evelyn hatte ihn einmal am Revier gesehen. Er war selbstbewusst und einen Kopf größer gewesen als die meisten Polizisten. Sie war von einer nachmittäglichen Befragung mit Jack Bullock gekommen. Als sie mit ihren Großeltern an der Suchmannschaft vorbeigegangen war, hatte der Agent gerade die Freiwilligen in Augenschein genommen. Später hatte er das Haus der Byers verlassen, und sie war zu ihm gelaufen und hatte wissen wollen, wer er war und was er tun würde, um Cassie zu finden.

Er hatte sich zu ihr heruntergebeugt und ihr die Hand geschüttelt. Er wusste natürlich, wer sie war, aber damals hatte sie nicht gewusst, warum. Dann hatte er ihr seinen Namen gesagt und erklärt, was seine Aufgabe beim FBI war.

Und diese Unterhaltung hatte den Lauf ihres Lebens komplett verändert.

Sie hatte Philip Havok nie wiedergesehen. Aber sie erinnerte sich immer noch an die Farbe seiner wachen, blauen Augen, das dunkle Grau seines Anzugs, das ruhige Selbstbewusstsein in seiner Stimme. Er war das Bild, das sie seitdem in ihrem Kopf hatte, die Vorstellung dessen, was sie einmal sein wollte. Eine Profilerin. Jemand, der Mädchen wie Cassie wieder nach Hause bringen konnte.

Sie hatte nach ihm gesucht, als sie bei der Academy angenommen worden war. Sie hatte sich gefragt, ob er immer noch als Profiler arbeitete, dann aber entdeckt, dass er ein Jahr zuvor in Rente gegangen war. Er hatte beinahe fünfundzwanzig Jahre fürs FBI gearbeitet, was bedeutete, dass für ihn eine Ausnahme bezüglich der strengen Altersregeln gemacht worden war. Mehr als die Hälfte der Zeit hatte er damit verbracht, Serientäter zu analysieren. Jetzt war sie an der Reihe.

Evelyn öffnete den Fall. Die grundlegende Beschreibung fand sich gleich zuoberst. „Weiß, männlich, zwischen zwanzig und dreißig, hat einen Job mit flexiblen Arbeitszeiten." Wenn man achtzehn Jahre hinzuaddierte, passte das zu ihrem Profil.

Sie las weiter. „Unklar, ob er alleinstehend ist, aber wenn er verheiratet ist, handelt es sich um eine kontrollierende Beziehung. Er könnte ein eigenes Kind haben, wenn ja, hat es höchst wahrscheinlich das gleiche Alter wie seine Opfer."

Evelyn hielt inne. Den Ansatz mit den Kindern hatten sie noch nicht aus allen Blickwinkeln analysiert. Sie hatte sie als möglichen Grund angesehen, aus dem der Täter mit den Entführungen angefangen hatte – weil er ein Kind in diesem Alter verloren hatte. Und sie hatte sie auch als mögliche Ursache für die lange Pause zwischen den Entführungen betrachtet – weil er ein einfaches Opfer zu Hause hatte, das sich in dem von ihm bevorzugten Alter befand. Aber über andere Möglichkeiten hatte sie nicht nachgedacht. Zum Beispiel, dass er andere Kinder entführte, um sich nicht an seinem eigenen Kind zu vergehen.

Evelyn schloss die Augen und betastete vorsichtig die empfindliche Stelle an der Stirn, wo sie sich gestoßen hatte. Ein Bild von Cassie erfüllte ihren Kopf, strahlend, lachend und voller Leben. Was war mit ihr passiert, nachdem er sie entführt hatte?

Evelyn schob die Ärmel ihres Anzugs hoch, öffnete die Augen und las weiter. Als sie fertig war, klappte sie die Akte zu und starrte blicklos gegen die nackte Hotelzimmerwand.

Philip war zu den gleichen Schlüssen gekommen wie sie. Möglicher Kinderschänder, mögliche Wahnvorstellung, dass er ein „Retter" war.

Aber wie zum Teufel sollte sie herausfinden, was es davon war? Und wie zum Teufel sollte sie ihn fassen, bevor Brittanys Zeit ablief?

Es gab nur einen Mann von der Liste der ursprünglichen Verdächtigen, der in den letzten achtzehn Jahren weder als Täter komplett ausgeschlossen worden war noch den Staat verlassen hatte. Und der passte in den Schlüsselpunkten nicht auf das Profil.

Doch da Walter Wiggins immer noch nicht redete, war er Evelyns beste Spur. Sie hatte bei Carly nachgefragt und herausgefunden, dass er zwar auf der Liste der Menschen stand, mit denen sie noch einmal sprechen wollten, aber keine sonderlich hohe Priorität genoss. Dann hatte sie mit Tomas gesprochen und erfahren, dass der einzige Officer, der gerade nicht damit beschäftigt war, eine andere Spur zu verfolgen, sein leitender Detective Jack Bullock war.

Also fuhren sie beide nun in das Nachbarstädtchen Treighton. Sie waren seit fünfzehn Minuten unterwegs, und Jacks endloser Fragenstrom schien einfach kein Ende zu nehmen.

„Wenn Sie glauben, dass Darnell Conway es wert ist, untersucht zu werden, bedeutet das dann, dass wir Ihr ganzes Profil einfach vergessen sollten?" Sein Ton war zwanglos, seine Hände lagen locker auf dem Lenkrad. Doch seine Frage schrie förmlich vor Feindseligkeit.

Evelyn schaute ihn nicht an. „Sie haben die Akte von Charlotte Novak gelesen, oder? Dann wissen Sie, warum ich mit ihm reden will."

„Also, das Profil …"

„Kann Einzelheiten enthalten, die nicht stimmen. Es geht darum, sich auf das Profil als Ganzes zu konzentrieren, nicht auf einen bestimmten Punkt."

„Das ist aber ein ziemlich großer Punkt."

Evelyn drehte sich im Sitz herum, um ihn anzusehen. „Der Mord an der Tochter seiner Freundin ist nie gelöst worden. Aber nachdem die Ermittlungen ins Leere verlaufen waren, haben Darnell und seine Freundin den Staat verlassen und sind hierhergezogen. Wissen Sie, wie alt Charlotte Douglas vor achtzehn Jahren gewesen wäre, also zum Zeitpunkt der ersten Entführung, wenn sie da noch gelebt hätte?"

Jacks spöttische Miene verrutschte. „Sie machen Witze."

„Sie wäre in dem Sommer zwölf gewesen. Genau wie die ursprünglichen drei Opfer des Kinderreim-Killers."

„Warum zum Teufel jagen die anderen Agents – diejenigen, die auf so etwas *spezialisiert* sind – den Kerl dann nicht mit allem, was sie haben?"

Evelyn zuckte mit den Schultern. „Er ist für das Verbrechen nie verhaftet worden. Er war ein Verdächtiger, aber offensichtlich hatte die Polizei nicht genügend Beweise, um ihn anzuklagen. Es ist möglich, dass er es nicht getan hat. Er hat kein Strafregister. Und dieser Fall ist der einzige Grund, warum er überhaupt vor achtzehn Jahren auf der Liste der Verdächtigen erschienen ist. Was vermutlich pures Glück war, weil er ja nie angeklagt worden ist."

„Tja, was für ein Glück. Wie ist man denn überhaupt darauf gestoßen?"

„Er war damals Mitglied einer Suchmannschaft. Der Profiler hatte ein komisches Gefühl, was ihn anging, und hat ein wenig gegraben. Und ich vertraue dem Bauchgefühl des Profilers, was das angeht. Ich will nur ein Gefühl für Darnell bekommen, sehen, wie er auf meine Fragen reagiert."

„Was, wenn er der Täter ist? Sie haben mir gesagt, ich solle Wiggins nicht zu sehr auf die Pelle rücken, weil es ihn dazu treiben könnte, Brittany zu töten, sofern er sie hat. Trifft das hier nicht auch zu?"

Evelyn lehnte ihren Kopf gegen die Kopfstütze. Sie war immer noch müde von dem Aufstand am Nachmittag. Sie schaute auf ihre Uhr und sah, dass Brittanys Entführung jetzt genau vierundzwanzig Stunden her war.

Sie schloss die Augen und versuchte, nicht weiter an etwas zu denken, das sie sowieso nicht ändern konnte, doch sie hörte es in ihrer Stimme, als sie zu Jack sagte: „Falls Darnell die Tochter seiner Freundin getötet hat, ist es innerhalb weniger Stunden passiert. Walter ist anders. Sein Modus Operandi war es, dass seine Opfer sich erst einmal in seiner Gegenwart wohlfühlten. Er wollte glauben, dass sie willige Mitspieler waren. Das ist Teil seiner Fantasie."

„Okay, aber genau wie Wiggins ..."

„Ich weiß. Darnell Conway könnte auf der High Street aufgefallen sein. Aber ich muss ihn trotzdem überprüfen. Und die Informationen, die ich aus den Akten eines alten Falles ziehen kann, sind begrenzt. Ich muss Darnells Gesicht sehen, wenn ich ihn danach frage."

Jack bedachte sie mit einem nachdenklichen Blick, während er über die Brücke fuhr, die Rose Bay von Treighton trennte. Fünfzehn Meter unter ihnen sah das Wasser im schwindenden Licht ruhig aus. Friedlich.

Was sie sofort zu dem Zeitpunkt zurückbrachte, als sie zehn Jahre alt gewesen war und nach Rose Bay gekommen war, um bei ihren Großeltern zu leben. Im Auto war es viel zu warm gewesen, als sie mitten in der Nacht die Brücke überquert hatten. Sie hatte nichts gesagt, weil sie wusste, dass die Wärme für sie war – denn sie trug nur einen fadenscheinigen Pyjama und keine Schuhe. Ihr Grandpa hatte sich so sehr bemüht, sie nicht seine Wut, seine Trauer, seine Schuldgefühle sehen zu lassen.

Seine vom Wetter gegerbten Hände hatten sich um ihre geschlungen, als er ihr versprach, dass sie nie dorthin zurückmüsste. Sie würde von nun an bei ihm und Grandma leben, und sie würden sich um sie kümmern, sie beschützen.

Sie hatte sich nie so behütet gefühlt wie in diesen ersten beiden Jahren bei ihren Großeltern. Aber dann war Cassie verschwunden. Und die Welt war ihr wieder unter den Füßen weggerutscht.

„... meinen Sie nicht?"

„Wie bitte?"

Jack schaute sie verstört an und sie sah, dass er am Telefon sprach.

„Nun, vielleicht sollten Sie versuchen, den Dad zu überreden, Sie jetzt ins Haus zu lassen." Eine Pause. „Er weigert sich? Meinen Sie, er hat etwas zu verbergen?"

„Was ist los?", wollte Evelyn wissen.

„Okay. Fein. Bye." Er legte auf und sagte zu ihr: „Wiggins ist aufgewacht. Er ist in ziemlich schlechter Verfassung, also behalten sie ihn noch im Krankenhaus. Offensichtlich ist er darüber nicht glücklich, aber er will keine Anzeige gegen Brittanys Dad erstatten. Was gut ist. Denn ich bin nicht Polizist geworden, um Perverse und Kriminelle zu schützen."

„Und Walters Dad lässt die Polizei nicht das Haus durchsuchen?"
„Ganz genau. Meinen Sie, er weiß, dass das Mädchen da ist?"
Evelyn schüttelte den Kopf. „Das bezweifle ich. Ich weiß, er will seinen Sohn schützen, aber das ginge doch ein wenig zu weit. Ich habe gesehen, wie Familien von Pädophilen ihr Bestes geben, um zu leugnen, was ihr Kind ist – selbst wenn die Beweise direkt vor ihren Augen liegen. Aber sich an der Entführung beteiligen? Sie kennen seinen Dad besser als ich, aber ich finde das ziemlich weit hergeholt."

Jack nickte. „Das stimmt. Obwohl sein Vater sich im Moment in keinem guten gesundheitlichen Zustand befindet. Ich bezweifle, dass er noch die Treppe in den Keller hinuntergehen kann. Vielleicht weiß er tief im Inneren, dass sie da ist, will es aber nicht glauben?"

Evelyn zog die Mundwinkel nach unten. „Unglücklicherweise könnte das sein."

Als Jacks Hände daraufhin das Lenkrad so fest umfassten, dass die Muskeln in seinen Armen sich anspannten, fügte Evelyn hinzu: „Aber ehrlich gesagt habe ich immer noch ein Problem, Walter zuzutrauen, ein kleines Mädchen tagelang zu beobachten und es dann zu entführen. Er hat ein Motiv, das stimmt, aber Zeit und Gelegenheit?"

„Nun, auf meiner Liste steht er immer noch ganz oben", sagte Jack und bog in eine dunkle Straße ein. „Und ehrlich gesagt, ein schwarzer Mann wie Darnell Conway würde auf der High Street auch auffallen, vor allem vor achtzehn Jahren. Haben Sie nicht deshalb den Täter in Ihrem Profil als Weißen beschrieben?"

Evelyn antwortete nicht, sondern schaute aus dem Fenster auf die Nachbarschaft, in der Darnell wohnte. Die Häuser waren klein und standen dicht beieinander. Die Gärten waren überwuchert. Überall hingen Schilder, die vor bissigen Hunden warnten. Alle Häuser müssten dringend mal wieder gestrichen werden, die meisten brauchten ein neues Dach, und die Gärten würden von ein wenig Gartenarbeit profitieren. Die Sonne ging gerade unter, was es schwerer machte, zu sehen, aber Evelyn würde wetten, dass es in der gesamten Straße nicht eine einzige Blume gab. Von der kaputten Plastikrutsche im Vorgarten des einen Hauses bis zu dem auf Backsteinen aufgebockten Wagen ohne Räder im anderen strahlte die ganze Straße etwas Deprimierendes aus.

Das Haus, vor dem Jack hielt, war noch das beste von allen. Darnell Conway hatte zwar auch keine Blumen gepflanzt, aber wenigstens hatte er den Rasen gemäht. Als sie zur Veranda gingen, sahen sie, dass er ein Sicherheitsfanatiker war. Neben dem Bissiger-Hund-Schild hing eines von einer Sicherheitsfirma. Das Türschloss war beeindruckend groß und die Rollläden einbruchsicher.

Jack hob eine Augenbraue. „Sieht so aus, als wenn jemand hier drin gerne ungestört bleibt."

Evelyn nickte. „Das ist mir auch schon aufgefallen."

„Und dem fehlenden Bellen nach zu urteilen, glaube ich, dass die meisten Schilder in dieser Straße nur der Abschreckung dienen."

„Ja, es ist ungewöhnlich ruhig hier", stimmte Evelyn zu und schaute sich um. Das hier war so ein Viertel, in dem niemand jemals etwas sah.

„Nun, mal schauen, was er uns zu sagen hat." Jack hob die Hand, um an die Tür zu klopfen, doch bevor er das Holz berührte, hörten sie, wie Sicherheitsriegel zurückgeschoben wurden.

Drei Bolzen glitten zurück, bevor die Tür aufschwang und Darnell Conway vor ihnen stand. Evelyn wusste, dass er Ende vierzig war, aber mit seiner glatten, dunklen Haut und den kurz geschnittenen Haaren sah er jünger aus. Nur in seinen tiefbraunen Augen sah sie sein Alter. Und etwas an der Wut, die in den Tiefen dieser Augen lauerte, ließ ihr die Haare im Nacken zu Berge stehen.

War er der Kinderreim-Killer? Hatte er Cassie vor achtzehn Jahren entführt? Hatte er Evelyn beobachtet, vorgehabt, sie sich auch zu holen?

Erkannte er sie jetzt? Das war schwer zu sagen, weil Jack in diesem Moment in seine Tasche griff und seine Polizeimarke zeigte, was sofort Darnells Aufmerksamkeit weckte.

Es war zwanzig Jahre her, dass Darnell das erste Mal von der Polizei verhört worden war. Damals hatte man die Leiche der Tochter seiner Freundin gefunden. Doch sobald er Jacks Marke sah, tobten Wut und Hass so schnell über seine Miene, dass Evelyn es, wenn sie im falschen Moment geblinzelt hätte, nicht gesehen hätte.

So wie Jack sie kurz ansah, hatte auch er nicht geblinzelt. „Mr Conway, ich bin Jack Bullock von der Polizei in Rose Bay."

„Was tun Sie dann in Treighton?", fragte Darnell mit einer Stimme, die so gelassen war wie nun seine Miene.

Jack deutete auf Evelyn. „Das hier ist Evelyn Baine vom FBI."

Darnells Augenbrauen und Mundwinkel zuckten. „FBI, hm? Kann ich Ihnen irgendwie helfen?"

Falls ihr Name ihm irgendetwas sagte, so verriet er es nicht. Verdammt.

„Können wir reinkommen?", fragte Jack.

Von dem wenigen, was Evelyn an Darnell vorbei von dem Haus sehen konnte, erkannte sie, dass es drinnen wesentlich hübscher war als draußen. Nicht nur sauber und ordentlich, sondern auch mit teuren Möbeln eingerichtet. Warum also lebte er in diesem Viertel?

Darnells Blick glitt zu Jack, dann zu ihr. „Nein."

„Wir untersuchen das Verschwinden von Brittany Douglas", sagte Evelyn.

„Nie von ihr gehört."

Jack schnaubte. „Über ihre Entführung wird in allen Medien berichtet."

„Ich bin die letzten paar Tage die Küste raufgefahren und erst gestern zurückgekommen."

„Sie ist gestern entführt worden."

Darnells harte, verschlossene Augen richteten sich auf Jack. „Wie gesagt, ich habe noch nie von ihr gehört."

„Sie ist zwölf Jahre alt", sagte Evelyn.

Darnell blickte sie an, ohne zu blinzeln.

„Das ist nur zwei Jahre älter, als die Tochter Ihrer Freundin war, als sie getötet wurde."

Jetzt spiegelte sich Zorn in Darnells Miene. „Was wollen Sie damit andeuten, *Agent*?"

„Sie haben sie damals gefunden, oder?"

„Na und? Ich bin vor zwanzig Jahren nicht verhaftet worden, und dafür gibt es einen verdammt guten Grund. Ich habe Kikis Kind nicht umgebracht. Lassen Sie mich in Ruhe und verschwinden Sie von meinem Grundstück."

Er schlug die Tür so hart zu, dass Evelyn instinktiv einen Schritt zurücktrat.

„Das ist ja super gelaufen", bemerkte Jack trocken. Aber als sie wieder im Auto waren, fragte er: „Glauben Sie, dass er es war?"

„Ich glaube, wir sollten ihn uns näher anschauen. Und zwar schnell."

6. KAPITEL

Tomas war in der Nacht zuvor nicht nach Hause gefahren, aber irgendwann gegen sechs Uhr morgens an seinem Schreibtisch eingeschlafen. Der Anruf, der ihn keine zwei Stunden später geweckt hatte, wirkte anfangs wie ein Telefonstreich. Eine Person, die sich weigerte, ihren Namen zu nennen, aber etwas „Verdächtiges" in den Sümpfen meldete. Als er sie bat, das „Verdächtige" näher zu definieren, hatte die Person gesagt, es sehe aus wie ein Körper in einem Müllbeutel.

Brittany wurde inzwischen seit beinahe fünfunddreißig Stunden vermisst. Die Profilerin war seit gestern vor Ort und die CARD-Agents seit dem Abend davor. Sie hatten ihm die Statistiken erklärt, also wusste er, dass der Anrufer nur zu gut recht haben könnte.

Der Gedanke ließ ihn instinktiv langsamer gehen, als er sich seinen Weg durch die Sümpfe bahnte und sein Fuß in den Schlamm am Boden einsank. Tomas riss am oberen Rand seiner kniehohen Gummistiefel, bis er seinen Fuß befreit hatte, dann ging er weiter. Vor ihm schien Jack Bullock sich mit unangestrengter Leichtigkeit zu bewegen.

Was ironisch war. Denn außer wenn er im Dienst hierhergerufen worden war, hatte Jack diesen Teil von Rose Bay vermutlich noch nie besucht. Tomas hingegen konnte das Haus sehen, in dem er seine prägenden Jahre verbracht hatte.

Es stand auf hölzernen Stelzen, für die Zeiten, wenn die Sümpfe anschwollen, und war von außen stuckverziert. Als er noch ein kleiner Junge gewesen war, hatte es auf der Rückseite eine Veranda gegeben, aber die war längst fort. Seine Eltern waren umgezogen, als ihr Sohn das Haus verlassen hatte, und seitdem hatte das Haus viele verschiedene Besitzer gehabt. Aus der Ferne wirkte es verlassen und heruntergekommen.

„Können Sie sich das vorstellen?", fragte Jack und zeigte auf den Schuppen vor ihnen. „Würden Sie hier wohnen wollen?"

Tomas sagte nichts. Er ging davon aus, dass Jack nicht wusste, dass er nur hundert Meter von hier entfernt aufgewachsen war. Was den Schuppen anging, der war unbewohnt, und zwar schon seit über einem Jahr. „Er ist leer. Wir sollten ihn auf dem Rückweg überprüfen, um sicherzugehen, dass er nicht als Versteck für Brittany benutzt worden ist." Vermutlich würden sie eher einen Drogenvorrat darin finden, aber es war einen Versuch wert.

Jack drehte sich um, um etwas zu sagen, dann fluchte er, als sein Fuß unter ihm wegglitt. Er fing sich auf, bevor er ins Wasser fiel, aber dennoch stieß er einen weiteren Strom an Obszönitäten aus. „Was hat der Anrufer gesagt, wie weit draußen will er etwas gesehen haben?"

„Es sollte nicht mehr weit sein."

„Wir hätten das Boot nehmen sollen", stöhnte Jack und atmete schwer in der feuchten Luft.

„Dazu ist der Wasserspiegel zu niedrig." Er reichte ihnen so früh morgens nur knapp bis zu den Knien, und Tomas wusste, dort, wo sie suchen mussten, wäre es auch nicht viel tiefer.

Er hatte als Kind genügend Zeit in den Sümpfen verbracht, um sie zu kennen. Die Stelle, an der sie jetzt nach einer Leiche suchten, war einst der Lieblingsplatz von ihm und seinen Brüdern gewesen. Dort hatten sie mit Dads altem Kanu gepaddelt, waren durch die Sümpfe gebraust und raus aufs Meer. Damals hatten sie sich nur über den betrunkenen Nachbarn Sorgen machen müssen, der gerne auf alles schoss, was sich in Reichweite seiner Jagdflinte befand. In diesem Moment sehnte Tomas sich nach der Einfachheit von damals.

Seitdem Brittany Douglas entführt worden und Evelyn Baine in die Stadt gekommen war, war Jack noch anstrengender als sonst. Walter Wiggins drohte, die Polizei anzuzeigen, weil sie ihn nicht ausreichend beschützt hatte, obwohl mehrere Drohungen gegen ihn eingegangen waren. Und nach der Verhaftung von Brittanys Vater gestern war die ganze Stadt in Aufruhr. Um dem Ganzen die Krone aufzusetzen, hatte Evelyn ihm auch noch einen Verdächtigen aufgetischt.

Obwohl in ihrem Profil stand, dass der Täter weiß sei, war sie gestern Abend mit Jack aufs Revier zurückgekehrt und hatte Darnell Conway als ihren Hauptverdächtigen präsentiert. Und sollte man in Rose Bay erfahren, dass ein Schwarzer der Hauptverdächtige für die Entführung von jungen weißen Mädchen war, würde der Aufstand vor dem Revier von gestern wie ein Picknick aussehen und es würde ein Sturm über seine Männer hereinbrechen, von dem er nicht wusste, ob sie mit ihm umgehen konnten.

„Wie weit noch?", fragte Jack, der immer noch vor ihm durchs Wasser platschte.

„Wir sind nah dran."

Dass er aus dem armen Teil der Stadt kam, war etwas, das Tomas nicht in die Welt hinausposaunte. Aber in seinem Job war es von Vorteil. Er hatte als Kind Rose Bay von der anderen Seite aus erlebt. Anstatt der perfekten, sicheren Gemeinde, in der die Reichen beruhigt ihre Häuser unverschlossen und die Kinder bei ihren Nannys lassen konnten, hatte Tomas die Gefahren gesehen.

Er war mit dem Respekt vor den natürlichen Gefahren aufgewachsen – von der Unterströmung im Meer bis zu der Geschwindigkeit, mit der die Flut über den Strand spülte. Er wusste, dass er dem Nachbarn ausweichen sollte, der immer wie saurer Whiskey roch, und den Mann, der behauptete, von den Elektrizitätswerken zu sein, nicht ins Haus zu lassen, wenn sein Vater nicht da war.

Brittanys Eltern hingegen hatten sich sicher gefühlt, ihr Kind alleine draußen im Garten spielen zu lassen. Sie hatten sich von Rose Bays augenscheinlicher Perfektion einlullen lassen. Nichts Schlechtes war ihnen je im Leben zugestoßen, also dachten sie, das würde immer so bleiben. Bis ihre Tochter ihnen unter der Nase weggestohlen worden war.

„Da drüben." Jack zeigte auf etwas, und nun sah Tomas es auch. Es schwamm am Ende des Sumpfes auf dem Wasser. Ein großer schwarzer Müllsack, der von etwas Schwerem heruntergezogen wurde. Hätte er sich nicht im Schilf verfangen, wäre er vermutlich auf den Boden gesunken.

„Mist." Der Anrufer hatte recht gehabt. Es sah wirklich aus, als könnte es sich um einen Körper handeln. Einen kleinen Körper.

Er hatte zu seiner Zeit bei der Mordkommission in Atlanta genügend Leichen gesehen – einschließlich ein paar in Müllsäcken. Er hatte den Job in dem ruhigen Rose Bay in der Hoffnung angenommen, hier weniger Tote zu sehen. Und so war es auch gewesen. Doch falls wirklich Brittany Douglas in dem Sack steckte, würde das zu dem Schlimmsten gehören, was er je erlebt hatte.

Tomas wischte sich mit der Hand über die Stirn, die feucht vor Schweiß war. Bereits um acht Uhr morgens herrschten über dreißig Grad. Er zwang sich, schneller zu gehen, und stapfte durch das schlammige Wasser, bis er den Müllbeutel erreicht hatte.

Jack war vor ihm da, wartete aber mit angespannter Miene. „Sollten wir versuchen, ihn hier rauszuholen, bevor wir ihn öffnen?"

Statt einer Antwort holte Tomas sein Taschenmesser heraus.

„Was, wenn es nur Luft ist, die den Müllsack oben schwimmen lässt?", fragte Jack, aber es war zu spät, Tomas hatte den Sack bereits am oberen Ende aufgeschnitten.

Die Plastikfolie sackte ein wenig zusammen, wobei ein fauliger Geruch entwich. Jack stellte sich ein wenig breitbeiniger hin, so wie Tomas es ihn schon Dutzende Male an Tatorten hatte tun sehen, wenn er sich darauf vorbereitete, etwas zu sehen, was er nicht sehen wollte.

Tomas klappte das Messer zusammen und steckte es zurück in seine Tasche. Dann zog er ein Paar Latexhandschuhe über. Er riss den Beutel mit den Händen weiter auf. Sachen quollen heraus. Ein vollkommen heiler Basketball. Ein dreckiges altes Kissen. Eine grüne, schleimige Substanz, die er nicht identifizieren konnte.

Er stemmte sich fester in den matschigen Untergrund und steckte seine behandschuhte Hand in den Beutel, um zu fühlen, ob sich eine Leiche darin befand. Seine Finger spürten Dosen und Taschentücher und einen Gummiball, aber nichts in dem Beutel war je lebendig gewesen, außer den Maden, die sich an den alten Resten von chinesischem Essen labten.

„Da ist nichts", sagte er zu Jack, der erleichtert auf den Fersen wippte.

„Was für eine Zeitverschwendung", beklagte sich Jack. Dann drehte er sich um und stapfte zurück zum Ufer.

Tomas seufzte, stopfte den Müll zurück in den Beutel und zog ihn sich über die Schulter. Er wog wesentlich weniger als eine Leiche, fühlte sich aber tausend Mal schwerer an, als er Jack in Richtung der Stadt folgte, die von ihm Antworten verlangte, die er nicht hatte.

Die Flut raste gierig auf Evelyn zu und durchnässte den Saum ihrer Jeans, als sie in Richtung der Sanddünen ging, die von hohem Gras bewachsen waren. Vom Hauptbereich des Strandes aus war dieser Teil nur für die Abenteuerlustigen zugänglich. Um hierherzukommen, hatte Evelyn über eine Felsnase klettern müssen, auf deren feuchter, rutschiger Oberfläche es nicht einfach gewesen war, Halt zu finden. Zusammen mit den Dünen zu ihrer Rechten war das hier kein Ort für gewöhnliche Strandspaziergänger. Für jemanden, der eine Leiche verstecken wollte, war es hingegen ein durchaus ansprechender Platz.

Evelyn marschierte entschlossen auf die Dünen zu. Der Wind wirbelte den Sand umher, sodass er wie kleine Nadelstiche über ihre Haut tanzte. Die Wellen krachten laut gegen den Felsen.

Sie hatte sich heute Morgen einen Platz etwas entfernt vom Rest der Suchmannschaft gewählt, weil sie Zeit für sich alleine brauchte, um nachzudenken. Über Walter Wiggins und Darnell Conway. Über die schwierigeren Aspekte ihres Profils.

Sie war vor Cassies Entführung das letzte Mal hier gewesen. Cassies Mom hatte ihnen gezeigt, wie man hierhergelangte. Anstatt über die Felsen zu klettern, waren sie damals über die Dünen gekommen. Für eine Zwölfjährige hatten die gar nicht enden wollen, aber dann waren sie irgendwann an diesem kleinen Strandabschnitt angekommen und es war, als wäre es ihre kleine private Welt.

Sie hatte heute Morgen das erste Mal daran gedacht und ihr war klar geworden, dass das nur einen Monat vor Cassies Entführung gewesen war. Vielleicht war er ihnen gefolgt. Vielleicht hatte er das hier auch zu seiner kleinen privaten Welt gemacht.

Ein Schauer überlief sie, so gewaltig wie der Wind, der ihr die Haare aus dem Knoten riss.

„Hey!"

Eine unerwartete männliche Stimme ließ Evelyn den Kopf heben. Aus den Dünen kam Darnell Conway auf sie zu.

Ein unbehagliches Gefühl bemächtigte sich ihrer. War er ihr hierher gefolgt?

Evelyns Hand ging instinktiv zu ihrer Hüfte, wo ihre SIG Sauer steckte. Ihr Holster hatte die Haut darunter in der heißen Sonne von South Carolina aufgescheuert, aber dennoch ging sie ohne ihre Waffe nirgendwohin.

Nach ihrem Besuch bei Darnell gestern hatte sie ein wenig recherchiert und herausgefunden, dass er seine Freundin Kiki vor zwei Jahren aus dem Haus geworfen hatte. Es war möglich, dass er vor achtzehn Jahren mit den Entführungen aufgehört hatte, weil Kiki misstrauisch geworden war. Wenn er jetzt zu seinen alten Taten zurückkehrte, wäre da niemand mehr, dem er irgendetwas erklären müsste.

Als Darnell mit beinahe lässigem Gang auf sie zukam, glitt Evelyns Blick auf der Suche nach einer Waffe zu seinen Händen. Aber sie schwangen leer an seiner Seite.

„Sie sind Evelyn Baine vom FBI, oder?", fragte Darnell mit ausdrucksloser Miene.

„Was tun Sie hier?"

Der Ansatz eines Lächelns umspielte seine Mundwinkel, und in seinen Augen blitzte es gefährlich auf. „Nun, nachdem Sie und der Officer mir von dem verschwundenen Mädchen erzählt haben, wie hätte ich mich da der Suche nicht anschließen können?"

„Müssen Sie nicht arbeiten?"

„Ich bin sicher, Sie wissen, dass ich im Vertrieb arbeite. Von zu Hause aus. Ich kann mir meine Zeit frei einteilen."

Er trat näher, und Evelyn ging einfach weiter, wobei sie darauf achtete, ihn immer im Blick zu haben. „Warum hier?"

„In den Dünen?"

„Ja. Die Polizei hat die Helfer doch verschiedenen Suchtrupps zugeteilt."

„Sie sind doch auch nicht bei einer Gruppe." Darnell vergrößerte seine Schritte und kam so nah, dass sie sein Aftershave riechen konnte. „Sollten Sie denn ganz allein hier draußen sein?"

Sein Ton war neutral, doch seine Worte waren wohl durchdacht und darauf aus, sie einzuschüchtern.

Evelyn spürte, wie ihr Kiefer sich verspannte, als sie die erste Düne erklomm, anstatt über die Felsen zurückzukehren. Denn dafür würde sie beide Hände benötigen, doch mit Darnell in der Nähe hatte sie ihre Schusshand lieber frei.

Entweder wollte er mit seiner Schuld prahlen, weil er dachte, sowieso nie gefasst zu werden. Oder er war einer dieser Kerle, die darauf abfuhren, sich aggressiv zu geben und andere herumzuschubsen.

„Sollten Sie das denn?", erwiderte sie nur, weil sie ihn wissen lassen wollte, dass er ihr keine Angst machte.

Darnell hielt mit ihr Schritt. In seiner Miene sah sie, dass er die Herausforderung genoss. „Was für einen Sinn hat es, mit einer Gruppe zu suchen? Je größer der Bereich, den wir abdecken, desto höher die Wahrscheinlichkeit, dass wir das kleine Mädchen finden, richtig?"

Oder desto einfacher wäre es, eine Leiche zu verstecken mit der bequemen Entschuldigung, sich an der Suche zu beteiligen. Einige Mörder mochten es, derjenige zu sein, der ihr Opfer „entdeckte". Und falls Darnell wirklich vor zwanzig Jahren die Tochter seiner Freundin getötet hatte, war er einer von ihnen.

Ein mulmiges Gefühl machte sich in ihr breit. Würde sie Brittany in diesen Dünen finden? War Cassie auch hier irgendwo?

Sie ballte die Hände zu Fäusten und wurde absichtlich langsamer, damit Darnell den Weg bestimmen konnte. Wenn er sie zu den Leichen führte, wenn er so tun wollte, als würde er sie finden, würde sie mitspielen.

Seine Augen verengten sich ein wenig, als sie ihm erlaubte, vorzugehen. Es war, als könnte er ihre Gedanken lesen. Als wüsste er genau, was sie tat.

Sie erwartete beinahe, dass er etwas Entsprechendes sagte, doch stattdessen schlug er vor: „Gehen wir hier entlang", und führte sie tiefer in die Dünen.

Beinahe sofort ging er schneller. Er war gute fünfundzwanzig Zentimeter größer als sie, also waren seine Schritte wesentlich länger als ihre.

Versuchte er, sie aus der Puste zu bringen, damit er sie einfacher überwältigen konnte, sobald sie tief in den Dünen waren?

Sie wahrte eine vorsichtige Distanz zu ihm, während sie eine Düne nach der anderen überquerten. Darnell atmete schwer, sein T-Shirt war durchgeschwitzt und klebte an seinen Oberarmen, die dicker waren als ihre Oberschenkel.

„Das ist irgendwie krank, oder?", keuchte er nach zehn Minuten des Schweigens.

„Was?", fragte Evelyn. Sie schwitzte ebenfalls und hatte Durst. Die Sonne brannte auf sie herab, am Himmel war keine einzige Wolke zu sehen. Die salzige, feuchte Luft fühlte sich schwer an in ihren Lungen. Und der Gedanke, dass Cassie unter einer dieser Dünen begraben lag, über die sie gerade stapfte, ließ ihr Schauer über ihren schweißgebadeten Körper laufen.

Wenn Darnell wirklich der Kinderreim-Killer war, hatte sie recht und er wollte die Opfer „entdecken". Oder vielleicht machte es ihn einfach auch nur an, dass sie – ein geplantes ehemaliges Opfer, das nun gegen ihn ermittelte – hier über ihre vergrabenen Leichen stapfte.

Darnell wurde langsamer und fiel mit ihr in Schritt. „Na kommen Sie schon. Niemand will es aussprechen, aber alle wissen es. Vor achtzehn Jahren ist keines der Mädchen gefunden worden. Und der gleiche Kerl ist jetzt zurück." Er hob bedeutungsvoll die Augenbrauen.

Als sie nicht reagierte, hakte er nach. „Sie haben uns mit der Vorstellung in diese Suche gelockt, dass wir helfen könnten, das kleine Mädchen zu finden. Aber seien wir doch mal ehrlich. Wir suchen nach einer Leiche."

Ein Bild blitzte in Evelyns Kopf auf, und der Schock ließ sie ein Stück die Düne hinunterrutschen. Ein Bild von einem blonden Mädchen mit Zöpfen, dessen himmelblaue Augen vor Freude strahlten und das für jeden, den es traf, ein Lächeln übrig hatte. Cassie.

Das letzte Mal, als Evelyn sie gesehen hatte, hatten sie in Cassies Garten Verstecken gespielt. Evelyn hatte sich so frei gefühlt, weil sie endlich irgendwo dazugehörte. Sie hatte ein echtes Zuhause und eine Freundschaft fürs Leben gefunden. Sie hatte nicht gewusst, dass sie an diesem Tag zum letzten Mal in ihrem Leben wirklich ein Kind sein würde.

Wut schwoll in ihr an. Hatte dieser Mann ihr das genommen? Hatte er ihr Cassie genommen? Instinktiv ging ihre Hand zu ihrer Waffe.

Die Sonne knallte nicht mehr ganz so erbarmungslos auf den braunen Sand. Evelyn wirbelte herum, und Darnell war so nah, wenn sie zu tief einatmete, würden sie einander berühren. Sie erkannte den Blick in seinen Augen, weil sie ihn schon zuvor gesehen hatte – meistens im Verhörraum. Seine Worte waren dazu gedacht, eine Reaktion in ihr hervorzurufen.

Seine Lippen zuckten, etwas wollte dahinter hervorbrechen. Ein Grinsen? Ein Lächeln? Er hielt es zurück, starrte sie an, Triumph in den Augen.

Und sie erkannte, was sie getan hatte. Sie hatte sich ablenken lassen, hatte an Cassie gedacht. Sie hatte ihn zu nah an sich herangelassen.

Sie war bewaffnet, ja, aber in der Zeit, die sie benötigte, um die Waffe zu ziehen, könnte er sie mit seiner Kraft einfach überwältigen. Sie könnte weglaufen, aber in welche Richtung? Sie befanden sich am Fuße zweier Dünen, und sie hatte keine Ahnung, wohin es rausging.

Das Leuchten in Darnells Augen verriet ihr, dass er ihre Angst spürte.

Was sie unglaublich wütend machte. Und diese Wut entzündete den ganzen Zorn, der unter Bergen von Trauer und Schuldgefühlen darüber, überlebt zu haben, begraben war.

Na und, dann war er ihr eben um gute hundert Pfund reine Muskelmasse überlegen. Sie hatte dafür eine Nahkampfausbildung vom FBI. Und sie würde sich nicht kampflos ergeben.

Sie legte den Kopf in den Nacken, damit er ihr in die Augen sehen konnte.

Als er erkannte, dass er mit Einschüchterung nicht weiterkam, war er bestürzt – wie die meisten Rüpel. Ein Anflug von Überraschung und Panik blitzte in seinen Augen auf. Er verbarg es schnell und hob eine Hand.

Instinktiv sprang Evelyn einen Schritt zurück und hob die geballten Fäuste.

„Treten Sie zurück!"

Evelyn erkannte den tiefen Bariton sofort. Darnell reagierte auf den Befehl, indem er sich ganz ruhig mit der Hand über sein Haar strich. Dann ließ er sich Zeit, um ein paar Schritte von ihr wegzutreten.

Nun endlich schaute Evelyn auf und sah Kyle. Er kam mit gezückter Waffe von der Düne her auf sie zu und ließ Darnell nicht aus den Augen.

„Evelyn und ich haben nur bei der Suche geholfen", sagte Darnell viel zu ruhig für jemanden, auf den eine Waffe gerichtet war. „Sind Sie immer so schießwütig, Mann?"

Ohne die Waffe oder seinen Blick von Darnell zu nehmen, streckte Kyle ihr die Hand hin.

Evelyn nahm sie, und er zog sie die Düne hinauf neben sich, als wenn sie gar nichts wöge. Erst dann steckte er seine Waffe weg.

Aber seine Hand hielt er noch in der Nähe, und Evelyn erkannte den harten Blick in seinen Augen als Kyles „Missionsmodus". Für jemanden, der normalerweise entspannt und zugänglich wirkte, sah Kyle jetzt genauso aus wie der Spezialagent, zu dem er ausgebildet worden war.

Darnell sah das auch, denn er bewegte sich langsam und hielt seine Hände von seinen Taschen fern, als Kyle ihm bedeutete, vor ihnen herzulaufen.

„Sie müssen sich für die Suche registrieren lassen", sagte Kyle, während sie sich einen Weg aus den Dünen heraus suchten.

„Woher wollen Sie wissen, dass ich das nicht getan habe?", parierte Darnell.

„Weil ich, als ich mich umgehört habe, wo Evelyn steckt, erfahren habe, dass ich nicht der Einzige bin, der nach ihr sucht."

Darnell hatte den Leuten erzählt, dass er sie suchte? Das bedeutete, dass er vermutlich nicht vorgehabt hatte, ihr zu schaden, sondern sie nur einschüchtern wollte.

Ihr Adrenalinpegel sank, und Evelyn verfluchte sich dafür, das hier vermasselt zu haben. Wenn sie konzentriert geblieben wäre, hätte sie ihn vielleicht dazu verleiten können, einen Fehler zu machen.

Darnell zuckte mit den Schultern und warf Kyle einen Blick zu. „Evelyn hat mir von der Entführung des Mädchens erzählt. Sie hat dabei die Suchaktion erwähnt. Also dachte ich, ich schließe mich ihr an."

Als sie aus den Dünen auf das hohe Gras neben einen Parkplatz voller Strandbesucher traten, legte Evelyn eine Hand auf Kyles Arm. Er drehte sich zu ihr um, und sie schüttelte kurz den Kopf. Eine stumme Bitte, Darnell nicht zu warnen, sich von ihr fernzuhalten.

Bevor sie zur BAU gekommen war, hatte sie jahrelang Psychologie studiert und dabei sehr viele Kurse darüber belegt, wie die gefährlichsten Gehirne funktionierten. Und all ihr Wissen sagte ihr jetzt, dass Darnell sich ihr noch einmal nähern würde.

Und beim nächsten Mal wäre sie vorbereitet. Sie würde sich nicht noch einmal alleine von ihm überraschen lassen. Nächstes Mal wäre er nicht der Einzige, der Psychospielchen spielte.

Denn er hatte vielleicht sein ganzes Leben damit verbracht, Leuten etwas vorzumachen, aber ihr Beruf war es, in seinen Kopf hineinzukrabbeln und ihn dazu zu bringen, ihr die Wahrheit zu erzählen. Und dieser Beruf war der größte Teil *ihres* Lebens.

Sie wusste, dass es Kyle nicht gefiel, aber er schwieg, als Darnell in Erwartung einer Drohung zwischen ihnen hin und her schaute.

Als nichts kam, funkelten seine Augen amüsiert. „Ich komme später zurück, um weiter zu helfen. Wir können diesen Kerl damit ja nicht durchkommen lassen."

Er schlenderte davon und rief über seine Schulter: „Bis bald, Evelyn."

7. KAPITEL

Kyle war verärgert.

Das sah Evelyn in seinem angespannten Kiefer und der Art, wie seine Hände das Lenkrad umklammerten. Er hatte sie schweigend zu seinem Wagen geführt und war in Richtung Kirche gefahren, wo die Suchtrupps sich versammelten. Dort hatte sie ihren Wagen am Morgen zurückgelassen, bevor sie alleine zu den Dünen aufgebrochen war.

Sie wusste, warum er wütend war. Sie war ein Risiko eingegangen und hatte sich von Darnell in die Ecke drängen lassen. Und sie hatte nicht zugelassen, dass Kyle dem Mann mit körperlichen Konsequenzen drohte, sollte er sich ihr jemals wieder nähern.

„Er hat mich überrumpelt. Das wird nicht noch einmal passieren."

Kyle nickte kurz und entspannte dann mit sichtbarer Anstrengung seinen Mund. „Aber du willst, dass er dich noch einmal aufsucht, oder?"

„Er könnte der Kinderreim-Killer sein. Und wenn er es ist, will er damit angeben. Er will mich verhöhnen." Sie versuchte, mit den Schultern zu zucken und die Übelkeit zu ignorieren, die bei dem Gedanken in ihr aufstieg, Darnell zu ermutigen, mit dem zu prahlen, was er Cassie angetan hatte.

Diese Strategie hatte sie schon Dutzende Male zuvor eingesetzt. In anderen Fällen, in Verhörräumen mit Verdächtigen, die glaubten, klüger zu sein als sie. Sie würde es auch für diesen Fall tun können.

Aber Kyles Miene nach zu urteilen, erinnerte er sich an ihren letzten Fall und daran, was passiert war, als sie versucht hatte, einen Mörder anzulocken. Sie wäre an jenem Tag beinahe gestorben.

„Er will mich nicht umbringen. Er will nur angeben, ohne wirklich etwas zuzugeben."

Kyles Hände packten das Lenkrad noch fester. „Was passiert, wenn du ihn dazu bringst, doch etwas zuzugeben?"

Die Art, wie er es sagte, so als wäre das unausweichlich, erfüllte sie mit Wärme. „Ich werde mich nicht noch einmal allein von ihm erwischen lassen."

Sie hörte Kyle seufzen, dann nahm er eine Hand vom Lenkrad und verschränkte seine Finger mit ihren.

In dem kurzen Blick, den er ihr zuwarf, bevor er sich wieder auf die Straße konzentrierte, erkannte sie, dass er sie verstand. Sie hatte ihm von Cassies Entführung erzählt – aber er kannte nicht die ganze Geschichte.

Plötzlich wollte sie, dass er sie wusste. Wollte ihn wirklich an sich heranlassen und ihm zeigen, wie es danach weitergegangen war. „An den Entführungsorten wurden Nachrichten hinterlassen. In der in Cassies Haus hat gestanden, dass er mich auch mitnehmen würde."

Kyles Finger zuckten zwischen ihren, dann lenkte er den Wagen an den Straßenrand und hielt an. Er schaute sie an. In seinen blauen Augen lagen Traurigkeit und Verständnis.

Diese kleine Information beantwortete vermutlich jede Frage, die er je darüber gehabt hatte, warum sie ihren Job vor alles andere stellte. Warum sie immer so ernst, so verschlossen war. Warum sie alleine war.

Sie schaute auf ihren Schoß, weil sie seinem Blick nicht standhalten konnte.

„Du weißt, dass das nicht deine Schuld ist."

Man konnte darauf vertrauen, dass Kyle direkt zum Kern der Sache kam und genau verstand, was sie dachte. Aus irgendeinem Grund hatte er das von Anfang an getan.

„Ja, ich weiß. Aber das ändert nichts an meinen Gefühlen." Sie zwang sich, ihm in die Augen zu schauen. „Ich wollte es dir erzählen, aber ich kann darüber im Moment nicht reden. Ich kann darüber im Moment nicht einmal nachdenken. Ich muss mich konzentrieren."

Sie musste ihre Gefühle so tief wie möglich vergraben, sich, so weit es ging, betäuben, bis sie den Kinderreim-Killer gefasst hatten. Und dann würde sie sich den Luxus gönnen, Cassie zu betrauern. Aber nicht jetzt. Nicht, wenn es sie von der Spur abbringen konnte. Nicht, wenn sie dadurch Gefahr lief, Brittany nicht mehr rechtzeitig zu finden oder den Fall des Kinderreim-Killers nie zu lösen.

„Sei einfach nur vorsichtig, okay?"

Evelyn nickte und schaute auf ihre Finger, die immer noch mit seinen verschränkt waren. Ihre Finger wirkten so klein neben seinen, seine Haut so blass neben ihrer. „Das werde ich."

Ihr fiel auf, dass es nur einen Menschen gab, dem sie erzählt hatte, wo sie heute hingehen wollte. Daher fragte sie: „Wie hast du mich gefunden?"

„Ich habe mich umgehört. Jack Bullock hat gesagt, ich sollte mal in den Dünen nachsehen."

„Hat Darnell dich dabei gehört?"

„Der Kerl, den wir in den Dünen getroffen haben? Nein. Als niemand aus dem Suchtrupp wusste, wo du bist, bin ich auf dem Revier vorbeigefahren."

„Hm."

Kyle verengte die Augen. „Du fragst dich, wie Darnell dich gefunden hat?"

„Ja. Ich habe es nur Jack erzählt."

„Vielleicht hat Jack es irgendjemandem gegenüber erwähnt und Darnell hat es zufällig gehört?"

Evelyn nickte, blieb aber skeptisch. „Ja, vielleicht."

„Du glaubst, Jack hat es ihm gesagt?"

„Nein. Wir haben Darnell gestern gemeinsam befragt. Er hätte ihm nie gesagt, wo ich bin."

„Nun, wenn du dich dann besser fühlst, ich habe gestern Abend einen kleinen Hintergrundcheck für Jack durchgeführt und nichts gefunden, was mich misstrauisch gemacht hat."

Evelyn runzelte die Stirn. „Jack ist kein Verdächtiger."

„Mir gefiel seine Art einfach nicht. Aber er hat einen fast perfekten Lebenslauf als Polizist. Er ist schon lange verheiratet. Alles in allem wirkt er solide. Der Kinderreim-Killer-Fall von vor achtzehn Jahren scheint einer der wenigen zu sein, die er nicht hat lösen können."

„Sein Benehmen mir gegenüber ist ein wenig seltsam." Sie vermutete, es hatte zumindest zum Teil etwas mit ihrer Hautfarbe zu tun. Aber darüber wollte sie jetzt nicht sprechen. „Was auch immer er für Gründe für seine Feindseligkeit hat, ich komme damit klar."

„Ich glaube, er ist verärgert, weil du ihn an seinen einen großen Fehlschlag erinnerst. Und ich glaube, er hat Angst, dass du ihn jetzt überflügeln könntest, indem du den einen Fall löst, den er nicht hat lösen können."

„Jack war damals noch ein Anfänger. Sein Dad war der Polizeichef."

„Ein Grund mehr, warum er den Fall nicht loslassen kann", sagte Kyle. „Vertrau mir, ich weiß genau, wie das ist."

Er lächelte sie an, und sie fühlte sich, als wäre sie wieder fünfzehn Jahre alt und entdeckte gerade die Jungen für sich. „Bevor ich zum Bureau kam, war ich Polizist, weißt du noch? Wie mein älterer Bruder. Und mein Dad, der Polizeichef."

„Wirklich?" Kyle hatte ihr erzählt, dass er einer Familie von Polizisten entstammte und selber Polizist gewesen war, aber sie hatte nicht gewusst, dass sein Dad Polizeichef gewesen war. Und irgendwie hatte sie immer gedacht, dass Kyle sehr schnell zum FBI gewechselt war.

Sie versuchte, sich ihn in Polizeiuniform vorzustellen, aber sie sah ihn immer nur in seiner kugelsicheren Weste mit den großen Buchstaben FBI auf der Brust vor sich. „Ich schätze, ich bin davon ausgegangen, dass du genau wie ich zum Bureau gekommen bist."

„Weil ich immer gewusst habe, dass ich dorthin gehöre?" Er schüttelte den Kopf. „Nein. Es war purer Zufall. Eines Tages hatten wir eine Situation, zu der ein paar Agents aus dem Regionalbüro des FBI hinzugerufen wurden. Ich habe an dem Tag ein Kind gerettet, das hat ihre Aufmerksamkeit erregt." Er zuckte mit den Schultern und spielte mit ihren Fingern. „Einer von ihnen hat vorgeschlagen, dass ich mich bewerbe."

„Und es war nicht ganz so, wie du es erwartet hast?"

Er lächelte. Ein weiches, stilles Lächeln, das so gar nichts mit seinem üblichen breiten Grinsen gemein hatte. „Oh, auf viele Arten war es besser. Aber du weißt ja, wie das HRT ist."

Ja, das tat sie. Sie wusste, dass er nicht nur Erinnerungen an die Menschen hatte, die er retten konnte, sondern auch an die, zu deren Rettung er nicht mehr rechtzeitig gekommen war.

Vielleicht waren sie einander ähnlicher, als sie gedacht hatte.

„Mac ..."

Ein lautes Hupen unterbrach sie. Kyle drehte den Kopf. Neben ihnen hatte ein alter grauer Wagen angehalten. Als das Fenster heruntergefahren wurde, wurde Evelyn ganz schwindelig.

Kyle schaute sie fragend an, aber sie öffnete bereits die Tür, um auszusteigen und mit Cassies Eltern zu reden.

Als Julie Byers aus dem Wagen gestiegen war, stand Kyle schon neben Evelyn. Er hatte seine Beschützerposition eingenommen – nah genug, um sie zu unterstützen, ohne sie zu berühren. Offensichtlich ahnte er, wer die Frau war.

Julie Byers' blondes Haar sah aus wie das von Cassie, obwohl es inzwischen vermutlich gefärbt war. Ihre blauen Augen hatten auch die gleiche Farbe wie die ihrer Tochter, aber sie wirkten müde und traurig mit tiefen, dunklen Schatten darunter. Lippen, die einst so bereitwillig gelächelt hatten, waren jetzt fest zusammengepresst.

„Mrs Byers." Evelyns Stimme brach und sie versuchte es erneut. „Es tut mir leid, dass ich noch nicht vorbeigekommen bin ..."

Julies Lippen verzogen sich zu einer Kopie eines Lächelns. Ihre Augen wurden feucht, als sie Evelyn in ihre Arme zog. „Danke, dass du gekommen bist."

Sie roch nach Flieder, ein Geruch, den Evelyn immer gehasst hatte, obwohl sie nicht wusste, warum. Julie war größer als Evelyn, aber sie fühlte sich zerbrechlich an, als könnte sie in tausend Teile zerspringen, wenn Evelyn sie zu stark drückte.

„Natürlich bin ich hier", sagte Evelyn, aber selbst in ihren Ohren klang ihre Stimme unnatürlich.

Julie zog sich zurück. „Ich wusste, wenn irgendjemand Cassie finden kann ..."

Ein schweres Gewicht senkte sich auf Evelyns Brust. Das Wissen, wie viele Menschen auf sie zählten. „Ich gehe nicht eher, bis ich das getan habe."

Julie nickte traurig, als wüsste sie, dass die einzige Möglichkeit, wie Cassie nach Hause kommen könnte, für ein lange überfälliges Begräbnis wäre. Evelyn versuchte, die Tränen zurückzuhalten. Julie schaute über sie hinweg zu Kyle, als hätte sie ihn jetzt erst bemerkt.

Evelyn spürte Kyles Hand auf ihrem unteren Rücken. Die Berührung half ihr, ihren Atem zu beruhigen. Er stellte sich Julies Mom vor.

„Arthur ist im Auto", sagte Julie und schaute wieder Evelyn an. „Ich bringe ihn besser nach Hause, aber willst du ihm eben Hallo sagen? Ich bin sicher, er freut sich, dich zu sehen."

Cassies Dad. Evelyn nickte, fühlte sich jedoch, als wären ihre Füße in Beton gegossen, als sie auf das Auto zuging. Kyles Hand lag immer noch auf ihrem Rücken.

Als sie in den Wagen hineinschaute, sah sie, dass sie Cassies Dad nicht erkannt hätte. Es war dreizehn Jahre her, dass sie ihn das letzte Mal gesehen hatte, aber er schien mindestens um das Doppelte gealtert zu sein. Die knochige Hand, die er ihr hinstreckte, zitterte und seine Augen waren trüb und unfokussiert.

„Evelyn Baine", sagte er und nahm kurz ihre Hand. „Julie hat mir erzählt, dass du kommen würdest, um meine Cassie zu finden."

„Ja", brachte Evelyn nur heraus.

„Und das andere Mädchen." Er schaute in die Ferne, wo die Suchtrupps zu sehen waren. „Es ist wie vor achtzehn Jahren", sagte er leise, verloren in seinen Erinnerungen.

Ihre eigenen Erinnerungen stiegen auf wie eine heiße Windböe. Das Gefühl der runzeligen Hand ihrer Großmutter, die ihre eigene umfasste. Die Erwachsenen vor ihr in der Suchmannschaft. Mit erhobenem Kopf und trockenen Augen versuchen, tapfer zu sein, während sie nach ihrer besten Freundin suchte. Die Tage, die sich zu Wochen und zu Monaten dehnten, bis die Suche schließlich aufgegeben wurde und ihre Großeltern nicht mehr zuließen, dass sie auf eigene Faust weitersuchte. Die geflüsterten Worte, die sie aufschnappte, dass Cassie niemals gefunden werden würde.

Dann kam die Gegenwart langsam wieder durch. Der Geruch von Abgasen in der salzigen Hitze. Die riesigen Lebenseichen, deren Äste sich über die Straße streckten und einander in der Mitte berührten und so einen schattigen Baldachin bildeten. Der Trost von Kyles Hand auf ihrem Rücken, als er sie vorsichtig drängte, von dem Auto zurückzutreten. Und der Klang von Julies Stimme …

„… Herzinfarkt", sagte Julie gerade. Sie schüttelte den Kopf. „Und seitdem hat er noch einige gehabt. Er hat nie aufgegeben, sie zu finden. Doch achtzehn Jahre der Hoffnung haben ihren Tribut gefordert, jedes Jahr ein bisschen mehr."

„Es tut mir leid", flüsterte Evelyn.

Cassie war das einzige Kind der Byers gewesen. Und sie wurde nun schon länger vermisst, als sie bei ihnen gewesen war.

Julie tätschelte Evelyns Hand. „Wir wissen, wie sehr du sie geliebt hast, Evelyn." Sie schaute zurück zum Wagen, in dem ihr Ehemann ausdruckslos in Richtung der Suchmannschaften schaute. „Wir sind froh, dass du hier bist. Wir brauchen den Abschluss. Ich weiß nur nicht, was er tut, wenn wir herausfinden …"

Julie schluchzte, straffte dann die Schultern und sagte: „Nun, ich bringe ihn besser nach Hause. Ich habe dich durch die Windschutzscheibe gesehen und selbst nach all den Jahren sofort erkannt." Ein echtes, wenn auch sehr kleines Lächeln legte sich auf Julies Lippen. „Ich wusste sofort, dass du es bist."

Evelyn versuchte, das Lächeln zu erwidern, doch es gelang ihr nicht. Wie schwer musste es für Julie sein, die beste Freundin ihrer Tochter nach achtzehn Jahren wiederzusehen, wenn Cassie nie die Chance haben würde, erwachsen zu werden?

„Grüß deine Grandma von mir. Sie ist doch immer noch bei dir, oder?"

Evelyn nickte.

„Und grüß auch deine Mom, wenn du sie siehst, ja?" Damit machte Julie sich wieder auf den Weg zu ihrem Wagen.

„Meine Mom?"

Julie blieb stehen und schaute sie an. „Ich bin ihr vor ein paar Monaten zufällig ein Stück die Küste hinauf begegnet. Sie ist bei ihrem neuen Freund eingezogen, also dachte ich …"

„Oh. Okay."

„Du redest immer noch nicht mit ihr."

Das war eine Aussage, keine Frage, doch Evelyn antwortete trotzdem. „Nein."

Als Evelyn siebzehn gewesen war, hatte ihre Grandma einen Schlaganfall erlitten und Evelyns Mom war wieder aufgetaucht. Evelyn hatte ihren Abschluss früher gemacht, damit sie aufs College gehen konnte, anstatt wieder bei ihrer Mutter zu leben.

„Du solltest das Kriegsbeil vielleicht besser begraben, solange du noch kannst", schlug Julie vor und stieg in ihren Wagen.

Sie fuhr davon, und Evelyn stand einfach nur da, bis Kyle sie zum Wagen zurückführte.

Sobald sie wieder saßen, fragte er leise: „Geht es dir gut?"

So wie er sie anschaute, schien er zu wissen, dass es ihr nicht gut ging. Aber sie spürte, dass er glaubte, sie würde einfach nur nicken und sich wieder an die Arbeit machen. So wie sie es immer tat, wenn die Gefühle übermächtig wurden.

Sie merkte seine Verwunderung, als sie sich stattdessen zu ihm hinüberbeugte und ihn so fest hielt, dass es in ihren Armen schmerzte. Sie vergrub ihr Gesicht an seinem Hals, als er seine Arme tröstend um sie schloss. Sie dachte, dass die Tränen, die in ihren Augen aufstiegen, fallen würden, sobald er sie umarmte, doch das taten sie nicht.

Irgendwie fühlte es sich genauso an wie vor achtzehn Jahren, als sie versucht hatte, ihre Angst zu unterdrücken. Als wenn um Cassie zu weinen bedeutete, dass sie wirklich nie wieder lebend nach Hause kommen würde.

Vom Kopf her hatte Evelyn das schon vor langer Zeit akzeptiert. Doch wieder in Rose Bay zu sein, wirklich hier zu sein und nach der Wahrheit zu suchen, ließ diese dumme Hoffnung wieder lebendig werden. Die Hoffnung, dass Cassie irgendwie entgegen aller Logik doch noch am Leben war.

Dass, wenn es Evelyn gelänge, sie zu finden, sie endlich wieder nach Hause käme.

Ihre Finger fühlten sich ungelenk an, als sie die winzige Teekanne hielt und so tat, als würde sie noch mehr vorgetäuschten Tee in ihre Tasse gießen. Das Teeservice mit dem lilafarbenen Blümchenmuster war ein Geschenk gewesen, doch sie hatte es kaum jemals benutzt. Normalerweise war Teeparty zu spielen ihr Lieblingsspiel, aber heute weigerte sich das kleine Mädchen ihr gegenüber mitzumachen.

Das Mädchen weinte wieder und rollte sich zusammen und weigerte sich, zu verstehen, was es tun musste. Das Kleid, das sie jetzt seit zwei Tagen trug, fing an zu riechen, doch sie wollte das neue Kleid nicht anziehen, das auf dem Bett lag.

„Ich möchte einfach nur nach Hause", wimmerte das Mädchen.

„Du bist zu Hause."

Die unverputzten Wände und der gestampfte Boden mochten nicht vornehm sein, aber sie hatte schwer dafür gearbeitet, es hübsch zu machen – und ein bisschen weniger Angst einflößend.

Sie hatte klein angefangen, hatte um Dinge gebeten, von denen sie wusste, dass er sie ihr nicht verweigern würde. Eine hübsche rosafarbene Überdecke für das Bett. Wachsmalkreiden, um ein Bild zu malen, das sie an die Wand hängen konnte.

Er hatte langsam und widerstrebend nachgegeben, weil dieses Haus zu dekorieren nicht zu seinen Prioritäten gehörte. Es war achtzehn Jahre her, seitdem sie um die Wachsstifte gebeten hatte, und die Überdecke roch staubig. Das Bild war vergilbt und wellte sich an den Rändern. Aber es fühlte sich hier an wie ein Ort, den jemand einst geliebt hatte. Es fühlte sich beinahe wie ein Zuhause an.

„Ich kümmere mich um dich. Du warst vorher nicht sicher." Sie wiederholte die Worte, die sie ihn so oft hatte sagen hören.

„Ich werde nicht zulassen, dass dir jemals wieder jemand wehtut."

„Was sagten Sie noch, wer Sie sind?" Kiki Novak, Darnells Exfreundin, schaute Evelyn durch ein zerrissenes Fliegengitter und einen Nebel aus Zigarettenrauch an.

Evelyn hielt ihre Marke näher an die Tür. „Evelyn Baine vom FBI. Kann ich reinkommen und ein paar Minuten mit Ihnen reden?"

Sie war die halbe Stunde in den Norden von Rose Bay gefahren, nachdem Darnell ihr in die Dünen gefolgt war. Er mochte zwar, was seine Hautfarbe betraf, nicht auf ihr Profil passen, aber er war hinterhältig. Und sein Verhalten hatte ihn auf den ersten Platz ihrer Liste der Verdächtigen katapultiert. Wenn irgendjemand ihr einen Einblick in sein Leben verschaffen konnte, dann seine Exfreundin, die Mutter des Mädchens, dessen Ermordung vor zwanzig Jahren nie gelöst worden war.

Kikis strähniges braunes Haar schwang nach vorne, als sie die Marke genauer betrachtete. Dann schaute sie Evelyn mit misstrauischem Blick an. „Okay, ich schätze schon."

Sie hielt die Fliegengittertür auf und Evelyn betrat das Haus, das beinahe das genaue Gegenteil von Darnells war. Die Straße, in der Kiki wohnte, war sauber und die Nachbarn pflegten ihre Gärten und Häuser. Kiki hingegen hatte ein Haus mit solider Struktur, aber drinnen hatte sich ein Schleier der Vernachlässigung über alles gelegt.

Leere Kartons und Zeitschriftenstapel lagen überall verstreut auf dem Boden. Die Möbel waren von guter Qualität, aber voller Flecken und Risse, als wenn die Besitzerin sich einst darum gekümmert hätte, es aber nicht länger tat.

Evelyn folgte Kiki durch den Flur ins Wohnzimmer und versuchte, der Rauchfahne auszuweichen, die Kiki hinter sich herzog.

Kiki deutete auf einen Sessel, der noch ganz gut in Schuss war, und ließ sich dann seufzend auf die fleckige Couch sinken, wo sie tief an ihrer Zigarette zog. „Was wollen Sie?"

Evelyns Augen brannten vom Rauch, und sie versuchte, nicht zu husten, als sie sagte: „Ich habe ein paar Fragen bezüglich Charlottes Fall."

Kikis Augen wurden groß und füllten sich mit Tränen. Die Hand, die ihre Zigarette hielt, blieb auf halbem Weg zu ihrem Mund stehen und fing sichtbar an zu zittern. Sie hielt die Position so lange, dass die Asche auf die Couch fiel, aber sie schien es nicht zu bemerken.

Endlich führte sie die Zigarette an den Mund und saugte dran, bis ihr blasses Gesicht noch weißer wurde und alles Blut aus ihren Lippen wich. Dann drückte sie sie in einem überquellenden Aschenbecher aus. „Meine Tochter ist vor zwanzig Jahren ermordet worden", flüsterte sie. „Ich dachte, es gäbe keinen Fall mehr."

Mitgefühl und Bedauern stiegen in Evelyn auf. Sie hatte an den Mord an Charlotte gedacht, weil er eventuell in Verbindung mit dem Kinderreim-Killer stand. Und sie hatte Kiki lediglich als Darnells Exfreundin und damit als mögliche Informationsquelle betrachtet.

Aber in Wahrheit war sie genau wie Cassies Eltern. Der Unterschied war, dass Kiki keine Hoffnung mehr hatte. Sie hatte ihre Tochter beerdigen können, wusste aber immer noch nicht, warum. Oder wer sie getötet hatte.

Evelyn beugte sich vor. „Es tut mir leid. Ich weiß, das ist schwer, aber es gibt eine mögliche Verbindung zwischen dem Fall Ihrer Tochter und einer laufenden Ermittlung."

Kiki nickte, wirkte aber wie betäubt. Sie blinzelte, bis ihre Augen trocken waren, dann fragte sie mit festerer Stimme: „Was wollen Sie wissen?"

„Können Sie mir von dem Tag erzählen? Dem Tag, an dem Sie sie gefunden haben?"

Kiki nahm eine neue Zigarette aus der Packung, doch anstatt sie anzuzünden, hielt sie sie nur fest in der Hand. „Es war der 6. August. Charlotte war eine Woche zuvor zehn geworden. Ich habe an dem Tag gearbeitet, und sie sollte nach der Schule mit zu einer Freundin gehen. Als ich nach Hause kam, war sie noch nicht da. Darnell war den ganzen Tag zu Hause gewesen und sagte, sie habe sich nicht gemeldet. Ich war wütend. Wie schon gesagt, sie hätte zum Abendessen wieder da sein sollen."

„Wo hat die Freundin gewohnt?"

„Die Straße runter. Wir wohnten damals in einer Wohnung in Mississippi. Also habe ich bei der Freundin angerufen und erfahren, dass sie dort nie aufgetaucht ist. Ich schätze, die Mädchen haben sich in der Schule gestritten und Charlotte hat ihr gesagt, dass sie lieber nach Hause geht."

Kikis Stimme war monoton und ihre Augen leblos, als wenn sie etwas erzählte, was sie schon Dutzende Male erzählt hatte, und dabei versuchte, nicht darüber nachzudenken. Eine übliche Reaktion, wenn man wiederholt mit der Polizei spricht, vor allem als Angehöriger eines Opfers. Es konnte aber auch bedeuten, dass sie die Version erzählte, an die sie sich gewöhnt hatte, anstatt dessen, woran sie sich wirklich erinnerte.

Um Kiki aus ihrer Trance zu holen, änderte Evelyn die Richtung. „Haben Sie mit Charlotte alleine gewohnt?"

Kiki blinzelte, etwas Leben kehrte in ihre Augen zurück. „Nein. Mein Freund Darnell hat auch bei uns gelebt."

„Wie lange war das zu dem Zeitpunkt schon so?"

„Ein Jahr. Vielleicht anderthalb."

„Wie lange kannten Sie ihn, bevor er eingezogen ist?"

Kikis Blick glitt nach oben, als wenn sie versuchte, sich zu erinnern. „Ungefähr ein Jahr. Wir waren sehr lange zusammen."

Darnell und Kiki hatten sich erst vor zwei Jahren getrennt. Sie hatten ihre Beziehung über den Tod von Charlotte retten können, was, wie Evelyn aus anderen Fällen wusste, nicht sehr vielen gelang.

„Was hat zum Ende der Beziehung geführt?"

„Mit Darnell?" Kiki schürzte die Lippen und warf dann die Hände in die Luft. „Ich weiß es nicht. Eines Tages hat er mich einfach gebeten, auszuziehen. Ohne Vorwarnung, ohne gar nichts."

„Okay ..."

„Warum? Was hat das mit Charlotte zu tun?"

Die Frage zu beantworten wäre vermutlich der schnellste Weg, um Kiki zum Verstummen zu bringen, also sagte Evelyn: „Gehen wir noch mal zu dem Tag zurück, an dem Sie Ihre Tochter gefunden haben. Was ist passiert, nachdem Sie hörten, dass sie nicht bei ihrer Freundin gewesen ist?"

„Wir haben die Polizei angerufen. Dann haben Darnell und ich uns auf die Suche nach ihr gemacht. Wir sind die Straße entlang zur Schulbushaltestelle gegangen, haben aber nichts gefunden. Ich wollte zurück in die Wohnung, um auf die Polizei zu warten, aber Darnell meinte, wir sollten das Haus durchsuchen. Ich wusste nicht, warum Charlotte im Haus irgendwo anders als in unsere Wohnung hätte gehen sollen, aber wir haben uns trotzdem umgeschaut."

Ihre Stimme brach, und sie packte den Rand des Sofas, wobei sie die Zigarette zerquetschte. „Wir haben sie im Wäscheraum gefunden. Der war im Keller. Charlotte hasste es, dort hinzugehen. Es war ihr zu gruselig. Aber wir gingen rein und da war sie. Wir haben ihre Beine hinter der Waschmaschine herausschauen sehen."

Kiki schloss die Augen und winzige Schauer schüttelten ihren Körper durch. „Sie war tot. Erdrosselt. Und ihre Kleidung ..." Sie schluchzte.

Evelyn legte ihr eine Hand auf den Arm. „Ich weiß. Ist okay. Wir müssen nicht darüber reden." Charlotte Novak war vor ihrem Tod sexuell missbraucht worden.

„Ich bin zu ihr gelaufen und habe versucht, sie zu wecken. Darnell hat mich von ihr weggezogen und nach ihrem Puls gesucht, ihn aber nicht gefunden. Also hat er versucht, sie wiederzubeleben, aber es hat nicht funktioniert."

Und damit hatte Darnell, wie Evelyn sich aus den Akten erinnerte, einen DNA-Test problematisch gemacht. Da er versucht hatte, Charlotte wiederzubeleben, war es nur logisch, dass seine DNA an dem Mädchen gefunden worden war.

„Hat Darnell irgendetwas gesagt, als sie beide sie fanden?"

„Was?" Kiki sah sie aus tränenerfüllten Augen an. „Ich kann mich nicht erinnern. Wir standen unter Schock, wir haben geweint."

„Sie beide haben geweint?"

„Natürlich! Darnell hat Charlotte wie eine Tochter geliebt."

„Er kannte sie erst seit ein paar Jahren, richtig?"

„Warum ist das wichtig?" Kikis tränenerstickte Stimme wurde wütend. „Wir waren eine Familie."

Sie sprang auf die Füße und holte ein gerahmtes Foto hinter einem Stapel Zeitschriften heraus. Sie drehte es so, dass Evelyn es sehen konnte. Es war an einem Strand aufgenommen worden. Charlotte stand zwischen Darnell und Kiki und grinste breit in die Kamera. Sie wirkte glücklich und überhaupt nicht unbehaglich in Gegenwart des Freundes ihrer Mutter.

Evelyn versuchte, die blonden Haare und braunen Augen objektiv zu betrachten, sich auf die selbstbewusste Haltung und das schelmische Funkeln in Charlottes Augen zu konzentrieren, das verriet, was für ein aufgeschlossenes Mädchen sie war. Aber alles, was sie wahrnahm, war ein anderes kleines blondes Mädchen, dessen Erinnerung sie ständig mit sich trug.

„Sehen Sie ihn an!" Kiki zeigte auf Darnell. „Er hat sie geliebt."

„Okay. Aber sie sagten, er sei zu Hause gewesen zu dem Zeitpunkt, als Charlotte von der Schule hätte heimkommen sollen, wenn sie nicht zu ihrer Freundin gegangen wäre. Ist es möglich, dass sie an dem Tag zu ihrer Wohnung hinaufgegangen ist?"

„Nein." Ein schockierter Ausdruck huschte über Kikis Gesicht. „Das ist ... Sie hätte es nicht bis in die Wohnung geschafft. Jemand muss sie sich auf dem Weg vom Bus nach Hause geschnappt haben."

„Aber die Polizei hat Darnell befragt ..."

„Haben sie ihn verhaftet?", gab sie angespannt zurück. „Nein. Haben sie nicht. Weil er es nicht getan hat. Er hätte Charlotte nie wehgetan. *Nie.*"

Evelyn starrte auf das feurige Funkeln in Kikis Augen, sah ihren angespannten Kiefer, die Arme, die sie vor der Brust verschränkt hatte, und wusste, dass die Frau niemals auch nur die Möglichkeit in Betracht ziehen würde, dass Darnell ihre Tochter getötet hatte. Entweder hatte sie wirklich nie den Hauch eines Zweifels verspürt oder sie ertrug es nicht, es zu glauben, weil sie ihn in ihr Leben gebracht hatte.

Evelyn vermutete das Letztere, aber egal wie, sie würde damit nicht weiterkommen, also änderte sie ihre Taktik.

„Vor achtzehn Jahren hat Darnell geholfen, nach den Opfern des Kinderreim-Killers zu suchen." Sie hatte ehrlich gesagt keine Ahnung, ob das stimmte, aber wartete mit angehaltenem Atem darauf, ob Kiki es bestätigen würde. „Haben Sie ihn dabei begleitet?"

Bei der Erwähnung des Kinderreim-Killers zitterte Kikis Stimme, dann sagte sie: „Nein, das konnte ich nicht. Aber Darnell wollte helfen."

Evelyn bemühte sich um einen neutralen Gesichtsausdruck. „Er hat Ihnen davon erzählt?"

Kiki verengte die Augen. „Darnell würde niemals einem Kind etwas zuleide tun. Und ich will nicht länger darüber sprechen." Ihre Stimme wurde zu einem Flüstern. „Ich möchte, dass Sie jetzt gehen."

Evelyn nickte und unterdrückte ihren Frust. „Es tut mir leid, dass ich das alles wieder aufgewühlt habe. Danke, dass Sie sich die Zeit genommen haben, mit mir zu sprechen."

Kiki bedachte sie mit einem bösen Blick und geleitete sie dann zur Tür.

Als Evelyn wieder in ihrem Mietwagen saß, dachte sie über das nach, was sie erfahren hatte. Falls Darnell der Kinderreim-Killer war, wäre es nicht ungewöhnlich, dass er mit einem ihm vertrauten Kind angefangen hatte. Danach mochte er erkannt haben, dass er irgendwann auffliegen würde, wenn er sich weiterhin Opfer suchte, die er kannte. Also hatte er begonnen, ihm unbekannte Kinder auszuspionieren.

Das Gespräch mit Kiki hatte ihren Verdacht gegen Darnell nicht gemindert. Aber es hatte ihr auch nicht viel gegeben, mit dem sie weiterarbeiten konnte. Was sie brauchte, war ein Grund, Darnells Haus zu betreten. Aber sie hatte keine Ahnung, unter welchem Vorwand ihr das gelingen würde.

Und Brittany Douglas lief – falls sie noch am Leben war – langsam die Zeit davon.

8. KAPITEL

Mandy Toland biss sich fest auf die Unterlippe und schaute über die Schulter, als sie die Glastür aufschob. Langsam, ganz langsam. Sie durfte kein Geräusch machen. Durfte niemanden wissen lassen, dass sie nach draußen ging. Sie hatte den ganzen Tag drinnen verbracht und hatte keine Lust, jetzt auch noch Stubenarrest aufgebrummt zu kriegen.

Als die Tür gerade weit genug offen stand, dass sie hindurchschlüpfen konnte, trat sie hinaus und grinste. Sie hatte es geschafft!

Sie nahm an, dass sie fünfzehn Minuten hatte, bis ihre Mom bemerken würde, dass sie nicht auf ihrem Zimmer war. Das ließ ihr genügend Zeit, um zum Ende des Gartens zu laufen und ein paar Blumen für ihr Zimmer zu pflücken. Wenn sie nicht rausdurfte, mussten die Blumen eben reinkommen.

Sie verstand, warum ihre Eltern sich so verrückt benahmen. Jeder im Park hatte darüber gesprochen. Sie kannte Brittany nicht wirklich – sie waren in unterschiedlichen Klassen –, aber sie wusste, dass sie vermisst wurde.

Die Eltern hatten darüber geflüstert, wenn sie glaubten, dass die Kinder nicht zuhörten. Mandy hatte ein paar Brocken aufgeschnappt. Jemand hatte Brittany entführt und niemand wusste, wo sie war. Sie konnte auch tot sein.

Mandy erschauerte und rannte zu dem Flecken mit den Gänseblümchen, die sie am liebsten hatte. Ihre Großtante war letztes Jahr gestorben, was bedeutete, dass sie sie nie wiedersehen würde.

Mandy fragte sich, ob sie Brittany je wiedersehen würde. Sie sollten nächstes Jahr alle gemeinsam auf die Mittelschule gehen.

Ein seltsames Geräusch aus Richtung der Bäume ließ Mandy innehalten. Sie sah nichts, aber es klang nach einem fürchterlich großen Tier.

Erschrocken wirbelte Mandy zurück und rannte, so schnell sie konnte, zum Haus zurück. Es war ihr jetzt vollkommen egal, ob sie Stubenarrest bekommen würde.

War Cassies Entführung – und die geplante Entführung von Evelyn – der Schlüssel, um den aktuellen Fall zu lösen?

Evelyn ließ sich in den unbequemen Sessel in ihrem Hotelzimmer fallen. Den ganzen Tag hatte sie Tomas Vorschläge gemacht, wie sie Brittanys Entführer finden könnten, und jetzt war sie erschöpft. Sie hatte schwer darum gekämpft, dass ein paar Polizisten abgestellt wurden, um Darnell zu überwachen.

Für den Fall, dass der Täter jemand anderes war, hatte sie angeregt, sich die Todesfälle von Kindern in Brittanys Alter aus der Zeit vor der ersten Entführung vor achtzehn Jahren noch einmal genauer anzusehen. Es war weit hergeholt, aber falls der Täter versuchte, seinen eigenen Verlust zu verarbeiten, würde der Tod seines Kindes in einer geschlossenen Fallakte auftauchen. Und der musste vor der ersten Entführung stattgefunden haben.

Sie wusste, wenn sie herausfand, warum die Entführungen aufgehört hatten, würde das den Kreis der möglichen Verdächtigen erheblich einschränken. Und je mehr sie darüber nachdachte, desto sicherer war sie, dass sie selber der Schlüssel war. Er hatte geplant, sie ebenfalls zu entführen, hatte es aber nicht getan. Was war damals schiefgelaufen?

Sie brauchte die Fallakte nicht, um sich an die Nachricht zu erinnern, die in Cassies Zimmer hinterlassen worden war. Die Worte hatten sich ihr vor anderthalb Monaten ins Gehirn gebrannt, als sie die Akte angefordert hatte.

Die kranke Nachricht basierte auf dem Kinderreim „Georgy Porgy". Bei den vorherigen beiden Entführungen waren die Nachrichten draußen hinterlassen worden, wo auch die Mädchen verschwunden waren. Aber Cassie war direkt aus ihrem Zimmer geholt worden, es war die riskanteste Entführung von allen gewesen. Und die Nachricht hatte auf ihrem Bett gelegen.

Cassie, Cassie, weißt du warum,
sie dich nicht schützen rundherum.
Du und Ev spielt ganz allein,
Doch heute wird's das letzte Mal sein.

Alleine der Gedanke daran ließ sie erschauern. Der Profiler vom Originalfall hatte die Nachricht so interpretiert, dass der Entführer vorhatte, sich beide Mädchen zu schnappen, und sie stimmte ihm da zu. Cassie hatte sie beinahe immer Evie genannt. Die einzige Ausnahme war, wenn sie gemeinsam irgendwo hingegangen waren. Evelyn hörte Cassies Worte so klar und deutlich, als stünde sie neben ihr: „Gehen wir, Ev!"

Die Tatsache, dass der Entführer das wusste, bewies, dass er gut zugehört hatte. Aber sooft sie auch versuchte, die Tage vor Cassies

Entführung noch einmal nachzuerleben, sie konnte sich nicht daran erinnern, nervös gewesen zu sein, so als wenn jemand in der Nähe wäre und jeden ihrer Schritte beobachtete.

Sie war einfach nur glücklich gewesen. Endlich hatte sie ihr Zuhause, ihr Leben gefunden.

Aber es war ihr genommen worden. Und jetzt war es an der Zeit, dass Evelyn ihm sein Leben nahm. Es war egal, was sie tun musste; sie würde Rose Bay nicht eher verlassen, bis Cassies Entführer im Gefängnis saß.

Es war ihr von Anfang an jedoch schwergefallen, objektiv zu bleiben und diesen Fall zu behandeln wie jeden anderen auch. Deshalb rief sie ihren Partner in der BAU an, Greg.

„Evelyn, wie schlägst du dich? Wie geht es mit dem Fall voran?", fragte er statt einer Begrüßung.

„Hey, Greg, ich würde gerne ein paar Theorien mit dir durchsprechen."

„Hat Dan dich dazu überredet?"

Ein überraschtes Lachen über Gregs Witz platzte aus ihr heraus. Sie war erst seit knapp über einem Jahr bei der BAU, aber ihr Boss behandelte sie immer noch wie ein Baby und schlug ständig vor, dass sie sich bei ihren Fällen Hilfe von Greg holte. Und normalerweise führte das – sosehr sie Greg mochte und respektierte – nur dazu, dass sie überhaupt niemanden um Hilfe bat, weil sie Dan nicht recht geben wollte.

Doch in diesem Fall wollte sie tatsächlich eine zweite Meinung hören, und dafür gab es keinen Besseren als Greg. „Nein. Ich brauche nur ein wenig Objektivität."

„Okay. Erzähl mir von dem Fall."

„Nun, die Grundzüge kennst du ja." Sie atmete tief durch. „Aber die Nachricht, die vor achtzehn Jahren auf Cassies Bett hinterlassen wurde, sagt, dass er mich auch entführen wollte."

Einen Augenblick herrschte auf Gregs Seite schockiertes Schweigen, dann sagte er: „Das tut mir so leid, Evelyn."

In seiner Stimme klang echte Traurigkeit mit, aber Evelyn wollte sich nicht von der Vergangenheit runterziehen lassen. Wenn sie das jetzt zuließ, würde sie sich aus dem Treibsand womöglich nie mehr befreien.

„Ich habe das auch erst vor Kurzem erfahren, aber hier ist der Punkt, bei dem ich Hilfe brauche. Warum hat er es nicht getan? Warum hat er mich nicht entführt? Er hat Cassie nachts mitgenommen, hat die Nachricht auf ihrem Bett hinterlassen, dass er uns beide hat. Ich habe nebenan gewohnt. Mr und Mrs Byers haben am nächsten Morgen entdeckt, dass Cassie fort ist. Sie haben in der Nacht einmal nach ihr gesehen, also gibt es ein Zeitfenster von sieben Stunden, in dem er sie entführt haben muss. Was ist danach passiert? Das versuche ich gerade, herauszufinden."

„Weil es dir sagen könnte, wer er ist", überlegte Greg.

„Genau. Ich habe der Polizei hier vor Ort eine Liste von Gründen gegeben, warum der Täter sich achtzehn Jahre nicht gerührt hat. Krankheit, Gefängnis, jemand, der ihn beobachtet hat, Opfer in leichterer Reichweite, Trophäen, die ihn befriedigen." Ihre Nägel gruben halbmondförmige Abdrücke in ihre Handflächen. „Ich weiß nicht, warum mir das nicht früher aufgefallen ist, aber ich habe gerade über die Nachricht aus Cassies Zimmer nachgedacht, und wenn ich nur an diese eine Nacht denke …"

„Die meisten der Gründe scheinen nicht zu erklären, warum er dich nicht auch geholt hat. Wenn die Trophäen ihn befriedigt haben oder er leichtere Opfer hatte, hätte er auch Cassie nicht entführt oder die Nachricht nicht hinterlassen. Eine Krankheit wird ihn kaum so überraschend überfallen haben. Gefängnis ist auch unwahrscheinlich, außer er hat Cassie dorthin gebracht, wo er seine Opfer festhält, und wurde dann auf dem Weg zu dir verhaftet. Das ist eine Möglichkeit."

„Aber, wie du schon sagtest, eine sehr unwahrscheinliche." Evelyn versuchte, sich nicht vorzustellen, wie Cassie irgendwo alleine und ohne einen Ausweg hockte. Versuchte, sich nicht vorzustellen, wie sie in einem Loch gefangen war und langsam starb. Ihre Stimme brach, als sie weitersprach. „Was, wenn jemand bemerkt hat, was los war? Vielleicht ist er in jener Nacht irgendjemandem aufgefallen."

„Du meinst, jemand weiß es und bewahrt das Geheimnis des Täters?"

Evelyn schloss die Augen. Ihr wurde übel bei der Vorstellung, dass jemand tatenlos zugesehen hatte, wie Cassie verletzt oder gar getötet worden war. „Deswegen frage ich ja nach deiner Meinung, Greg. Fällt dir noch irgendein anderer Grund ein? Irgendein Grund, warum er nicht zurückgekommen ist?"

„Nun, er könnte geplant habe, zu dir zu kommen, doch dann ist etwas dazwischengekommen und es war zu spät."

„Vielleicht. Aber es war mitten in der Nacht. Und er hatte ein Zeitfenster von sieben Stunden. Er hätte zu Hause auf jemanden treffen können, aber wäre er zwischendurch nach Hause gegangen? Außer er hat wirklich ganz in der Nähe gewohnt? Von dem Moment an, in dem er die Nachricht hinterlassen hatte, bedeutete jede weitere Minute, die er verstreichen ließ, dass Cassies Eltern aufwachen und beschließen könnten, nach ihr zu sehen."

„Könnte er einen Partner gehabt haben?", fragte Greg. „Jemanden, der dich entführen sollte, es sich dann aber anders überlegt hat?"

„Nein." Die Antwort kam, bevor sie überhaupt wirklich darüber nachgedacht hatte, aber sein Vorschlag ergab keinen Sinn. Eine Person, die so viel Zeit aufwendete, um ihre Opfer zu beobachten und zu studieren, die so persönliche Nachrichten hinterließ, arbeitete allein.

„Okay." Greg stellte ihre Antwort nicht infrage. „Dann ist dein Täter vermutlich verheiratet. Oder lebt mit jemandem zusammen."

„Verdammt", murmelte Evelyn.

„Und du hast da einen guten Punkt getroffen", fügte Greg hinzu. „Dieser anderen Person muss aufgefallen sein, dass er weg war, und entweder ist sie ihn suchen gegangen oder hat ihn angerufen. Oder er lebte ganz in der Nähe und ist nach Hause gefahren, wo er von ihr aufgehalten wurde."

„Und sie weiß vermutlich, was er ist."

„Oder sie vermutet es zumindest."

Die Wut, die in ihr aufstieg, drohte sie zu ersticken, aber Evelyn versuchte, sie zurückzudrängen und nur darüber nachzudenken, wie sie diese Information verwerten konnte. „Also, diese Frau ist vielleicht gestorben und kann ihn nicht mehr kontrollieren. Oder sie haben sich kürzlich getrennt oder scheiden lassen, wodurch er ganz neu anfangen kann." Wie Kiki und Darnell.

„Und das können wir nutzen." Greg sprach aus, was Evelyn gerade gedacht hatte.

„Die Medien mit einspannen. Einen Hilfeaufruf starten." Evelyn seufzte. „Sie hat ihn so lange geschützt. Wie stehen die Chancen, dass sie sich jetzt meldet?"

„Vielleicht, wenn es anonym geht?", schlug Greg vor.

Eine Hotline. Natürlich hatten sie die bereits, aber sie hatten nicht betont, dass die Anrufer sie auch anonym kontaktieren konnten. Wenn die Frau sich Sorgen machte, mitschuldig zu sein, weil sie achtzehn Jahre geschwiegen hatte, würde das Versprechen auf Anonymität bei ihr vielleicht funktionieren. Vor allem, wenn Evelyn einen Leitfaden für die Polizisten schrieb, wie genau sie mit so einer Frau umgehen sollten.

„Danke, Greg." Evelyn stand auf. Sie war erfüllt von Nervosität, Wut und einem kleinen Funken Hoffnung, dass sie Tomas etwas Neues anbieten konnte. Jetzt musste sie nur noch beten, dass die Person, die das Geheimnis des Täters achtzehn Jahre lang bewahrt hatte, endlich ihr oder sein Schweigen brechen würde.

Kyle hätte sich für die bevorstehende Nacht ausruhen sollen, denn es stand wieder eine Überwachung an, aber wann immer er es versuchte, tauchte ein Bild von Evelyn vor seinem inneren Auge auf. Wie sie ausgesehen hatte, als sie benommen Cassies Eltern angeschaut hatte. Diesen Gesichtsausdruck hatte er nie zuvor an ihr gesehen – als wäre sie verängstigt und allein. Als wenn die Verantwortung sie unter sich begraben würde.

Also war er eine Stunde zu früh aufgestanden, hatte seine schwere Ausrüstung zurückgelassen und war zu Evelyns Zimmer gegangen. Was dumm war, weil sie vielleicht gar nicht da war. So wie er sie kannte, hatte sie sich auch nicht schlafen gelegt, sondern die ganze Zeit auf dem Polizeirevier verbracht.

Doch als er klopfte, öffnete sie und stand in ihrer Caprihose und einem T-Shirt vor ihm. Ihr langes dunkles Haar fiel ihr locker auf die Schultern. Es gab nicht viel, das ihr entging – außer vielleicht, wie sehr er in sie verliebt war. Das war ihr beinahe ein Jahr lang nicht aufgefallen, trotz Gabes permanenter Anspielungen.

Jetzt wusste sie es offensichtlich. Aber was er immer noch nicht wusste, war, was sie deswegen unternehmen wollte. Sie war definitiv an ihm interessiert, aber er war zu früh hierherbeordert worden, um mehr herauszufinden.

Unter den gegebenen Umständen erwartete er, dass sie abgelenkt wäre und ihn abweisen würde. Doch stattdessen lud sie ihn in ihr Zimmer ein.

Es war sehr ordentlich. Ihre Tasche stand in einer Ecke, und überraschenderweise waren auf ihrem Bett keine Akten verstreut. Keine Blöcke mit Notizen zu ihrem Profil lagen auf dem Tisch. Aber so wie er Evelyn kannte, hatte sie sowieso alle wichtigen Fakten im Kopf.

Sie hockte auf der Bettkante und baumelte mit den Füßen. Der Winkel, aus dem sie ihn anschaute, betonte die dunklen Ringe unter ihren Augen und die Anspannung in ihren Schultern.

Er setzte sich neben sie, und die Matratze gab nach, sodass sie näher zu ihm rutschte. „Geht es dir gut, Evelyn?"

„Ich habe gerade mit dem Polizeichef telefoniert."

Okay, das war nicht wirklich eine Antwort auf seine Frage, aber es war ziemlich typisch für Evelyn, dass sie sich hinter ihrer Arbeit versteckte. Vielleicht ging es ihr besser, als er gedacht hatte.

„Er wird eine anonyme Hotline einrichten. Ich glaube, irgendjemand weiß, wer der Täter ist, Mac. Greg denkt das auch."

Sie richtete ihren besorgten Blick auf ihn, und sofort korrigierte er seinen Eindruck von eben. Sie teilte Einzelheiten des Falles mit ihm. Es ging ihr definitiv nicht gut. Sie verbarg es nur besser, als er erwartet hatte.

„Glaubst du immer noch, dass es der Kerl aus den Dünen ist?"

„Darnell. Ja, er steht ganz oben auf meiner Verdächtigenliste. Aber falls er es nicht ist …"

„Was dann?"

Sie setzte sich ein wenig anders hin, sodass sie ihn ansehen konnte. Ihre Knie schoben sich unter seinen Oberschenkel. „Wenn diese Nachrichten echt sind, wenn der Täter wirklich glaubt, dass er diese Mädchen rettet …"

Sie unterbrach sich, als sie seine Miene sah. Der Täter glaubte, die Mädchen zu retten? Verdammt. Beim HRT sah er viele schlimme Dinge, aber wenigstens konnte er schnell und gezielt vorgehen und denjenigen stellen, der sie beging.

Evelyn musste in die Köpfe dieser Irren hineinkriechen. Wie kam sie da jedes Mal wieder heraus, ohne dass das Böse, das sie sah, einen bleibenden Eindruck in ihrem Kopf hinterließ?

Er legte seine Hände auf ihre, als sie leise fortfuhr. „Mac, vielleicht lebt Cassie noch."

Er war in einem solchen Fall einmal an einer Befreiung beteiligt gewesen – wo das Opfer neun Jahre nach der Entführung noch am Leben war. Ein Kollege von ihm hatte sich an diesem Tag eine Kugel eingefangen, also war er im Krankenhaus gewesen, als die Eltern des Mädchens aufgetaucht waren. Er hatte die Ungläubigkeit gesehen, die Freude, die Angst in ihren Gesichtern, als sie von einer Krankenschwester zum Zimmer ihrer Tochter geführt worden waren. Sie war mit sieben Jahren entführt und mit sechzehn Jahren wiedergefunden worden.

Sie alle hatten gewusst, dass ein langer Weg vor dem Mädchen lag, aber sie dachten, sie hätte Glück gehabt. Später hatten sie erfahren, dass das Stockholm-Syndrom wesentlich schlimmer war, als sie erwartet hatten. Zwei Jahre nach ihrer Rettung war ihr Entführer im Gefängnis getötet worden. Zwanzig Minuten nachdem das Mädchen die Nachricht erhalten hatte, war sie von einer Autobahnbrücke gesprungen.

Traurigkeit stieg in ihm auf, und er versuchte, sie sich nicht anmerken zu lassen. Doch das hier war Evelyn, und natürlich sah sie sie und wandte den Blick ab.

„Sollte ich das überhaupt wollen? Achtzehn Jahre. Ich weiß, was das bedeutet. Ich weiß es."

Sie hob ihren Blick wieder, und Hoffnung schimmerte in ihren Augen. „Vielleicht ist es besser, zu hoffen, dass sie tot ist, aber das habe ich nie wirklich gekonnt ..."

Er hob eine Hand, zog Evelyn näher, um seine Arme um sie legen zu können, und sie ließ sich gegen ihn fallen, schlang ihre freie Hand um seinen Hals und drückte ihre Lippen auf seine.

Als sie ihn vor einem Monat das erste Mal geküsst hatte, war es zögernd, fragend gewesen. Doch dieser Kuss hatte nichts Zögerliches an sich. Sie hockte sich sogar auf die Knie, um den Größenunterschied auszugleichen, krabbelte ihm beinahe auf den Schoß und presste ihren Mund auf seinen.

Guter Gott, war das ihr Modus Operandi? Ihn nur an sich heranzulassen, wenn sie ein emotionales Wrack war?

Wenn ja, dann war es offensichtlich sein MO, zu nehmen, was er kriegen konnte. Denn obwohl sein Kopf ihn warnte, dass das nicht gut ausgehen würde, schien sein Körper diese Nachricht nicht zu hören.

Eine Hand hielt immer noch ihre fest, mit der anderen zog er sie noch näher an sich, bis ihre Körper förmlich aneinander klebten. Er schob seine Zunge in ihren Mund, bis sie ein leises, unglaublich weibliches Geräusch der Zustimmung von sich gab und sich auf seinen Schoß setzte.

Und dann verließen ihn alle zusammenhängenden Gedanken. Er hatte keine Ahnung, wie lange er sie küsste – Sekunden, Minuten, Stunden –, als auf einmal ihr Telefon laut und unnachgiebig klingelte.

Sie zog sich so abrupt zurück, dass sie vom Bett gefallen wäre, hätte er sie nicht festgehalten. Errötet und keuchend starrte sie ihn mit weit aufgerissenen Augen an.

Dann sprang sie von ihm herunter und griff nach ihrem Handy. Atemlos nahm sie den Anruf an.

Er spürte sofort, dass es schlechte Neuigkeiten gab, weil ihr Gesicht zu einer ausdruckslosen Maske erstarrte.

„Okay, ich bin auf dem Weg", sagte sie eine Minute später und legte auf.

„Was ist passiert?"

„Gerade ist ein weiteres Mädchen entführt worden."

9. KAPITEL

Evelyn betrat den Konferenzraum der Polizeistation, in dem es nur so vor Polizisten und FBI-Agents wimmelte. Es fiel ihr schwer, die von zu vielen Meinungen und Gefühlen gesättigte Luft zu atmen.

„Wen haben wir überwacht, als das passiert ist?", wollte Jack wissen.

„Wie weit entfernt von Brittany wohnt das Opfer?", rief Carly.

„Wie genau ist es passiert?", fragte ein junger Officer mit lauter Stimme, die über das allgemeine Gemurmel schallte. „Wie zum Teufel hat er das Mädchen schnappen können, wenn die ganze Stadt nach ihm sucht? Mit all den Cops auf den Straßen? Wie kann es sein, dass niemand es gesehen hat?"

Seine lauten, frustrierten Fragen brachten die Menge zum Schweigen, und Tomas trat hinter das Rednerpult. Die Erschöpfung, die Evelyn schon bei ihrem Eintreffen in der Stadt bei ihm gesehen hatte, war noch stärker geworden und hinterließ einen Grauschleier auf seiner Haut.

„Wir haben den Anruf vor einer Stunde erhalten. Zeit ist jetzt ein wichtiger Faktor", rief Tomas ihnen in Erinnerung. „Also werde ich Sie schnell briefen und dann schwärmen alle aus. Vier der CARD-Agents sind bereits im Haus des Opfers und nehmen die Aussagen auf. Aber das Wesentliche wissen wir schon. Es wurde eine Nachricht hinterlassen."

Bei diesen Worten stieg die Spannung noch einmal an. Evelyn schaute sich um. Überall angespannte Kiefer und nervös dreinblickende Augen.

Sie war so angespannt wie alle anderen. Obwohl sie damit gerechnet hatte, dass der Entführer nicht aufhören würde – sie hatte versucht, das in ihrem Profil deutlich zu machen –, hatte sie nicht erwartet, dass er so schnell wieder zuschlug. Es bedeutete, dass er ungeduldig war. Was die Wahrscheinlichkeit erhöhte, dass er einen Fehler beging – aber auch, dass er noch gefährlicher wurde.

„Wir haben nur ein kleines Zeitfenster, in dem die Entführung hat stattfinden können. Die Mutter des Opfers hat ihre Tochter, noch eine Stunde bevor sie die Nachricht fand, gesehen. Das Mädchen wurde aus dem eigenen umzäunten Garten entführt."

Die Polizisten scharrten ungeduldig mit den Füßen und vibrierten sichtlich vor Aufregung und Wut. Jemand murmelte: „Es lassen immer noch Eltern ihre Kinder allein in den Garten?"

„Sie sollte nicht draußen sein", erwiderte Tomas. „Sie ist in den Garten gegangen, als ihre Mutter dachte, sie wäre in ihrem Zimmer."

„Sind wir sicher, dass sie nicht aus ihrem Zimmer entführt wurde?", fragte Evelyn und dachte an Cassie.

„Ja. Die Nachricht wurde im Garten an das Springseil des Mädchens geklebt. Ihre Mutter sagte, dass sie das normalerweise im Schuppen aufbewahren, also muss ihre Tochter hinausgegangen sein, um zu spielen. Sie hatte ihr ausdrücklich verboten, alleine rauszugehen." Tomas stützte sich schwer auf das Pult. „Die Mutter macht sich schlimme Vorwürfe. Aber ihre Tochter hat gesagt, sie würde auf ihr Zimmer gehen und lesen, und die Mutter hat gestaubsaugt, sodass sie nicht hören konnte, dass die Tür geöffnet wurde."

Evelyn nickte. Von den Originalentführungen hatte nur die von Cassie innerhalb des Hauses stattgefunden. Es war logisch, dass der Entführer nach achtzehn Jahren noch vorsichtiger wäre und dieses Risiko nicht noch einmal einging.

Andererseits, ein Kind während einer so großen Ermittlung zu entführen war auch riskant.

Es war eine seltsame Kombination – auf der einen Seite die sorgfältige Entführung, auf der anderen Seite der kurze Zeitabstand nach einer Pause von achtzehn Jahren. Ihre Hoffnungen auf einen Fehler erloschen, und ihre Sorge über das, was er als Nächstes tun würde, wuchs.

„Besteht die Chance, dass es sich nicht wirklich um den Kinderreim-Killer handelt? Dass es eine familiäre Angelegenheit ist?", wollte Jacks Partner wissen.

„Das untersuchen wir gerade", erklärte Carly von ihrem Platz neben dem Pult. „Es kann immer sein, dass jemand Drittes Brittanys Entführung nutzt, um selber zuzuschlagen. Die Eltern des Mädchens sind geschieden. Wir versuchen, den Vater zu kontaktieren, denn er hat hart ums Sorgerecht gekämpft und verloren. Der Stiefvater macht viel Lärm und behauptet, die Nachricht diene nur dazu, uns auf die falsche Fährte zu locken, anstatt den Vater zu verdächtigen."

Die Polizisten um sie herum schienen kollektiv aufzuatmen, bis Carly hinzufügte: „Aber die Nachricht ähnelt den anderen sehr. Unser Instinkt sagt uns, dass die Fälle miteinander in Verbindung stehen."

„Wir werden die Profilerin bitten, uns ihren Eindruck mitzuteilen", sagte Tomas. „Aber im Moment stecken wir den Großteil unserer

Anstrengungen in die Annahme, dass es sich um die gleiche Person handelt."

„Wie lautet die Nachricht?", fragte jemand.

Tomas schaute aufs Pult und blätterte in einer Akte. „Dieses Mal hat er den Reim ‚Humpty Dumpty' als Vorlage genommen." Er nahm eine Fernbedienung in die Hand und die Leinwand hinter ihm erwachte zum Leben. Darauf erschien die Nachricht in starker Vergrößerung.

Wie kannst du nicht gucken, wie kannst du nicht schaun,
Nur, weil du glaubst, er schützt sie, der Zaun.
In dem Moment erst wird sie sicher sein,
wo sie ruhig und tief schläft in den Armen mein.

„Krank", stieß ein junger Officer hervor, und die Kollegen nickten und umklammerten die Griffe ihrer Schlagstöcke.

Evelyn las die Nachricht noch einmal. Der Entführer konzentrierte sich auf die Entführung und sprach die Eltern direkt an. Sein Bedürfnis zu strafen war jetzt offenbar stärker als vor achtzehn Jahren. Aber er schien immer noch zu glauben, den Mädchen, die er entführte, zu helfen.

Oder zumindest war das die Motivation, die er sie gerne sehen lassen wollte.

„Wer ist das Opfer?" Jacks Stimme hallte etwas schüchterner als sonst durch den Raum.

„Sie heißt Lauren Shay." Tomas drückte auf die Fernbedienung und die Nachricht wurde durch ein Foto ersetzt.

Lauren war hellhäutig mit Sommersprossen, ihre braunen Haare waren kurz und lockig, die hellbraunen Augen blickten schelmisch in die Kamera. Das Bild hatte sie mitten im Lachen eingefangen, und sie sah aus, wie eine Zwölfjährige aussehen sollte. Glücklich. Sorgenfrei. Sicher.

„Oh Gott", flüsterte der Polizist neben Evelyn. „Ich bin seit Jahren mit ihrem Stiefvater befreundet. Ich kann nicht glauben, dass es Lauren ist."

„Wo stehen wir mit der Überwachung?", fragte Evelyn. Wenn Darnell von der Polizei beschattet worden war, fiel er als Verdächtiger aus.

Tomas schüttelte den Kopf. „Wir waren gerade erst dabei, das zu koordinieren, Evelyn. Aber noch war niemand für Darnell abgestellt."

„Nun, zumindest können wir Wiggins von der Liste streichen", sagte Jacks Partner. „Er liegt immer noch im Krankenhaus."

„Nein, tut er nicht." Tomas seufzte. „Er ist gestern entlassen worden. Wir haben ihn heute für ein paar Stunden beschattet, aber er hat sein Haus nicht verlassen und wir haben zu wenig Leute."

Was er nicht laut aussprach, was Evelyn jedoch wusste, war, dass die Polizisten abberufen worden waren, um einige andere Spuren zu verfolgen, die sie vorgeschlagen hatte.

Mist. Was für ein grausames Timing. Ein Zufall? Oder war Walter Wiggins durchtriebener, als sie gedacht hatte?

„Ich will mit Wiggins sprechen", platzte Jack heraus, und sein Ton verriet, dass das keine höfliche Bitte war.

Tomas sah Evelyn fragend an, und sie nickte. „Ich begleite ihn."

„Okay." Tomas sah sich im Raum um. „Wir müssen außerdem die Liste der Freiwilligen für die Suchmannschaften durchgehen. Sie waren heute alle draußen, und Laurens Mom hat gesagt, dass sie viele von ihnen auf dem Feld neben ihrem Haus gesehen hat. Es war schon spät, als Lauren entführt wurde, sodass die Gruppen nicht mehr in voller Stärke unterwegs waren. Aber es ist möglich, dass der Täter die Suchtrupps als Tarnung für die Entführung genutzt hat."

Evelyn spürte den Ekel, der durch den Raum waberte, als sie erkannten, dass Tomas recht hatte. Sie nahm schon eine ganze Weile an, dass der Entführer sich den Suchtrupps angeschlossen hatte. Wenn er sie hatte nutzen können, um sich ein neues Opfer zu greifen, würde das die Fantasie nur noch mehr anheizen.

„Noreen?" Tomas bat seine Verwaltungsangestellte nach vorne.

Noreen trat ans Pult und wrang ihre Hände. Sie war ungefähr fünfundzwanzig mit schulterlangem dunklem Haar und fortwährend niedergeschlagenen Augen. Jedes Mal, wenn Evelyn sie auf dem Revier gesehen hatte, trug sie einen langen Rock und eine Bluse und gab sich beinahe schmerzhaft schüchtern. Sie fühlte sich ganz eindeutig wohler, wenn sie still hinter ihrem Schreibtisch arbeiten konnte, als sich an einen Raum voller neugieriger Officers zu wenden.

Aber sie schien respektiert zu werden, denn alle wurden still, als sie neben Tomas stand.

„Noreen ist dafür verantwortlich, die Namen aller Freiwilligen zu erfassen. Jeder, der an der Suche teilgenommen hat, steht auf ihrer Liste."

„Ich überprüfe alle", erklärte Noreen. „Wir haben einige Helfer mit krimineller Vergangenheit, aber bislang niemanden, der mit Kindesmissbrauch in Verbindung steht." Sie schaute zu Tomas, als wäre sie nicht sicher, ob sie noch etwas sagen sollte.

Das überrascht mich nicht, dachte Evelyn. Obwohl Walter wieder mehr nach einem möglichen Verdächtigen aussah, sagte ihr Bauchgefühl ihr, dass der Täter noch nie zuvor gefasst worden war – zumindest nicht für ein Verbrechen in Zusammenhang mit Kindern.

Sie hatte Tomas auch gebeten, nachzuschauen, ob es in der Nacht von Cassies Entführung irgendwelche Verhaftungen gegeben hatte, aber es war nichts aufgetaucht. Es hatte eine Massenkarambolage gegeben, durch die mehrere Menschen ins Krankenhaus eingeliefert werden mussten, aber es war niemand dabei gewesen, auf den das Profil passte.

Tomas dankte Noreen, die sich eilig wieder in den Hintergrund verzog. „Carly Sanchez vom CARD-Team des FBI wird die Aufgaben verteilen", sagte Tomas. „Legen wir los."

Die Polizisten um Evelyn liefen nach vorne. Sie schienen ermutigt davon, dass zwischen der Entführung und dem Einschalten der Polizei dieses Mal weniger Zeit vergangen war. Das erhöhte die Chancen, sie zu finden.

Aber Evelyn wusste, was Tomas nicht ausgesprochen hatte. Nun, da der Kinderreim-Killer sich Lauren geholt hatte, waren Brittanys Chancen, zu überleben, beinahe auf null gesunken.

„Da ist es!" Jack stellte seinen riesigen Kaffeebecher in den Getränkehalter und zeigte nach vorne.

Evelyn versuchte, nicht die Augen zu verdrehen. Als wenn sie Walter Wiggins' Haus übersehen könnte.

Es war halb elf Uhr abends, aber die Straße war noch hell erleuchtet und an allen Häusern brannte die Außenbeleuchtung. Der West Shore Drive wurde von sorgfältig gepflegten Rasenflächen und gut erhaltenen Mittelklassehäusern gesäumt. Die ganze Gegend wirkte ungemein respektabel.

Und dann gab es dieses Haus am Ende der Straße. Man sah, dass sich jemand um Haus und Garten kümmerte, doch es gab keine Blumen oder sonst irgendetwas Persönliches. Jemand hatte den weißen Zaun mit einem Vorschlaghammer bearbeitet und die Worte „Perverser" und „Kindermörder" auf die Haustür gesprüht sowie ein großes

Holzschild in den Vorgarten gerammt. Als sie näher kamen, sah Evelyn, dass das Walter-Wiggins-Foto aus der Sexualstraftäterkartei an das Holzschild geklebt worden war.

„Wird deswegen irgendetwas unternommen?" Evelyn parkte in der Auffahrt und hoffte, dass niemand ihren Mietwagen demolieren würde, während sie im Haus waren.

„Machen Sie Witze?" Jack stieg aus und stapfte zur Haustür. „Wir haben weiß Gott anderes zu tun."

Evelyn runzelte die Stirn. Er hatte recht. Brittany wurde seit neunundvierzig Stunden vermisst. Lauren seit anderthalb Stunden. Das war es, worauf sich alle einschließlich ihr konzentrierten.

Doch es machte sie traurig, die Stadt, in der sie aufgewachsen war, so zu sehen. So schwer es manchmal sein konnte, sie glaubte daran, dass Gesetze für alle galten. Sie mussten die Kriminellen und die Unschuldigen gleichermaßen schützen.

Wirst du auch noch so denken, sollte sich herausstellen, dass Walter der Täter ist? fragte eine kleine Stimme in ihrem Kopf. Wenn sie erfuhr, dass er Cassie entführt, missbraucht und ermordet hatte? Sie zog eine Schutzwand um ihr Herz und schob den Gedanken beiseite, weil sie diese Frage nicht einmal sich selber gegenüber beantworten wollte.

Sie versuchte, Jack auf dem Weg zum Haus zu überholen, aber er ließ sie nicht vorbei und hämmerte gegen die Tür. „Wiggins! Machen Sie auf! Polizei!"

„Jack, ganz ruhig. So wie wir es im Auto besprochen haben." Als er sie ignorierte, packte sie seinen Ärmel und zwang Jack, sie anzuschauen. „Ich weiß, dass ich nicht gerade Ihr Liebling bin, aber ich kenne diese Art Verbrechen besser als Sie. Sie folgen hier meinen Anweisungen, okay?"

Als die Tür einen Spalt geöffnet wurde – die Kette lag von innen noch vor –, schaute Jack sie schockiert an. Trotz der letzten zwei Tage erwartete er offensichtlich immer noch, dass sie sich wie die verschüchterte Zwölfjährige benahm, die er einst zum Weinen gebracht hatte.

Nun, dann erwartete ihn eine Überraschung. Denn auf keinen Fall würde sie zulassen, dass jemand diesen Fall vermasselte.

Sie linste durch den Türspalt in das hell erleuchtete Haus hinein. „Walter Wiggins?" Sie hielte ihre FBI-Marke auf Augenhöhe vor den schmalen Streifen des Gesichts, den sie sehen konnte – eine lange, blasse

Nase mit roten Flecken von den Schlägen und nervöse graue Augen. „Ich bin Evelyn Baine, FBI. Ich habe ein paar Fragen."

Walter sah sich ihre Marke mit zusammengekniffenen Augen an. Dann glitt sein Blick zu Jack, und ein Muskel unter seinem Auge fing an zu zucken. „Was ist denn nun schon wieder?", fragte er so leise, dass Evelyn sich vorbeugen musste, um ihn zu verstehen.

„Wir brauchen nur ein paar Minuten, Mr Wiggins. Können wir reinkommen?"

Walters ausgeprägter Adamsapfel hüpfte, dann wurde die Tür geschlossen und erneut geöffnet.

Evelyn versuchte, sich ihr Entsetzen nicht anmerken zu lassen. Die vage Erinnerung, die sie an den Walter vor dreizehn Jahren hatte – direkt bevor sie weggezogen war, um aufs College zu gehen –, war immer noch ziemlich akkurat. Sein kurzes braunes Haar war wie bei einem Schuljungen in die Stirn gekämmt, seine großen Ohren schauten unter den Fransen hervor. Er konnte keinen Blickkontakt halten. Den Akten nach war er achtunddreißig, aber er konnte gut noch für achtzehn durchgehen.

Selbst die violetten Prellungen unter seinen Augen und das Pflaster auf seiner gebrochenen Nase ließen ihn nicht gefährlich aussehen. Für jemanden, der ihn nicht kannte, wirkte Walter vermutlich wie ein Teenager, der in der Schule geschlagen und gemobbt worden war. Aber nicht wie ein verurteilter Kinderschänder, der mit den Fäusten eines wütenden Vaters in Kontakt gekommen war.

Unbehagen breitete sich in ihr aus. Walters so überhaupt nicht bedrohliche Ausstrahlung wäre ein Vorteil, wenn er immer noch versuchte, sich Kindern zu nähern. Egal, ob die Eltern ihre Kinder gewarnt hatten, sich von ihm fernzuhalten, er sah einfach nur harmlos aus. Äußerlich war kein Anzeichen des Monsters zu sehen, das in seinem Inneren wohnte.

Jack drängte sich hinter ihr so aggressiv ins Haus, dass Walter ein paar Schritte zurücktrat. „Wiggins. Können wir uns irgendwo setzen?", fragte er angespannt.

Walter blinzelte ein paar Mal und sah von ihr zu Jack. Dann straffte er die Schultern. „Sicher. Klar. Kommen Sie rein."

Er führte sie einen kurzen, dunklen Flur entlang, wobei er ganz leise und leicht vornübergebeugt auf den Fußballen schlich.

Als sie das Wohnzimmer erreichten, rief eine schwache Stimme vom anderen Ende des Hauses: „Wer ist da?"

„Ist schon gut, Dad", sagte Walter. „Ich habe nur Besuch."

Jack schnaubte und setzte sich auf die Couch, die aus den Fünfzigerjahren zu stammen schien. Er streckte die Beine vor sich aus und schien sich auf ein längeres Gespräch einzustellen.

Evelyn betrachtete den Raum, während Walter sich in einen Sessel zurückzog, der so weit von Jack entfernt stand wie nur möglich. Die Tapete löste sich an einigen Stellen von den Wänden, und überall lagen kleine Zierdecken herum. Evelyn nahm an, dass sich seit dem Tod von Walters Mutter in diesem Zimmer nichts verändert hatte. Wenn es hier irgendwelche Hinweise auf Walters Persönlichkeit gab, so sah sie sie nicht.

Das gab ihr nicht viel, womit sie arbeiten konnte. Normalerweise lieferte eine Befragung im Haus des Verdächtigen ihr immer einen guten Anfangspunkt, kleine Einblicke in die Persönlichkeit des Befragten. Aber bei Walter musste sie sich allein auf die Körpersprache verlassen.

Sie setzte sich in den dritten Sessel im Zimmer, gegenüber von Jack und neben Walter. „Vor dreizehn Jahren sind Sie in drei Fällen des sexuellen Missbrauchs vierten Grades und in zwei Fällen des sexuellen Missbrauchs dritten Grades schuldig gesprochen worden. Die Opfer waren alle in etwa so alt wie Brittany Douglas und Lauren Shay."

Walters Körper schien von Krämpfen geschüttelt zu werden und er senkte seinen Kopf noch tiefer auf die Brust.

Jack drehte sich zu ihr und ein kleines Lächeln umspielte seine Mundwinkel. Seine erhobenen Augenbrauen schienen zu fragen: „Und das nennen Sie es langsam angehen?"

Walter schlang seine Arme um seine Mitte und sackte weiter in sich zusammen. „Ich habe nicht ..."

Jacks Lippen verzogen sich zu einem Knurren, und Evelyn unterbrach ihn, bevor er etwas sagen konnte. „Ich möchte nicht darüber sprechen. Ich möchte Sie nur heute als Verdächtigen ausschließen können. Können Sie mir dabei helfen?"

Walter öffnete den Mund, schloss ihn aber genauso rasch wieder und verengte die Augen. Er war ganz eindeutig misstrauisch, aber was sie sagte, stimmte. Sie hatte ihn als Verdächtigen angesehen, glaubte jetzt aber nicht mehr, dass er clever genug war, die aktuellen Entführungen durchgezogen zu haben, ohne dabei gesehen worden zu sein.

„Wie?", fragte Walter. „Die Polizei hat mich bereits wegen Brittany befragt. Ich war zu Hause, aber sie glauben mir nicht."

„Was ist mit heute? Wo waren Sie in den letzten drei Stunden?"

„Zu Hause", gab Walter kurz angebunden zurück. Er richtete sich auf und umklammerte mit den Händen die Sessellehne.

„Kann das irgendjemand bezeugen?"

„Mein Vater war da, aber es geht ihm nicht gut. Seine Gesundheit … Er hat geschlafen und …"

„Sie wollen beweisen, dass Sie unschuldig sind?", unterbrach Jack ihn. „Wie wäre es, wenn Sie uns durch Ihr Haus führen, den Keller eingeschlossen?"

Walter sah Jack einen Moment lang an. „Als würde das irgendetwas beweisen. Es ist egal, was ich tue, Sie behaupten ja doch, dass ich es war."

Evelyn musterte ihn, während er Jack anfunkelte. War es reine Verbitterung, die ihn ablehnen ließ, oder Angst vor dem, was sie finden würden?

Wenn es Letzteres wäre, bedeutete das nicht unbedingt, dass er Brittany und Lauren entführt hatte. Angesichts seiner Vorgeschichte war es sehr wahrscheinlich, dass er irgendetwas in diesem Haus versteckte. Sollte er nicht der Entführer sein, würde sie auf Kinderpornos auf seinem Computer tippen.

Sie versuchte, sich ihren Ekel nicht anmerken zu lassen. Sie musste ihn dazu bringen, sie als seine Verbündete zu sehen – aber wie?

Sie wusste, dass er intelligent war. Sein Abschluss von einer Top-Universität und der darauffolgende Job bei einer mächtigen Lobbyistenfirma bewiesen das. Und so, wie er Jack niederstarrte, war er auch weniger eingeschüchtert, als er anfangs gewirkt hatte.

Wenn er mit zwanzig angefangen hatte, Kinder zu entführen, bedeutete das, er war ein paar Jahre damit durchgekommen. Dann war er nach D. C. gezogen und hatte entdeckt, dass er auch ohne Entführungen Opfer finden konnte, was weniger gefährlich sein sollte. Doch dann hatte man ihn verhaftet, also hatte der kurze Gefängnisaufenthalt ihn vorerst verschreckt. Doch sollte er irgendwann den Mut gefunden haben, weiterzumachen, hätte ihn mit seinem Vorstrafenregister niemand in die Nähe von Kindern gelassen. Vielleicht war er dann wieder dazu zurückgekehrt, sie zu entführen.

Aber es lief immer noch darauf hinaus, ob ihm das gelingen konnte, ohne dass er jemandem dabei auffiel. Er war in Rose Bay ein Paria, jede seiner Bewegungen wurde beobachtet. Hätte er das wirklich durchziehen können?

Während Evelyn darüber nachdachte, sah Jack sie fragend an, stieß dann einen frustrierten Seufzer aus und erhob sich. „Ich muss mal aufs Klo, Wiggins."

Walter runzelte die Stirn. „Dann fahren Sie zum Revier zurück."

„Komm schon", sagte Jack. „Gibt es irgendeinen Grund, warum ich dein Badezimmer nicht betreten soll?"

Walters Miene verfinsterte sich. Er rutschte unruhig auf dem Sessel hin und her und suchte nach einer guten Antwort. Dann stand er schließlich auf und führte Jack den Flur hinunter, wobei er sich ständig nach Evelyn umsah.

Als er ins Wohnzimmer zurückkam, saß seine eingeschüchterte Maske wieder fest auf seinem Gesicht. „Was ist eigentlich mit den ganzen Belästigungen? Haben Sie gesehen, was man mit dem Garten meines Vaters angestellt hat? Wo ist die Polizei, wenn ich sie rufe?"

„Sie haben deswegen die Polizei gerufen?"

„Ja." Walter ließ sich wieder in den Sessel plumpsen. „Sie haben meine Aussage aufgenommen. Und mir erzählt, dass ich ihnen wertvolle Zeit für die Suche nach Brittany stehle."

Evelyn beugte sich vor. „Hören Sie, Walter, wie wäre es, wenn Sie uns einmal durchs Haus führen? Wir interessieren uns nicht für das, was Sie auf Ihrem Computer haben." Zumindest im Moment nicht. Aber sie würde ganz bestimmt mit Tomas sprechen, ob sie die Erlaubnis bekämen, sich Walters Computer anzusehen, sobald Brittany und Lauren gefunden worden waren. „Zeigen Sie uns einfach nur, dass niemand hier ist."

Er schaute nachdenklich drein, und sie dachte schon, dass er zustimmen wollte, als Jack wieder ins Zimmer kam.

Wut zeigte sich in Walters Miene. „Damit Sie eine Möglichkeit finden, es mir anzuhängen? Ich glaube nicht."

„Ich verspreche Ihnen, die Bilder, die Sie haben, interessieren mich nicht", log sie, so verzweifelt wollte sie die Gelegenheit haben, sich das Haus anzusehen. „Wir gucken uns nur mal kurz um, stellen sicher, dass die Mädchen nicht hier sind, und gehen wieder. Streichen Sie von der Liste."

„Blödsinn!", bellte Walter. Er richtete sich in seinem Sessel auf und verschränkte die Arme vor der Brust.

Okay, Zeit für einen neuen Ansatz. „Haben Sie die Suchtrupps in der Gegend gesehen, Walter?"

„Was? Ja, ich schätze schon."

„Wie fühlen Sie sich deswegen?"

„Was meinen Sie?"

„Glauben Sie, dass sie die vermissten Mädchen finden werden?", bohrte sie nach. Wenn sie ihn dazu bringen könnte, über den Fall zu reden, würde ihr das hoffentlich ein Gefühl dafür geben, wie viel er vor ihr verbarg.

Wer auch immer vor achtzehn Jahren mit den Entführungen davongekommen war, war vorsichtig und widerstand dem natürlichen Drang, anzugeben oder ausführlich über die Ermittlungen zu reden. Doch er würde es wollen. Und die beiden so kurz nacheinander erfolgten neuen Entführungen zeigten, dass der Täter dieses Mal wesentlich weniger kontrolliert vorging.

Walter sah sie düster an. „Woher soll ich das wissen?"

Jacks genervter Blick landete auf ihr, und Evelyn versuchte, ruhig zu bleiben. Sie hatte schon viele Befragungen geleitet, darunter einige mit sehr unkooperativen Gesprächspartnern. Ging sie die Sache mit Walter falsch an oder lag es an dem Fall an sich?

Dans Stimme erklang in ihrem Kopf; sie sagte ihr, sie stünde dem Fall zu nahe, um objektiv zu sein.

Sie sprang auf die Füße und fragte Walter, ob sie auch mal sein Bad benutzen dürfte.

Er warf ihr einen ungläubigen Blick zu. „Gibt es auf dem Revier ein Problem mit den Toiletten?" Als sie nichts erwiderte, zeigte er den Flur hinunter. Offenbar war er nicht gewillt, Jack allein zu lassen.

Der Flur ähnelte demjenigen, der in das Wohnzimmer führte – nur dumpf erleuchtet und mit kahlen Wänden. Die Schlafzimmertür, an der sie vorbeikam, war geschlossen, also ging sie weiter in das kleine Badezimmer. Genau wie das Wohnzimmer schien es mit seinen grünen Zeichentrickzügen an den Wänden und den Klebefiguren in der Badewanne in der Vergangenheit festzustecken.

Sie nahm an, dass es als Kind für Walter gemacht und nie renoviert worden war. Aber andererseits wusste sie nicht, wie krank Walters Vater war. Vielleicht konnte er sein Bett nicht mehr verlassen und wusste gar nicht, was den Flur hinunter geschah.

Nach einem kurzen inneren Zwiegespräch öffnete Evelyn den Badezimmerschrank. Alles stand ordentlich in Reih und Glied. Rezeptfreie Medikamente standen so, dass die Aufschriften nach vorne zeigten. Auf dem untersten Regal lag ein Necessaire, auf das außen Walters Name aufgedruckt war. Daneben lag ein Rasierer.

Alles in dem Schrank gehörte Walter. Nichts einem Kind. Stirnrunzelnd schloss sie die Schranktür.

Anders als das Wohnzimmer war es hier drinnen beinahe zu aufgeräumt. Selbst der Seifenspender stand in einem perfekten rechten Winkel zum Waschbecken. Der Raum hier gehörte einzig Walter.

Also war er präzise und sorgfältig, beinahe schon zwanghaft. Was nicht verwunderlich war, wenn man seine Persönlichkeit betrachtete. Allerdings waren das auch Merkmale, die der Entführer aufwies.

Sie betätigte die Toilettenspülung und ließ für einen Moment das Wasser am Waschbecken laufen. Sie wollte gerade gehen, als ihr auffiel, dass irgendetwas nicht stimmte. Sie schaute sich um, und ihr Blick fiel auf den Spülkasten der Toilette. Er saß ein wenig schief. Nur einen Zentimeter, aber das reichte für jemanden, der so ordentlich war.

Sie kämpfte, ob sie nachschauen sollte oder nicht. Sie hätte schon den Medizinschrank nicht öffnen dürfen. Aber ihre Füße bewegten sich bereits, und vorsichtig hob sie den Deckel an und legte ihn auf die Klobrille. Ihr Herzschlag beschleunigte sich. Innen im Kasten klebte eine Plastiktüte.

Sie zog sich den Saum ihres T-Shirts über die Finger, holte die Tüte heraus und schüttete den Inhalt ins Waschbecken. Heilige Scheiße, Jack hatte recht. Walter Wiggins konnte sehr wohl der Kinderreim-Killer sein.

Sie blätterte durch den Stapel mit Fotos und prägte sich das Gesicht von jedem jungen Mädchen sorgfältig ein. Und auch die Hintergründe auf den Bildern. Einige von ihnen waren in dem Park in der Nähe ihres ehemaligen Zuhauses aufgenommen worden. Auf anderen war im Hintergrund die Grundschule zu sehen. Wie zum Teufel waren Walter diese Fotos gelungen?

Und warum hatte er sie gemacht? Weil er ein Voyeur war, der nicht nahe genug an Kinder herankam, um mit seinen alten Belästigungen weiterzumachen? Oder weil er neue Opfer ausgesucht hatte, die er entführen wollte?

Sie hatte nicht geglaubt, dass er der Kinderreim-Killer war, aber das lag zum Teil daran, dass sie nicht gedacht hätte, er könnte nah genug an ein Kind herankommen, um es sich zu schnappen. Sie wusste nicht, wann diese Fotos gemacht worden waren, aber entweder hatte er ein außergewöhnlich gutes Teleobjektiv benutzt oder sie irrte sich, was ihre Vermutung anging.

Sie klebte die Tüte vorsichtig wieder zu und befestigte sie an der gleichen Stelle, an der sie sie gefunden hatte. Sie überlegte, ob sie den Deckel des Spülkastens gerade draufsetzen sollte, entschied sich dann aber, ihn wieder leicht schief daraufzulegen, so wie sie ihn vorgefunden hatte.

Mit einem unguten Gefühl im Magen kehrte sie ins Wohnzimmer zurück, wo Jack und Walter einander finster schweigend anstarrten.

Hatte ihr Beharren darauf, Darnell zu überwachen und nicht Walter, ihm die Gelegenheit verschafft, die er benötigte, um Lauren zu entführen?

Sie brauchten einen Plan für Walter. Und zwar auf der Stelle.

„Wir sollten gehen", sagte sie zu Jack und drehte sich zur Tür um, bevor er etwas erwidern konnte.

„Was?", rief er hinter ihr her. „Wenn Sie keine Fragen mehr haben – ich habe noch mehr als genug."

„Lassen Sie uns gehen!", rief Evelyn, in deren Kopf sich die soeben gesehenen Bilder drehten.

Weder Brittany noch Lauren war auf einem der Fotos gewesen. Aber vielleicht lag das daran, dass er sie bereits entführt hatte. Nach allem, was sie wusste, konnte in diesem Moment auf Walters Rechner schon ein brandneuer Reim warten. Vielleicht war eines der Mädchen von den Fotos sein nächstes beabsichtigtes Opfer.

10. KAPITEL

Übelkeit stieg in Evelyn auf, als sie sich wieder und wieder die Fotos der Mädchen vor Augen führte. Zusammen mit den Bildern stiegen Erinnerungen in ihr auf, die sie seit Jahren unterdrückt hatte. Sie würgte und warf Jack die Schlüssel zu ihrem Mietwagen zu.

„Was zum Teufel?", fragte er, als er sie auffing. „Wir müssen ihn noch weiter befragen."

„Ich erkläre es Ihnen im Auto. Steigen Sie einfach ein."

Fluchend schob er den Fahrersitz zurück, damit er einsteigen konnte, und dann rasten sie auch schon zurück zum Polizeirevier.

Als Evelyn nichts sagte, blaffte Walter: „Also, erklären Sie."

„In dem Spülkasten im Bad hat Walter Fotos von Mädchen. Nicht von Brittany oder Lauren, aber im gleichen Alter."

Jack schaute sie an. Er wirkte nicht überrascht, obwohl seine Hände sich fester ums Lenkrad krallten. „Ich habe Ihnen doch gesagt, dass er ein kranker, schleimiger Bastard ist. Er hat es getan."

„Wir müssen mit Tomas reden, dass wir einen Durchsuchungsbeschluss brauchen."

„Ach ja? Und wie soll das gehen? Innerhalb des Spülkastens ist nicht gerade das, was man ‚offen herumliegen' nennt."

„Ich weiß es nicht." Evelyn seufzte. „Aber Sie kommen doch an Klassenfotos heran, oder? Ich möchte sie mir ansehen und die Mädchen für Sie identifizieren."

Jack trat aufs Gas. „Ja. Wie viele waren es?"

„Ungefähr ein Dutzend."

„Ein Dutzend?" Jack rieb sich die Stirn und fluchte leise.

Evelyn drehte den Kopf und starrte aus dem Fenster in die Dunkelheit. Es war nach Mitternacht, die Straßen waren leer und verlassen, die Suchmannschaften lagen inzwischen zu Hause im Bett.

War es ein Fehler gewesen, Walters Haus so schnell wie möglich zu verlassen, um alle Mädchen, die sie gesehen hatte, zu identifizieren für den Fall, dass es sich um künftige Opfer handelte? Hätten sie dableiben und stärkeren Druck ausüben müssen, damit er ihnen das Haus zeigte?

Saß Lauren eingesperrt in Walter Wiggins' Keller und konnte nicht um Hilfe rufen? War Brittany bei ihr? Und wenn ja, was für eine Hölle durchlebten sie gerade?

Die Übelkeit verschlimmerte sich, bis Evelyn wusste, dass sie nicht länger an sich halten konnte. „Jack, stoppen Sie. Halten Sie sofort an!"

Er trat auf die Bremse und sie schaffte es gerade noch, sich abzuschnallen und auszusteigen, bevor sie ihr Abendessen über den Bürgersteig erbrach. Ihre Augen tränten, und die Erinnerungen, die sie so viele Jahre unterdrückt hatte, rasten so lebendig durch ihren Kopf, als wäre es erst gestern gewesen.

Der Geruch nach billigem Wodka schien ihr in die Nase zu steigen, als das Bild der alten Wohnung, die sie so lange mit ihrer Mom geteilt hatte, sie zu überwältigen drohte. Evelyns Vater war damals bereits seit vier Jahren tot gewesen, und sein Gesicht hatte in ihrer Erinnerung angefangen zu verblassen.

Ihre Mom hatte seitdem versucht, ihn durch einen Mann nach dem nächsten zu ersetzen. Doch keiner davon war lange geblieben. Die meisten ignorierten sie, und sie hatte schnell gelernt, sich vor denjenigen mit den wütenden Fäusten zu verstecken.

Er war anders gewesen. Seinen Namen hatte sie nie erfahren, aber der Kerl vor ihm war ausgezogen und plötzlich lebte er bei ihnen. Er sah normal aus. Nicht zugedröhnt oder betrunken wie die meisten anderen. Aber in seinen Augen hatte etwas Gefährliches gefunkelt, das sie gewarnt hatte, ihm nicht zu nah zu kommen.

Zwei Wochen lang hatte er Abstand gehalten. Bis zu jener Nacht, in der ihre Mom betrunken auf der Wohnzimmercouch ohnmächtig geworden war. Evelyn war in ihrem Zimmer gewesen und hatte eine kleine Leselampe benutzt, anstatt das Deckenlicht anzuschalten, damit sie nicht merkten, dass sie noch wach war und ihre Hausaufgaben machte.

Langsam war die Tür aufgeschoben worden, und Evelyn hatte seine Überraschung darüber gesehen, dass sie noch nicht schlief. Als er die Tür hinter sich schloss, war sie instinktiv aus ihrem Bett gekrabbelt. Doch er war weiter auf sie zugekommen, die Hände erhoben, als wollte er sie beruhigen.

Das Zimmer schien zu schrumpfen, als sie immer weiter zurückwich, bis sie gegen die Wand stieß. Sie konnte nirgendwohin fliehen, sich nirgendwo verstecken. Sie weinte bereits, stumme Tränen, die über ihre Wangen liefen, als sie die Hände hob in Erwartung, dass seine Handfläche auf ihre Wange traf.

Stattdessen hatte er sie blitzschnell hochgehoben und aufs Bett geworfen. Sie war auf ihrem Collegeblock gelandet; die Ringheftung hatte sich schmerzhaft in ihren Rücken gedrückt. Dann war er über ihr, zerrte an ihrem Pyjama, sein ranziger Atem vermischte sich mit dem Geruch ihrer eigenen Angst.

Sie hatte sich gewehrt, hatte ihn mit ihren kleinen Fäusten bearbeitet, bis er sie so fest geschlagen hatte, dass ihre Nase anfing zu bluten und sie aufhörte zu kämpfen. Ihre rechte Hand war auf ihrem Stift gelandet, und ohne nachzudenken, hatte sie ihn gegriffen. Irgendwie war es ihm in der Zwischenzeit gelungen, seine Jeans herunterzuschieben, sodass der Stift, als sie damit auf ihn einstach, tief genug in seinen Oberschenkel eindrang, um seinen Muskel zu treffen. Er hatte aufgeschrien, war mit den Jeans um die Knöchel zurückgestolpert und hingefallen.

Und sie war gerannt und hatte um Hilfe gerufen. Doch ihre Mutter hatte sich auf der Couch nicht gerührt, also war sie in die andere Richtung gelaufen, zum Badezimmer, dem einzigen Raum in der Wohnung, den man abschließen konnte. Sie hatte gerade den Schlüssel im Schloss umgedreht, da war er auch schon da und hämmerte mit den Fäusten gegen die Tür, bis diese zitterte. Sie wusste, dass sie nicht lange halten würde.

Sie hatte sich auf dem Boden zusammengerollt und sich schluchzend gegen die Badewanne gedrückt. Dann hörte sie ein Klopfen an der Haustür und die Polizei, die rief, er solle aufmachen. Sie war aufgestanden und hatte ihr Ohr gegen die Badezimmertür gepresst. Hatte darauf gewartet, dass die Polizisten ihn mitnehmen würden.

Dann hatte sie die Stimme ihrer Mutter gehört. Sie klang nur leicht angetrunken und erzählte den Polizisten, dass es sich nur um einen kleinen Streit handelte, der aber beigelegt sei. Evelyn hätte nicht schockiert sein dürfen, war es aber.

Nachdem die Polizei gegangen war, hatten die Tränen aufgehört. Seltsam ruhig hatte sie das Badezimmerfenster geöffnet und war hindurchgeklettert. Dann war sie barfuß und in zerrissenem Pyjama die Straße hinunter zur nächsten Telefonzelle gelaufen. Gott sei Dank hatte jemand Kleingeld im Rückgabefach zurückgelassen.

Sie hatte die einzigen Menschen angerufen, bei denen sie sich seit dem Tod ihres Vaters sicher fühlte. Ihr Grandpa war so schnell gekommen, um sie abzuholen, dass er jede rote Ampel überfahren haben musste. Sie war bei ihm und ihrer Grandma eingezogen und hatte nie mehr zurückgeschaut.

Erst später hatte sie erfahren, wie sehr ihre Großeltern sich damit gequält hatten, was sie tun sollten. Sie hatten Angst, dass eine Anzeige vielleicht keinen Erfolg hätte – etwas, das Evelyn seitdem im Laufe ihrer Arbeit viel zu oft gesehen hatte. Und sie hatten Angst, dass Evelyns

Mom, wenn sie keine Anzeige erstatteten, sie vielleicht der Entführung beschuldigen und ihnen das Kind wieder wegnehmen würde.

Ihre Mom war erst wieder aufgetaucht, als Evelyn schon siebzehn war und ihre Grandma einen Schlaganfall erlitt. Evelyn hatte schockiert erfahren, dass ihre Großeltern ihre Mutter bedroht hatten. Sie hatten ihrer Mom gesagt, sollte sie je versuchen, Evelyn zurückzuholen, würden sie alles in ihrer Macht Stehende unternehmen, um sicherzustellen, dass sie ins Gefängnis komme.

Das war vermutlich eine Drohung, die sie nicht hätten durchsetzen können, aber sie schienen ihre Mom überzeugt zu haben, denn sie war für sieben lange, glückliche Jahre weggeblieben.

Ihre Großeltern waren mit ihrer Tochter weiter in Verbindung geblieben, hatten versucht, ihr zu helfen, clean zu werden. Hatten gehofft, dass sie und Evelyn irgendwann wieder eine Beziehung zueinander aufbauen könnten. Es war Evelyn gewesen, die sich gänzlich von ihrer Mutter losgesagt hatte. Und sie hatte es nie wirklich bedauert.

Als die Erinnerungen verblassten, bemerkte Evelyn, dass sie immer noch auf dem Bürgersteig kniete, die Arme um ihre Körpermitte geschlungen. Jack hockte neben ihr, tätschelte ihren Rücken und murmelte, dass alles okay sei und sie Wiggins kriegen würden.

Hitze stieg ihr in die Wangen, als Evelyn aufstand. „Tut mir leid", krächzte sie.

Jack musterte sie eindringlich. „Die Fälle mit Kindern sind immer die schlimmsten. Ich verstehe das total. Ich gehe an Tatorte von häuslicher Gewalt, oder dieser elendigen Entführungen, und fühle mich so hilflos, so verdammt nutzlos." Seine Stimme wurde lauter. „Vor allem bei dieser Art von Fällen. Man weiß, dass jemand schuldig ist, man weiß, dass jemand sein Kind vernachlässigt, und doch hat man nicht die Macht, etwas zu tun. Das macht mich krank."

Er stieß laut den Atem aus und stieg wieder ins Auto. Den Rest des Weges zum Revier fuhren sie schweigend. Dort angekommen erzählte Evelyn Tomas, was sie in Walters Haus entdeckt hatte.

Tomas schaute zwischen ihr und Jack hin und her. „Sie haben die Bilder wieder genau dorthin zurückgelegt, wo Sie sie gefunden haben? Er weiß nicht, dass Sie sie gesehen haben?"

„Ich habe sie genau dorthin wieder zurückgepackt." Evelyn runzelte die Stirn. „Aber er ist schon beinahe zwanghaft ordentlich. Es ist möglich, dass er sie woanders versteckt, weil sowohl Jack als auch ich in seinem Badezimmer waren."

Jack nickte grimmig. „Ja, und sobald Sie aus dem Bad kamen, haben Sie mich ja förmlich aus der Tür gezerrt."

Tomas rieb sich die blutunterlaufenen Augen. „Ich rede mit einem Richter, aber es wird nicht leicht. Die Tatsache allein, dass er ein Sexualstraftäter ist, reicht nicht, um einen Durchsuchungsbeschluss zu rechtfertigen. Mist!" Er durchquerte sein Büro und rief an der Tür: „T.J.!"

Als der angelaufen kam, sagte Tomas: „Ich brauche Fotos von allen Grundschulklassen. Sprich mit Ronald – ich weiß, dass wir irgendwo Abzüge haben."

T.J. eilte zurück nach vorne, um mit Ronald zu sprechen, dem zweiten Verwaltungsangestellten des Reviers. Evelyn bedachte Tomas mit einem fragenden Blick.

Er seufzte schwer. „Reine Vorsichtsmaßnahme. Nach all diesen verdammten Schießereien in den letzten Jahren führen wir in Schulen und Einkaufszentren Notfallübungen durch. Die Schulbehörde ist noch einen Schritt weiter gegangen und schickt uns jedes Jahr Informationen über Mitarbeiter und Schüler. Nur für den Fall. Ich hoffe, dass wir sie niemals brauchen werden. Meinen Sie, Sie erkennen die Kinder wieder?"

„Ich habe versucht, sie mir alle zu merken, aber es waren insgesamt zwölf", sagte Evelyn.

T.J. kam mit einem Packen Fotos zurück. „Was ist passiert?"

„Geh wieder nach vorne", sagte Tomas. „Und schließ die Tür hinter dir."

T.J. wirkte nicht glücklich, aber dem Blick nach zu urteilen, den Jack ihm zuwarf, wusste Evelyn, dass er die Neuigkeiten schon früh genug erfahren würde.

Als er gegangen war, blätterte Tomas die Fotos durch und Evelyn identifizierte neun der Mädchen. Dann schüttelte sie den Kopf. „Weitere sehe ich nicht."

Tomas wandte sich an Jack. „Was ist mit dir?"

„Ich habe die Fotos gar nicht zu Gesicht bekommen."

„Verdammt." Tomas setzte sich hinter seinen Schreibtisch und nahm die Klassenfotos in die Hand, auf denen nun die Mädchen von Walters Bildern eingekreist waren. „Ich werde mit den Eltern dieser Mädchen reden."

„Ich glaube nicht ...", setzte Evelyn an.

„Ich werde ihnen nicht sagen, dass Sie die Bilder illegal gefunden haben", unterbrach Tomas sie. „Ich werde Ihnen überhaupt nicht sagen, dass wir Fotos gefunden haben. Ich sage ihnen nur, dass wir Grund zu der Annahme haben, dass sie besonders vorsichtig sein sollten." Er schaute auf seine Uhr, fluchte und legte den Telefonhörer, den er gerade aufgenommen hatte, wieder ab. „Ich habe gar nicht mitbekommen, dass es schon nach Mitternacht ist. Ich mache das gleich morgen früh."

Als Evelyn Anstalten machte, mit ihm zu diskutieren, ob er den Eltern überhaupt etwas sagen sollte, fragte er: „Evelyn, haben Sie Kinder?"

„Nein."

„Dann vertrauen Sie mir. Es ist besser, diesen Eltern Angst zu machen, als zu schweigen und festzustellen, dass eines dieser Mädchen als Nächstes verschwunden ist. Ich arbeite an dem Durchsuchungsbeschluss, aber bis dahin werde ich die beiden Officers zur Beschattung von Wiggins und nicht von Darnell abstellen."

Evelyn nickte, obwohl der Gedanke, Darnell nicht im Auge zu behalten, ihr Unbehagen bereitete. „Wir müssen Walter als ernsthafte Bedrohung ansehen. Aber gibt es niemanden, den sie auf Darnell ansetzen können? Er war Teil der Suchmannschaft, der Mord an der Tochter seiner Freundin vor zwanzig Jahren ist nie aufgeklärt worden, und er passt in vielen Dingen aufs Profil."

„Abgesehen von seiner Hautfarbe", warf Jack ein.

„Tja. Nun ja. Walter stand aus dem gleichen Grund weit unten auf meiner Verdächtigenliste – nicht wegen seiner Rasse, sondern weil ich den Täter aus bestimmten Gründen als Weißen definiert habe. Weil er sonst auf der Straße auffallen würde. Es ist nur …"

„Ich weiß", sagte Tomas. „Aber ich habe einfach nicht genügend Leute. Sprechen Sie mit den CARD-Agents. Vielleicht haben die jemanden übrig."

Evelyn ließ die Schultern sacken. Sie wusste, wie das in diesen Fällen lief. Die CARD-Agents konnten auch nicht auf Darnell aufpassen, außer es gäbe einen wesentlich überzeugenderen Grund als ihr Bauchgefühl.

Aber sie könnten vielleicht den Bluthund nah genug an Walters Haus führen, um die Umgebung abzusuchen, falls sie das nicht schon getan hatten. Sie schlug es Tomas vor, und er nahm erneut den Hörer in die Hand und bedeutete ihr, dass sie jetzt gehen konnte.

Mit einem Mal fühlte sie jede Minute der vergangenen achtzehn Stunden in ihren Knochen, seitdem sie aufgestanden war und sich auf den Weg in die Dünen gemacht hatte. Sie erhob sich. „Halten Sie mich wegen des Durchsuchungsbeschlusses bitte auf dem Laufenden."

In der Zwischenzeit würde sie sich überlegen müssen, was sie mit Darnell Conway anstellen sollte, während die anderen Cops Walter Wiggins beschatteten.

Evelyn hatte vorgehabt, direkt ins Hotel zurückzufahren, doch stattdessen fand sie sich in Treighton wieder, wo sie langsam Darnells Straße entlangfuhr.

Das Viertel lag dunkel und still da. Keine Straßenlaternen leuchteten, keine Gartenlampen brannten. Evelyn schaute auf die Uhr auf dem Armaturenbrett, als sie ein Stück von Darnells Haus entfernt anhielt. Zwei Uhr nachts.

Was hatte sie erwartet? Darnell draußen mit Brittany und Lauren im Schlepptau vorzufinden?

Sie rieb sich die Augen. Sie war erschöpft und frustriert. Der Besuch bei Walter Wiggins war noch zu frisch in ihrem Kopf. Brittany war jetzt seit mehr als zwei Tagen verschwunden. Und seitdem Evelyn hier angekommen war, hatte sie der örtlichen Polizei nicht mehr als verschiedene Möglichkeiten präsentieren können.

Vielleicht ist er ein Kinderschänder. Vielleicht glaubt er, er ist ein Retter. Vielleicht ist es Walter Wiggins. Vielleicht ist es Darnell Conway.

Sie brauchte etwas Konkretes. Sie musste Brittany und Lauren nach Hause holen, und – bei Gott – vielleicht sogar Cassie.

Evelyn stieg aus. Als sie und Jack bei Darnell gewesen waren, hatte sie den Eindruck gehabt, dass in diesem Viertel niemand jemals etwas sah. Hoffentlich hatte sie damit recht.

Sie ging langsam auf Darnells Haus zu. Blinzelnd gewöhnte sie sich an die mondlose Nacht. Sie ging langsam, weil sie wusste, dass in der Dunkelheit jede schnelle Bewegung die Aufmerksamkeit eines jeden weckte, der zufällig aus dem Fenster schaute.

Bevor sie richtig darüber nachgedacht hatte, stand sie schon vor Darnells Haus. Sie wusste nicht, was sie zu finden hoffte oder was sie tun wollte. Aber dennoch schlich sie seitlich an dem Haus vorbei in den Garten.

Die Jalousien an den Fenstern, an denen sie vorbeikam, waren alle heruntergelassen. Im Inneren war kein Lichtschimmer zu sehen. Im

Garten selber war es dunkler als auf der Straße. Er war komplett von einer Thujahecke umgeben, die als Zaun und Sichtschutz diente.

Sie bewegte sich vorsichtig, die Hände vor sich ausgestreckt, denn auch wenn ihre Augen sich beinahe vollständig an die Dunkelheit gewöhnt hatten, war es schwer, etwas zu sehen. Soweit sie es sagen konnte, gab es in Darnells Garten nichts. Keine Gartenmöbel, keine Blumen, kein Anzeichen eines persönlichen Geschmacks, abgesehen von dem beinahe zwanghaft akkuraten Schnitt der Hecke.

Auf der Rückseite des Hauses waren die Jalousien ebenfalls heruntergelassen. Evelyn verlangsamte ihre Schritte, während ihr Herz weiter unnatürlich schnell klopfte. Hier war nichts.

Mit sechs Jahren Erfahrung bei der Strafverfolgung wusste sie, wie leichtsinnig ihr Verhalten war. Sie hatte das Grundstück widerrechtlich betreten, und sollte sie etwas finden, würde es nicht als Beweis verwendet werden dürfen. Aber als beste Freundin eines Mädchens, der das ganze Leben gestohlen worden war, brachte Evelyn es nicht über sich umzukehren.

Vor allem nicht, als sie den Schuppen sah, der eingerahmt von Bäumen ganz hinten in der Ecke des Grundstücks stand. Vor ihn waren kleine immergrüne Sträucher gepflanzt worden, als hätte jemand vorgehabt, das kleine Gebäude zu verstecken.

An der Tür hing ein ganz einfaches Schloss. Evelyn schaute sich um. Als sie nichts sah, zog sie eine Haarnadel aus dem unordentlichen Knoten, den sie sich gemacht hatte, nachdem sie den Anruf wegen Laurens Verschwinden erhalten hatte, steckte sie ins Schloss und stocherte darin herum, bis der Bügel aufsprang.

Sie ermahnte sich erneut, dass das eine schlechte Idee war, öffnete die Tür aber trotzdem und trat ein. Ihr Handy als Taschenlampe nutzend, schaute sie sich um.

Es war der ordentlichste Schuppen, den sie je gesehen hatte. Der Boden war gefegt, jedes Werkzeug lag auf seinem Platz in dem Regal. Eine Schubkarre, die nagelneu aussah, lehnte an der hinteren Wand. Daneben waren ein paar Schaufeln aufgereiht, die förmlich glänzten, obwohl die abgegriffenen Stiele zeigten, dass sie schon einmal benutzt worden waren.

Sie leuchtete mit dem Handy in jede Ecke auf der Suche nach etwas, das ihr verriet, ob Darnell Kinder beobachtete und entführte. Auf dem obersten Regal sah sie drei Rollen Klebeband und mehrere sorgfältig aufgerollte Seile. Einige der Seile hatten die passende Größe, um Gartenabfälle zusammenzubinden. Andere schienen eher dazu gemacht, kleine Opfer zu fesseln.

Aber das war kaum etwas Ungewöhnliches. Viele Menschen benutzten Seile und Klebeband, die meisten von ihnen für vollkommen legitime Zwecke.

Das Einzige, was sie von Darnells Schuppen lernte, war, dass Darnell sauber und ordentlich war, sehr bedacht und sorgfältig. Die Tatsache, dass es sich dabei um Eigenschaften handelte, die auch den Kinderreim-Killer auszeichneten, bedeutete nicht, dass es sich um die gleiche Person handelte.

Zum Teufel, Walter Wiggins war auch beinahe zwanghaft sauber und ordentlich.

Gerade, als sie beschloss, aufzugeben und Darnells Garten zu verlassen, wurde die Schuppentür aufgerissen und eine Taschenlampe strahlte ihr ins Gesicht.

Evelyn griff instinktiv nach ihrer Waffe, erstarrte aber, als eine barsche Stimme rief: „Polizei! Hände hoch!"

Sie hob die Hände in Richtung Decke. Ihre Brust zog sich zusammen. Was zum Teufel hatte sie getan?

„Ich bin vom FBI. Mein Ausweis steckt in meiner Tasche."

Der Polizist hielt die Waffe auf sie gerichtet, senkte aber die Taschenlampe. Evelyn blinzelte, bis die hellen Flecken vor ihren Augen verschwanden. An ihrer Stelle erfüllte ein korpulenter, uniformierter Cop mit finsterer Miene ihr Sichtfeld.

„Holen Sie Ihren Ausweis ganz langsam heraus."

Alles an seinem Ton verriet ihr, dass er nicht gewillt war, aus kollegialen Gründen mit ihr nachsichtig zu sein. Als sie ihm ihren Ausweis reichte, hoffte sie, dass sie nicht gerade ihre Karriere ruiniert hatte.

Er betrachtete den Ausweis, dann hob er eine Augenbraue. „Was tun Sie hier, Agent Baine? Wir haben einen Anruf erhalten, dass sich hier ein Eindringling aufhält."

Evelyn schaute an dem Polizisten vorbei zu Darnells Haus. Hatte er ein Alarmsystem in seinem Garten? Woher hatte er gewusst, dass sie hier war? „Wer hat das gemeldet?"

Er steckte seine Waffe weg und ignorierte ihre Frage. „Gehen wir. Sie können mit uns zum Revier fahren."

„Ich bin Beraterin für das Polizeirevier in Rose Bay", sagte sie schnell. „Ich bin hergekommen, um mit dem Bewohner zu reden, da hörte ich ein …"

„Versuchen Sie wirklich, mir diesen Quatsch von Gefahr im Verzug weiszumachen?", unterbrach er sie. „Und ich weiß genau, warum Sie hier sind. Rose Bay ist das Revier, dem Sie berichten sollen, nicht Treighton. Jemand aus Rose Bay hat uns angerufen und gesagt, dass ihnen ein unbefugter Eindringling gemeldet worden ist. Der Anrufer hat Ihren Namen erwähnt, Agent Baine."

Dann war es definitiv Darnell. Evelyn spürte, wie ihre Lippen sich verzogen, als sie aus dem Schuppen trat. „Sie wussten, dass ich vom FBI bin, als Sie die Waffe gezogen haben?"

„Hey, der Anrufer könnte sich geirrt haben. Man kann gar nicht vorsichtig genug sein."

Evelyn schluckte eine scharfe Erwiderung herunter und sagte: „Ich parke ein Stück die Straße hinunter. Ich kann selber zum Revier fahren."

„Gut. Aber Sie melden sich besser dort, sonst bin ich dran." Er schenkte ihr ein falsches Lächeln. „Und wenn das passiert, werde ich nicht mehr so geneigt sein, Ihnen einen Gefallen zu tun, wenn ich meinen Bericht schreibe."

„Darüber brauchen Sie sich keine Gedanken zu machen", sagte sie ihm und trat fluchend den Weg zu ihrem Wagen an.

Was würde sie auf dem Revier erwarten? Tomas war bereits verärgert wegen ihres Verhaltens in Walter Wiggins' Haus. Sie war auf seine Bitte hin in Rose Bay. Würde er sie wegen dieses Vorfalls jetzt nach Hause schicken?

Und falls er es tat, würde ihr Chef dann dafür sorgen, dass dies ihr letzter Fall war?

11. KAPITEL

„Sie sind zurück."

Die geflüsterten Worte waren so leise, dass Evelyn sich beinahe nicht umgedreht hätte, als sie das Revier betrat. Dann tat sie es doch und sah Noreen Abbott an der Tür stehen. Sie sah aus, als wäre sie gerade auf dem Weg nach draußen.

Das dunkle Haar hing ihr schlaff ums Gesicht, die Tasche drückte ihre Schulter hinunter – eine Tasche, die offensichtlich voller Arbeit steckte – und ihre Wimperntusche war ein wenig verschmiert.

„Ja, ich wollte nur kurz mit Tomas sprechen", sagte Evelyn und hoffte, dass Noreen nicht den wahren Grund für ihre Rückkehr aufs Revier um halb vier Uhr morgens kannte.

„Oh. Ich meine, zurück in Rose Bay."

„Oh ja." Obwohl Noreen keine Polizistin war, war sie so mit dem Fall vertraut, dass sie vermutlich wusste, dass Evelyn vor achtzehn Jahren auch ein Opfer hatte sein sollen.

„Sie erinnern sich nicht an mich", sagte Noreen leise.

Aber Noreen erinnerte sich an sie? „Tut mir leid. Nein. Ich glaube, wir waren in der Schule ein paar Klassen auseinander."

„Ja, das waren wir. Ich war erst in der Vorschule, als Ihre Freundin verschwunden ist. Aber es hat sich tief in mein Gedächtnis eingebrannt."

„Oh." Natürlich hatte es das. Die Entführungen hatten die Illusion zerstört, dass Rose Bay eine sichere, eng zusammenstehende Gemeinde war. Und auch wenn eine Vorschülerin sicher nicht alle Einzelheiten gekannt hatte, war Evelyn ihr als einziges gemischtrassiges Kind in der gesamten Grundschule sicher aufgefallen.

Sie schaute zu Tomas' Büro, wo noch Licht brannte. „Tomas wartet auf mich."

„Klar. Kein Problem." Noreen nickte und senkte den Blick. „Wie auch immer, es sieht so aus, als wenn Sie wirklich in den Kopf des Täters hineinsteigen könnten. Das wissen wir alle sehr zu schätzen", fügte sie hinzu und drückte die Tür auf.

Seufzend wandte Evelyn sich in die andere Richtung.

Als sie Tomas' Büro betrat, hob er den Kopf und sah sie aus blutunterlaufenen Augen an. „Setzen Sie sich."

„Es tut mir leid ..."

„Setzen Sie sich einfach."

Sie tat es mit flatternden Nerven.

„Darnell Conway hat mich heute Nacht angerufen, Evelyn. Sie haben verdammtes Glück, dass ich noch hier war, als der Anruf einging, denn er hat verlangt, dass ich jemanden da runterschicke, um Sie von seinem Grundstück zu begleiten, oder er würde direkt die Polizei von Treighton und das FBI anrufen."

Er schlug mit der Faust auf den Tisch und sprang auf. „Ich habe nicht genügend Leute, um mich mit so einem Scheiß herumzuschlagen! Ich hätte ihn offizielle Beschwerde beim FBI einlegen lassen sollen, aber verdammt, wir brauchen hier einen Profiler."

Er zeigte auf die Tür und auf den Vorraum. „Meine erfahrenen Officers – diejenigen, mit denen ich bereits genügend Probleme habe, weil sie nicht sonderlich begeistert davon sind, mich als ihren Vorgesetzten zu haben – suchen bereits nach einem Grund, um Sie loszuwerden. Und den haben Sie ihnen gerade geliefert. Wenn die davon hören, und glauben Sie mir, das werden sie, werden Sie auch noch den kleinen Rest an Rückhalt verlieren, den Sie bisher gewonnen haben."

Mit einem Mal schien ihn alle Wut zu verlassen und er ließ sich wieder auf seinen Stuhl sinken. „Möchten Sie mir erklären, was zum Teufel Sie sich dabei gedacht haben?"

„Darnell Conway ist …"

„Wissen Sie was?" Tomas hielt eine Hand hoch und schüttelte den Kopf. „Vergessen Sie es. Ich will es nicht wissen. Nur tun Sie so etwas nicht noch einmal, oder ich muss der BAU sagen, dass wir nicht mit Ihnen zusammenarbeiten können. Unter meiner Leitung wird es keine illegalen Durchsuchungen geben, Evelyn."

Sie nickte und zuckte ein wenig zusammen, als sie seinen wütenden und erschöpften Blick auffing. „Verstanden."

Und sie verstand es wirklich. Normalerweise hielt sie sich hundertprozentig an die Regeln. Sie mochte es, Grenzen zu haben, genau zu wissen, was sie tun durfte und was nicht. Sie mochte sogar den Papierkram, der damit einherging und sicherstellte, dass jedes Detail dokumentiert wurde und die Beweiskette immer intakt war.

Jetzt hatte sie es vermasselt. Und zwar richtig. Und das Schlimme daran war, sie konnte sich nicht sicher sein, ob sie es nicht wieder tun würde, wenn sie glaubte, es könnte sie zu Cassie führen. Wenn es irgendeine Chance gäbe, Brittany oder Lauren die Hölle zu ersparen, die Cassie nach ihrer Entführung durchlebt hatte.

„Ich habe zwanzig Minuten gebraucht, um Darnell Conway davon zu überzeugen, keine Anzeige gegen Sie zu erstatten", sagte Tomas.

„Es wird nicht noch mal vorkommen", versprach sie und hoffte, dass es die Wahrheit war.

„Gut." Tomas winkte zur Tür, wirkte aber immer noch angewidert von ihr. „Jetzt gehen Sie. Ich brauche Sie morgen frisch und ausgeruht. Was wir hier gerade tun, bringt uns in keiner Weise weiter. Morgen brauchen wir mehr von Ihnen."

Aber hatte sie mehr? Evelyn straffte die Schultern und war sich sehr wohl bewusst, dass sie morgen mit etwas würde aufwarten müssen. „Okay, wir sehen uns morgen."

Als sie sein Büro verließ und durch das stille Revier ging, hielt Jack Bullock sie mit besorgter Miene auf.

Evelyn wusste, dass sie schlimm aussah, aber er sah noch schlimmer aus, als wenn er noch länger auf den Beinen gewesen wäre als sie. Er roch außerdem ein wenig streng, und sie fragte sich, ob er durch die Sümpfe marschiert war.

Sie musste wohl das Gesicht verzogen haben, denn er sagte: „Tut mir leid. Wir schicken keine Zivilisten in die wirklich schlimmen Suchgegenden. Ich hatte noch keine Gelegenheit, mich umzuziehen. Aber ich sage Ihnen, spätnachts durch die Kanalisation zu krabbeln ist verdammt noch mal besser, als sich mit Abschaum wie Walter Wiggins zu unterhalten."

Evelyn nickte, auch wenn es sie verwunderte, wie tief sein Hass auf Walter ging. Es fühlte sich beinahe persönlich an. „Sie kannten keines von Walters Opfern, oder, Jack?"

„Was? Nein." Er rollte die verspannten Schultern und rieb sich mit der Hand über die Augen. „Zumindest nicht in D. C. Aber ich frage mich, was er hier in Rose Bay alles angestellt hat, das wir noch nicht entdeckt haben."

Er wollte an ihr vorbeigehen, blieb dann aber noch einmal stehen. „Was machen Sie überhaupt hier? Ich dachte, Sie wären ins Hotel zurückgefahren?"

Evelyn spürte, wie sie errötete. „Dahin wollte ich gerade."

„Okay." Jack warf ihr einen Blick zu. „Haben Sie irgendetwas Neues über Wiggins erfahren?"

„Nein."

Er schaute finster drein. „Ist Noreen noch hier? Ich will sehen, ob irgendwelche Suchmannschaften in der Nähe von Wiggins' Haus waren. Vielleicht hat er eine Möglichkeit gefunden, sie als Deckung zu nehmen."

„Sie ist gerade gegangen."

„Verdammt. Ich hatte gehofft, sie noch zu erwischen."

Evelyn schaute auf ihre Uhr. „Jack, es ist fast vier Uhr morgens. Warum sind *Sie* noch hier?"

„Weil zwei Kinder vermisst werden, Evelyn. Ich schlafe, wenn wir sie gefunden haben. Und Noreen mag zwar wie eine schüchterne Maus aussehen, aber sie ist verdammt zäh. Wenn sie nicht hier ist, um zu arbeiten, wette ich, dass sie zu Hause die Informationen über die Freiwilligen durchgeht."

Noreen hatte tatsächlich so ausgesehen, als wenn sie einen Packen Arbeit nach Hause mitgenommen hätte. „Kannte sie eines der ursprünglichen Opfer?"

„Das bezweifle ich. Sie war damals ja fast noch ein Baby. Aber ihre Schwester könnte Cassie gekannt haben. Ich glaube, Margaret war mit Ihnen in einer Klasse."

„Wirklich?" Evelyn schüttelte den Kopf. „Ich kann mich nicht an sie erinnern."

„Oh, nun ja, damals war sie schon weg. Aber das ist …"

„Weg?", unterbrach sie ihn. Hatte Noreen Abbott eine Schwester, die gestorben war? Könnte sie einen älteren Mann in ihrem Leben haben, der versuchte, andere Mädchen in diesem Alter zu retten?

Jacks Lippen zuckten, und er verdrehte die Augen. „Weg im Sinne von nach Texas gezogen, Evelyn. Meine Güte. Noreens Eltern haben sich scheiden lassen. Ihre Mom und ihre Schwester sind weggezogen. Die arme Noreen musste mit Earl hierbleiben."

„Earl? Ist das ihr Vater?" War ein Kind, das wegzog, ein ausreichender Trigger? Vermutlich nicht, dachte sie.

Jack sah aus, als bemühte er sich sehr, sich seine Verärgerung nicht anmerken zu lassen, aber sie war ihm trotzdem deutlich anzusehen. „Ja, Earl Abbott, Noreens Vater. Nun flippen Sie nicht gleich aus. Earl ist tot. Er läuft nicht da draußen herum und entführt Kinder."

Evelyns Schultern sackten zusammen. „Oh."

„Er hat ewig gebraucht."

„Was?"

„Earl. Er hat ewig gebraucht, um zu sterben. Sein Bruder Frank ist bei ihnen eingezogen und hat sich um ihn gekümmert, aber sobald Noreen achtzehn wurde, ist Frank ausgezogen und alles blieb an Noreen hängen. Das Mädchen ist unglaublich klug, aber sie hat das

College aufgeben, hat alles aufgeben, um ihren Vater zu pflegen. Also hat mein Dad sie angestellt. Letztes Jahr ist Earl gestorben, und die arme Noreen ist mit nichts zurückgeblieben. Und doch würde man das nie glauben. Sie ist eine sehr zuverlässige Kollegin."

Der genervte Gesichtsausdruck verwandelte sich in Nachdenklichkeit. „Ehrlich gesagt, Evelyn, wir haben alle unsere Officers plus die CARD-Agents und Sie. Aber am Ende des Tages würde es mich nicht überraschen, wenn Noreen das Arschloch unter den Mitgliedern der Suchmannschaften herausfiltern würde. Sie sollten sich mal mit ihr unterhalten."

Evelyn versuchte, wegen dieses ungebetenen Rates nicht beleidigt zu sein.

Jack gähnte laut und sagte dann: „Nun, ich fahre jetzt nach Hause. Sie sollten sich auch ein wenig ausruhen. Sie sehen aus, als wenn Sie sich ohne Durchsuchungsbefehl in fremden Häusern herumgetrieben hätten."

Damit drehte er sich auf dem Absatz um und ging zur Tür, bevor Evelyn entscheiden konnte, ob er über Walter Wiggins gesprochen hatte oder bereits von ihrem Ausflug zu Darnell Conway wusste.

Und falls Jack es wusste, würde es der Rest der Mannschaft auch bald erfahren. Womit ihre Glaubwürdigkeit endgültig dahin wäre.

Sie folgte Jack langsam hinaus. Als sie hierhergekommen war, war sie sich so sicher gewesen, dass das hier endlich ihre Chance war, aufzudecken, was Cassie zugestoßen war. Aber mit jedem Tag, der verging, fühlte sie, wie die Wahrheit sich immer weiter von ihr zu entfernen schien.

Evelyn fuhr ums Hotel herum und parkte unter einer der riesigen Lebenseichen. Als sie den Motor ausstellte, war ihre Erschöpfung mit einem Mal so groß, dass sie sich kaum vorstellen konnte, aus dem Wagen auszusteigen und auf ihr Zimmer hinaufzugehen. Der Stress der Suche nach Cassie und die Frustration, zu versuchen, sich auf einen der Verdächtigen festzulegen, zehrten an ihr.

Sie wünschte, Kyle wäre hier. Ihm würde es nichts ausmachen, wenn sie ihn mitten in der Nacht weckte. Aber er überwachte heute Nacht eine Gruppe, von der das FBI glaubte, sie könnte eine Bedrohung darstellen. Bei seinem Job konnte das alles sein. Terroristen, eine Sekte, die mutmaßlich Kinder missbrauchte, eine Gruppe, die sich zu sehr für Techniken des Bombenbaus interessierte.

Normalerweise liebte Evelyn ihren Job. Sie liebte ihn so sehr, dass er für viel zu lange Zeit ihr Leben gewesen war. Normalerweise hatte sie das Gefühl, etwas bewirken zu können, einige der gefährlichsten Köpfe von den Straßen zu holen, ungezählte zukünftige Opfer zu retten. Andere davor zu bewahren, die Hölle durchzumachen, die sie durchlebt hatte, nachdem Cassie entführt worden war. Die Hölle, die sie immer noch in sich fühlte.

Aber manchmal, so wie heute, war es einfach überwältigend. Als wenn sie nicht genügend Verbrechen aufhalten könnte.

In Zeiten wie diesen brauchte sie die Stimme ihrer Grandma. Selbst gefangen in den Fängen ihrer fortschreitenden Demenz war ihre Grandma ihr Felsen. Evelyn hatte die Innenraumbeleuchtung des Wagens angeschaltet und ihr Handy wählbereit in der Hand, bevor ihr auffiel, dass es vier Uhr morgens war.

Sie wollte das Handy gerade wieder in die Tasche fallen lassen, als sie sah, dass sie eine SMS bekommen hatte. Der Zeitstempel verriet ihr, dass die Nachricht gekommen war, während sie dem Polizeibriefing zu Laurens Verschwinden beigewohnt hatte. Das Mädchen war seit siebeneinhalb Stunden verschwunden, aber es fühlte sich länger an.

Ihr Name war Teil der Litanei von Opfern des Kinderreim-Killers in Evelyns Kopf geworden. Penelope, Veronica und Cassie von vor achtzehn Jahren. Brittany und Lauren jetzt. Würde eine von ihnen jemals nach Hause zurückkehren?

Sie schüttelte die trüben Gedanken ab und öffnete die SMS. Sofort beschleunigte sich ihr Herzschlag. Die Nachricht stammte von dem Dokumentenexperten des FBI. Kurz nachdem Evelyn in Rose Bay angekommen war, hatte sie Tomas überzeugt, ihm die Nachrichten von vor achtzehn Jahren sowie die aus Brittanys Haus zuzuschicken.

Die Nachrichten waren auf Computerpapier getippt, aber ein Dokumentenexperte konnte wesentlich mehr analysieren als nur Handschriften. Seine Spezialkenntnisse erlaubten es ihm, nicht nur Wörter, sondern auch Satzbau und Struktur zu analysieren und so herauszufinden, ob die Nachrichten von der gleichen Person geschrieben worden waren.

Würde er ihrer Einschätzung zustimmen, dass sie es nicht mit einem Nachahmungstäter zu tun hatten?

Bezüglich Wortwahl und Struktur kann keine belastbare Aussage getroffen werden. Das verwendete Papier jedoch ist das gleiche.

Es stammt von einer Firma, die vor siebzehn Jahren vom Markt gegangen ist. Hohe Wahrscheinlichkeit, dass diese Nachricht auf Papier vom gleichen Paket – oder zumindest von der gleichen Charge – geschrieben wurde wie die Originalnachrichten.

Die Chance, dass ein Nachahmungstäter einen Packen Papier von der gleichen Charge wie der ursprüngliche Entführer hatte, war so gering, dass man sie nicht einmal ausrechnen musste. Was bedeutete, sie hatte recht. Das hätte sie trösten sollen, tat es aber irgendwie nicht.

Evelyn starrte durch die Windschutzscheibe in die Dunkelheit. Da sie immer noch die Innenbeleuchtung anhatte, konnte sie nicht weit sehen. Das tief hängende Spanische Moos an der Lebenseiche, unter der sie geparkt hatte, schwang leicht im Wind und warf dabei bizarre Schatten.

So wie sie sich gerade fühlte, erwartete sie förmlich, dass der Himmel sich öffnen würde, um ihr Auto im Regen zu ertränken und die Dunkelheit mit Blitzen zu zerreißen. Aber alles blieb ruhig und still. Abgesehen von ihrer wachsenden Frustration.

Sie versuchte, das Gefühl zu unterdrücken, und streckte die Hand nach dem Türgriff aus. In diesem Moment zersprang die Scheibe und kleine Schmerzfunken blitzten auf ihrer Wange auf. Eine Sekunde später knallte es laut an ihrem Ohr.

Ihr Instinkt setzte ein, und Evelyn ließ sich zur Seite fallen, wobei sie eine Hand nach oben ausstreckte, um die Innenbeleuchtung auszuschalten. Die andere Hand löste währenddessen den Gurt und griff nach ihrer Waffe.

Jemand hatte soeben auf sie geschossen.

Und wenn er ein besserer Schütze gewesen wäre, hätte er sie töten können. Kugeln flogen mit Überschallgeschwindigkeit, das heißt, in dem Moment, wo sie den Knall gehört hatte, war es bereits zu spät gewesen.

Ihr Herz schlug wie wild. Evelyn zerrte ihre SIG Sauer ungelenk aus dem Holster. Sie versuchte, die Blutspritzer auf ihrer Hand zu ignorieren, und ließ das rauschende Adrenalin den Schmerz in ihrer Wange unterdrücken.

Sie hatte nichts, worauf sie zielen konnte, während sie sich tiefer in ihren Sitz sinken ließ, um ein kleineres Ziel abzugeben. Wo zum Teufel war der Schuss hergekommen?

Die Scheibe der Fahrertür war von kleinen, spinnennetzartigen Rissen überzogen. In der Mitte prangte ein großes Loch auf Höhe ihres Kopfes. Hätte der Schütze nur ein paar Zentimeter weiter nach links gezielt, hätte er sie getroffen. Es war dennoch schwer zu sagen, aus welchem Winkel der Schuss gekommen war.

Es gab viele Hotelzimmer mit Blick auf ihren Wagen. Wenn der Schütze sich in einem davon befand, konnte er sie dann immer noch sehen?

Evelyn versuchte, ihren Atem zu beruhigen, und glitt noch weiter in den Fußraum, während im Hotel die Menschen aufwachten, die Fenster öffneten und nach draußen riefen.

Hatte jemand die Polizei gerufen und den Schützen verscheucht?

Oder war er immer noch da draußen und wartete nur darauf, sie wieder ins Visier zu bekommen?

12. KAPITEL

In der Ferne ertönten Sirenen, und ein Wagen erwachte zum Leben und raste mit quietschenden Reifen vom Parkplatz.

Evelyn richtete sich auf und schaute aus dem Fenster. Sie versuchte, einen Blick auf den Wagen zu erhaschen, das Nummernschild zu sehen. Aber es war zu spät. Wenn der Schütze in dem Wagen gesessen hatte, war er jetzt fort.

Für den Fall, dass er es nicht war, rutschte sie wieder weiter nach unten und umklammerte ihre SIG Sauer fest mit der Hand, während sie auf das Eintreffen der Polizei wartete.

Es fühlte sich wie Stunden an, dauerte aber vermutlich nicht einmal eine Minute, bevor der Parkplatz, der zuvor in völliger Dunkelheit gelegen hatte, von blitzenden blauen und roten Lichtern erhellt wurde.

Trotzdem blieb sie unter dem Lenkrad hocken, bis Tomas an ihrem Fenster erschien und die Tür öffnete, was die Scheibe in sich zusammenbrechen und einen ganzen Schauer von Glassplittern auf den Boden regnen ließ.

Tomas hatte seine Waffe in der Hand. Die Erschöpfung, die Evelyn auf dem Revier in seinen Augen gesehen hatte, war von intensiver Konzentration ersetzt worden. „Evelyn, sind Sie getroffen worden?"

Evelyn stieg mit zitternden Beinen aus dem Wagen, steckte ihre Waffe zurück ins Holster und betrachtete die Blutspritzer auf ihrer linken Hand. Das Blut musste von woanders stammen.

Vorsichtig berührte Evelyn ihren Kopf, fand aber nichts. Dann betastete sie ihre Wange und zuckte zusammen, als der Schmerz erneut aufflammte.

„Das sollte vermutlich im Krankenhaus gereinigt werden", sagte Tomas. „Sieht so aus, als hätten die Splitter von der Scheibe Sie getroffen. Aber sonst sehe ich kein Blut. Ich glaube nicht, dass Sie getroffen wurden."

Tomas steckte seine Waffe weg. Hinter ihm schwärmten seine Officers aus. Einige überprüften die in der Nähe stehenden Wagen, andere gingen ins Hotel. „Was zum Teufel ist passiert?"

„Ich saß in meinem Wagen. Ich hatte gerade eine SMS gelesen – der Dokumentexperte hat bestätigt, dass das Papier von Brittanys Nachricht zu dem der älteren Nachrichten passt."

„Mist." Tomas' Miene verfinsterte sich.

„Ja. Wie auch immer. Ich wollte gerade aussteigen, als die Kugel die Scheibe getroffen hat. Ich weiß nicht ..."

Sie unterbrach sich, als ein Wagen quietschend und viel zu schnell auf den Parkplatz raste. Sie griff schon nach ihrer SIG, da packte Tomas ihre Hand.

„Das ist Jack. In seinem Privatwagen. Er ist nicht mehr im Dienst."

Und tatsächlich, sobald der große graue Buick ein paar Meter entfernt zum Halten kam, sprang Jack heraus. Er trug noch die gleichen Sachen wie auf dem Revier. „Ich habe es auf dem Heimweg im Polizeifunk gehört", sagte er ein wenig atemlos, als wäre er hierher gerannt und nicht gefahren.

Tomas nickte. „Evelyn erzählte mir gerade, dass sie in ihrem Auto saß. Ich glaube, sie wollte gerade erklären, dass sie den Schützen nicht gesehen hat."

„Stimmt, das habe ich nicht." Evelyn schüttelte den Kopf. „Ich kann nicht mal mit Sicherheit sagen, woher der Schuss kam. Ich habe allerdings einen Wagen wegfahren hören, als ich auch die Sirenen hörte, also hat er vermutlich aus seinem Auto heraus auf mich geschossen."

„Haben Sie denn gar nichts sehen können?", fragte Jack und zuckte ein wenig zusammen, als er ihr Gesicht sah.

„Nein."

„Dann haben wir also nichts", sagte Tomas. „Ich will Sie nicht gefährden, indem Sie hier bleiben. Ich sage das nicht gerne, aber vielleicht sollten Sie uns aus Virginia weiterberaten."

„Ich werde nicht gehen", gab Evelyn angespannt zurück. Dann fügte sie mit ruhigerer Stimme hinzu: „Ehrlich gesagt, auf gewisse Weise ist der Vorfall sogar gut."

„Dass dieser Kerl Ihr Gesicht zu Hackfleisch gemacht hat, ist gut?", fragte Jack ungläubig.

Wie schlimm waren ihre Verletzungen? Evelyn widerstand dem Drang, sich einen Spiegel zu suchen. Es war egal, und es anzuschauen würde sowieso nichts ändern. „Nein. Aber die Tatsache, dass jemand auf mich geschossen hat, bedeutet, er hat Angst und ich bin auf der richtigen Spur."

Sie schaute von Tomas zu Jack, aber keiner schien ihr folgen zu können. „Überlegen Sie doch mal. Jack und ich haben Walter Wiggins heute gefragt, ob wir uns in seinem Haus umsehen dürfen. Und Darnell Conway habe ich ganz sicher wütend gemacht."

Tomas nickte gedankenverloren. „Also sagen Sie, die beiden sind gerade auf unserer Verdächtigenliste noch weiter nach oben gerutscht."

„Nun, sie standen sowieso schon ganz oben, aber ja …"

„Nur, woher sollte einer von ihnen wissen, wo Sie übernachten? Oder dass Sie um …" Tomas schaute auf seine Uhr. „Um beinahe fünf Uhr morgens auf dem Parkplatz sein würden?"

„Der Täter weiß offensichtlich, wie man Leute beobachtet", sagte Jack. „Er muss sehr gut sein, wenn es ihm gelungen ist, Lauren jetzt mit all den Polizisten und Agents in der Stadt, die nach ihm suchen, zu entführen."

„Das ist ein ausgezeichneter Punkt", stimmte Tomas zu. „Okay, also Walter oder Darnell …"

„Eine Sekunde", unterbrach Jack ihn und funkelte Evelyn an. „Wann haben Sie Darnell verärgert?" Als weder sie noch Tomas etwas erwiderten, bellte er: „Haben Sie ihn erneut ohne mich befragt?"

„Es hat heute Nacht einen kleinen Vorfall gegeben", sagte Tomas und wandte sich an Evelyn. „Er wird es sowieso irgendwann herausfinden. Sie hat sich in Darnells Garten umgesehen."

Jacks Augen weiteten sich. „Wollen Sie mich verarschen?"

Tomas hob beschwichtigend die Hände. „Hören Sie, Jack, das war dumm, aber Darnell erstattet keine Anzeige, also ist kein Schaden entstanden."

„Kein Schaden?" Jack trat auf sie zu und hob seine Stimme, sodass die anderen Polizisten sich zu ihnen umdrehten. „Sie zerstören die Beweisketten, wo Sie nur können, und bei jedem Verdächtigen! Sie werden diesen Fall noch zum Platzen bringen! Was, wenn es wirklich Darnell oder Wiggins sind, hm? Wenn wir beweisen, dass es einer von ihnen war, wir ihn aber nicht verurteilen können, weil Sie die Legalität der gesamten Ermittlungen zunichtegemacht haben?"

„Jack …", setzte Evelyn an.

„Sie sind wütend, wie *ich* die Verdächtigen angehen will, nur weil ich denke, hart und aggressiv funktioniert, und dann ziehen Sie so eine Scheiße ab? Ich halte mich wenigstens an die Vorschriften, sodass alles, was ich herausfinde, weiter Bestand hat, sollte ich eine Verhaftung vornehmen können!"

Tomas schien etwas sagen zu wollen, aber Jack wirbelte zu ihm herum. „Mein Dad hat sich auch immer an die Vorschriften gehalten. Und Sie lassen so etwas zu? Ich habe Ihnen vom ersten Tag an gesagt, dass sie ein Problem ist, und wenn Sie sich nicht darum kümmern, werde ich formell Beschwerde einlegen und mich direkt ans FBI wenden."

„Jack", versuchte Evelyn es erneut, während eine unangenehme Vorahnung in ihr aufstieg.

Aber er ignorierte sie, kehrte zu seinem Wagen zurück und schlug die Tür hinter sich zu, bevor er so schnell davonfuhr, wie er angekommen war.

„Mist", fluchte Tomas.

Evelyn stimmte ihm schweigend zu. Wenn Jack ihren Chef anrief, würde der sie sofort aus Rose Bay abziehen. Und Evelyn wusste, sollte sie sich weigern zu gehen, könnte sie genauso gut gleich ihre Marke abgeben.

Evelyns Augen öffneten sich langsam. Die Lider kratzten über ihre Augäpfel wie Schleifpapier. Sie hatte einen seltsamen Geschmack im Mund und ihr Kopf dröhnte. Die Erschöpfung hielt sie im Bett fest.

Es war zu anstrengend, sich herumzudrehen, und als sie es doch tat, explodierte der Schmerz in ihrer Wange. Stöhnend versuchte sie, die Zeit auf ihrem Wecker abzulesen. Halb zehn. Dem Sonnenlicht nach zu urteilen, das durch den Spalt in dem zugezogenen Vorhang fiel, war es immer noch Morgen.

Was bedeutete, sie hatte zwei Stunden Schlaf gehabt, nachdem sie vom Krankenhaus ins Hotel zurückgefahren war. Offensichtlich reichte das, um die Wirkung der Schmerzmittel abklingen zu lassen, die sie ihr gegeben hatten, denn ihre Wange pochte und fühlte sich an, als wäre sie auf doppelte Größe angeschwollen.

Als sie endlich den Schaden in einem Spiegel hatte anschauen können, hatte sie gesehen, dass Jack recht hatte. Ihre Wange war aufgerissen und kleine Glassplitter steckten in ihrer Haut. Laut Aussage der Ärzte hatte sie Glück gehabt, dass ihr Auge verschont geblieben war. Sie hatten ihre Wange gereinigt, die schlimmsten Schnitte mit etwas flüssigem Pflaster geschlossen und sie wieder nach Hause geschickt. Sie hatten ihr außerdem gesagt, dass sie keine Narben zurückbehalten würde, doch als sie nun ins Badezimmer stolperte und in den Spiegel schaute, konnte sie das kaum glauben.

Die Verletzungen waren während des Schlafens angeschwollen. Sollte man sie heute nicht allein aus Prinzip aus dem Revier werfen, könnte sie Verdächtigen vermutlich mit nur einem Blick Angst einjagen. Vorsichtig betastete Evelyn die schlimmsten der Schnitte, und

Schmerz flammte in ihrer linken Gesichtshälfte auf. Sie wusste, dass die Ärzte alle Splitter entfernt hatten, doch es fühlte sich trotzdem noch so an, als hätte sie Glas unter ihrer Haut.

Sie versuchte, den Schmerz zu unterdrücken, und wusch sich die rechte Gesichtshälfte mit etwas Wasser. Dann schluckte sie zwei weitere Schmerztabletten und zog die Sachen an, die zuoberst auf ihrem Koffer lagen. Dabei versuchte sie, im Kopf nachzurechnen. Brittany: seit sechzig Stunden vermisst. Lauren: seit zwölfeinhalb Stunden vermisst. Was bedeutete, sie hatte keine Zeit mehr zu schlafen.

Sie musste aufs Revier. Ihr Plan war, so normal wie möglich weiterzumachen und zu hoffen, dass Jack seine Drohung nicht wahr gemacht hatte.

Doch der Gedanke, auf dem Revier anzukommen und zu hören, dass sie ihre Sachen packen und abreisen musste, verursachte ihr Übelkeit.

Evelyn sank auf die Kante ihres Bettes und packte ihr Handy mit zitternden Händen – das liegt nur am Schlafmangel, redete sie sich ein. Und es könnte sogar stimmen.

Was sie hätte tun sollen, war, Dan in der BAU anzurufen und zu erklären, was passiert war; ihn um Verzeihung zu bitten, bevor er etwas von Jack hörte. Stattdessen wählte sie die Nummer des Pflegeheims, in dem ihre Grandma lebte.

Als die Rezeptionistin ranging, sagte sie: „Hier ist Evelyn Baine. Wie geht es meiner Grandma heute?"

„Sie hat Sie in den letzten Tagen vermisst. Heute ist sie nicht ganz auf der Höhe, aber sie wird Sie erkennen. Möchten Sie mit ihr sprechen?"

„Ja, bitte stellen Sie mich durch."

Seit über zehn Jahren wurde die Demenz ihrer Grandma immer schlimmer. An manchen Tagen war sie so klar im Kopf wie früher, aber immer öfter verlor sie ihre Erinnerungen. Ihr Kurzzeitgedächtnis war fast nicht mehr vorhanden, und Evelyn wusste, dass auch ihr Langzeitgedächtnis immer weiter nachließ. Evelyn war nicht religiös, aber nur für den Fall, dass es einen Gott gab, betete sie jeden Tag.

„Evelyn", sagte ihre Grandma, als sie eine Minute später ans Telefon kam.

Ihre Stimme war anders, ein wenig unsicher, was, wie Evelyn wusste, bedeutete, dass sie verwirrt war und nicht wusste, warum. Aber wenigstens erkannte sie Evelyn heute. In den letzten paar Jahren hatte sie immer wieder Phasen gehabt, wo sie ihre Enkelin nicht erkannte, nicht wusste, dass ihr Ehemann lange tot war und ihre einzige Tochter eine Alkoholikerin, die keiner von ihnen gesehen hatte, seitdem Evelyn ein Teenager gewesen war.

Sie wünschte, so wie immer, dass sie die Grandma zurückhaben könnte, die sie aufgezogen hatte. Dass sie mehr Jahre mit der Frau hätte, die Evelyn aus der Hölle ihrer Kindheit gerettet und sie zu dem Menschen gemacht hatte, der sie heute war.

„Hi, Grandma. Wie geht es dir?"

„Wo bist du, Evelyn?"

„Ich bin in Rose Bay, Grandma."

Sie wollte gerade „wegen eines Falles" hinzufügen, als ihre Grandma sagte: „Du bist wieder bei Cassie zu Hause? Honey, du musst mir sagen, wenn du zu ihr gehst, um bei ihr zu spielen."

Das passierte oft. Ihre Grandma dachte, sie befände sich irgendwo in der Vergangenheit. Aber heute, wo Evelyn sie so dringend brauchte, frustrierte sie das. Dann fühlte sie sich schuldig. Ihre Grandma war immer für sie da gewesen. Jetzt war es an Evelyn, für sie da zu sein.

Sie legte sich seitlich aufs Bett. „Tut mir leid, Grandma."

„Ist schon okay, meine Süße. Du musst nur versuchen, daran zu denken, oder Grandpa und ich machen uns Sorgen."

„Ich versuche es", flüsterte Evelyn.

Wenn man ihre Mutter nicht mitzählte – was Evelyn nicht tat –, war ihre Grandma die einzige Angehörige, die sie auf der Welt noch hatte. Tage wie dieser machten es ihr schwer, mit ihr zu reden. Wenn man die Suche nach Cassie hinzufügte, wusste sie, dass man es ihrer Stimme anhörte.

Evelyn setzte sich auf. „Tut mir leid, dass ich vergessen habe, es dir zu sagen, Grandma", sagte sie und versuchte, fröhlich zu klingen.

„Sei nur rechtzeitig zum Abendessen zu Hause, okay? Und frag Mrs Byers, ob Cassie mitkommen darf. Ich mache heute Abend Erdbeerkuchen. Ich weiß doch, wie gerne ihr Mädchen den mögt."

Ein kleines Lächeln umspielte ihre Mundwinkel, als eine Erinnerung sich nach oben drängte. Cassie und sie, wie sie zu ihrem Haus gelaufen waren, um den Kuchen ihrer Grandma zu essen. Sie wusste nicht mehr, was sie an dem Tag gemacht hatte, aber sie trugen ihre Schuhe in den Händen und waren von den Füßen bis zu den Knien mit Schlamm bedeckt. Ihre Grandma hatte nur gelacht, als sie in ihrer Eile, zum Kuchen zu kommen, den Dreck auf dem sauberen Fußboden verteilt hatten.

Wärme erfüllte sie und eine Traurigkeit, die sie beim voranschreitenden geistigen Verfall ihrer Grandma sehr oft verspürte. „Ich liebe dich, Grandma."

„Ich liebe dich auch, Evelyn. Vergiss nicht, Cassies Mom zu fragen, ob du sie mitbringen darfst."

„Versprochen."

„Okay. Wir sehen uns in ein paar Stunden."

Evelyn legte auf und wünschte, es wäre so. Wünschte, sie könnte die Zeit zurückdrehen zu dem Tag, an dem Cassie verschwunden war, und sie irgendwie warnen.

Aber das konnte sie natürlich nicht. Sie konnte nur dabei helfen, sie endlich nach Hause zu bringen.

Wenn es jemals einen Morgen gegeben hatte, an dem sie mit dem Kaffeetrinken anfangen könnte, so war es heute. Doch stattdessen bezahlte Evelyn ihren Tee und das Rosinenbrötchen in dem kleinen Coffeeshop in der Lobby des Hotels. Als sie sich zur Tür umdrehte, wäre sie beinahe mit jemandem zusammengestoßen.

„Sorry", sagte sie, und als sie aufschaute, sah sie, dass es Kyle war. Er trug eine Camouflagehose und ein dunkles T-Shirt, über seiner Schulter hing eine Tasche, in der vermutlich seine Waffen steckten. Es war zehn Uhr morgens, also kam er wahrscheinlich gerade von seiner nächtlichen Überwachung zurück.

Hitze stieg ihr ins Gesicht, als ihr einfiel, wie sie vor nur wenigen Stunden auf seinen Schoß geklettert war und sich ihm förmlich an den Hals geworfen hatte, bevor sie dann beinahe vom Bett gefallen war, als ihr Handy klingelte.

Er schien ihre Verlegenheit nicht zu bemerken. Sobald er ihre verletzte Wange sah, verschwand der erschöpfte Ausdruck auf seinem Gesicht und seine Augen weiteten sich. „Evelyn, mein Gott." Er legte seine Hand unter ihr Kinn. „Was ist passiert?"

Evelyn versuchte, sich von ihm zu lösen. Bis zu dieser Sekunde hatte sie sich keine großen Gedanken darüber gemacht, wie ihre Wange aussah – sie hatte nur gehofft, dass wirklich keine Narben zurückblieben. „Ich glaube, ich bin einem meiner Verdächtigen zu nahe gekommen. Ich habe gestern jemandem Angst gemacht. Jetzt muss ich nur noch herausfinden, wem."

Sie versuchte, um ihn herumzugehen, doch er verstellte ihr den Weg und packte sie am Arm. „Das ist keine Antwort."

„Jemand hat letzte Nacht auf mich geschossen."

Wut blitzte in seinen Augen auf, als er sie eindringlich musterte. „Und du weißt nicht, wer?"

Sie wand sich unter seinem Blick. „Nein."

„Wo ist es passiert?" Er kniff die Augen zusammen. „Und was hat dein Gesicht getroffen?"

„Auf dem Hotelparkplatz. Ich war in meinem Auto. Die Verletzungen stammen von der Scheibe."

„Dieses Hotel?" Kyle fluchte, als sie nickte. „Letzte Nacht?"

Sie sah, wie er sich innerlich schalt, weil er nicht da gewesen war, doch es war nicht sein Job, sie zu beschützen. Sie war ein Federal Agent. Es gehörte zu den Risiken ihres Jobs, als Ziel einer Kugel auserkoren zu werden. Wenigstens hatte diese sie verfehlt. „Mir geht es gut."

„Ja, dieses Mal hast du Glück gehabt", fasste Kyle ihre Angst in Worte. „Was lässt dich glauben, dass derjenige es nicht noch einmal probiert?"

Evelyn zuckte mit den Schultern und hoffte, unbesorgt auszusehen. „Die Polizei war ziemlich schnell hier. Sie hätten ihn beinahe gefasst. Das hat ihn hoffentlich abgeschreckt."

Sie wollte losgehen, aber Kyle stellte sich ihr wieder in den Weg. „Und was, wenn nicht?"

„Nun, da kann ich nicht viel gegen machen, oder?"

„Du könntest nach Hause fahren", schlug Kyle leise vor. „Die Ermittlungen vom BAU-Büro weiter begleiten."

Sie funkelte ihn an. „Ich kann nicht glauben, dass du das ernsthaft vorschlägst." Sie versuchte erneut, an ihm vorbeizukommen, und als er vor ihr stehen blieb, zischte sie: „Ich muss jetzt aufs Revier. Gerade du solltest wissen, was mir dieser Fall bedeutet!"

Tränen brannten in ihren Augen. Sie schob es auf das emotionale Gespräch mit ihrer Grandma und den wenigen Schlaf in den letzten vierundzwanzig Stunden. Mit gesenktem Kopf ging sie an ihm vorbei.

„Evelyn", rief er ihr nach. „Sei vorsichtig."

„Ich versuch's", murmelte sie und trat durch die Hoteltür hinaus in die Sonne von South Carolina.

Das Licht reflektierte vom Asphalt und schmerzte in ihren Augen. Sofort war ihr in ihrer Anzughose und dem kurzärmligen Hemd viel zu warm. Sie setzte ihre Sonnenbrille auf und versuchte, das Pochen in ihrem Kopf zu ignorieren, das ihr sagte, sie bräuchte noch mehr Schlaf.

Ihr Wagen war letzte Nacht zur kriminaltechnischen Untersuchung abgeschleppt worden, doch die Mietwagenfirma hatte einen neuen vorbeigebracht. Gleiche Marke, gleiches Modell. Glassplitter knirschten unter ihren Schuhen, als sie die Tür öffnete. Sie hoffte, die Splitter würden nicht ihre Reifen aufschlitzen. Doch sie fuhr ohne Zwischenfall vom Parkplatz.

Auf dem Weg kam sie an vielen Suchtrupps vorbei. Noreen winkte ihr zu, was in Evelyn die Hoffnung weckte, dass Jack es noch nicht überall auf dem Revier herumerzählt hatte. Als sie die halbe Strecke zur Polizeistation zurückgelegt hatte und die Reifen immer noch hielten, dachte sie, dass sie vielleicht doch noch mal Glück gehabt hatte. Doch dann klingelte ihr Telefon und ein Blick aufs Display verriet ihr, dass ihr Boss anrief.

Ein kalter Schauer überlief sie und verursachte ihr eine Gänsehaut. Jack musste seine Drohung wahr gemacht haben.

Sie überlegte kurz, den Anruf zu ignorieren, aber das würde Dans Wutausbruch nur verschieben, also ging sie ran.

„Evelyn?", bellte Dan, bevor sie noch Hallo gesagt hatte. Er schaffte es, ihren Namen wie eine ansteckende Krankheit klingen zu lassen.

„Dan, ich weiß, warum du anrufst ..."

„Ja, davon gehe ich aus", unterbrach Dan sie wütend. „Du hast mir versprochen, dass du damit umgehen kannst. Aber offensichtlich haben wir uns beide geirrt. Das geht weit über einen Interessenkonflikt hinaus. Du hast dich und das Bureau in eine sehr schlimme Lage gebracht. Und du hast die Integrität des Falles gefährdet."

„Er erstattet keine Anzeige", sagte Evelyn schnell. „Ich habe es versaut, ich weiß. Aber ..."

„*Aber?* Nichts aber. Es wäre mir egal, wenn du eine ganze Schweigemauer um dich herum hättest – was du übrigens ganz sicher nicht hast. Deine persönliche Verbindung zu diesem Fall wird zu einer Gefahr für alle Beteiligten." Als sie ihn unterbrechen wollte, fügte er hinzu: „Einschließlich Cassie."

Seine Worte erstickten ihren Protest. Vergessen war, dass es Dan in den letzten Tagen irgendwie gelungen war, sich in dem Fall auf den neuesten Stand zu bringen, wo er vorher doch nichts von ihrer persönlichen Verbindung dazu gewusst hatte. Vergessen war, dass Jack es auf sie abgesehen hatte, seitdem sie in Rose Bay angekommen war. Sie beide hatten recht.

Sie schämte sich zutiefst. Offensichtlich hatte sie nicht damit gerechnet, erwischt zu werden, aber abgesehen von den juristischen Problemen, die sie verursacht hatte, hatte sie außerdem Darnell gewarnt. Er hatte gewusst, dass er verdächtig war, aber jetzt wusste er, dass er auf der Liste ganz oben stand. Für Cassie war es vermutlich zu spät. Aber was, wenn Brittany und Lauren noch am Leben waren?

Zu wissen, dass sie ihm auf den Fersen war, hatte ihn vermutlich dazu getrieben, sie auf dem Hotelparkplatz erschießen zu wollen. Aber es könnte ihn auch dazu getrieben haben, seine Opfer zu töten.

Schuldgefühle und Selbstekel explodierten in ihr, und sie würgte. Die Straße vor ihr verfinsterte sich und Dans Stimme wurde zu einem dumpfen Geräusch im Hintergrund. Alles, was sie hörte, waren ihr eigener Herzschlag und das Dröhnen in ihren Ohren. Sie riss das Lenkrad nach rechts herum, fuhr auf den Seitenstreifen und versuchte, ihren plötzlich hektisch gehenden Atem unter Kontrolle zu bekommen.

Ganz langsam drang Dans Stimme wieder zu ihr durch. „Evelyn? Hast du mich gehört? Ich sagte, komm sofort nach Virginia zurück. Du bist von diesem Fall abgezogen."

13. KAPITEL

„Was tun Sie hier?", brüllte Jack, sobald Evelyn das Polizeirevier betrat.

Mit hoch erhobenem Kopf und zusammengebissenen Zähnen ging Evelyn an ihm vorbei und auf direktem Weg zur Kommandozentrale des CARD-Teams.

Doch er folgte ihr, trat ihr beinahe in die Hacken. „Ich dachte, Sie wären nach Virginia zurückbeordert worden", verlangte er zu wissen.

Zwei junge Polizisten schauten sie neugierig an, als sie an ihnen vorübergingen. Sie war nicht sicher, ob Jacks Wut oder ihre geschwollene Wange ihre Aufmerksamkeit erregten.

Sie senkte den Blick und ignorierte Jack weiterhin, als sie den Raum im hinteren Bereich des Reviers betrat.

Jack machte weiter, sodass Carly aufschaute. „Sie sind nur eine verdammte Beraterin! Wie kann es sein, dass Ihr Büro Sie nicht wieder nach Hause geschickt hat?"

Sie sagte ihm nicht, dass ihr Chef das bereits getan hatte. Dans Befehl, sofort abzureisen, zu ignorieren bedeutete vermutlich, dass sie keinen Job mehr hätte, wenn sie schließlich nach Hause fuhr.

Doch darüber konnte sie jetzt nicht nachdenken. Sie durfte nicht an die endlosen, leeren Tage denken, die ohne die BAU vor ihr lagen. Sie hatte sich so lange ausschließlich auf ihre Arbeit konzentriert. Auf gewisse Weise hatte das schon vor ihrem Collegeabschluss angefangen, das Planen einer Zukunft beim FBI. Auf gewisse Weise hatte es an dem Tag begonnen, an dem Cassie verschwunden war.

Zu Hause würde sie um ihren Job kämpfen, aber das würde nichts ändern. Sie hatte einen direkten Befehl von ihrem Vorgesetzten missachtet. Es würde eine Untersuchung der Abteilung für Interne Ermittlungen geben, und dann würde sie aus dem Bureau geworfen werden. Man würde sie bitten, ihre Waffe und ihre Marke abzugeben. Die beiden Sachen, mit denen sie sich den Großteil ihres Erwachsenenlebens identifiziert hatte.

Aber Cassie hatte sie zum FBI geführt. Und Cassie hielt immer noch ein zu großes Stück ihres Herzens in Händen. Ob es richtig war oder falsch, Evelyn musste das hier bis zum Ende durchziehen. Außer wenn Tomas sie ins Gefängnis steckte, würde sie nirgendwo hingehen.

Jack starrte sie mit offenem Mund an, als sie einfach schweigend dastand. „Haben Sie nichts zu sagen? Gar nichts?"

Evelyn fand ihre Stimme wieder. „Ich kann das, was ich getan habe, nicht rechtfertigen. Ich weiß es. Sie wissen es."

Carly senkte den Kopf und wirkte unbehaglich. Evelyn sagte: „Mein ganzes Leben – seitdem ich zwölf Jahre alt war – hat mich zu diesem Punkt geführt. Herauszufinden, was mit meiner besten Freundin geschehen ist."

Sie hielt Jacks Blick fest. „Dieser Job ist alles, was ich habe. Ich kenne diese Art von Täter. Weit besser, als ich es sollte. Und ich kann diesen Typen finden. Die Tatsache, dass er auf mich geschossen hat, beweist, dass ich auf der richtigen Spur bin und er etwas zu verlieren hat. Ich kann Ihnen helfen, ihn zu fassen. Und egal, ob Sie mich hier wollen oder nicht, ich werde nicht eher gehen, bis ich Cassie gefunden habe. Und Veronica. Und Penelope. Und vor allem Brittany und Lauren, denn es besteht immer noch die Chance, dass wir sie lebend nach Hause bringen können."

Als sie schwieg, schaute Jack sie finster an, doch Carly stand auf. „Was Sie damit sagen wollen, ist, dass sich meine Agents exklusiv auf Darnell Conway und Walter Wiggins konzentrieren sollen, habe ich recht?"

Froh, dass nicht jeder hier sie wegen ihres Fehlers mit Darnell grillen wollte, wandte Evelyn sich ihr zu. „Exklusiv? Nein. Denn es besteht immer die geringfügige Möglichkeit, dass ich jemand anderem zu nahe gekommen bin, ohne es bemerkt zu haben. Aber sollten Sie den Großteil Ihrer Männer auf die beiden ansetzen? Auf jeden Fall."

Jack schaute zwischen ihnen hin und her, dann ließ er seine Arme sinken. „Ich kann nicht glauben, dass sonst keiner findet, dass das eine große Sache ist", murmelte er und fügte dann hinzu: „Ich will Wiggins. Das habe ich schon von Anfang an gesagt. Der Kerl ist schuldig."

Carly nickte. „Er steht auch bei mir ganz oben auf der Liste. Ich rufe meine Agents hierher und dann werden wir einen neuen Plan aufstellen. Evelyn ..."

„Evelyn." Tomas' Stimme war zwar leiser als Carlys, doch die Schärfe und Autorität, die darin lagen, übertönten sie. „Kommen Sie bitte in mein Büro."

Jacks und Carlys neugierige Blicke folgten ihr. Als sie in Tomas' Büro war, schloss er die Tür hinter ihnen, und Nervosität machte sich in ihr breit.

Er setzte sich gar nicht erst hinter seinen Schreibtisch, sondern sagte ihr freiheraus: „Ich habe mit Dan Moore gesprochen."

Oh verdammt. Das war früher, als Evelyn erwartet hatte.

„Er hat mir gesagt, dass er einen anderen Profiler herschicken wird, um uns bei diesem Fall zu beraten."

Evelyn reckte das Kinn. „Ich bleibe hier, auch wenn es inoffiziell ist."

Tomas' Lippen zitterten. „Ja, Ihr Boss sagte mir, dass Sie das sagen würden."

Hatte er? Evelyn widerstand dem Drang, einen Blick hinter sich zu werfen. Was hatte Dan gesagt, was Tomas deswegen unternehmen sollte?

„Offensichtlich wird der neue Profiler den Fall leiten und Sie ihm assistieren."

Wirklich? Vor Erleichterung wurde ihr ganz schwindelig. Ihr Job stand immer noch auf der Kippe, aber darüber würde sie sich später Gedanken machen. Im Moment konnte sie sich nur darauf konzentrieren, dass sie immer noch dabei war.

Tomas packte ihren Ellbogen. „Geht es Ihnen gut?"

„Ja. Tut mir leid. Ich habe kaum geschlafen." Sie fand ihr Gleichgewicht wieder. „Wen schickt er her?"

Tomas zuckte mit den Schultern. „Keine Ahnung. Jemanden aus Ihrem Büro."

Verdammt. Niemand außer Greg wusste von ihrer Geschichte hier, und sie wollte auch, dass das so blieb. Sie hoffte, dass Dan ihn schickte, aber zwei Wunder an einem Tag waren zu viel erwartet, vor allem von Dan Moore.

„Bis dahin müssen Sie sich an die Regeln halten, Evelyn. Haben wir uns da verstanden?"

Evelyn nickte.

„Gut. Dann gehen Sie jetzt wieder zurück und helfen Sie Carly, herauszufinden, ob es Darnell oder Walter ist. Wir haben heute Morgen einen Bluthund so nah an Wiggins' Haus herangeführt, wie wir nur konnten, und nichts gefunden. Aber Carly sagte mir, dass er vielleicht Gegenmaßnahmen ergriffen hat."

Als Evelyn erneut nickte, sagte Tomas: „Sie beide finden heraus, ob das stimmt. Heute Abend will ich jemanden in Handschellen haben."

„Hier sind alle Informationen, um die Sie gebeten haben." Noreen Abbott hielt Evelyn einen in ordentlicher Handschrift beschriebenen Zettel hin. „Ich habe die Daten und Zeiten eingetragen, zu denen

Darnell Conway sich bei den Suchmannschaften eingetragen hat. Ich kann nicht garantieren, dass er bei der jeweiligen Gruppe geblieben ist, aber ich habe mit einigen der anderen Freiwilligen gesprochen, und sie können einen Teil der Zeiten bestätigen. Die entsprechenden Zeitfenster, an die sie sich erinnern konnten, finden Sie unten auf dem Blatt."

„Danke." Evelyn überflog den Zettel kurz und hob dann die Augenbrauen. „Er ist sowohl gestern als auch heute aufgetaucht, hm?" Selbst nachdem sie auf seinem Grundstück herumgeschnüffelt hatte.

Wenn er der Täter war, schien er sich ziemlich sicher zu sein, dass sie ihm nichts beweisen konnte.

„Was ist mit Walter Wiggins?"

Noreen schaute angeekelt drein. „Wir würden ihn nicht an der Suche teilnehmen lassen, selbst wenn er es wollte. Ich hätte ihn nicht an der Aufnahmestelle vorbeigelassen, und selbst wenn, wäre vermutlich einer der Freiwilligen auf ihn losgegangen."

„Ich hätte auch nicht gedacht, dass er es versucht. Ich wollte nur sichergehen."

„Hilft Ihnen das?", fragte Noreen. „Und geht es Ihnen gut? Ihre Wange ist ziemlich angeschwollen."

Evelyn unterdrückte einen Seufzer. „Mir geht es gut. Zum Glück war der Schütze nicht sehr zielsicher. Aber ja, das hier hilft mir, seine Verhaltensmuster zu erkennen. Die Tatsache, dass Darnell sich an der Suche beteiligt, obwohl er weiß, dass er ein Verdächtiger ist, lässt ihn schuldig aussehen."

„Wirklich? Ich hätte gedacht, es lässt ihn unschuldig wirken. Wenn er schuldig wäre – wenn er wüsste, wo die Mädchen sind –, warum sollte er sich dann die Mühe machen, sie zu suchen?"

„Weil das Teil seiner kranken Fantasie ist. Er will die Gesichter der Gemeinde sehen, der er wehtut." Als Noreen nichts sagte, fragte Evelyn: „Haben wir noch die Listen der Suchmannschaften von vor achtzehn Jahren? Ich weiß, dass sie aufbewahrt wurden, weil der ursprüngliche Profiler durch sie auf Darnell gekommen ist."

„Ach, hat man das?" Noreen klang überrascht. „Nun, wenn wir sie haben, so habe ich sie noch nie gesehen."

„Sie befanden sich auch nicht in den Kartons mit den Beweisen."

„Vielleicht weiß Jack Bullock etwas darüber?", schlug Noreen vor. „Er hat am Originalfall mitgearbeitet."

„Stimmt."

„Ach, das wissen Sie ja. Tut mir leid."

„Kein Problem. Hey, Noreen, Jack hat mir gesagt, dass Ihre Schwester mit mir in der Grundschule war."

Schock blitzte in Noreens Augen auf.

„Stimmt das nicht?"

„Doch, doch, es stimmt."

„Sie lebt jetzt in Texas, meinte er. Aber was ist mit anderen Mädchen aus der Klasse. Kennen Sie sie?"

„Aus Cassies Klasse? Nicht, dass ich wüsste. Und meine Schwester ist nicht in Texas."

„Peggy? Ich dachte ihr Name ist Margaret?"

„Das stimmt. Aber weil ‚Margaret' damals wohl zu schwierig für mich war, habe ich sie von klein auf ‚Peggy' genannt. Und dabei ist es dann geblieben."

„Wohnt sie in der Nähe? Wissen Sie, ob sie sich an irgendetwas aus der Zeit erinnert?"

Noreen schaute auf ihre Schuhe. „Nein. Sie ist gestorben."

„Das tut mir leid. Jack sagte … Ist sie erst kürzlich gestorben?"

Noreen schaute Evelyn in die Augen. „Sie ist vor langer Zeit gestorben. Ein betrunkener Autofahrer. In Texas."

„Das tut mir so leid, Noreen." Evelyns Gedanken rasten. Wie lange war es her? Ein betrunkener Fahrer war kein Elternteil, das sein Kind vernachlässigte – außer, Noreens Mutter hätte am Steuer gesessen, als ihre Tochter getötet worden war. Aber wer in Noreens Leben könnte so einen Verlust wiedergutmachen wollen? Jack hatte einen Onkel erwähnt, aber war das nah genug?

Noreen nickte kurz. „Danke. Hören Sie, Evelyn, ich sehe, was Sie denken, aber das hier hat nichts mit meiner Schwester zu tun. Sie war damals nicht mal mehr in Rose Bay. Und es ist nicht so, dass irgendjemand übrig wäre, der das jetzt tun könnte."

„Natürlich …"

„Wie auch immer, könnten Sie das für sich behalten? Niemand hier weiß davon, und das würde ich gerne so lassen."

„Niemand weiß, dass sie tot ist? Warum nicht?"

Noreen runzelte die Stirn. „Mein Dad … Er ertrug das Mitleid nicht. Meine Mom hatte ihn bereits verlassen und Peggy mitgenommen. Jetzt jedem zu sagen, dass seine Tochter tot ist …" Sie schüttelte den Kopf und zupfte an ihrem unförmigen Rock. „Er hat es uns schwören lassen."

„Uns?"

„Mich und meinen Onkel Frank. Sonst weiß es niemand. Können Sie es bitte für sich behalten?"

„Na klar, Noreen."

Noreen verdrehte die Augen. „Ich sehe es an Ihren Augen. Sie glauben, mein Onkel passt auf das Profil."

„Ich muss dem wenigstens nachgehen", gab Evelyn zu.

„Gut. Tun Sie, was Sie tun müssen. Aber tun Sie es leise, okay? Sie werden schon schnell genug herausfinden, dass er kein Verdächtiger ist."

Noreen schien weitergehen zu wollen, also ergriff Evelyn ihren Arm. „Ihr Onkel ist bei Ihnen eingezogen, als Ihr Dad krank wurde, oder?"

„Das ist Jahre her", gab Noreen zu.

„Aber Ihre Schwester war damals schon fort?"

Noreen runzelte die Stirn. „Ja."

„Und sobald Sie achtzehn wurden ..."

„Er hat mir gesagt, er habe schon genügend Zeit damit verschwendet, sich um meinen Vater zu kümmern. Nicht, dass er wirklich viel getan hätte, aber er hat die Rechnungen meines Dad bezahlt, alle, die seine Invaliditätsversicherung nicht abgedeckt hat. Und das waren viele. Er hat es versucht. Er konnte nur nicht damit umgehen."

„Darf ich fragen, was Ihr Vater hatte?"

„CADASIL. Das ist eine Form von MS. Mein Dad hatte schlimme Migräne, dann Schlaganfälle und bald keine Kontrolle mehr über seine motorischen Fähigkeiten. Dann kam die Demenz dazu." Sie schniefte, wischte sich über die Augen und trat von einem auf den anderen Fuß. „Sehen Sie, ich verstehe es. Sie müssen Ihren Job tun. Wenn Sie mit meinem Onkel reden wollen, nur zu. Ich sage Ihnen nur, dass Sie damit Ihre Zeit verschwenden, aber tun Sie, was Sie tun müssen. Nur bitte erzählen Sie es nicht herum, okay? Mein Onkel mag nicht der einfachste Mensch auf der Welt sein, aber er ist der einzige Angehörige, den ich noch habe."

Evelyn nickte. „Das kriege ich hin. Solange ich ihn nur von meiner Liste streichen kann."

„Das sollte kein Problem sein." Noreen sagte das mit so viel Zuversicht, dass Frank auf Evelyns Verdächtigenliste sofort noch ein paar Plätze nach unten rutschte. „Bitte behalten Sie auch das über Peggy für sich, okay?"

„Jetzt, wo Ihr Vater nicht mehr lebt ..."

„Ich will wirklich nicht jedem erklären müssen, warum ich das Geheimnis selbst nach seinem Tod noch bewahrt habe", unterbrach Noreen sie. „Ich habe vor langer Zeit um sie getrauert. Ich will das nicht noch einmal in aller Öffentlichkeit tun müssen."

So wie Evelyn es vermutlich tun müsste, sobald sie den Kinderreim-Killer gefunden hatten. Denn sosehr sie hoffte, Cassie lebend zu finden, die Chancen standen nahe null.

Allein die Vorstellung, all die Augen auf sich gerichtet zu sehen, die zusahen, wie sie Cassie betrauerte, weckte ein unbehagliches Gefühl in ihr. Und sie musste nicht in Rose Bay leben. Noreen hingegen schon. „Ich verspreche es."

Noreens Schultern entspannten sich sichtlich. „Danke."

Als Noreen ihren Weg durch das Revier fortsetzte, schaute Evelyn ihr nachdenklich hinterher. Trotz Noreens Sicherheit und Evelyns eigenen Gefühls, dass sie vermutlich recht hatte, musste ihr Onkel überprüft werden. Aber da Evelyn angeschossen worden war, nachdem sie mit Darnell und Walter gesprochen hatte, waren die beiden immer noch ihre Hauptverdächtigen.

Sie rieb sich die Augen, die sich schwer und müde anfühlten. Sie war seit fünf Stunden auf dem Revier, gab Carly und ihrem Team so viele Informationen über Walter und Darnell, wie sie konnte. Im Moment gruben die Agents tiefer in der Vergangenheit der beiden Männer, um zu sehen, ob sie irgendetwas Neues fanden.

Der zweite Profiler sollte bald eintreffen. Evelyn hätte sich auf ein weiteres Paar Augen freuen sollen, das sich diesen Fall anschaute, doch ihr graute mehr davor, ihre Geheimnisse mit irgendjemandem aus Aquia teilen zu müssen.

Es gab nichts, was sie dagegen tun konnte, also machte sie sich auf die Suche nach Jack. Sie fand ihn allein im Pausenraum. Kopien der Akten der alten Fälle lagen ausgebreitet vor ihm auf dem Tisch zwischen zerknüllten Chipstüten, Energydrinkdosen und halb leeren Kaffeebechern.

Als sie die Tür hinter sich schloss, schaute Jack aus rot geränderten Augen zu ihr auf. Der Geruch nach Kaffee sickerte aus jeder seiner Poren. „Was?"

„Ich möchte mit Ihnen über Frank Abbott sprechen."

Jack verdrehte die Augen, nahm seinen Stift in die Hand und richtete seine Aufmerksamkeit wieder auf die Akten. „Den finsteren Frank? Ich bitte Sie, Evelyn."

„Finsterer Frank?"

„Das ist Noreens Spitzname für ihn. Aber er passt. Ich bezweifle stark, dass Kinder freiwillig in seinen Van steigen würden."

Evelyn trat näher. „Er hat einen Van?"

Jack hob den Blick. „Das war ein Witz."

„Tja, was können Sie mir denn über ihn erzählen?"

Jack legte seinen Stift mit einem übertriebenen Seufzen hin. „Möchten Sie mir erzählen, was Frank auf Ihr Radar gebracht hat?"

„Wie nah stand er Noreens Schwester?"

„Woher soll ich das wissen? Sie ist weggezogen – das muss jetzt gute zwanzig Jahre her sein."

„Denken Sie darüber nach, okay? Es scheint, als wären Sie und Noreen befreundet. Außerdem kennen Sie diese Stadt besser als jeder andere."

Jack zog die Augenbrauen hoch und presste die Lippen aufeinander. Sie wusste, er glaubte, sie wolle ihm schmeicheln, um an Informationen heranzukommen, aber was sie sagte, stimmte. Sein Vater war beinahe dreißig Jahre lang der Polizeichef von Rose Bay gewesen. Die Stadt hatte viele Einwohner, die gerne damit prahlten, auf wie viele Generationen sie zurückblicken konnten, aber die Bullocks reichten weiter zurück als die meisten.

„Ja, ich schätze, Frank und Margaret standen sich nah. Er hat nie geheiratet, hatte nie Kinder, und Earl war sein einziger Bruder. Frank hat ihn beinahe gehasst – und Noreen stellvertretend mit –, als er gezwungen war, bei ihm einzuziehen. Aber Margaret war seine erste Nichte und ich schätze, er hatte einen Narren an ihr gefressen, damals, lange bevor Earl und seine Frau sich haben scheiden lassen."

„Also wenn Noreens Schwester gestorben wäre, hätte ihn das schwer getroffen?"

„Sicher. Das hätte jeden schwer getroffen." Jack verschränkte die Arme auf den Papieren vor sich und schaute Evelyn aus zusammengekniffenen Augen an. „Warum fragen Sie?"

Evelyn schüttelte den Kopf. Sie hatte vor, ihr Versprechen an Noreen zu halten, außer sie hatte etwas Handfestes gegen Frank in der Hand. „Ich könnte einen Grund haben, Frank zu verdächtigen. Ich muss vorher aber noch ein paar Dinge überprüfen."

„Was ist mit Darnell und Walter?"

„Sie stehen immer noch ganz oben auf der Liste."

Jacks Schultern sackten herunter, als er auf die Akten vor sich zeigte. „Ich sehe mir diesen Mist seit zwei Stunden an. Ich dachte, noch einmal alles durchzugehen würde mir etwas Neues verraten. Sie wissen schon, Zeit und Entfernung und all das."

Er schaute auf seine Uhr und sackte noch weiter zusammen. „Aber ich sehe nichts, was ich nicht auch schon vor achtzehn Jahren gesehen habe. Und Brittany ist seit sechsundsechzig Stunden verschwunden, Evelyn."

„Ich weiß, Jack."

„Was zum Teufel können wir tun, das wir nicht bereits machen?" Als er zu ihr aufschaute, sah sie in seinen Augen Niedergeschlagenheit und Erschöpfung und gerade noch ausreichend Hoffnung, dass sie wusste, er würde nie aufgeben.

„Im Moment tun wir alles ..."

„Blödsinn. Wenn das stimmte, hätten wir Brittany und Lauren inzwischen schon nach Hause gebracht."

Unausgesprochen ließ er den Gedanken, dass es ihr Fehler war, aber die Worte hingen trotzdem in der Luft. Oder vielleicht fühlte es sich für sie auch nur so an.

Evelyn versuchte, selbstbewusst zu klingen. „Wir müssen weitermachen, bis wir etwas finden, das nicht ganz passt, und dann graben und graben." Jack runzelte die Stirn und wandte sich wieder seinen Akten zu.

Evelyn beschloss, das FBI-Büro in Houston anzurufen, wohin sie nach Abschluss der FBI-Academy zuerst entsandt worden war. Sie ging auf den ruhigen Parkplatz hinaus und rief ihren alten Vorgesetzten an. Er war immer noch da und ihr glücklicherweise sehr zugetan, seitdem sie damals praktisch im Büro gelebt hatte, so entschlossen war sie gewesen, ihre Personalakte mit einem beeindruckenden Lebenslauf zu füllen, der es ihr ermöglichen würde, zur BAU zu wechseln. Als sie ihn fragte, ob er nach einem zwanzig Jahre alten Unfallbericht gucken könnte, versprach er, sich innerhalb einer Stunde zurückzumelden.

Sie klappte ihr Handy zu und wollte gerade wieder hineingehen, als jemand sie rief. „Evelyn!"

Sie kannte die Stimme und spürte, wie sich ein Grinsen auf ihrem Gesicht ausbreitete. „Greg?"

Hatte Dan wirklich Greg geschickt? Ein Teil von ihr war schockiert, aber ein anderer Teil erkannte, dass Dan vermutlich wusste, dass Greg sie am ehesten auf Kurs halten konnte.

Greg Ibsen kam in Anzughose und kurzärmligem Hemd auf sie zu. Heute trug er mal keine Zeichentrickkrawatte. Über seiner Schulter hing eine Laptoptasche, und in einer Hand hielt er einen Pappbecher aus dem Coffeeshop. „Wie schlägst du dich so?"

Als er sie erreicht hatte und erschrocken ihre Wange betrachtete, zuckte Evelyn mit den Schultern. „Offensichtlich bin ich irgendjemandem etwas zu nah gekommen."

Greg musterte sie genauer. „Geht es dir gut?"

„Ja, mir geht es gut. Wie wütend ist Dan?"

„Du bekommst einen kräftigen Einlauf, wenn du nach Hause kommst. Da führt kein Weg dran vorbei."

Ihr Magen zuckte nervös. Sie hatte gehofft, dass Dan, wenn er einen weiteren Profiler schicken würde, ihr vergeben hätte, aber vielleicht war es doch so schlimm, wie sie anfänglich befürchtet hatte. Mit leicht erstickter Stimme fragte sie: „Habe ich meine Stelle bei der BAU verloren?" Sie zuckte zusammen. „Im Bureau?"

Greg schüttelte den Kopf und schenkte ihr ein gezwungenes Lächeln. „Machst du Witze? Die Star-Profilerin der BAU?"

Sie verschränkte die Arme. „Erzähl es mir."

„Alles wird gut. Darüber kannst du dir später Gedanken machen, okay? Konzentrier dich im Moment nur auf den Fall."

„Sag es mir einfach."

„Du hast wirklich Glück, dass der hiesige Polizeichef den Verdächtigen überredet hat, keine Anzeige zu erstatten. Und dass Dan nicht will, dass jemand von deinem Ungehorsam erfährt. Ich weiß es nur, weil ich zufällig in seinem Büro war, als der Police Officer angerufen hat. Ich glaube nicht, dass Dan es in deine Akte schreibt – zumindest nicht die Einzelheiten."

„Aber?"

„Tja, du stehst auf Dans schwarzer Liste jetzt ganz oben."

Evelyn wusste, was das hieß. Man würde sie nicht bitten, ihre Waffe und Marke abzugeben, und sie dann persönlich aus dem Gebäude eskortieren, wenn sie wieder zurück war. Stattdessen würde Dan alles daransetzen, sie scheitern zu lassen, was bedeutete, ihre Tage bei der BAU waren gezählt.

Doch was zum Teufel würde sie ohne ihren Job tun? Analytikerin beim FBI zu sein hatte so lange ihr Leben bestimmt.

Daher war die vermutlich bessere Frage: Wer würde sie ohne ihren Job sein?

14. KAPITEL

„Sie hat im Park gespielt", sagte Evelyns ehemaliger Vorgesetzter aus Houston, sobald sie den Hörer abgenommen hatte.

„Warten Sie", sagte sie. „Noreen Abbott hat mir erzählt, ihre Schwester ist durch einen betrunkenen Autofahrer ums Leben gekommen."

„Das stimmt auch. Sie war mit ihrer Mom im Park und rannte auf die Straße. Das Auto kam um eine Kurve geschossen und hat sie erwischt. Der Fahrer war weit über der erlaubten Promillegrenze und hat außerdem Fahrerflucht begangen. Aber die Zeugen haben sich das Kennzeichen gemerkt und die Polizei hat ihn ziemlich schnell geschnappt. Das Mädchen ist noch vor Ort gestorben."

„Wie lange ist das her?"

„Beinahe auf den Tag genau neunzehn Jahre."

Ein Jahr bevor die Entführungen durch den Kinderreim-Killer angefangen hatten. Ein Zufall? Evelyn dachte darüber nach. Das Timing war verdächtig, aber genauso der Mord an der Tochter von Darnells Exfreundin. Und wenn Noreens Schwester von einem betrunkenen Autofahrer getötet worden war, konnte Frank Abbott da wirklich mangelnde elterliche Fürsorge geltend machen?

„Sie ist auf die Straße gelaufen?", hakte Evelyn nach. „Hat ihre Mom denn nicht auf sie aufgepasst?"

„Es klingt so, als wäre es verdammt schnell und zum genau falschen Zeitpunkt passiert. Das Mädchen hat Fußball gespielt und ist dem Ball auf die Straße hinaus hinterhergelaufen. Der Mutter hat nie jemand die Schuld gegeben. Zeugen sagten, sie habe ihrer Tochter zugerufen, stehen zu bleiben, bevor sie auf die Straße lief, das war noch, bevor das Auto um die Kurve kam. Das ist definitiv tragisch, aber es war hundertprozentig der Fehler des Fahrers."

„Erzählen Sie mir von ihm." Es war unwahrscheinlich, dass dort eine Verbindung bestand, aber es wäre nicht ungewöhnlich, dass so jemand die Eltern beschuldigte anstatt sich.

„Er hat fünfzehn Jahre bekommen, aber nur zehn abgesessen. Offenbar hat er im Gefängnis oft Streit angefangen, und einer seiner Mithäftlinge hat ihn erstochen."

„Okay."

„Gibt es sonst noch etwas, das du wissen musst?"

„Nein. Danke."

„Ich hoffe, ich konnte helfen", sagte er und legte auf.

Evelyn klappte ihr Handy langsam zu. Greg sah sie fragend an. Wenn Noreens Vater noch am Leben wäre, hätten sie einen guten Verdächtigen, aber der Onkel?

Falls der Kinderreim-Killer versuchte, seinen eigenen Verlust wettzumachen, indem er die Eltern von anderen jungen Mädchen beschuldigte, war es wahrscheinlicher, dass es sich bei ihm um einen Vater oder wesentlich älteren Bruder handelte. Jemanden, der mit dem Mädchen gelebt hatte und die Leere nach ihrem Tod jeden Tag spürte.

Doch sie konnte Frank nicht einfach von der Liste streichen.

Sie suchte seine Adresse im Computer, schrieb sie auf und sagte dann zu Greg: „Wir müssen einen kleinen Ausflug machen."

Greg nahm seinen Laptop von dem Platz, wo er ihn vor einer Stunde abgestellt hatte, bevor er die Runde gemacht hatte und allen Agents und Officers vorgestellt worden war.

„Wo fahren wir hin?", wollte er wissen.

Evelyn ging zur Tür. „Das erzähle ich dir unterwegs."

Als sie die Tür aufdrückte, zog jemand von der anderen Seite und riss sie beinahe von den Füßen. Stolpernd fand sie sich Brittany Douglas' Vater gegenüber. Seine Augen waren blutunterlaufen, seine Haut fahl, und er wirkte, als hätte er seit den Unruhen vor zwei Tagen vor dem Revier zwanzig Pfund verloren.

Er schien sie nicht zu kennen, denn er ging einfach an ihr vorbei hinein, doch Evelyn folgte ihm – und Greg folgte ihr. „Mr Douglas?"

Er wirbelte herum. „Ja?"

„Kann ich Sie fragen, was mit Walter Wiggins passiert ist?"

Bevor er etwas erwidern konnte, kam Tomas aus seinem Büro. „Mark", sagte er zu Brittanys Dad. „Ich hatte damit gerechnet, dass du irgendwann hier auftauchen würdest."

„Ja. Hör mal, es tut mir leid. Ich habe nicht versucht, mich der Verhaftung zu entziehen ..."

„Das wissen wir", unterbrach Tomas ihn.

„Aber jetzt stelle ich mich, okay? Ich will nicht, dass deine Jungs wertvolle Zeit darauf verschwenden, mich zu suchen. Ich will, dass ihr euch auf meine Tochter konzentriert." Er stieß einen schweren Seufzer aus. „Und auf Lauren."

Tomas nickte. „Das weiß ich sehr zu schätzen, Mark. Aber Wiggins erstattet keine Anzeige. Wir konzentrieren uns hier alle auf deine Tochter."

„Danke", brachte er erstickt hervor.

Tomas schoss ihm einen warnenden Blick zu. „Du musst diese Sache uns überlassen." Sein Blick glitt zu Evelyn. „Was du getan hast, hätte die ganze Ermittlung gefährden können."

Brittanys Dad wurde ganz blass und er schwankte leicht. „Ich wollte sie doch nur finden", flüsterte er kaum hörbar. „Ich könnte es nicht ertragen, wenn euch allen von Gesetzes wegen die Hände gebunden wären, während meine Tochter in dem Haus des Freaks ist und ... und ..."

„Mr Douglas", schaltete Evelyn sich ein. „Gab es einen besonderen Grund, warum Sie sich auf Walter konzentriert haben? Abgesehen von seiner Vorgeschichte, meine ich?"

Mark blinzelte. „Rose Bay ist immer sicher gewesen. Walter Wiggins ist der einzige Widerling hier. Es erschien mir einfach logisch."

Anstatt ihn bezüglich der Anzahl an Kinderschändern in und um Rose Bay aufzuklären, fragte Evelyn: „Sind Sie in seinem Haus gewesen?"

„Da können Sie aber verdammt noch mal drauf wetten!", erwiderte Mark, und auf einmal traten alle anwesenden Polizisten schweigend näher.

„Können Sie mir sagen, was genau passiert ist?"

Mark schaute zu Tomas. „Wer ist sie?"

„Sie ist vom FBI. Genau wie der Mann neben ihr. Sie sind beide Profiler, spezialisiert darauf, in Fällen wie diesen zu ermitteln." Tomas trat näher und legte Mark eine Hand auf die Schulter. „Erzähle ihnen alles, woran du dich erinnerst."

„Sicher." Mark schaute die schweigenden Polizisten um sich herum an, runzelte die Stirn und fuhr dann mit ernster Stimme fort: „Ich habe ihn erwischt, als er gerade die Zeitung hereinholen wollte. Es war nachmittags, aber vermutlich war er vorher noch nicht draußen gewesen, weil eine wütende Menge schreiend vor seinem Haus gestanden hatte. Da war ich nicht dabei, aber sein Nachbar hat es mir erzählt. Wie auch immer, er dachte wohl, dass ihn niemand mehr beobachtet, so wie er da aus der Tür geschlichen ist. Aber ich hatte schon eine ganze Weile gewartet."

Als er verstummte, ermunterte Greg ihn, weiterzusprechen. „Und dann?"

„Nun, ich meine, Sie wissen ja, dass ich ihn geschlagen habe." Mark straffte die Schultern. „Was ich auch nicht bedauere. Ich sehe nicht, wie das irgendetwas gefährden könnte. Aber wenn sie da drin gewesen sein wäre ..."

„Haben Sie sein Haus durchsucht?", wollte Evelyn wissen.

„Nein. Als ich ihn schlug, hat er immer wieder gesagt, dass er es nicht getan hat. Er wollte nichts zugeben, also bin ich, als er zu Boden fiel, ins Haus gerannt." Seine Augen füllten sich mit Tränen, als er fortfuhr. „Ich habe nach meinem Baby gerufen. Ich habe gerufen und gerufen, aber der einzige Mensch, der mir geantwortet hat, war Walters Dad. Ich glaube, er war es auch, der die Cops gerufen hat, aber bevor sie ankamen, war Walter wieder auf den Beinen und schwang mit dem Baseballschläger nach mir."

„Wo haben Sie sich im Haus umgesehen?"

„In einem Teil des Erdgeschosses. Ich habe versucht, in den Keller zu kommen – die Tür war verriegelt –, als Walter mit dem Baseballschläger reinkam." Mark errötete und starrte auf seine Schuhe. „Er ist ein schmächtiges Kerlchen, aber meine Güte, er hat den Schläger geschwungen, als wüsste er, was er tut. Und er ist wie ein Verrückter hinter mir hergelaufen. Ich bin gerannt und habe versucht, ihm zu entkommen. Dann habe ich die Sirenen gehört und bin geflüchtet."

Evelyn fing Jacks Blick auf und wusste genau, was er dachte. Mark war nicht in den Keller gekommen. Den offenbar verschlossenen Keller.

Und jemanden mit einem Baseballschläger zu verfolgen, jemanden, der einen gerade krankenhausreif geschlagen hatte, war ziemlich mutig. Vor allem für einen verurteilten Kinderschänder, der sich einem wütenden Vater gegenübersah.

Was zum Teufel befand sich in Walter Wiggins' Keller?

Jack sah aus, als wollte er etwas sagen, doch Tomas sprach zuerst. „Gibt es noch irgendetwas, woran du dich im Haus erinnerst, Mark?"

Mark betrachtete die aufmerksam zuhörenden Polizisten und schüttelte den Kopf. „Es sah aus, als wäre seit Jahrzehnten nichts mehr daran verändert worden. Aber ich habe keine Kinderspielsachen herumliegen sehen oder so, falls du das meinst."

„Okay. Danke."

„Ist das alles?", fragte Mark, als sie Polizisten sich wieder ihren Aufgaben zuwandten. „Was werdet ihr deswegen unternehmen?"

„Mark, deine Tochter und Lauren haben im Moment für uns oberste Priorität", sagte Tomas.

Mark schien mit ihm diskutieren zu wollen, also wandte Evelyn sich an Greg und sagte: „Lass uns gehen."

Als sie in Gregs Mietwagen stiegen, fragte er: „Willst du mir jetzt verraten, wo es hingeht?"

„Ich möchte mit einem Mann namens Frank Abbott reden." Evelyn erzählte ihm die Einzelheiten, während sie ihn an den Rand der Stadt lotste, wo Frank lebte.

„Frank ist erst bei seinem Bruder eingezogen, nachdem seine Nichte tot war, richtig?", fragte Greg.

„Das stimmt."

„Nun, es lohnt sich bestimmt, ihn näher anzugucken, aber er wäre ein realistischerer Verdächtiger, wenn er mit dem Mädchen zusammengewohnt hätte."

„Da stimme ich dir zu. Aber die CARD-Agents haben alle verfügbaren Männer auf Darnell und Walter angesetzt, also wollte ich ihn überprüfen. Hier musst du abbiegen." Sie zeigte auf eine Schotterstraße, die von hundert Jahren alten Bäumen und hohem Gras gesäumt wurde. Sie wand sich ein paar Meilen lang gemächlich durch die Landschaft, bis sie in einer Sackgasse endete.

„Ist das hier immer noch Rose Bay?"

„Ja. Ich weiß, es sieht ziemlich anders aus. Dieser Teil ist wesentlich ländlicher. Wo ich aufgewachsen bin, fühlte es sich mehr wie ein Vorort an – viele Häuser im Plantagenstil, große, gepflegte Rasenflächen. Sehr altes South Carolina. Diese Seite der Stadt liegt direkt am Rand von Rose Bay. Riesige Grundstücke, gegen die die in der Stadt geradezu winzig aussehen. Wir sprechen hier von Hunderten von Hektar, aber ich glaube, einige davon liegen inzwischen brach. Das meiste Land ist schon seit Generationen in Familienbesitz. Irgendwann wird das hier alles Bauland, dessen bin ich mir sicher."

„Es ist schön", sagte Greg. „So friedlich."

„Ja." Evelyn schaute über das Feld, das sich vor ihnen erstreckte. Nichts als knie- und hüfthohes Gras, aus dem hier und da eine Blume hervorschaute. Einst hatte die ganze Gegend aus bewirtschafteten Feldern bestanden, die zu den Plantagen gehörten, und in diesem Teil von Rose Bay hatte es bis vor wenigen Jahren noch Farmen gegeben.

Sie war während ihrer Jugend nie hier gewesen, doch jetzt erinnerte es sie daran, wie geteilt Rose Bay damals gewesen war. Die Stadt selber war den reichen weißen Einwohnern vorbehalten gewesen. Die Gegend um die Sümpfe den Armen. Auch wenn damals Weiße hier gelebt hatten, war dieser Teil der Stadt als Schwarzenviertel angesehen worden, so exklusiv war der Stadtkern von Weißen bewohnt worden. Abgesehen von ihr natürlich.

Dieser kleine Bereich, in dem Frank wohnte, war ein gemischtes Viertel gewesen. Es hatte ein paar Einsiedler gegeben. Einige der Grundstücke waren Zweitwohnsitze der Familien aus der Stadt gewesen. Sie hatten Vorfahren, denen immer noch so viel von Rose Bay gehörte, dass sich ihre Anteile über die ganze Stadt verteilten. Und dann gab es da den seltsamen alten Mann, der einer der wenigen gewesen war, die sie in Rose Bay beschimpft hatten.

„Ist es das?", fragte Greg, als sie die lange, schmale Schotterauffahrt entlangfuhren. Ein paar Birken standen in Grüppchen auf dem Grundstück, aber ansonsten erstreckten sich zugewachsene Felder in alle Richtungen. Das Haus am Ende der Zufahrt sah aus, als wenn es seit hundert Jahren dem Wetter trotzte und niemand sich die Mühe gemacht hatte, es einmal frisch zu streichen. Die zusammengesackte Scheune ein paar Hundert Meter dahinter sah nicht besser aus.

Evelyn überprüfte die Adresse auf ihrem Handy noch einmal. „Ich glaube schon." Das hier war der Ort, an den Frank unbedingt hatte zurückkehren wollen, nachdem er mit Earl und Noreen gelebt hatte? Das weckte in Evelyn die Frage, in was für einem Zustand sich Earls Haus befunden haben musste.

Greg parkte den Wagen und stieg aus. „Gehen wir."

Evelyn folgte ihm etwas langsamer. Die Scheune war riesig, so wie man sie von bewirtschafteten Farmen kannte. Aber Frank Abbott war ein Handwerker – er und sein Bruder hatten den Betrieb lange zusammen geführt, den er jetzt alleine leitete. Sie hatten dieses Grundstück nie als Farm benutzt. Vielleicht lagerte er seine Werkzeuge in der Scheune? Aber ganz sicher keine Ausrüstung, um sein Grundstück zu pflegen, denn nur im Vorgarten entlang der Zufahrt war der Rasen gemäht worden. Der Rest war überwuchert von hüfthohem Gras, das es einem unmöglich machte, zu sagen, wo sein Garten endete und der des Nachbarn begann.

Als sie die Treppe hinaufgingen, sah Evelyn, dass die Fensterläden an Franks Haus alle offen waren und ihr einen ungehinderten Blick ins Haus gewährten. Was sie sah, war sauber und spärlich, was den Schluss nahelegte, dass Frank nicht viel Zeit zu Hause verbrachte.

Greg klopfte an die Tür. Sie öffnete sich einen Spalt und stahlgraue Augen schauten dahinter hervor.

„Was?", wollte Frank wissen.

Vollkommen ungerührt von der rüden Begrüßung sagte Greg: „Hallo, Mr Abbott. Ich bin Greg Ibsen vom FBI. Das hier ist meine

Kollegin Evelyn Baine. Wenn es Ihnen nichts ausmacht, würden wir Ihnen gerne ein paar Fragen stellen."

Die Tür wurde ganz aufgezogen, und vor ihnen stand ein Mann, dem sich das harte Leben in die Gesichtszüge gegraben hatte. Dass er sein Leben lang körperlich gearbeitet hatte, sah man an den immer noch kräftigen Muskeln an seinen Armen. „Ich hatte mich schon gefragt, wann Sie hier wohl auftauchen würden." Er drehte sich um und ging wieder ins Haus.

Evelyn und Greg schauten einander an, dann folgten sie ihm.

„Hat Noreen Sie angerufen?", fragte Evelyn.

„Jupp. Hat sich entschuldigt, weil sie das mit Margaret erzählt hat ... Auch wenn es nicht meine Entscheidung war, das Geheimnis zu bewahren. Und sie sagte, ich passe zum Teil auf das Profil. Das war alles."

Evelyn versuchte, nicht mit den Zähnen zu knirschen. Noreen arbeitete auf einem Polizeirevier. Sie sollte wissen, dass man einen potenziellen Verdächtigen nicht vorwarnt, auch wenn er zur Familie gehört.

Frank ging weiter und führte sie an einer kleinen Küche vorbei, die aussah, als würde sie selten benutzt, in ein Wohnzimmer, in dem er offensichtlich den Großteil seiner Zeit verbrachte. Er setzte sich auf ein ausgesessenes Sofa. Auf dem Couchtisch davor stand ein Teller mit einem halb aufgegessenen Sandwich und einem Getränk.

Frank nahm das Sandwich in die Hand, biss herzhaft ab und zeigte auf die Sessel im Raum, die im Vergleich zur Couch beinahe neu aussahen. „Setzen Sie sich."

Greg nahm in dem einen Sessel Platz, während Evelyn sich im Zimmer umschaute. Ein Stapel Sachbücher auf dem einen Ende des Tisches, ein paar eselsohrige Jagdmagazine daneben. Flohmarktkunst an einer Wand, als hätte Frank angefangen, das Zimmer ein wenig schön herzurichten, dann aber aufgegeben. Ein Fernseher direkt gegenüber von der Couch, auf dem ein Nachrichtensender ohne Ton lief. Bilder von Lauren und Brittany blitzten auf dem Bildschirm auf, und Evelyn schaute zu Frank, um seine Reaktion zu sehen.

Aber er beobachtete sie, nicht den Fernseher. „Hören Sie auf, meine Sachen anzustarren, und setzen Sie sich. Sie halten mich für einen Verdächtigen? Gut. Fragen Sie mich, was auch immer Sie fragen wollen. Mein Gott, durchsuchen Sie meinetwegen mein Haus, wenn es nötig ist. Schließen Sie mich aus und finden Sie dann denjenigen, der es wirklich war."

Evelyn ließ sich in den anderen Sessel sinken und tauschte einen Blick mit Greg. „Erstreckt sich Ihr Angebot auch auf Ihre Scheune?"

Franks Blick flackerte zwischen ihnen hin und her. „Das Angebot, sich umzusehen? Klar."

Evelyn unterdrückte ein Seufzen. Wenn er sie sein Haus so bereitwillig durchsuchen ließ, hatte er die Mädchen entweder nicht entführt oder er war sich sicher, dass sie und Greg sie niemals finden würden.

Frank deutete auf das große Fenster, das auf seinen Garten hinausging, der sich meilenweit zu erstrecken schien. „Eine Suchmannschaft hat bereits einen Teil meines Grundstücks durchkämmt, wissen Sie. Ich habe ihnen die Erlaubnis gegeben, sich überall umzuschauen. Da draußen gibt es eine Menge ungenutztes Land."

Greg beugte sich vor. „Wollen Sie damit sagen, irgendjemand könnte auf Ihrem Grundstück gewesen sein, Mr Abbott?"

„Verdammt, nein. Ich habe hier nie jemanden gesehen. Ich versuche nur, kooperativ zu sein." Er wandte sich wieder an Evelyn. „Ich habe nichts zu verbergen."

„Was denken Sie über all das, Mr Abbott?", fragte sie.

Er verdrehte die Augen. „Nennen Sie mich Frank. Was ich denke? Das ist die beste Frage, die Sie an mich haben?" Er richtete seinen stählernen Blick auf sie. „Kommen Sie schon. Das können Sie besser. Das hier ist für Sie sehr persönlich, oder?"

„Wie wäre es, wenn wir nett zueinander sind?", schlug Greg leichthin vor.

Frank nahm seinen Blick nicht von ihr. „Es ist nicht sonderlich nett, anzudeuten, dass ich junge Mädchen entführe und umbringe, oder?"

„Wir sind nicht …", fing Greg an.

„Warum sagen Sie ‚umbringen'?", unterbrach Evelyn ihn.

Endlich senkte Frank den Blick. „Achtzehn Jahre ist eine verdammt lange Zeit. Glauben Sie wirklich, dass die Mädchen noch am Leben sind?" Ohne ihr die Möglichkeit zu geben, etwas zu erwidern, fuhr er fort: „Fragen Sie mich einfach, was Sie mich fragen wollen, Evelyn."

Sie schaute nicht in Gregs Richtung, spürte aber, wie sein Interesse wuchs. So wie Frank ihren Namen gesagt hatte, klang es, als kenne er sie. Sie erinnerte sich vage an ihn als einen der Einwohner der Stadt, hatte aber als Kind nie mit ihm gesprochen. Erinnerte er sich an sie, weil sie herausstach? Oder weil er sie einst im Visier gehabt hatte?

„Okay, Frank. Erzählen Sie mir von Ihrer Nichte."

„Was gibt es da zu erzählen? Ich bin sicher, Sie haben die kurze und hässliche Version von Noreen gehört. Earls Schlampe von einer Exfrau hat sich von ihm scheiden lassen und ist mit Margaret weggezogen. Dann hat sie nicht aufgepasst und Margaret ist getötet worden."

Evelyn versuchte, sich ihre Reaktion auf Franks Version der Geschichte nicht anmerken zu lassen, aber ihr Herzschlag beschleunigte sich. Er gab tatsächlich Margarets Mutter die Schuld am Tod seiner Nichte.

„Das ist schon Jahre her", sagte Frank und biss erneut von seinem Sandwich ab. „Was für ein Profil sagt, dass ich um ein kleines Mädchen trauere und dann beschließe, andere zu töten? Wie zum Teufel soll das irgendeinen Sinn ergeben?"

„Vielleicht sind diese Mädchen ein Ersatz", schlug Greg vorsichtig vor. „Gerettet vor Eltern, die sich ebenfalls nicht ausreichend gekümmert haben."

Frank bedachte ihn mit einem verachtenden Blick. „Ersatz? Niemand könnte Margaret ersetzen."

„Nicht einmal Noreen?", fragte Evelyn, die neugierig war, wie Franks Beziehung zu seiner verbliebenen Nichte aussah.

„Sie sind unterschiedliche Menschen", sagte er.

„Haben Sie sich den Suchtrupps angeschlossen?", fragte Greg.

Frank behielt den Blick auf Evelyn gerichtet, aber etwas in den Tiefen seiner Augen veränderte sich. „Ja. Fragen Sie einfach Ihre Freunde."

„Wie bitte?"

„Diejenigen, die vorgeben, Ingenieure zu sein? Sie sind mit dem Dunkelhaarigen zusammen, oder? Wie heißt er noch, Kyle?"

Evelyn spürte, wie ihr das Blut ins Gesicht stieg, und schaute zu Greg, bevor sie sich davon abhalten konnte. Aber ganz der gute Profiler ließ er sich nichts anmerken.

„Sind Sie bei der Suche auf sie gestoßen?", fragte Greg geschmeidig.

„Wo waren Sie da genau?"

„Woher wussten Sie, dass sie vom FBI sind? Und warum interessiert es Sie, ob ich mit einem von ihnen zusammen bin?", sprang Evelyn ein. Kyle hätte das nie verraten. Sie bezweifelte, dass er sie überhaupt erwähnt hatte. Also woher wusste Frank, dass sie in einer wie auch immer gearteten Beziehung zueinander standen? Wenn es reine Spekulation war, hätte er genauso gut auf Gabe tippen können. Oder sie ihre Kollegen nennen können. Aber das hatte er nicht. Was bedeutete, dass er zufällig etwas mitbekommen oder sie absichtlich beobachtet hatte.

„Die Menschen reden." Frank schaute zu Greg. „Ja, ich habe sie auf der Suche getroffen."

„Was für Menschen reden?", hakte Evelyn nach, während Greg die Augenbrauen bedeutungsschwer zusammenzog und sich offensichtlich wunderte, wieso sie sich so auf das falsche Thema konzentrierte.

Aber wenn Frank ihr so viel Aufmerksamkeit gewidmet hatte, konnte er dann nicht derjenige sein, der auf dem Hotelparkplatz auf sie geschossen hatte?

Ihr Blick glitt zu den Jagdmagazinen. „Haben Sie eine Waffe, Frank?"

„Sicher. So wie viele Leute hier." Er zeigte auf ihre Wange. „Das war ich aber nicht."

„Davon haben Sie wohl auch gehört, hm?", fragte Evelyn. „Wieder von Leuten, die reden?"

Er schnaubte. „Der Schuss auf sie ist *das* Thema im Ort, Evelyn. So etwas passiert hier nicht alle Tage." Er wurde schnell wieder ernst. „Aber wenn Sie denken, dass ich auf Sie geschossen habe, nur weil ich Ihr kleines Geheimnis kenne? Auf keinen Fall. Niemals."

„Was für ein Geheimnis?"

„Das mit dem Kerl. Kyle, oder wie auch immer er heißt."

„Wer hat Ihnen davon erzählt?"

„Ein schwarzer Typ, der bei allen Suchtrupps auftaucht. Wenn Sie einen Verdächtigen suchen, schauen Sie sich ihn mal genauer an. Ich habe keine Ahnung, wo er herkommt, aber er wohnt nicht in der Stadt."

„Darnell Conway?" Das ergab Sinn. Kyle hatte Darnell mit der Waffe bedroht. „Haben Sie viel mit ihm gesprochen?"

„Nein." Frank schob sich den Rest seines Sandwichs in den Mund. „Irgendetwas stimmt mit dem nicht."

Evelyn schaute Greg absichtlich nicht an, aber er dachte vermutlich das Gleiche wie sie: dass mit Frank auch irgendetwas nicht stimmte.

„Also er hat Ihnen erzählt, dass Kyle und Gabe vom FBI kommen und er glaubt, dass ich mit Kyle zusammen bin, und dann haben Sie beide sich nie wieder unterhalten?", fragte Evelyn mit deutlich hörbarer Skepsis in der Stimme.

„Er quatscht gerne viel", sagte Frank. „Hat angedeutet, dass Ihr Freund einen lockeren Finger am Abzug hat. Hat ein wenig rumgeprahlt, dass er sich beim FBI über Sie beide beschweren wird. Dann erzählte er groß und breit davon, dass man diese armen Mädchen finden müsste und wie er seine Arbeitszeiten verschoben hat, um zu helfen.

Bla, bla, bla. Als wollte er eine Medaille für das, was alle anderen auch machen. Aber er kam mir komisch vor, und wie ich schon sagte, ich weiß, dass er nicht hierhergehört. Nach einer Weile habe ich ihn ausgeblendet und versucht, nicht wieder mit ihm in einem Trupp zu landen."

„Okay", sagte Evelyn. „Waren das seine Worte oder Ihre?"

„Welche?"

„‚Diese armen Mädchen‘."

Frank schaute demonstrativ auf seine Uhr. „Was wollen Sie über meine Nichte wissen? Denn ich muss gleich zu einem Job."

„Ihnen gehört ein Handwerksbetrieb in der Stadt, richtig?"

„Ja. Früher gehörte er Earl und mir, jetzt bin nur noch ich übrig. Haben Sie jetzt noch Fragen oder nicht?"

„Wie wäre es, wenn wir uns ein wenig umschauen und weitersprechen, wenn Sie wieder zu Hause sind?", schlug Greg vor.

Frank erhob sich. „Verdammt, nein. Sie wollen sich umschauen? Gut. Aber das tun Sie, während ich hier bin, damit ich sicher sein kann, dass alles mit rechten Dingen zugeht. Ich lasse mir von Ihnen nichts anhängen."

Er zog demonstrativ die Augenbrauen hoch, bis Evelyn und Greg ebenfalls aufstanden. Dann geleitete er sie zur Tür.

Als sie nach draußen gingen, sagte er: „Wissen Sie, für jemanden vom FBI scheinen Sie das Offensichtliche zu übersehen."

„Und das wäre?", fragte Greg.

„Den Perversen."

„Walter Wiggins?", fragte Evelyn.

„Ja."

Er wollte gerade die Tür zuschlagen, aber Evelyn stemmte ihre Hand dagegen.

Er hob erneut die Augenbrauen, einen ungeduldigen Ausdruck im Gesicht. „Noch was?"

„Erinnern Sie sich an mich, Frank? Von vor achtzehn Jahren?"

„Natürlich erinnere ich mich. Ihre beste Freundin war eines der Opfer. Ich habe Sie bei den Suchmannschaften gesehen. So wie wir alle." Seine Miene wurde weicher. „Ich konnte nicht glauben, dass Ihre Großeltern das zugelassen haben."

„Also haben Sie damals auch an der Suche teilgenommen?"

Er seufzte. „Ja. Bin ich dadurch in Ihren Augen noch verdächtiger? Wie genau funktioniert das? Hören Sie auf, Ihre Zeit zu vergeuden! Ich habe es nicht getan. Kommen Sie zurück, wenn ich mit meiner Arbeit fertig bin. Durchsuchen Sie, was immer Sie wollen, und bringen Sie es hinter sich. Und dann kümmern Sie sich wieder darum, denjenigen zu finden, der das getan hat."

Er schlug ihre Hand von der Tür und knallte sie zu.

Evelyn sah Greg an. „Was denkst du?"

Er ging zum Wagen. „Ich weiß es nicht, aber wenn er es getan hat, glaube ich nicht, dass die Mädchen hier sind."

Evelyn nickte und stieg ein. „Ja, er hat der Durchsuchung ein wenig zu schnell zugestimmt."

Greg stieg ebenfalls ein und startete den Motor. Dann wendete er und fuhr die Auffahrt hinunter. „Also, was hatte es mit den ganzen Fragen wegen Kyle auf sich?"

Evelyn bemühte sich um einen neutralen Tonfall. „Darnell hat mich abgefangen und versucht, mich einzuschüchtern. In dem Moment ist Kyle aufgetaucht. Also könnte Frank die Wahrheit sagen, wenn er behauptet, er habe das von Darnell. Aber warum ist er so darauf herumgeritten?"

Greg nickte, doch der kurze Blick, den er ihr zuwarf, verriet ihr, dass er ihr nicht ganz abkaufte, dass da nichts dran war. „Du glaubst, er beobachtet dich? Weil er das vor achtzehn Jahren schon mal getan hat, falls er der Täter ist?"

„Vielleicht. Seine Reaktion darauf, ein möglicher Verdächtiger zu sein, war seltsam. Er hätte wütend und beleidigt sein müssen. Und das war er auch. Aber auf eine komische Art."

„Das stimmt." Greg nickte. „Ich denke, wir unterhalten uns besser mal mit den CARD-Agents. Sie sollen Frank Abbott auf die Liste ihrer Verdächtigen setzen."

Evelyn lehnte sich gegen die Kopfstütze. Seit Tagen war sie erschöpft, aber plötzlich traf sie die Müdigkeit wie ein Schlag mit dem Vorschlaghammer. „Wir müssen die Liste der Verdächtigen verkleinern, nicht vergrößern."

Sie waren auf der Hauptstraße angekommen, und Greg trat aufs Gas. „Es gibt einen Grund, warum der Täter, wer immer er ist, vor achtzehn Jahren damit durchgekommen ist, Evelyn. Wenn es leicht wäre, hätten wir ihn schon vor Jahren gefasst."

Würden sie ihn dieses Mal fassen?

Egal, wie sehr sie versuchte, sich zu überzeugen, dass die Antwort Ja war, eine höhnische Stimme in ihrem Kopf – eine Stimme, die klang wie Cassie – flüsterte: *Du wirst nie erfahren, wer mich mitgenommen hat.*

15. KAPITEL

„Evelyn?"

Evelyn runzelte die Stirn und hielt sich ihr eines Ohr zu, während sie der Stimme am anderen Ende ihres Handys lauschte.

„Hier ist T.J."

„T.J.?" Evelyn trat von ihrem Tisch in der Kommandozentrale des CARD-Teams weg, wo sie und Greg in den letzten Stunden alle Informationen über Noreens Onkel durchgegangen waren. Bislang war nichts aufgetaucht.

„Ja. Jacks Partner. Sie erinnern sich?"

„Natürlich. Was gibt's?"

Greg schaute zu ihr auf, aber sie schüttelte den Kopf und trat durch die Hintertür in die Stille des verlassenen Parkplatzes hinaus. Die meisten Cops gingen irgendwelchen Tipps nach, halfen bei der Suche oder folgten Spuren, die die CARD-Agents ausgegraben hatten.

„Jack und ich sind auf dem Rückweg zum Revier, aber wir haben vorher bei den Suchmannschaften angehalten", sagte T.J.

„Okay. Ist irgendetwas vorgefallen?"

„Darnell ist gerade wieder aufgetaucht. Ich dachte, das würden Sie wissen wollen."

„Oh. Ja. Danke." Es weckte durchaus ihr Misstrauen, dass Darnell sich wieder zur Suche gemeldet hatte, aber sie hatte bereits gewusst, dass er das tun würde.

„Es ist ein wenig seltsam", fuhr T.J. fort. „Er muss zum Abendessen kurz nach Hause gefahren und gleich wiedergekommen sein, denn Noreen sagte, er sei früher am Tag schon da gewesen."

Evelyn lehnte sich gegen die Backsteinmauer des Reviers. Jetzt, wo sie sich außerhalb der klimatisierten Räume befand, sickerte die Hitze durch ihr Hemd. Es war halb neun Uhr abends, aber die Temperaturen lagen immer noch um die dreißig Grad und die Luftfeuchtigkeit machte die Luft schwer und stickig. Das kannte sie eigentlich aus Virginia, doch hier schien die Luft sie hinunterzudrücken. Vielleicht lag das auch nur an den Erinnerungen.

„Ist das ungewöhnlich?"

„Nun, nicht für die Familie oder enge Freunde der Opfer. Aber dieser Kerl war ganz schön oft hier für jemanden, der jedes Mal von Treighton hierherfahren muss", erklärte T.J. Dann verabschiedete er sich und legte auf.

Evelyn steckte das Handy in ihre Tasche und ließ ihren Blick in die Ferne schweifen. Die Polizeistation war umgeben von anderen öffentlichen Gebäuden, von denen die meisten für die Nacht geschlossen hatten. Auf dem stillen, leeren Parkplatz fühlte sich alles zu ruhig an, so wie die Luft vor einem schweren Sturm.

Mit einem Mal war sie nervös. Das letzte Mal, als sie alleine auf einem Parkplatz gewesen war, hatte jemand auf sie geschossen. Evelyn wollte gerade ins Gebäude zurückkehren, als ein Streifenwagen auf den Parkplatz raste.

Er parkte direkt neben ihr und T.J. und Jack stiegen aus. T.J. sah aus wie immer, aber Jack schien noch erschöpfter zu sein als zuvor. Er hatte dunkle Ringe unter den Augen und seine Kakihose und sein Hemd waren ganz zerknittert.

Jack ignorierte sie, aber T.J. sagte: „Wir dachten, Sie wären unterwegs, um Spuren nachzugehen, sonst hätten wir Sie nicht erst angerufen."

Als T.J. die Tür zum Revier öffnete, packte Evelyn Jacks Arm. „Kann ich eine Sekunde mit Ihnen reden?"

Er stöhnte. „Ja, klar."

Sobald die Tür hinter T.J. zugefallen war, sagte Evelyn: „Über Frank Abbott."

„Damit beschäftigen Sie sich immer noch?"

„Ja."

„Wie passt Frank Abbott auf Ihr Profil? Haben Sie in Ihrem Profil Sachen ausgelassen oder wählen Sie Ihre Verdächtigen nach dem Zufallsprinzip? Denn Frank macht als Verdächtiger überhaupt keinen Sinn. Und ich reiße mir den Arsch auf, um einen Weg zu finden, in Walters Haus zu kommen."

„Ist Ihnen was eingefallen?", fragte Evelyn hoffnungsvoll.

Jack schaute sie finster an und holte seine Schlüsselkarte heraus. „Noch nicht."

Evelyn stellte sich vor die Tür. „Erinnern Sie sich daran, wie Frank sich vor achtzehn Jahren bei der Suche verhalten hat?" Hatte Frank damals mit der gleichen Hingabe gesucht, die Darnell jetzt zeigte? Oder war er nur ein oder zwei Mal aufgetaucht, weil man das nun mal so machte?

Jack stemmte die Hand direkt neben seiner Waffe in die Hüfte. „Ja, ich glaube schon. Das war ungefähr zu der Zeit, als Earl seinen ersten Schlaganfall hatte. Es dauerte ungefähr noch ein Jahr, bevor es wirklich schlimm wurde und Frank bei ihm einziehen musste, aber auch damals hat Frank ihm schon geholfen. Und trotz allem, was in seinem Leben los war, hat er so viel mitgesucht, wie er konnte."

„Also ..."

„Sie finden das verdächtig? Denn ich muss Ihnen sagen, ich kenne Frank schon sehr lange. Er gehört nicht zu meinen Lieblingsmenschen, aber er ist kein Kindermörder. Ich meine, er hat sich Noreen gegenüber nicht korrekt verhalten, als er sie und Earl im Stich ließ, sobald sie achtzehn war. Aber zum Teufel, als Earl wirklich krank wurde, hat er die Firma übernommen, sich um die Rechnungen gekümmert und ist sogar bei ihnen eingezogen, um ihnen zu helfen. Das ist mehr, als die meisten Männer tun würden."

„Wie alt ist Noreen jetzt?" Evelyn fragte sich, wie lange Frank schon wieder alleine lebte, ohne jemanden in der Nähe, der sein Kommen und Gehen mitbekam. Vielleicht hatte er mit den Entführungen aufgehört, weil er bei seinem Bruder und seiner Nichte gewohnt hatte. Aber sobald er sie los war, hatte er vielleicht wieder angefangen.

„Vierundzwanzig, glaube ich."

Evelyn überlegte. Das bedeutete, dass Frank seit über sechs Jahren alleine lebte. Das war eine lange Wartezeit, sollte er wirklich der Täter sein.

„Wie kommen Sie denn überhaupt auf Frank? Nur weil seine Nichte weggezogen ist ..."

„Sie ist tot, Jack."

„Was?" Jacks Hand glitt von seiner Hüfte und seine Augenbrauen zuckten hoch.

„Ich habe Noreen das Versprechen gegeben, es niemandem zu sagen, aber Sie kennen diese Stadt, die Bewohner. Also müssen Sie mir von Frank erzählen."

„Verdammt. Arme Noreen."

„Konzentrieren Sie sich, Jack, okay? Konzentrieren Sie sich einfach auf Frank."

Jack wirkte verwirrt und ein wenig verletzt. „Warum zum Teufel hat sie daraus ein Geheimnis gemacht?"

„Ihr Dad wollte nicht, dass jemand es erfuhr, weil er kein Mitleid wollte."

„Ja, das klingt ganz nach Earl. Was seine Krankheit anging, war er ganz genauso." Jack schloss kurz die Augen. „Okay, Frank." Er massierte sich den Nacken und starrte an Evelyn vorbei ins Nichts.

Schließlich schüttelte er den Kopf. „Ich kann mich nicht erinnern, dass er sich damals komisch benommen hat. Er war ein wenig durcheinander durch alles, was mit Earl passierte. Zu dem Zeitpunkt, als Cassie verschwand, war er hauptsächlich besorgt. Doch dann, ungefähr ein Jahr später, ging es richtig los. Man hat gemerkt, dass Frank nicht bei ihnen einziehen wollte, aber er hat es trotzdem getan, ohne sich zu beschweren. Er hat doppelt so hart gearbeitet, um die Firma am Laufen zu halten und Earls Rechnungen zu bezahlen. Er hat nie Kinder gehabt. Ich glaube nicht, dass er wusste, was er mit Noreen anfangen sollte, aber er hat sich bemüht."

„Bis sie achtzehn wurde."

„Ja", stimmte Jack zu. „Und dann ... verdammt, vermutlich hat er einfach gedacht, nun wäre sie mal dran. Ich habe das immer aus ihrer Sicht gesehen; wie unfair das war, aber ich schätze, für Frank war die Situation auch ziemlich unerträglich."

„Noreen sagte, ihr Vater habe eine Krankheit namens CADASIL gehabt?"

„Ich weiß nicht, was er hatte. Ich weiß nur, dass es mit ihm schnell bergab ging, er dann aber ewig in diesem schlechten Zustand verharrte. An dem einen Tag wirkte er noch ganz in Ordnung, am nächsten konnte er kaum noch laufen. Vielleicht ein Schlaganfall? Und ein paar Monate später saß er im Rollstuhl. Ich glaube, er hat dann zwischendurch für eine Weile wieder einen Stock benutzt, aber er hat nie wieder arbeiten können. Und er war auf keinen Fall in der Verfassung, sich um sich selbst oder sein Kind zu kümmern."

„Also wenn Earl, kurz nachdem Cassie verschwand, krank wurde und Frank ihm geholfen hat, könnte das vielleicht der Grund sein, warum die Entführungen aufgehört haben."

„Das ist möglich", erwiderte Jack. „Aber wie schon gesagt, es dauerte noch ein Jahr, bis er bei Earl einziehen musste. Und Frank lebt schon lange wieder allein. Warum hätte er so lange gewartet, um wieder anzufangen, wenn er es wirklich war?"

„Ich habe keine Ahnung." Und das machte ihn zu einem weniger brauchbaren Verdächtigen. Außer, es hätte vor Kurzem einen Auslöser gegeben. „Ist in Franks Leben in letzter Zeit irgendetwas Großes vorgefallen?"

„Nicht, dass ich wüsste. Er ist so wie immer."

„Seine Firma läuft gut? Keine persönlichen Verluste? Nichts?"

Jack zuckte mit den Schultern. „Seine Firma läuft wirklich gut. Da wir hier einige Bauvorhaben in der Gegend haben, bekommt er sogar mehr Aufträge als je zuvor. Und auf der privaten Seite? Noreen ist die einzige Angehörige, die er noch hat. Und ihr geht es offensichtlich gut. Letztes Jahr hat sie das Haus ihres Vaters verloren – zu viele offene Rechnungen, nachdem sie die Kosten für Earls Behandlungen bezahlt hatte. Aber sie hat eine Wohnung und einen guten Job. Ihr geht es vermutlich so gut wie seit Jahren nicht mehr, jetzt, wo sie endlich von der finanziellen Last befreit ist. Sie wirkt auf jeden Fall glücklicher."

Evelyn konnte einen Seufzer nicht unterdrücken. Zu erfahren, dass Franks Nichte tot war – und dass es ein Geheimnis war –, schien so eine gute Spur zu sein. Aber sosehr sie es sich auch wünschte, Frank passte nicht auf das Profil.

„Ist das alles?", fragte Jack.

„Ja. Danke." Sie hielt ihn kurz auf, als er die Tür öffnen wollte. „Aber behalten Sie das bitte für sich, ja?"

„Kein Problem", erwiderte er, doch es war offensichtlich, dass er verletzt war, weil Noreen ihm das nicht selber erzählt hatte.

Sein Dad hatte ihr eine Arbeit gegeben, einen Platz auf dem Revier. Es schien, dass Jack nach dem Tod seines Vaters die Rolle von Noreens Beschützer eingenommen hatte. Es musste wehtun, zu wissen, dass Noreen einer Fremden ihr Geheimnis erzählt hatte und nicht ihm. Evelyn hatte zwar die prägendsten Jahre ihrer Kindheit hier verbracht, aber für Jack gehörte sie dennoch nicht dazu.

Sie folgte ihm hinein, um zu sehen, ob Greg oder die CARD-Agents etwas über Frank herausgefunden hatten, das den Verdacht gegen ihn erhärten konnte.

Aber als sie die Kommandozentrale betrat, schaute Greg zu ihr auf und schüttelte den Kopf. „Ich kann in seiner Geschichte nichts Ungewöhnliches finden. Auf dem Papier sieht der Mann ziemlich sauber aus."

Evelyn war lange genug forensische Analystin, um zu wissen, dass das nichts zu bedeuten hatte. Es gab Serienmörder, die den Tag damit verbrachten, sich um die Finanzen ihrer Kirche zu kümmern. Serienvergewaltiger konnten geschätzte Ehrenamtliche in Krisenzentren für Vergewaltigungsopfer sein, Kinderschänder zu den führenden Mitgliedern ihrer Gemeinde gehören. Auf dem Papier sahen sie auch alle gut aus.

Evelyn sah zu Carly. Die leitende CARD-Agentin trug immer noch einen Anzug, vermutlich den gleichen, den sie gestern angehabt hatte.

Ihre Haare waren immer noch hoch auf dem Kopf zusammengebunden, ihr Make-up sorgfältig aufgetragen. Doch darunter waren feine Fältchen von Stress und Erschöpfung zu sehen.

Carly fing ihren Blick mit blutunterlaufenen Augen auf. „Da Sie sagten, Frank habe die Erlaubnis zur Durchsuchung seines Hauses gegeben, schicke ich heute Abend ein paar Agents zu ihm. Es kommt mir allerdings ein bisschen weit hergeholt vor."

„Das ist es", gab Evelyn zu. Verdammt, sie fühlte sich so nutzlos. Sie war so tief in den Kopf des Entführers hineingestiegen, wie sie nur konnte, aber ohne seine wahre Motivation zu kennen, reichte das nicht. Sie fühlte sich wie eine Ratte im Labyrinth, gefangen in einer Ecke und mit dem Kopf gegen die Wand schlagend.

„Warum gehst du nicht ins Hotel zurück?", schlug Greg vor. „Mach eine Pause. Du hattest was? Zwei Stunden Schlaf innerhalb der letzten achtundvierzig Stunden?"

„Das Problem haben alle anderen auch. Mir geht es gut."

„Ich bin mir nicht sicher, ob du …"

Das Klingeln von Evelyns Handy unterbrach ihn. Sie hob ab. Noreen war dran.

„Hey, Evelyn, ich bin gerade in meinem Wagen auf dem Heimweg von der Suche. Ich habe die Leitung Ronald übergeben, unserem anderen Verwaltungsassistenten. Wie auch immer, Darnell ist gerade gegangen."

„Jetzt gerade?", fragte Evelyn. „T. J. hat mir erzählt, er sei erst vor zwanzig Minuten wiedergekommen."

„Ja, seltsam, oder? Jack und T. J. haben mich gebeten, ein Auge auf ihn zu haben, deshalb rufe ich an. Sobald ich ging, ist er in sein Auto gesprungen. Er schien es eilig zu haben."

Evelyn runzelte die Stirn. „Das könnte alle möglichen Gründe haben. Vielleicht hat es einen Notfall gegeben."

„Ja, vielleicht", sagte Noreen. „Hören Sie, Evelyn, ich weiß, ich bin keine Polizistin oder so, aber bei diesem Kerl habe ich ein echt schlechtes Gefühl. Ich weiß, dass Polizisten zu seiner Überwachung abgestellt waren, aber sind sie das noch immer?"

„Nein." Sie waren abgezogen und auf Walter Wiggins angesetzt worden. An dieser Front schien sie einfach nicht gewinnen zu können.

„Können Sie mit Jack reden? Vielleicht kann er mal nach Darnell sehen. Gucken, was da vor sich geht. Oder soll ich ihn anrufen?"

„Nein, ist schon okay, Noreen, ich kümmere mich darum."

„Sind Sie sicher? Nach dem, was passiert ist …"

Verdammt, wusste denn jeder hier, was sie getan hatte? „Ja, ich bin sicher."

Greg war sowieso der Meinung, dass sie mal aus dem Revier rausmüsste. Und obwohl Frank eine Möglichkeit war, beharrte ihr Bauchgefühl darauf, dass Darnell verantwortlich für den Mord vor zwanzig Jahren war. Und wenn er einmal gemordet hatte, könnte er es jederzeit wieder tun.

Noreen klang erleichtert. „Danke", sagte sie. „Ich habe ihn ganz freundlich gefragt, wo er hinwill. Er hat mich mit diesem seltsamen Blick angesehen, als versuche er, herauszufinden, was ich vorhabe, aber dann sagte er nur, dass er nach Hause fahren würde."

Was eine Lüge sein könnte, aber das sagte Evelyn nicht. Und es war auch egal, denn das war der einzige Ort, den Evelyn kannte, wo sie nach ihm gucken konnte.

Es war eine schlechte Idee, aber sie würde es trotzdem tun.

„Ich halte Sie auf dem Laufenden", versprach sie Noreen. Dann legte sie auf und fing Gregs neugierigen Blick auf.

„Worum kümmerst du dich?"

„Darnell hat sich unerwartet von der Suchtruppe verabschiedet."

„Erzähl es den Cops", sagte Greg. „Sollen die sich um ihn kümmern."

„Ich suche Jack und nehme ihn dann mit. Aber ich will dabei sein."

„Findest du das klug?" Gregs Stimme verriet ihr, dass er das nicht tat.

„Danach gehe ich ins Hotel und ruhe mich ein wenig aus."

„Stellen Sie aber sicher, dass Sie nicht wieder unbefugt Darnells Grundstück betreten", warf Carly ein und schaute von ihrer Computerrecherche auf.

Evelyn errötete. „Ich sagte doch, ich werde Jack mitnehmen. Und nur aus der Ferne zusehen. Ich möchte wissen, was ihn so eilig davongetrieben hat."

Carly wollte etwas sagen, aber Greg sprang dazwischen. „Wenn du Jack nicht findest, komm zurück, dann begleite ich dich."

„Danke." Evelyn nahm ihre Tasche und eilte aus der Tür in den vorderen Bereich des Reviers.

Doch auf dem Weg durch die Räume kam sie nicht an Jack vorbei. Schließlich fragte sie einen seiner Kollegen, wo er sei.

„Wir haben gerade einen Notruf erhalten. Walter sagte, sein Dad bräuchte einen Krankenwagen. Vermutlich ein Herzinfarkt. Wir schicken einen Wagen mit, weil Wiggins in letzter Zeit bedroht worden ist. Jack hat gehofft, dass das sein Ticket ins Haus ist. Er ist gerade losgefahren."

„Verdammt." Sie schaute zur CARD-Kommandozentrale zurück, wollte Greg aber nicht wirklich mitnehmen. Sie wollte, dass er hier war, sich alle Beweise anschaute für den Fall, dass ihr irgendeine Tatsache, irgendeine Spur entgangen war.

„Wo ist T. J.?"

Der Polizist zuckte mit den Schultern. „Ich habe ihn vorhin draußen gesehen. Vielleicht auf eine Zigarette, vielleicht aber auch auf dem Weg nach Hause."

„Danke." Evelyn eilte in der Hoffnung auf den Parkplatz hinaus, T. J. dort zu finden. Doch das tat sie nicht. Er war offensichtlich schon weg. Und jede Sekunde, die sie hier vergeudete, ließ Darnell mehr Zeit, was zu unternehmen. Vielleicht könnte sie ihn noch einholen ...

Wenn sie jetzt zu Darnells Haus fuhr, wäre vielleicht dieses Mal er derjenige, der sich einer Anklage gegenübersah.

„Hey, Evelyn", rief Kyle.

Er sah, wie sie auf dem Parkplatz des Polizeireviers von Rose Bay mit schuldbewusster Miene zu ihm herumwirbelte. Ihre Hand erstarrte auf dem Türgriff ihres Wagens. „Mac. Was machst du denn hier?"

Er änderte die Richtung und ging auf sie zu anstatt auf die Eingangstür des Reviers. Er war hergekommen, um sie und Greg über seinen Fall zu informieren, aber das konnte warten. Im Moment nahm Evelyn seine ganze Aufmerksamkeit in Anspruch. Was auch immer sie vorhatte, er wusste, dass es ihm nicht gefallen würde.

Anstatt einer Antwort stieg er auf der Beifahrerseite ein. „Ich begleite dich. Wo fahren wir hin?"

Sie starrte ihn einen Moment lang ausdruckslos an, dann setzte sie sich hinters Lenkrad. „Ehrlich gesagt, ist das gut", sagte sie zu seiner Überraschung. Sie hatte sich schnell von ihrer Verlegenheit erholt. „Ich muss überprüfen, was Darnell vorhat. Ich wollte eigentlich Jack mitnehmen, aber er folgt gerade einer anderen Spur. Und T. J. konnte ich nicht finden." Die Worte sprudelten nur so aus ihr heraus, während sie einen Gang einlegte und vom Parkplatz brauste, bevor er sich auch nur hatte anschnallen können.

„Das Arschloch aus den Dünen?" Der gleiche Kerl, der dafür gesorgt hatte, dass sie einen Tadel in ihrem perfekten Lebenslauf erhielt, weil sie unerlaubt sein Grundstück betreten hatte?
Was sie getan hatte, war falsch, aber er verstand es. Er hatte keine Fälle wie ihre – er war zum FBI gegangen, weil es ihn interessiert hatte, nicht weil er sich getrieben fühlte, ein tragisches Unglück aus seiner Vergangenheit aufzuklären. Aber viele Agents hatten schmerzhafte Vorfälle in ihrem Leben erlitten, die sie dazu gebracht hatten, zum FBI zu gehen.

Trotzdem war ihm noch nie jemand begegnet, der sich so intensiv seiner Arbeit gewidmet hatte wie Evelyn. Sosehr er ihr wünschte, dass sie ihre Dämonen endlich zur Ruhe betten konnte, so wenig wollte er, dass sie sich im Verlauf des Ganzen ihre Karriere zerstörte.

„Ja, Darnell Conway aus den Dünen", sagte Evelyn. „Er hat den Suchtrupp überstürzt verlassen und ich will wissen, warum."

„Weißt du, wo er hinwollte?"

„Nein. Ich versuche es bei ihm zu Hause." Sie trat aufs Gas und überholte das Fahrzeug vor sich, was ihr ein wildes Hupkonzert einbrachte. Dann raste sie auf die Brücke zu, die aus Rose Bay hinausführte.

„Was hätte er auf der Suche gefunden haben können, das ihn dazu gebracht hat, schnell abzuhauen?" Für Kyle war das keine besonders heiße Spur.

„Ich habe keine Ahnung. Vielleicht hatte es nichts damit zu tun. Aber vielleicht – und ich spekuliere hier – vielleicht hat er dort, wo er die Mädchen versteckt, ein Alarmsystem eingebaut, das sich über sein Handy meldet." Er hatte Sensoren in seinem Garten, also war das durchaus möglich. „Oder er hat gehört, dass die Suchmannschaften sich in eine Gegend aufmachen, von der er nicht will, dass sie dort suchen."

„Was, wenn er einen Anruf erhalten hat?", fragte Kyle. „Könnte er einen Partner haben?"

Evelyn überlegte, während sie dahinraste. „Nein."

Sie schlängelte sich durch den Verkehr auf der Hauptstraße von Treighton und bremste ein wenig ab, als sie ins Wohngebiet kam. Dann schaute sie Kyle an, als wäre ihr plötzlich etwas eingefallen. „Was tust du überhaupt hier? Musst du nicht bald zu deiner nächtlichen Überwachung los?"

„Deshalb bin ich auf dem Revier vorbeigekommen. Wir haben gerade die Nachricht erhalten, dass wir alles haben, was wir benötigen. Eine taktische Lösung ist ausgeschlossen worden, also werden wir morgen früh abreisen."

„Oh." Er sah die Enttäuschung in ihrem Gesicht, doch sie verbarg sie schnell.

Es war nicht so, als hätten sie zwischen seinen nächtlichen Überwachungen und ihren Ermittlungen rund um die Uhr viel Zeit miteinander verbringen können. „Brauchst du bei irgendetwas meine Hilfe? Mein Flug geht erst morgen früh um sieben." Er fand es unnötig, hinzuzufügen, dass er alles tun würde, was sie brauchte.

Doch die überraschte Art, mit der sie den Kopf schüttelte, verriet ihm, dass ihre Enttäuschung persönlicher und nicht beruflicher Natur war.

Er versuchte, nicht zu breit zu grinsen. „Willst du über die Sache reden?" Die Sache, als sie ihn fast um den Verstand geküsst hatte.

„Äh, tja ..." Sie strich mit der Hand über die immer noch sichtbare Beule an ihrer Stirn. „Wir sind beinahe da."

Er wusste genau, was das Problem war. Dem Bureau war es egal, ob die Agents aus unterschiedlichen Einheiten miteinander ausgingen. Aber sie könnten der gleichen Einheit oder dem gleichen Fall zugeteilt werden, denn die BAU und das HRT arbeiteten an vielen Fällen gemeinsam.

Evelyn war keine Frau, die an einer lockeren Affäre interessiert war. Und selbst wenn sie es wäre, würde es für das Bureau keinen Unterschied machen – für die Bürokraten war eine Beziehung eine Beziehung, und das bedeutete eine Versetzung.

Im HRT gab es keine Frauen, also konnte er sich nicht einmal vorstellen, wie ihre Situation funktionieren sollte. Aber er nahm an, wenn sein Team gerufen wurde, würden sie einfach einen anderen Profiler mitschicken. Und wenn Evelyn bereits an einem Fall arbeitete, bei dem ein taktisches Team benötigt wurde, würde eine der anderen Einheiten geschickt werden. Das könnte aufgrund des Rotationsprinzips etwas schwieriger werden, aber darüber sollte sich das Bureau den Kopf zerbrechen. Für ihn war das keine große Sache. Aber so, wie er Evelyn kannte, war es für sie ein unüberwindliches Hindernis.

Er hatte das ganze letzte Jahr versucht, ihre Aufmerksamkeit zu erregen. Und er hatte das Gefühl, mehr von ihr zu bekommen würde doppelt so schwer werden.

Jetzt war der denkbar ungünstigste Augenblick, um sie zu drängen, aber er hatte es satt, zu warten. „Hast du vor, Urlaub zu nehmen, wenn dieser Fall gelöst ist?"

Er sah, dass sie eigentlich Nein sagen wollte, doch er unterbrach sie. „Denn ich habe ein paar Tage frei. Also falls du irgendwo hinfahren willst …" Er sagte das leichthin in einem Ton, den sie nicht leicht einordnen konnte. Für jemanden, der die verzwickten Gedankengänge von den schlimmsten Übeltätern der Welt nachverfolgen konnte, war sie ziemlich langsam darin, einen Witz zu verstehen.

Sie drehte sich erneut zu ihm um. Die Verwirrung und der Schock auf ihrem Gesicht brachten ihn zum Lachen.

„Zu früh für ein gemeinsames Wochenende? Wie wäre es dann mit einem Abendessen? Das ist keine zu große Verpflichtung, oder?"

„Mac …"

„Auch nicht? Dann Lunch?"

Sie lachte überrascht auf.

„Okay, dann also Lunch", sagte er. Sie fuhr langsamer und bog in eine Wohnstraße ein. Ihre Miene wurde ernst.

„Ist das Darnells Haus?" Kyle zeigte auf ein Haus die Straße hinunter, an dem alle Lichter brannten, obwohl die Sonne noch nicht ganz untergegangen war.

„Ja."

„Glaubst du, er ist hier?"

Bevor Evelyn antworten konnte, öffnete sich Darnells Garagentor.

Evelyn sank tiefer in ihren Sitz, doch sie saßen in einem laufenden Wagen in einer Wohnstraße und würden auf jeden Fall auffallen.

Anstatt sich unter das Armaturenbrett zu ducken, nahm Kyle seine Mütze ab und setzte sie ihr so auf den Kopf, dass der Schirm ihre Augen verdeckte. Dann öffnete er das Handschuhfach und holte eine Landkarte heraus. Er faltete sie auf und reichte sie ihr, damit Evelyn sie sich vors Gesicht halten konnte.

Darnell würde sich eher an Evelyns Gesicht erinnern als an Kyles, deshalb drehte er sich ein wenig auf seinem Sitz und beugte sich zu Evelyn, als würde er auch in die Karte schauen. Darnell fuhr aus der Garage und bog auf die Straße, doch so würde er nur Kyles Hinterkopf sehen, wenn er vorbeifuhr.

Kyle hörte, wie der Wagen im Vorbeifahren langsamer wurde, und hielt seinen Kopf über die Karte gebeugt. Sobald der sie passiert hatte, beschleunigte er.

„Mist." Evelyn drückte Kyle die Karte in die Hand und legte einen

Gang ein.

Kyle schaute über die Schulter und sah, dass Darnell nach links abbog.

Evelyn wendete und folgte ihm.

„Fahr nicht zu nah auf", mahnte Kyle.

Sie bedachte ihn mit einem verärgerten Blick. „Ich habe so etwas schon mal gemacht."

Sie hatten die gleiche Grundausbildung absolviert, in der auch Überwachungstechniken gelehrt wurden. Aber er hatte wesentlich mehr Erfahrung darin. Das hier war keine ideale Situation – nur ein Wagen und kein GPS-Tracker. Und die Möglichkeit bestand, dass Darnell vermutete, verfolgt zu werden, nachdem er ihren Wagen in seiner Straße gesehen hatte.

Kyle blieb stumm, als Darnell an langsameren Autos vorbeiraste, wobei er mehrfach angehupt wurde. Das erschwerte es, ihn unauffällig zu verfolgen. Evelyn machte ihren Job gut und versuchte, immer mehrere Autos hinter ihm zu bleiben. Aber so, wie Darnell fuhr, war er entweder ein völlig verrückter Fahrer, der kurz davorstand, seinen Führerschein zu verlieren, oder er vermutete, dass er verfolgt wurde, und versuchte, sie abzuschütteln.

„Verdammt", murmelte Evelyn, als Darnell bei Gelb über die Ampel fuhr. Sie schlängelte sich an ein paar Wagen vorbei, sah kurz nach rechts und links und fuhr dann über Rot.

„Du kannst genauso gut an ihm dranbleiben", sagte Kyle. „Er weiß, dass du da bist."

„Er fährt nach Rose Bay zurück. Er ist auf dem Weg zur Brücke. Ich muss nur nah genug dranbleiben, sodass ich ihn nicht verliere, sobald wir auf der anderen Seite sind."

„Bist du sicher?"

„Ja."

„Meinst du, er fährt zu den Suchmannschaften zurück?"

„Nein." Ihre Hände umfassten das Lenkrad zu fest. Sie ließ sich ein wenig zurückfallen. „Ich weiß nicht, wo er hinwill, aber nicht zurück zur Suche."

Sie glaubte, dass Darnell zu seinen Opfern fuhr.

Kyle faltete die Landkarte zusammen und warf sie ins Handschuhfach. „Sollen wir Tomas bitten, weitere Wagen auf ihn anzusetzen?"

Evelyn schüttelte den Kopf und folgte Darnell über die Brücke, die Treighton von Rose Bay trennte. „Er weiß, dass wir hier sind, aber er will trotzdem irgendwohin. Das bedeutet, irgendetwas ist passiert. Ich versuche, ihm vorzugaukeln, dass wir ihn verloren haben, sobald er in Rose Bay ist."

Nachdem sie die Brücke hinter sich gelassen hatten, hielt Darnell sich am Rand der Stadt, wo die Straßen leerer waren. Evelyn ließ sich noch weiter zurückfallen. Darnell fuhr weniger verrückt, sodass es aussah, als hätte Evelyns Plan Erfolg gehabt und er glaubte, sie abgeschüttelt zu haben.

„Was zum Teufel macht er da?", grummelte sie, als Darnell auf eine lange, gewundene Schotterstraße bog, die von überwachsenen Feldern eingegrenzt wurde.

Sie ließ sich so weit zurückfallen, bis Darnell außer Sichtweite war. „Das ist eine Sackgasse." Ganz langsam fuhr sie mehrere Meilen, wobei sie stets einen Blick in die Einfahrten warf, an denen sie vorbeikamen. Dann hielt sie an und kuppelte aus.

„Was machst du?", fragte er, als sie ausstieg.

„Gleich da vorne endet die Straße. Entweder er hat hier irgendwo angehalten, um mich zu verarschen, oder er ist in eine der Auffahrten eingebogen und ich habe ihn verpasst."

Kyle stieg ebenfalls aus und zog sie an den Straßenrand, während sie weitergingen. „Er muss geglaubt haben, er hätte dich abgeschüttelt."

Aber Kyle war niemand, der ein Risiko einging. Bei seinem letzten Zusammentreffen mit Darnell hatte der versucht, Evelyn absichtlich einzuschüchtern. Und gestern war auf sie geschossen worden, vielleicht von ihm. Falls er versuchte, Evelyn in eine Falle zu locken, wollte Kyle sie nicht auf dem Präsentierteller servieren.

Als sie sich der Kurve näherten, blockierte eine Ansammlung von dichten Bäumen den Blick auf das, was vor ihnen lag. Kyle schob Evelyn noch weiter an den Straßenrand und zog seine Waffe. Den Finger an den Abzug zu legen würde weniger als eine Sekunde dauern. Die Glock erst im Notfall aus dem Holster zu nehmen, hätte länger gedauert.

Sie sagte nichts, aber aus dem Augenwinkel sah er, dass sie ihre eigene Waffe erhoben hatte.

Kyle betrachtete die Baumgruppe, sah aber niemanden. Sie gingen um die Wegbiegung und fanden Darnells Wagen an einem kleinen Eichenwäldchen stehen. Es gab kein Anzeichen, dass er sich darin befand. Dahinter lag ein weites, mit hüfthohem Gras bewachsenes Feld. Der ideale Ort, um sich zu verstecken und einen Schuss abzugeben.

Jeder der Scharfschützen aus seinem Team hätte diese Stelle als potenzielles Versteck geliebt.

„Bleib hinter mir", sagte Kyle, während er sich vorsichtig dem Wagen näherte und hineinschaute. „Leer."

„Wo zum Teufel ist er hin?", flüsterte Evelyn, als Kyle sie gegen den Wagen drückte.

„Ich weiß es nicht." Er ließ den Blick über das Gras schweifen, suchte nach etwas, das aus der Reihe fiel, wobei er Evelyn hinter sich hielt.

Dann weckte eine kurze Bewegung in der Ferne seine Aufmerksamkeit. Darnell. Er hatte im Feld zwischen dem Gras gehockt. Jetzt rannte er plötzlich los, von ihnen weg.

Evelyn steckte ihre Waffe ins Holster und rannte ihm hinterher. Kyle folgte ihr fluchend.

Darnell war schnell und schaute sich immer wieder panisch um. Ab und zu wechselte er die Richtung. Das Feld erstreckte sich über Meilen, nur unterbrochen von kleinen Baumgruppen.

„Wo geht es hier hin?", rief Kyle und legte an Tempo zu, um Evelyn zu überholen.

„Nur Felder. Altes Farmland", keuchte sie.

Sie hatte sich vor einem Monat ein paar Rippen gebrochen, und er spürte, dass sie langsamer wurde, doch er wartete nicht auf sie. Alles an dieser Situation war bizarr, aber wenn sein Verdacht stimmte, dass Darnell versuchte, Evelyn in eine Falle zu locken, stünde er wenigstens zwischen den beiden.

Am Rande des Feldes nahe einer Lebenseiche blieb Darnell beinahe stehen. Kyle war zu weit entfernt, um erkennen zu können, was er tat, aber vorsichtshalber legte er seine Hand an seine Waffe.

Darnell schaute zu ihnen herüber, einen panischen Ausdruck im Gesicht, und rannte dann wieder los. Er lief scharf nach rechts in Richtung einer weiteren Baumgruppe.

Kyle legte an Geschwindigkeit zu und schloss immer mehr zu ihm auf. In einer Minute hätte er den Kerl erwischt, würde ihn zu Boden reißen und ein paar Antworten von ihm bekommen.

„Mac! Mac!"

Bei Evelyns Schrei kam er schlitternd zum Stehen. Er sah sie nicht.

Vor ihm erreichte Darnell die Bäume und lief weiter.

Kyle wirbelte herum und rannte in die Richtung, aus der Evelyns Schrei gekommen war. „Evelyn? Wo bist du?"

Ihr Kopf tauchte über dem Gras in der Mitte des Feldes auf. Sie musste in Richtung der Stelle gelaufen sein, an der Darnell angehalten hatte. „Mac! Hilf mir! Ich glaube, ich habe etwas gefunden!"

Als er bei ihr ankam, sah er, dass das Feld nicht so leer war, wie es ausgesehen hatte.

Evelyn kauerte auf dem Boden. Sie hockte auf Planken von verrottendem Holz – offensichtlich Teile eines Gebäudes, das vor Jahren zerfallen war. Sie zog an etwas, und als er näher kam, sah er, dass nicht alles dort alt war.

Das Grauen packte ihn mit aller Macht. Ihre Hände umklammerten etwas, das zwischen nach alten Bodendielen aussehenden Brettern zu stecken schien. Als er noch näher dran war, erkannte er, dass es sich um einen nagelneuen Metallriegel handelte.

Der Riegel war an einem alten Holzstück befestigt, doch ein zweiter Blick verriet ihm, dass er auch im Boden verankert war. Evelyn versuchte, das Schloss an dem Riegel zu öffnen.

„Geh zur Seite", sagte Kyle. Anstatt zu versuchen, das Schloss zu öffnen, trat er einfach hinter den Riegel, so wie er es machte, wenn er eine Tür aufbrechen musste. Das Holz splitterte. Noch ein Tritt, und der Riegel barst und Kyle riss das Holzbrett nach oben.

Darunter öffnete sich der Boden in ein dunkles Loch. Jemand hatte hier ein Versteck gebaut.

Kyle starrte Evelyn im schwindenden Licht der untergehenden Sonne an. Ihre Augen waren groß, und in ihnen spiegelten sich alle ihre Gefühle. Ungläubigkeit, Angst, Hoffnung.

Hatten sie gerade das Versteck des Kinderreim-Killers entdeckt? Und wenn ja, was zum Teufel würden sie darin vorfinden?

16. KAPITEL

Wie erstarrt vor Angst, was sie unter sich finden würde, blieb Evelyn wie angewurzelt stehen, während Kyle mit einer Taschenlampe in die dunkle Höhle leuchtete. Eine Leiter wurde sichtbar, die mehrere Meter hinunter zu einem festgestampften Boden führte. Das Loch wurde am Boden breiter, aber sie konnte nicht sehen, was sich da unten befand.

Kyle hielt ihr die Taschenlampe hin. „Halte die für mich. Ich gehe als Erster rein."

„Nein." Endlich fand sie ihre Stimme wieder. „Bleib hier. Halte nach Darnell Ausschau. Du siehst ihn eher, sollte er wieder zurückkommen."

Kyle wirkte nicht glücklich, aber sie wusste, dass er dem nichts entgegenzusetzen hatte. Das Licht wurde jetzt schnell weniger, und wenn Darnell nicht ganz ungeschickt war, könnte er sich an sie heranschleichen. Kyle hatte wesentlich mehr Erfahrung darin, die Umgebung zu beobachten. Und Darnell hatte es vermutlich nicht auf Kyle abgesehen.

Außerdem war das hier etwas, das sie selber tun musste. Was, wenn Cassie da unten war?

Was, wenn sie dort seit achtzehn langen Jahren feststeckte?

Könnte sie dann überhaupt noch am Leben sein? Würde sie noch wissen, wer Evelyn war? Würde sie noch wissen, wer sie selber war?

Sie versuchte, sich nicht auf diese Gedanken zu konzentrieren. Sie lauschte, doch in der Grube war es still. Falls sich da unten irgendwelche Mädchen befanden, hatten sie sich vermutlich heiser geschrien. Doch mitten auf einem leeren Feld am Ende einer Sackgasse, Meilen vom nächsten Haus entfernt, hätte sie niemand gehört. Vor allem nicht mit mehreren Metern Erde über ihnen, die ihr Gefängnis schalldicht machten.

Selbst wenn Suchmannschaften hier durchgekommen waren, hätten sie die kleine Stelle gut übersehen können. Sie war nur darüber gestolpert, weil sie sich in Richtung der Bäume gewandt hatte, an denen Darnell angehalten und sich umgesehen hatte, als suche er etwas. Und von der Art, wie die Planken von der Tür weggeschoben worden waren, sodass sie den Riegel freigelegt hatten, nahm sie an, jemand hatte sie bewegt. War es Darnell gewesen? Bevor sie um die Ecke gekommen waren?

Falls die Suchtrupps an dieser Stelle auf dem Feld gesucht hatten, könnten sie es für genau das gehalten haben, was es vermutlich war. Ein altes Gebäude, das vor Jahrzehnten zusammengefallen war. In den Rissen der Holzbalken wuchs bereits Gras.

Es war pures Glück, dass sie das nagelneue Schloss gesehen hatte. Pures Glück, dass ihr aufgefallen waren, dass die Holzbretter nicht auf glattem Boden lagen. Pures Glück, dass sie überhaupt in diese Richtung gelaufen war.

Sie packte die rostige Metallleiter mit zitternden Händen und stieg vorsichtig hinab. Als sie unten ankam, musste sie sich ducken, um die kleine Höhle zu betreten.

Jemand hatte das hier vermutlich ursprünglich als Erdkeller gebaut. Die Leiter war alt. Doch das Schloss bewies, dass die Höhle seitdem für etwas anderes genutzt worden war.

Evelyn atmete zitternd ein und griff mit einer Hand nach ihrer Taschenlampe und mit der anderen nach ihrer SIG Sauer. Sie erwartete, Kinder hier zu finden – sie betete, dass sie noch am Leben waren – doch das FBI hatte sie gelehrt, sich niemals unvorbereitet in eine unbekannte Situation zu begeben.

Mit langsamen, vorsichtigen Schritten schlich Evelyn vorwärts, den Kopf gesenkt, um ihn sich nicht an der niedrigen Decke zu stoßen. Der Geruch nach Schmutz und Schimmel stieg ihr in die Nase.

Und ein anderer Geruch. Sie brauchte einen Moment, dann erkannte sie den ätzenden Geruch von Urin, vermischt mit einem Geruch, der ihr aus ihrer Zeit bei der Einheit für Gewaltverbrechen nur zu vertraut war. Es war der Geruch von Schweiß, der von einer zu Tode verängstigten Person abgesondert wurde.

Irgendjemand war hier. Oder war zumindest hier gewesen.

Wessen Angst roch sie gerade? Brittanys? Laurens? Oder steckte der Geruch seit achtzehn Jahren hier fest?

Sie war nie klaustrophobisch gewesen, doch plötzlich fühlte sie sich in der Falle, gefangen. Panik flackerte in ihr auf und sie unterdrückte sie schnell.

In der Höhle war es vollkommen finster. Der Strahl ihrer Taschenlampe erhellte immer nur kleine Abschnitte. An einer Wand hing eine Kinderzeichnung, die Ecken gewellt und vergilbt. Ein schlichter weißer Teller mit einem halb gegessenen Sandwich darauf lag auf dem Boden. Ameisen krabbelten darüber hinweg.

Der Strahl der Taschenlampe zitterte, als Evelyn ihn über ein winziges Bett gleiten ließ, auf dem eine schmutzige, abgenutzte rosafarbene Überdecke ausgebreitet war. Und zusammengerollt in der hintersten Ecke lag eine kleine Gestalt und rührte sich nicht.

„Evelyn", rief Kyle. „Alles okay?"

„Ja", versuchte sie, zurückzurufen, aber es kam zu leise heraus. „Mir geht es gut", rief sie.

Das Kind auf dem Bett rührte sich beim Klang ihrer Stimme nicht, und Evelyn trat näher. Tränen brannten in ihren Augen, als sie die Schulter des Mädchens berührte. Die ganze Zeit verhöhnte sie eine kleine Stimme in ihrem Kopf. *Nur eine. Da ist nur eine.* Wer war sie? Brittany? Lauren? Und lebte sie noch?

Als sie die Schulter des Mädchens packte, um sie zu sich herumzudrehen, rollte das Mädchen sich auf die Seite. Verängstigte braune Augen, in denen Tränen schwammen, schauten zu ihr auf. Evelyn erkannte sie sofort von den Polizeifotos.

Sie schluckte und ihre eigenen Augen füllten sich mit Tränen, doch sie blinzelte sie schnell fort. „Es ist okay, Lauren. Du bist in Sicherheit. Ich bin vom FBI."

Schnell ließ sie die Taschenlampe auf der Suche nach Brittany durch den Rest des Raumes gleiten, doch es befand sich niemand sonst in der kleinen Höhle.

„Mac!", rief sie. Ihre Stimme klang entfernt und schwach. „Ruf einen Krankenwagen."

Sie steckte die Waffe weg und versuchte, Lauren aufmunternd anzulächeln, doch ihre Lippen bebten. „Ich bin vom FBI", wiederholte sie.

Zitternd erhob sich Lauren auf die Knie, dann warf sie sich Evelyn an den Hals und schlang ihre Arme so fest um sie, dass Evelyn kaum noch Luft bekam.

„Ist schon gut", wiederholte sie wieder und wieder, während sie das Mädchen hochhob und zur Leiter trug. „Wir kommen hoch", rief sie Kyle zu. Mit einer Hand hielt sie Lauren fest, mit der anderen zog sie sich die Leiter hinauf und aus der Höhle heraus.

„Der Krankenwagen ist auf dem Weg", sagte Kyle. Mit angespannter Miene beobachtete er die Gegend auf der Suche nach einer Bedrohung. „Wir müssen sie auf der Straße abfangen. Die Polizei ist auch unterwegs."

Wie auf Kommando hörte Evelyn näher kommende Sirenen.

„Hast du sie?", fragte Kyle.

Evelyn nickte. Er ließ sie vorangehen, über das Feld zu der Straße, wo ihr Wagen stand. Laurens stumme Tränen rannen über Evelyns Hals. Jeder Schritt, den sie sich vom Keller entfernten, weckte in Evelyn den Wunsch, zurückzulaufen und die gesamte Gegend abzusuchen. Was, wenn Brittany noch irgendwo da draußen war? Was, wenn sie alle noch irgendwo da draußen waren?

Konnte es in diesem scheinbar verlassenen Feld noch weitere Höhlen geben? Andere Kinder, die tief unter der Erde vergraben waren?

Könnte eines von ihnen noch leben?

Der Krankenwagen raste die Straße hinunter und trug Lauren von dem Loch fort, in dem sie sechsundzwanzig Stunden lang gefangen gewesen war. Evelyn schaute ihm hinterher, bis die Rücklichter lange verschwunden waren und sie die Sirenen nicht mehr hören konnte.

Laurens Eltern waren auf dem Weg zum Krankenhaus, um ihre Tochter dort in Empfang zu nehmen. Evelyn hatte genügend dieser Fälle gesehen, um zu wissen, wie sie reagieren würden. Anfänglich gäbe es nichts außer purer Erleichterung und Freude darüber, dass ihre Tochter lebend zu ihnen zurückgekehrt war.

Dann würden sie anfangen, sich zu fragen, was genau mit Lauren in diesen sechsundzwanzig Stunden passiert war. Als der Krankenwagen sie mitgenommen hatte, hatte Lauren immer noch mit großen Augen in die Welt gestarrt und keine andere Reaktion gezeigt, als sich an Evelyn zu klammern und leise zu weinen. Sie hatte kein Wort darüber gesagt, wer sie entführt oder was sie durchlitten hatte.

Evelyn hatte sich in ihrem Jahr bei der BAU in die Gehirne zu vieler Kindesentführer und ihrer Opfer hineingedacht. Die Möglichkeiten waren endlos, und jede erschreckender als die letzte. Das Wissen, dass, egal wie viele dieser Täter sie half, hinter Gitter zu bringen, es immer noch mehr da draußen gab, lag schwer in ihren Gliedern.

„Evelyn."

Die leise Stimme an ihrem Ohr drang langsam in ihr Bewusstsein, und Evelyn merkte, dass Kyle ihren Namen schon mehrmals gesagt hatte. Sie drehte sich um, blinzelte ein paar Mal und spürte, dass er einen Arm um ihre Taille gelegt hatte und sie aufrecht hielt.

Sie straffte die Schultern und versuchte, ihre Füße dazu zu bringen, sich normal zu bewegen. Hinter Kyle standen Streifenwagen auf dem leeren Feld. Alle Scheinwerfer waren auf den Keller gerichtet. Polizisten schwärmten aus, liefen in bestimmten Mustern über das Feld, sammelten Beweise aus der Höhle, sperrten die Gegend ab.

Sie waren erst ein paar Minuten vor Ort, hatten sich aber schnell an die Arbeit gemacht. Rose Bay war eine kleine Stadt. Die Nachricht, dass Lauren gefunden worden war, würde sich bald verbreiten, und dann würden die Bewohner hier auftauchen. Unter ihnen wären bestimmt auch Brittanys Eltern.

Wenn sie hier ankamen, würde die Polizei dann in der Lage sein, ihnen ihre Tochter zu übergeben, so wie sie Lauren an die Rettungssanitäter übergeben hatten? Oder würden sie immer noch nach ihr suchen? Oder schlimmer noch, den Gerichtsmediziner rufen?

Sie zitterte so stark, dass es Kyle auf keinen Fall entgehen konnte. Sie verspannte sich, versuchte, das Zittern zu unterdrücken, und schaute Kyle in die Augen. „Kommst du mit mir?"

Ihre Stimme war schwach, kaum mehr als ein Flüstern. Was zum Teufel würde sie da draußen im Feld finden?

„Überlass das der Polizei, Evelyn. Du musst nicht hier sein."

Sie schüttelte den Kopf und löste sich von seinem stützenden Arm. Es war an der Zeit, die analytische Seite ihres Gehirns anzuschalten und die emotionale abzustellen. So wie sie es in jedem Fall tat. Als sie wieder sprach, klang ihre Stimme fester, stärker. „Ich sehe Dinge, die sie nicht sehen."

Die Officers von Rose Bay und das CARD-Team würden an diesem Abend alle Beweise sammeln, die den Entführer eindeutig identifizieren könnten. Aber bis Greg hier eintraf, war sie die Einzige mit der entsprechenden Ausbildung, um nach Spuren zu suchen, die nichts mit DNA oder physischen Beweisen zu tun hatten. Spuren, die der Schlüssel sein könnten, um den Kinderreim-Killer ein für alle Mal hinter Gitter zu bringen.

Und selbst nachdem Greg hier wäre, hätte sie den Vorteil, die Stadt zu kennen, eine Vergangenheit hier zu haben.

Sie musste zurück in den Keller und die Persönlichkeit des Mannes analysieren, der ihn in sein persönliches Versteck verwandelt hatte. Sie musste in dem gleichen engen Raum stehen, in dem Lauren gefangen gehalten worden war. Dem gleichen Raum, in dem sie in der Dunkelheit gehockt hatte, ohne zu wissen, ob jemals wieder jemand zu ihr zurückkommen würde. Evelyn musste sich in dem Raum umschauen und versuchen, in den Kopf desjenigen zu kriechen, der es genossen hatte, Lauren dieser Tortur zu unterziehen.

Übelkeit stieg in ihr auf. War Cassie in dem gleichen dunklen Loch gewesen? War sie dort gestorben?

„Ich komme mit dir." Kyle fiel in ihren Schritt ein und verlieh ihr Kraft, als sie gemeinsam zu dem Keller zurückkehrten.

Die Nacht war hereingebrochen und die Strahlen der Scheinwerfer von den Streifenwagen, der aufgebauten Strahler und der Taschenlampen der Polizisten tauchten die Szene in ein gruseliges Licht.

„Das mit dem kleinen Mädchen hast du gut gemacht", sagte Kyle leise, vermutlich in dem Versuch, sie von dem abzulenken, was sie noch finden würden.

„Danke." Ihre Gedanken gingen zu Lauren zurück; wie das Mädchen sich schweigend an sie geklammert hatte.

„… kann nicht glauben, dass sie die ganze Zeit auf einem Grundstück der Bullocks gewesen ist", sagte jemand.

Evelyn riss den Kopf herum, um die Polizisten hinter sich anzuschauen. „Was haben Sie gerade gesagt?"

„Das hier ist ein altes Bullock-Grundstück", antwortete Stan Kovak, ein erfahrener Officer aus Rose Bay.

„Dieses Grundstück gehört Jack?"

„Nun, es gehörte dem alten Polizeichef, aber jetzt, wo der tot ist, gehört es Jack, ja."

Der Kinderreim-Killer hatte seine Opfer auf dem Grundstück des alten Polizeichefs versteckt? Könnte er das auch vor achtzehn Jahren getan haben, ohne dass Jacks Vater es bemerkt hatte? Oder war das eine ganz neue Stelle nur für die aktuellen Opfer?

„Hat Jacks Vater dieses Grundstück benutzt?", wollte sie wissen.

Stan nickte. „Ja. Sie sagten, Sie hätten an der Stelle, wo Sie Lauren gefunden haben, Überreste einer alten, zusammengefallenen Hütte entdeckt oder so, richtig? Ich wette, die hat der alte Chief gebaut. Das war damals echt ein Witz."

„Wie bitte?", fragte Kyle.

„Jacks Dad war ein toller Chief, aber er hatte definitiv zwei linke Hände. Er glaubte allerdings, dass er es hinkriegen würde. Er hat in der Stadt gewohnt, aber Sie wissen ja, wie lange die Bullocks zurückreichen." Er schaute Evelyn an, die nickte. „Also hatte er dieses ganze Land hier draußen, altes Farmland, und er hat immer davon geredet, dass er hier mitten im Nirgendwo bauen wollte, um dort nach seiner Pensionierung in Ruhe zu leben."

Der junge Polizist neben ihm lächelte, als hätte er die Geschichte schon einmal gehört. Sein Partner fuhr fort: „Aber jedes Haus, das er versucht hat, zu bauen, ist zusammengebrochen. Es gibt vermutlich eine ganze Reihe zusammengefallener Häuser hier auf dem Feld."

„Kommt Jack jemals hierher?", fragte Evelyn.

Der junge Polizist zuckte mit den Schultern. Blass und nervös schaute er in Richtung des Kellers. „Das glaube ich nicht. Warum sollte irgendjemand hierherkommen?"

Evelyn dachte an das wenige, das sie über Jack Bullock wusste. Damals, als Cassie entführt wurde, war er ganz neu bei der Polizei, verheiratet und gerade Vater geworden. Soweit sie wusste, war er immer noch verheiratet und sein Sohn nun beinahe erwachsen. „Lebt sein Sohn hier in der Gegend?"

Die Officers tauschten einen Blick, dann schauten sie sie an.

„Was?", hakte Evelyn nach.

„Sein Sohn ist gestorben, als er noch ganz klein war, Evelyn", sagte Stan leise. „Er und seine Frau konnten keine weiteren Kinder bekommen. Sie haben es jahrelang versucht – Miranda wollte so gerne eine Tochter haben –, aber es ist nie dazu gekommen."

Evelyn spürte, dass Kyle neben ihr noch weitere Fragen stellen wollte, doch sie ließ ihn nicht. „Wo ist Jack?"

„Gleich hier", dröhnte seine Stimme.

Evelyn wirbelte herum und sah Jack auf sie zulaufen.

Seine Haut hatte einen leicht grünlichen Farbton. „Sie haben Lauren auf dem Grundstück meines Vaters gefunden?"

„Ja", sagte Evelyn. „Wussten Sie von dem Keller?"

Jack schüttelte den Kopf. „Es kann sein, dass mein Vater ihn gebuddelt hat, aber ich weiß es nicht. Könnte auch sein, dass jemand anderes es später gemacht hat. Jeder wusste, dass er hier draußen baute."

„Baute er auch um die Zeit herum, in der Cassie verschwunden ist? Könnte jemand damals das Grundstück ohne sein Wissen benutzt haben?"

Jack kniff die Augen zusammen und ließ seine Nackenwirbel knacken. „Könnte sein. Er ist hier nur ab und zu an den Wochenenden hergefahren. Und Sie wissen ja noch, wie Kleinstädte so sind. Jeder weiß, was der andere tut. Wenn das hier einer der frühen Bauplätze meines Vaters war ..." Jack zuckte mit den Schultern.

„Was?", hakte Kyle nach.

„Wenn das Haus hier zusammengebrochen ist, hätte er nicht versucht, es wieder aufzubauen. Er hätte sich eine andere Stelle gesucht, um wieder von vorne anzufangen." Jacks Schritte verlangsamten sich, als er sich dem Keller näherte, in dem einige Officers bereits bei der Arbeit waren. „Er mochte es nicht, die Beweise für sein Versagen zu sehen. Er hat es als Versuch abgehakt und es an einer anderen Stelle erneut versucht."

Evelyn wurde neben ihm ebenfalls langsamer. Ein paar Agents aus dem CARD-Team, die auch als Kriminaltechniker arbeiteten, stiegen mit ihrer Ausrüstung in den Keller.

Der Tatort würde erst vollständig untersucht werden, bevor irgendjemand – einschließlich ihr – ihn betreten dürfte.

Neben dem Loch im Boden stand Tomas und schaute sie an. Er hatte sein Hemd linksherum angezogen, seine Haare standen in alle Richtungen ab, und man sah ihm jedes seiner über fünfzig Lebensjahre deutlich an. „Wir haben eine Fahndung nach Darnell herausgegeben. Ohne sein Auto kann er nicht weit gekommen sein, aber die meisten unserer Officers sind hier. Sobald wir den Tatort gesichert haben, können Sie reingehen, Evelyn, und gucken, ob er Ihnen irgendetwas verrät. Ihr Partner ist auch schon auf dem Weg."

„Gut."

Tomas schaute Kyle an, der schweigend neben Evelyn stand, und dann wieder sie. „Das FBI bringt weitere Bluthunde aus dem nächsten Regionalbüro." Er seufzte und rieb sich über den Bart, der ihm in den letzten Tagen, seitdem sie nach Rose Bay gekommen war, gewachsen war. „Andere als den, den wir zuvor hier hatten."

„Leichenspürhunde?", fragt Kyle.

Tomas nickte ernst. „Für den Fall, dass es Leichen gibt."

In der Ferne hörte Evelyn Fahrzeuge näher kommen. Die Einwohner von Rose Bay kamen.

„Verdammt", murmelte Jack.

Dann wurde eine Tür zugeschlagen und die hysterische Stimme einer Frau wurde zu ihnen herübergeweht. „Wo ist sie? Wo ist meine Tochter?"

Brittanys Mom.

Evelyn zuckte zusammen, als ein Officer sie zurückhielt und sie schluchzend in seinen Armen zusammenbrach. Sein Partner hielt Brittanys Vater zurück, der brüllte: „Haben Sie sie gefunden? Haben Sie mein Baby gefunden?"

„Chief."

Die ruhige, traurige Stimme des Officers erschreckte Evelyn. Sie drehte sich um und sah ihn neben sich stehen.

Seine Haut war aschfahl und Tränen schimmerten in seinen Augen. „Ich glaube, wir haben Brittany Douglas gefunden."

17. KAPITEL

Evelyn spürte Kyles Hand auf ihrem Rücken, bereit, sie aufzufangen, sollte sie zusammenbrechen. Sie ging wie betäubt, ihre Füße bewegten sich irgendwie, während ihr Gehirn versuchte, abzuschalten. Sie folgten dem jungen Polizisten, der ihnen gesagt hatte, dass sie Brittany gefunden hatten.

Dreißig Meter hinter der Öffnung zu dem Keller stand eine Gruppe von Polizisten im Kreis. Hatten sie einen weiteren Keller entdeckt?

Als sie sich der Gruppe näherten, sprang der junge Polizist zur Seite, beugte sich vornüber und übergab sich.

Tomas neben ihr fluchte, und Kyle biss die Zähne zusammen. Evelyn setzte einfach weiter einen Fuß vor den anderen.

Auf einmal konnte sie nicht mehr aufhören, sich die Fotos von Brittany Douglas vor Augen zu führen, die ihre Eltern ihnen zur Verfügung gestellt hatten. Ihr langes braunes Haar wehte hinter ihr her, als sie durch ein Feld lief, das diesem hier ähnelte. In ihren Augen funkelte die Lebensfreude und ihr Lächeln war Glück pur.

Aber sie würde nie mehr über irgendetwas lächeln, sah Evelyn, als sie die Polizisten endlich erreicht hatte.

Jack drehte sich zu ihnen um. Ungeweinte Tränen schimmerten in seinen Augen, als er den Kopf schüttelte.

Hinter ihm hatten die Polizisten ein ungefähr einen Meter tiefes Loch gegraben. „Wir haben hier eine Unebenheit im Boden entdeckt", sagte Jack mit zitternder Stimme. „Es ist Brittany."

Sie wollte nicht hinschauen, konnte aber nicht anders. In dem Loch lag eine hölzerne Kiste, auf die von Kinderhand Blumen gemalt worden waren. Die Officers hatten den Deckel abgehoben, und darin lag, eingewickelt in eine weiche blaue Decke, Brittany.

Evelyn drehte sich rasch weg und ging ein paar Schritte. Ihr Blick glitt automatisch zu Brittanys Eltern, die vorne an der Straße standen. Ihr Bild verschwamm vor ihren feuchten Augen.

Es half nicht, dass sie die Statistiken kannte. Brittanys Chancen waren schon gering gewesen, bevor Evelyn überhaupt in Rose Bay angekommen war. Sie sollte froh sein, dass sie heute wenigstens ein kleines Mädchen lebend nach Hause gebracht hatten.

Aber alles, was Evelyn sah, war Brittany, die so klein aussah in der Decke, die jemand sorgfältig um sie herum festgesteckt hatte.

Etwas nagte an ihrem Hinterkopf, sagte ihr, dass sie ein wichtiges Informationsteilchen übersah. Doch sie konnte sich nur auf Brittanys Eltern konzentrieren, die riefen und weinten und fragten, was passiert war.

„Evelyn." Erst als sie seine Stimme hörte, merkte sie, dass sie sich gegen Kyle hatte sinken lassen.

Sie richtete sich auf und ging zum Keller zurück, wo die CARD-Agents gerade wieder die Leiter hochkletterten, um zu Brittany zu gehen. Carly nickte ernst, als sie an ihr vorbeiging. In ihrem Gesicht zeichnete sich eine Härte ab, die Evelyn verriet, dass sie schon an zu vielen Tatorten wie diesem gewesen war.

Es war Aufgabe der Polizei, Brittany auszugraben und sich um ihre Eltern zu kümmern. Es war Aufgabe der CARD-Agents, den Tatort zu analysieren und die Jagd auf Darnell Conway zu leiten. Es war ihre Aufgabe, in das Versteck des Mörders zu klettern und seine kranke Persönlichkeit auseinanderzunehmen und das zu nutzen, um ihn zu fassen, bevor er eine weitere Tat begehen konnte.

„Evelyn", sagte Kyle erneut. Er war so nah bei ihr, dass zwischen ihnen kaum noch Platz war. „Greg ist hier."

Er zeigte in die Ferne, und Evelyn sah ihren Partner auf sie zukommen.

Sie nickte und ging weiter, aber Kyle hielt sie am Arm fest.

„Lass ihn da runtergehen", sagte er.

„Nein." Sie schüttelte den Kopf. „Ich muss das tun."

Doch Kyle ließ sie nicht los. „Dann warte wenigstens und geh mit Greg gemeinsam rein."

Sie sah ihn an. Seine tiefblauen Augen blickten so besorgt, dass ihre Taubheit sich ein wenig löste. Die Welt um sie herum erschien wieder scharf, und damit kam auch der Schmerz, der wie ein Pfeil durch ihren Körper schoss.

Wie viele Gräber würden sie heute noch entdecken?

Sie schob den Gedanken beiseite und nickte. Sie konnte das hier niemand anderem überlassen, nicht einmal Greg. Aber er würde eine unvoreingenommene zweite Meinung liefern.

„Evelyn." Greg hatte zu ihnen aufgeschlossen. Sein besorgter Blick ging zu Kyle.

Sie schienen eine stumme Vereinbarung zu treffen, auf die Evelyn sich nicht konzentrieren konnte, und dann war Gregs Aufmerksamkeit auch schon wieder bei ihr. „Bist du bereit?"

Sie nickte. Auf einmal konnte sie nicht mehr sprechen. Sie zwang sich, zum Keller zu gehen, und die Welt um sie herum wurde wieder düster. Der Einstieg zum Keller war in grelles Licht getaucht und erfüllte ihr Blickfeld wie das Ende eines Tunnels.

„Kannst du hierbleiben?", hörte sie Greg hinter sich fragen. Kyle schien genickt zu haben, denn Greg sagte: „Gut."

Dann zog sie sich die Handschuhe über, die Greg ihr reichte, schlüpfte in die Überzieher für ihre Schuhe und stieg zurück in den nasskalten Keller.

Dieses Mal war es nicht stockfinster, sondern erhellt durch die kleinen tragbaren Scheinwerfer, die die Polizisten aufgestellt hatten. Die Bettdecke war fort, eingetütet als Beweisstück und bereits weggebracht. Das Sandwich fehlte ebenfalls, vermutlich in einem eigenen Beutel weggetragen für den unwahrscheinlichen Fall, dass Lauren nicht die Einzige gewesen war, die davon gegessen hatte. Eine gelbe Markierungstafel mit einer schwarzen Ziffer darauf stand dort, wo sich der Teller befunden hatte.

Evelyn schaute sich um und nahm im hellen Licht neue Details wahr. Sie beugte sich vor und trat näher an das Bild, das an der Wand hing. Es war mit Kreide gemalt worden, ganz eindeutig von einem Kind, und von einer Staub- und Schmutzschicht bedeckt. In der oberen Ecke gab es eine Sonne, unten Gras und violette Blumen bedeckten den unteren Teil, und in der Mitte hielten zwei als Strichmännchen gemalte Mädchen sich an den Händen.

Wer sollten die beiden sein? Ein Mädchen hatte braunes Haar. Wie Brittany und Lauren. Veronica hatte ebenfalls braune Haare. Penelope war rothaarig gewesen, also konnte sie keines der Mädchen sein. Das andere Mädchen auf dem Bild war blond. So wie Cassie.

Evelyn betrachtete das Bild eine ganze Weile und ließ es auf sich wirken. Im Keller gab es keine Malkreiden, kein Papier. Das Bild musste also alt sein. War es von einem der Opfer gemalt worden? Bedeutete es, dass er mehr als ein Mädchen auf einmal gefangen gehalten hatte?

Viele Entführer wählten, beobachteten und entführten ihr nächstes Opfer erst, nachdem sie das vorherige getötet hatten. Aber einige begannen auch eine Sammlung und hielten mehrere Opfer gleichzeitig am Leben.

Sie spürte, wie Greg sich hinter ihr bewegte und andere Einzelheiten in sich aufnahm. Die Anordnung des Raumes. Was der Entführer den Mädchen zur Verfügung gestellt hatte – einen Eimer als Toilette in der Ecke, ein Bett und etwas zu essen. Was er ihnen nicht gegeben hatte – Licht und Spielzeug. Oder falls doch, dann hatte er es mitgenommen, als er gegangen war.

Evelyn drehte sich langsam im Kreis und betrachtete jedes Detail. Sie versuchte, die Bedeutung hinter allem im Raum zu sehen. Lange Zeit sprachen sie und Greg kein Wort. Schließlich, nachdem sie sich den Raum eingeprägt hatte, schaute sie ihren Partner an.

Greg kniete auf dem Boden und betrachtete etwas eindringlich. Evelyn trat näher.

„Als sie Luminol gesprüht haben, haben sie hier Blut gefunden", sagte er und zeigte auf die scharfe Kante des Bettgestells.

Übelkeit stieg in Evelyn auf. Sie sah nichts, was bedeutete, der Mörder hatte das Blut weggewischt. Aber Luminol sorgte dafür, dass jegliche organische Flüssigkeit in der Dunkelheit bläulich schimmerte.

„Wie viel?", wollte sie wissen. „Und haben sie noch irgendwo Blut gefunden?"

Gregs Miene war grimmig. „Sie haben es nur auf der Ecke des Bettgestells gefunden, nicht auf dem Bett selber. Wir sollten uns mit den CARD-Agents und den Cops unterhalten. Hören, was sie über das Blut und die Umstände von Brittanys Tod wissen."

Evelyn nickte und ging zur Leiter. Es waren nur wenige Meter bis zur Erdoberfläche, aber sie schien sie gar nicht schnell genug überwinden zu können. Selbst mit dem Licht, das den winzigen Raum erhellte, hatte sie das Gefühl, erst wieder atmen zu können, wenn sie wieder oben war.

Evelyn stemmte sich oben auf der Erde ab und zog sich stolpernd aus dem Loch.

Kyle half ihr auf die Füße. Dann machte Evelyn sich auf den Weg zu der Gruppe von Polizisten, die bei Brittanys Grab standen. Während sie und Greg im Keller gewesen waren, musste jemand Brittanys Eltern davon erzählt haben, denn sie waren weg und der Leichenwagen fuhr gerade davon.

Wie lange sind wir dort unten gewesen? fragte sich Evelyn, während sie sich die Handschuhe auszog und über die Augen rieb, die sich wie Schmirgelpapier anfühlten.

„Was wissen wir bisher?", fragte Greg, als sie die Polizisten und CARD-Agents erreicht hatten.

Carly bedachte Kyle mit einem kurzen, erstaunten Blick, dann konzentrierte sie sich auf Greg. Mit ruhiger, professioneller Stimme sagte sie: „Die vorläufige Untersuchung – die natürlich inoffiziell ist, bis der Gerichtsmediziner die Autopsie durchgeführt hat – ergab, dass Brittany an stumpfer Gewalteinwirkung gegen den Kopf gestorben ist."

Evelyn spürte, wie ihre Kehle sich zusammenzog, und stellte sich etwas breitbeiniger hin, um nicht das Gleichgewicht zu verlieren, während Carly weitersprach.

„Wir haben Blut am Bettgestell gefunden, und die Form passt zu der Verletzung an ihrem Kopf. Es ist sehr wahrscheinlich, dass sie die Ecke des Betts getroffen hat, als sie möglicherweise gefallen ist."

Überrascht fragte Evelyn: „Ihr Tod könnte also ein Unfall gewesen sein?"

Carly nickte. „Ja, das könnte sein. Es ist sehr gut möglich, dass der Entführer sie gestoßen oder geworfen hat und sie auf der Bettkante aufgekommen ist. Ich denke, es ist sehr wahrscheinlich, dass Brittanys Entführer nicht vorhatte, sie zu töten."

Was bedeutete, die Chancen, dass Cassie noch irgendwo da draußen lebte, waren gestiegen.

Evelyn schaute über das weite Feld, auf dem die Polizisten sich immer noch in genau vorgegebenen Mustern bewegten und nach Beweisen suchten – oder nach weiteren Kellern. Ein kleiner Hoffnungsfunke flackerte in ihr auf, und egal, wie sehr sie sich auch bemühte, ihn zu unterdrücken, er wurde immer größer.

„Evelyn?"

Carlys Stimme schreckte Evelyn aus ihren Gedanken auf. „Es tut mir leid. Was haben Sie gerade gesagt?"

„Ich sagte, dass unsere Kriminaltechniker den gesamten Keller nach Fingerabdrücken untersucht haben, aber nur einen Satz gefunden haben. Wir haben sie mit denen von dem Sicherheitsprogramm an der Grundschule verglichen. Sie gehören zu Lauren."

„Was?" Evelyn schaute sie ungläubig an. „Wie kann das sein?"

Carly lachte humorlos auf. „Sie hatten in Ihrem Profil vergessen zu erwähnen, dass dieser Mann vollkommen paranoid ist. Entweder hat er immer Handschuhe getragen, oder er hat alles regelmäßig abgewischt."

„Vielleicht hat er vermutet, dass ihr ihm immer näher kommt", schaltete Kyle sich ein. „Immerhin hat er letzte Nacht auf Evelyn geschossen."

Falls er das sorgfältig geplant hatte für den Fall, dass sein Versteck entdeckt würde, hatte er dann einen Ausweichplan? Evelyn schaute Greg an und wusste, dass er das Gleiche dachte.

„Er ist sehr sorgfältig", sagte Greg. „Das wissen wir schon von den Tatorten, aber dieser Mann ist wirklich ein außergewöhnlicher Planer. Sämtliche Fingerabdrücke in einem Versteck abzuwischen, zu dem er offensichtlich regelmäßig zurückkehrt, bedeutet, dass er sehr gut über forensische Beweissicherung Bescheid weiß."

Carly betrachtete mit gerunzelter Stirn die Polizisten und Agents, die mit ernster Miene um sie herumstanden. „Es bedeutet, er könnte schon längst weg sein."

„Wie weit kommt er ohne sein Auto?" Tomas zeigte auf Darnells Wagen, der immer noch am Ende der Straße stand, wo er ihn zurückgelassen hatte.

Carly zuckte mit den Schultern. „Wenn er vorsichtig ist? Wer weiß, welche Vorbereitungen er getroffen hat. Aber wir sollten niemanden ausschließen, solange wir Darnell nicht mit eindeutigen DNA-Beweisen mit diesem Ort in Verbindung bringen können."

„Das wird nicht leicht", sagte ein CARD-Agent. „Ich wäre überrascht, sollten wir etwas finden."

„Was ist mit dem Bettlaken?", fragte Evelyn, obwohl ihr vor der Antwort graute. Sollte Darnell Conway wirklich Charlotte Novak ermordet haben, wie sie vermutete, dann war er ein Sexualstraftäter.

Carly schüttelte den Kopf. „Wir haben etwas gefunden, aber vom Geruch her tippe ich auf Urin. Wir werden das natürlich analysieren, aber ich glaube nicht, dass wir seine DNA darin finden werden."

„Außerdem war die Bettwäsche neu", sagte ein anderer Agent. „Anders als die eklige Überdecke. Es ist möglich, dass er sie jeden Tag wechselt, so wie er jeden Tag alle Oberflächen abwischt."

„Nehmen Sie die Matratze auch mit?", wollte Greg wissen.

Der Agent nickte. „Allerdings hat sie einen wasserabweisenden Bezug."

Evelyn schaute zum Eingang des Kellers zurück, der wie ein Landesignal in der Dunkelheit leuchtete. Sie dachte an Darnell Conways Haus, oder das wenige, was sie durch den Türspalt hatte sehen können. Alles teuer, alles an seinem Platz und beinahe obsessiv sauber. Es passte zu dem, was sie hier vorgefunden hatten.

Aber warum die schmutzige rosafarbene Überdecke? Die war eindeutig alt. Vielleicht hatte er sie vor achtzehn Jahren für das erste Mädchen gekauft und sie aus sentimentalen Gründen behalten. Genau wie das Bild an der Wand.

Als sie sich wieder der Gruppe zuwandte, schauten alle sie an. „Was ist?"

„Wir haben uns gefragt, was Sie bezüglich der anderen Mädchen denken", sagte Tomas. „Wie lautet Ihre professionelle Meinung? Wurden sie auch hier festgehalten, oder suchen wir nach weiteren Kellern? Besteht die Chance, dass die anderen sich irgendwo unter diesem Feld befinden, so wie Lauren?" Mit brechender Stimme fügte er hinzu: „Lebend?"

Instinktiv glitt Evelyns Blick zu Greg. Sie versuchte, alle Emotionen aus ihrer Analyse herauszuhalten, aber es gelang ihr nicht. Der Wunsch, Cassie lebendig zu finden, flüsterte schon seit achtzehn Jahren durch ihren Kopf. Sie wusste, dass es ihr Profil beeinflusste, aber sie musste es ihnen sagen. „Das ist möglich. Falls Brittanys Tod ein Unfall war ..."

Greg nickte. „Ich stimme ihr zu. Die Chance besteht. Genauso wie die Möglichkeit, dass es noch mehr Mädchen gibt, von denen wir nichts wissen."

Evelyn senkte den Blick.

„Wenn wir uns Darnell Conways Zeitstrahl anschauen, können wir das nicht ganz ausschließen."

Evelyn nickte schwach, als Tomas sie nach Bestätigung suchend anschaute. Falls es Darnell war, hatte er zwischen dem Mord an Charlotte Novak und seiner ersten Entführung zwei Jahre gewartet. Aber das war nur das, was sie wussten. Es konnte sein, dass er gewartet hatte, bis der Druck nach Charlottes Tod abgeflaut war, aber es war auch möglich, dass er sich langsam zu seinem bekannten Muster gesteigert hatte. Er hätte durchaus mit Opfern anfangen können, die ein geringeres Risiko bedeuteten und bei denen er keine Nachrichten hinterließ. Und genauso hätte es laufen können, seitdem Kiki vor zwei Jahren bei ihm ausgezogen war.

„Wie wahrscheinlich ist das?" Carly klang nicht glücklich darüber, dass dieses Thema vorher nie angesprochen worden war.

„Prozentual gesehen? Gering", erwiderte Greg. „Aber dennoch müssen wir es im Hinterkopf behalten. Darnell ..."

„Hey!", rief einer der Polizisten auf dem Feld. „Chief! Kommen Sie mal her!"

Alle Köpfe wirbelten zu ihm herum. Er stand mit ein paar Kollegen knappe hundert Meter von der Stelle entfernt, an der sie Brittanys Leiche gefunden hatten, unter einer kleinen Baumgruppe.

Er winkte mit der Schaufel in der Hand und fügte hinzu: „Ich glaube, wir haben noch eine Leiche."

18. KAPITEL

Vier Stunden später stand Evelyn zitternd in der lauen Nachtluft und starrte in das Loch, das die Polizisten gegraben hatten. Es war ungefähr zwei Meter tief. Wenn sie sich konzentrierte, konnte sie Kyle neben sich spüren. Sie wunderte sich, dass er immer noch da war. Greg stand ihr gegenüber neben Carly. Beide hatten finstere Mienen aufgesetzt.

In dem Loch lag ein offener Sarg. Die Kriminaltechniker hatten ein wenig von der Erde in eine Ampulle getan, um sie zu analysieren. Dann hatten sie die restliche Erde so sorgfältig gesiebt, um mögliche Beweisstücke zu finden, die der Täter oder das Opfer hinterlassen hatten, dass Evelyn sie hatte anschreien wollen, sich zu beeilen.

Jetzt lag der Sarg offen vor ihnen. Er enthielt nicht viel mehr als ein paar Knochen. Evelyn hatte nicht die Expertise, um irgendetwas über sie sagen zu können, außer, dass sie schon lange dort lagen. Abgesehen von einem Reißverschluss und einem Knopf war keine Kleidung mehr vorhanden. Beides war fotografiert und eingetütet worden. Am Körper selbst befand sich kein Gewebe mehr, nur noch Zähne, die bei der Identifizierung helfen könnten. Die Knochen waren klein, sie gehörten definitiv zu einem Kind – das Geschlecht vermochte Evelyn nicht festzustellen.

Der Reißverschluss und der Knopf gingen ihr ständig durch den Kopf. Sollte das Skelett wirklich achtzehn Jahre alt sein, konnte es sich nicht um Cassie handeln. Sie war mitten in der Nacht in ihrem Pyjama entführt worden. Kein Reißverschluss. Keine Knöpfe. Sie war es nicht.

Evelyn schaute den Rechtsmediziner an, der gerade Brittanys Leichnam in die Rechtsmedizin gebracht hatte, als er den Anruf erhielt, er müsse wieder zurückkommen. Mit einem kaum hörbaren Flüstern fragte sie: „Was könne Sie uns über die Leiche sagen?"

Er schaute sie vom Rand des Lochs an, wo er hockte, ohne dass seine Knie die Erde berührten. Dann stand er auf, klopfte sich seine makellosen Hosenbeine ab und zog die Brille mit seinen langen, knochigen Fingern von der Nase. „Sie sind alt."

Er winkte nach seinen Assistenten, die seit einer halben Stunde geduldig warteten. Sie traten vor und begannen, den Körper vorsichtig aus dem Boden zu heben, um ihn für die Autopsie in die Rechtsmedizin zu bringen.

Der Rechtsmediziner ging auf Tomas zu, der sich ein Stück entfernt mit ein paar Polizisten unterhielt. Greg und Carly folgten ihm.

Evelyn hatte das Gefühl, Bleigewichte an den Füßen zu haben, als sie ihnen nachging. Kyle blieb an ihrer Seite. Er fürchtete offensichtlich, sie könnte ohnmächtig werden, und war bereit, sie im Notfall aufzufangen.

Ihr fiel ein, dass er bald gehen müsste – es war drei Uhr morgens, und er hatte gesagt, sein Flug gehe heute Vormittag. Aber sie hatte nicht die Energie, ihn danach zu fragen. Stattdessen ging sie einfach weiter und stützte sich auf seinen Arm, den er ihr um die Taille gelegt hatte. Sie hatte keine Ahnung, wie lange er das schon tat.

Tomas löste sich von der Gruppe und kam ihnen auf halbem Weg entgegen. „Was können Sie mir sagen, Owen?", fragte er den Rechtsmediziner.

Owen steckte seine Brille in die Tasche und schürzte die Lippen. Er brauchte frustrierend lange, um seine Gedanken zu sammeln. Evelyn hatte den Eindruck, er verbrachte mehr Zeit damit, die Toten zum Reden zu bringen, als mit den Lebenden zu sprechen.

Selbst mitten in der Nacht trug der hagere Mann einen dunklen Anzug und geputzte Schuhe. Blaue Augen, so blass, dass sie fast weiß wirkten, blinzelten in einem bleichen, schlaffen Gesicht.

„Ich bringe den Leichnam in die Rechtsmedizin, aber er muss von einem forensischen Anthropologen untersucht werden. Den Zähnen und Hüftknochen nach zu urteilen, kann ich Ihnen sagen, dass das Opfer sich in der Vorpubertät befand. Was bedeutet, dass ich nicht sagen kann, welches Geschlecht es hatte."

Tomas nickte. Er war in den letzten Stunden sichtlich gealtert, und jede neue Information ließ seine Schultern noch ein Stück mehr hinuntersacken. „Was noch?"

„Die Todesursache ist ebenfalls nicht leicht festzustellen. Ich habe keine Frakturen gesehen, die auf einen gewaltsamen Tod hindeuten, obwohl die Art des Begräbnisses darauf schließen lässt, dass es kein natürlicher Tod war." Er tippte mit zwei blassen Fingern gegen seine ebenso blasse Wange. „Ohne Gewebe, das wir untersuchen können, werden wir die Todesursache vielleicht nie herausfinden."

Tomas rieb sich die blutunterlaufenen Augen. „Können Sie mir ungefähr sagen, wie lange die Leiche dort schon liegt, Doctor?"

„Jahre." Owens Blick flatterte nach oben, und er nickte gedankenverloren. „Viele Jahre. Alles deutet darauf hin, dass das Gewebe sich auf natürliche Weise zersetzt hat. In diesem Klima bräuchte das nur ein paar Jahre. Wenn man die Luftfeuchtigkeit berücksichtigt, würde ich erwarten, nach fünf Jahren keine Gewebespuren mehr zu sehen. Aber ich schätze, dass diese Leiche schon wesentlich länger hier liegt."

Tomas atmete hörbar aus und fragte: „Wie lange? Eher fünfzig oder eher achtzehn Jahre?"

„Mit Sicherheit kann Ihnen das nur ein forensischer Anthropologe sagen. Aber meine Vermutung – und es ist eine begründete Vermutung – wäre, dass es eher achtzehn Jahre sind."

Evelyn schloss die Augen, um die plötzlich aufsteigenden Tränen zurückzuhalten. Das Bild eines jungen blonden Mädchens stieg vor ihrem inneren Auge auf und ein unbefangenes Lachen, das sie seit achtzehn Jahren nicht mehr gehört hatte, klang in ihren Ohren.

Bevor sie das Bild wegschieben konnte, ertönte die panische Stimme eines Officers von irgendwo hinter ihr. „Chief! Ich glaube, wir haben noch eine!"

Sie wollte es nicht, doch sie riss die Augen auf und drehte sich zu dem Polizisten um, der hektisch mit den Armen winkte. Aus dem Augenwinkel sah sie Owens Gesicht. Er hatte einen angestrengten Zug um den Mund, doch in seinen Augen funkelte die Neugierde.

Mit einer Schaufel in der Hand eilte der Polizist auf sie zu. Hinter ihm waren drei weitere Cops dabei, ungefähr zwanzig Meter von der Stelle, wo sie das letzte Opfer gefunden hatten, zu graben.

„Machen Sie zwei daraus!", rief einer von ihnen.

Der gewalttätige Schmerz, der durch ihren Körper schoss, traf Evelyn unerwartet. Bevor sie sich wegdrehen konnte, klappte sie nach vorne über und erbrach den mageren Inhalt ihres Magens auf Owens glänzende Lederschuhe.

Drei, dachte sie gedankenverloren. Außer Brittany hatte es noch drei Opfer gegeben. Veronica, Penelope und Cassie.

Ihr Blick vernebelte sich, Owens ruinierte Schuhe verschwammen vor ihren Augen. Dann spürte sie Kyles Hand an ihrem Arm, und sie richtete sich auf, wischte sich den Mund ab und murmelte eine Entschuldigung an Owen.

„Mac?", hörte sie Greg wie aus weiter Ferne sagen.

„Ich hab sie", erwiderte Kyle. Und dann war sie auf einmal, anstatt zu den Gräbern zu gehen, wie sie es vorgehabt hatte, auf dem Weg zu ihrem Wagen auf der Straße.

„Ich muss ...", sagte Evelyn.

„Hier kannst du im Moment nichts tun. Greg wird dich auf dem Laufenden halten."

Er hatte recht, aber das änderte nichts an ihrem Gefühl, Cassie erneut im Stich zu lassen, weil sie einfach davonging. Obwohl sie versuchte, umzudrehen, schlurften ihre Füße weiter neben Kyle her, der sie zur Straße führte.

Dann saß sie auf einmal auf dem Beifahrersitz ihres Mietwagens und ein warmer Schwall aus der Lüftung strich über ihre kühle Haut. Während Kyle fuhr, schloss Evelyn die Augen, um die Tränen zurückzuhalten.

Was ihr auch gelang. In ihr breitete sich diese seltsame Mischung aus Taubheit und der nicht enden wollenden Kälte in dieser immer noch lauen Nacht aus. Als wäre ihre Körpertemperatur genauso abgesunken wie Cassies vor so vielen Jahren. Ihre Nervenenden fühlten sich an wie Nadelstiche und es schmerzte, zu atmen, aber über allem lag diese seltsame Taubheit. Es war, als beobachte sie den Schmerz eines anderen.

Sie hatte natürlich gewusst, wie gering die Chancen waren. Sie hatte es als Zwölfjährige gewusst, als die Monate vorübergingen und die Anzahl der Freiwilligen, die nach Cassie suchten, immer weiter schwand. Sie hatte es gewusst, als ihre Großmutter krank wurde und sie in einen anderen Staat gezogen war und früher mit dem College angefangen hatte, um nicht wieder zu ihrer Mutter zurückzumüssen. Sie hatte sich damals so verloren gefühlt, als wenn sie ihre letzte Verbindung zu Rose Bay verlor, als wenn sie Cassie für immer zurückließ.

Sie hatte geglaubt, es akzeptiert zu haben, als sie anfing, für die BAU zu arbeiten. Hatte gedacht, endlich den Übergang von der Hoffnung, dass Cassie eines Tages zurückkehren würde, zu dem Plan geschafft zu haben, einfach nur die Wahrheit herausfinden zu wollen. Nachdem sie mehr Zeit ihres Lebens ohne Cassie als mit ihr verbracht hatte, glaubte Evelyn, es überwunden oder es zumindest in einen Antrieb verwandelt zu haben – den Antrieb, so viele andere Opfer wie möglich zu retten.

Doch sie hatte sich geirrt. Zu wissen, dass Cassie vermutlich irgendwo da auf dem Feld im Boden lag, ließ Schmerz, Wut und Frustration so heftig durch ihren Körper wirbeln, dass sie fürchtete, ihre Haut könnte jeden Moment bersten.

Es fühlte sich so unglaublich falsch an, dass Cassie in den letzten achtzehn Jahren hier gelegen hatte, nur wenige Meilen von dort entfernt, wo sie aufgewachsen war.

Die Suchtrupps waren damals vielleicht auch dort gewesen, waren direkt über Cassie hinweggestapft, ohne es zu ahnen. Hatte ihr Entführer Freude darüber empfunden, dass er ihnen nicht nur Cassie, sondern auch einen Abschluss des Falles verweigert hatte?

„Evelyn, wir sind da."

Es dauerte eine Minute, bis Kyles Stimme zu ihr durchdrang. Dann bemerkte sie, dass der Wagen auf dem Parkplatz des Hotels stand und Kyle ihr die Tür aufhielt.

Sie starrte ihn ausdruckslos an, sah immer noch das offene Grab draußen im Feld, als sie ausstieg und ihm hineinfolgte.

Sie versuchte, sich an den Tag zu erinnern, an dem Cassie verschwunden war. Den Tag, von dem sie seit achtzehn Jahren wünschte, ihn vergessen zu können. Die Einzelheiten fielen ihr überraschend schnell wieder ein – das gelbe Kleid mit dem weißen Blumenmuster, das Cassie getragen hatte; die zu langen Schnürsenkel an ihren eigenen Turnschuhen; der säuerliche Geschmack von Mrs Byers selbst gemachter Limonade auf ihrer Zunge. Der Duft von Flieder in ihrem Garten, ein Geruch, der sie selbst jetzt noch nervös machte, obwohl sie nicht sagen konnte, warum.

Hatte sie vor achtzehn Jahren das Gefühl gehabt, dass Cassie und sie beobachtet wurden, dass jemand nur auf den richtigen Moment wartete, um sie zu entführen? Sosehr sie sich auch bemühte, sie konnte sich an nichts anderes erinnern als an das Glücksgefühl in den Tagen vor Cassies Verschwinden. Die wichtigen Einzelheiten jedoch entzogen sich ihr immer noch.

Sie spürte Cassies Hand in ihrer eigenen, als wäre es erst gestern gewesen, aber sie konnte sich nicht daran erinnern, sich in Rose Bay jemals unsicher gefühlt zu haben. Als Außenseiterin, das schon. Aber niemals ungeschützt. Es war der erste Ort, an dem sie sich je sicher gefühlt hatte. Diese kostbaren zwei Jahre zwischen dem Tag, an dem ihr Großvater sie abgeholt hatte, und dem Tag, an dem Cassie verschwand.

Die Erinnerungen an diese Zeit waren alle gut, erfüllt von dem Klang von Cassies Lachen, dem ungewohnten Gefühl, dazuzugehören, und dem Wissen um eine Freundschaft, die bis zum Ende ihres Lebens halten würde. Leider hatte sie nur bis zum Ende von Cassies Leben gehalten.

Ein Schluchzen stieg in ihr auf, als Kyle sie stumm den Flur hinunterführte und die Tür zu einem Zimmer öffnete. Erst als sie zusammengerollt in einem Sessel in der Ecke saß und vor sich hinstarrte, erkannte sie, dass es nicht ihr Zimmer war.

„Mein Flug geht in ein paar Stunden", sagte Kyle. Er klang weit weg, obwohl er direkt vor ihr kniete. „Gib mir zehn Minuten, mich darum zu kümmern, dann bin ich sofort wieder bei dir."

Sie musste irgendwie darauf reagiert haben, denn er versprach noch einmal: „Okay, ich bin gleich zurück."

Und dann war sie allein in dem Zimmer mit Kyles offener Tasche, die seine HRT-Ausrüstung enthielt. Fünfundzwanzig Kilo Waffen, Blendgranaten und was er noch so brauchte, um eine gefährliche Bedrohung auszuschalten. Wenn es in ihrem Job doch nur auch so einfache Lösungen gäbe.

Der ganze Raum schwankte, als sie sich zwang, in ihren Erinnerungen achtzehn Jahre zurückzugehen und nach etwas zu suchen, das heute weiterhelfen könnte. Sie suchte verzweifelt nach irgendeinem Hinweis, dass Darnell Conway an den Rändern ihrer Erinnerungen lauerte und nur auf eine Gelegenheit wartete, sie und Cassie in sein unterirdisches Versteck zu verschleppen.

Wenn sie vor achtzehn Jahren irgendeine Kleinigkeit anders gemacht hätte, wäre Cassie dann noch hier? Oder würde Evelyn dann neben ihr auf dem Feld in einem vierten Grab liegen?

„Warum sollte er das tun?", fragte Evelyn, als Kyle zurückkehrte.

Sie wusste nicht, wie lange er fort gewesen war, aber sie war langsam aus ihrer Trance erwacht und hatte wieder angefangen, nachzudenken. Hauptsächlich über Darnell.

Sie saß immer noch zusammengekauert in dem Sessel in der Ecke von Kyles Hotelzimmer. Ihr war auch immer noch kalt, obwohl es draußen noch um die zwanzig Grad hatte.

Kyle schloss die Tür hinter sich und schaltete die Klimaanlage aus. Dann nahm er die Überdecke vom Bett und steckte sie um Evelyn herum fest. „Warum sollte wer was tun?", fragte er und setzte sich auf die Ottomane vor ihr.

„Darnell Conway. Warum sollte er durch das Feld laufen, wenn er wusste, dass wir ihm folgen?"

„Nun, er hat vorher versucht, uns abzuschütteln", erwiderte Kyle. „Und als wir sein leeres Auto gefunden haben, hatte er sich im Feld versteckt."

„Ja. Aber dann ist er aufgesprungen und davongelaufen. Wir hätten diesen Keller nie gefunden, wenn er nicht aufs Feld gelaufen wäre."

Kyle zuckte mit den Schultern und musterte sie ernst. Er suchte vermutlich nach einem Anzeichen, dass sie unter dem Wissen, dass eines der Gräber zu Cassie gehörte, zusammenbrach.

Sie zitterte und zog die Überdecke fester um ihren Körper. Dann schob sie den Gedanken beiseite. Sie musste sich mit Darnell ablenken, mit ihrem Job. So wie sie es immer tat.

„Vielleicht wollte er, dass wir sie finden?", schlug Kyle vor. „Brittanys Tod könnte ein Unfall gewesen sein, oder? Vielleicht hat ihn das panisch gemacht und er wollte Lauren nicht mehr. Das könnte auch der Grund dafür sein, dass er alle Oberflächen im Keller abgewischt hatte – weil er vorgehabt hat, uns direkt zu ihr zu führen."

Evelyn nickte langsam. Das ergab auf gewisse Weise durchaus Sinn. „Aber warum ist er so schnell vom Suchtrupp aufgebrochen? Und warum sollte er beschlossen haben, sie aufzugeben?"

Die letzte Frage war gar nicht mehr an Kyle gerichtet, aber er antwortete trotzdem. „Vielleicht wusste er, dass man dich über sein seltsames Verhalten informieren würde. Vielleicht war das sein Plan. An dem Tag in den Dünen hatte ich den Eindruck, dass er ein sehr cleverer Mann ist."

„Oh ja, das ist er." Evelyns Gehirn fühlte sich durch Schlafmangel und den Gedanken an Cassie immer noch ganz wattig an. „Aber ich bin ziemlich sicher, dass er schon zuvor getötet hat, um einen sexuellen Übergriff auf ein Mädchen zu vertuschen. Warum also jetzt dieses Zögern?" Sie schüttelte den Kopf, um ihn zu klären. „Das passt nicht zusammen."

„Könnte es sein, dass es letztes Mal auch ein Unfall war?", schlug Kyle vor.

„Nein. Aber ich schätze, es könnte nicht geplant gewesen sein. Vielleicht war es nur eine Kurzschlusshandlung – er musste das Mädchen davon abhalten, irgendjemandem zu erzählen, was er getan hat." Sie versuchte, die Psychologie zu begreifen, die Darnells Taten vor zwanzig Jahren mit heute verband.

Was besonders schwer war, weil sie nicht beweisen konnte, dass er in irgendeinem der Fälle schuldig war. Fakt war, er könnte völlig unschuldig sein, was Charlotte Novaks Tod betraf. Aber ihre Leiche zu finden könnte der Trigger gewesen sein, seine eigenen Fantasien auszuleben.

Man musste ihr ihren inneren Kampf ansehen, denn Kyle sagte: „Du solltest jetzt ein wenig schlafen und morgen weiter darüber nachdenken. Lauren ist in Sicherheit. Die Uhr hat aufgehört zu ticken."

Sie schaute in seine Augen, die die Farben des Himmels vor einem Sturm hatten, und spürte, wie ihre Augen sich mit Tränen füllten. Die Uhr hatte auch für Brittany aufgehört zu ticken – und wahrscheinlich ebenso für Cassie.

Obwohl diese Uhr vermutlich schon vor Jahren stehen geblieben war, hatte Evelyn das Gefühl, es wäre erst vor wenigen Minuten auf dem Feld zu einem gewaltsamen Ende gekommen.

Wenn sie jetzt schlafen ging, welche Dämonen würden sie besuchen kommen?

Sie stand auf und schüttelte den Kopf. Die Decke fest um sich geschlungen, fing sie an, im Zimmer auf und ab zu gehen. Sie musste nachdenken. Über alles andere außer Cassie und das große, scheinbar leere Feld.

„Es gab keine Alarmanlage in dem Keller. Es sah auch nicht so aus, als würden die Suchtrupps sich als Nächstes dorthin begeben, aber ich sollte Noreen fragen, um sicherzugehen."

„Evelyn." Kyle zog sie neben sich auf die Ottomane. „Es ist vier Uhr morgens."

„Sie ist bestimmt noch wach. Inzwischen hat vermutlich jeder in der Stadt gehört, was los ist." Evelyn spürte, wie ihr alle Farbe aus dem Gesicht wich. Hatten Cassies Eltern es auch gehört? Waren sie gerade auf dem Weg hinaus zum Feld? „Ich sollte zurückfahren."

Kyle schien genau zu wissen, welche Richtung ihre Gedanken genommen hatten, denn er sagte leise: „Die Polizei wird sagen, dass es noch keine neuen Informationen gibt. Mehr könntest du Cassies Eltern auch nicht mitteilen. Dort gibt es im Moment nichts für dich zu tun."

Tat sie überhaupt etwas dadurch, dass sie hier in Rose Bay war?

Nach dem Anruf von Cassies Mutter vor einigen Tagen hatte das Grauen sie gepackt, aber sie hatte auch gesehen, dass das jetzt endlich ihre Chance war. Sie war so sicher gewesen, hier etwas ausrichten zu können. Und doch gab es um sie herum nichts als Schmerz. Und sie hatte noch nicht einmal einen Verdächtigen verhaften können.

Sie hatte keine Antwort auf die Frage, die sie am dringendsten beantwortet haben musste. Cassie war vor Jahren in ihrem Pyjama entführt worden. Kein Reißverschluss. Keine Metallknöpfe. Also gehörten die ersten Knochen, die sie ausgegraben hatten, vermutlich nicht zu ihr. Aber was hatten die Cops in den anderen Gräbern gefunden?

Weitere Knochen von jungen Mädchen? Oder waren die anderen beiden älter gewesen?

Es konnte sein, dass Cassie in der Nacht gestorben war, in der sie aus Evelyns Leben entführt wurde. Es könnte aber auch sein, dass sie bis vor ein paar Tagen noch gelebt hatte – als die neuen Entführungen begannen.

Sie könnte jede Nacht eingesperrt in diesem finsteren Verlies verbracht und das Licht nur gesehen haben, wenn ihr Entführer kam, um sich auf abscheuliche Weise an ihr zu vergehen. Oder sie könnte dort unten weggesperrt gewesen sein, vergessen oder verlassen, ganz allein, bis sie sich zu Tode gehungert hatte, während ihre beste Freundin nur wenige Meilen entfernt ihr Leben weiterlebte.

Die Tränen flossen unerwartet. Die Schluchzer schüttelten sie so hart, dass ihr die Brust schmerzte und es ihr schwerfiel zu atmen.

Sie ließ sich nach vorne gegen Kyles Brust fallen, und seine Arme umfingen sie und zogen sie näher zu ihm heran. Er hielt sie fest, bis die Tränen schließlich versiegten und Evelyn endlich ihre Augen schloss und aufhörte zu denken.

Mandy Toland fuhr mit ihrem Roller die Einfahrt hinunter. Sie hatte ihre Babysitterin endlich überzeugen können, sie im Vorgarten spielen zu lassen. Als sie zum Haus zurückschaute, sah Amber ihr durch das Fenster zu. Sie wirkte gleichzeitig krank und gelangweilt.

Als sie heute Morgen aufgestanden war, hatte ihre Mom gesagt, sie würde zur Arbeit zurückgehen. Seit Brittanys Entführung war sie zu Hause geblieben und hatte Mandy nicht aus den Augen gelassen.

Mandy hatte gehört, wie ihre Mom heute Morgen telefoniert hatte. Brittany und Lauren waren gefunden worden. Der Mann, der sie entführt hatte, war immer noch da draußen, aber jeder wusste, wer er war, also würden sie ihn bald fassen, sagte ihre Mom. Sie meinte, alles würde bald wieder zur Normalität zurückkehren.

Trotzdem hatte ihre Mom Amber zwanzig Minuten lang eingeschärft, Mandy ja nicht aus den Augen zu lassen, während die arme Amber geniest und gehustet hatte. Draußen gab es eigentlich auch nichts zu tun, aber Mandy wollte nicht in der Nähe all dieser Bakterien und Viren sein.

Am Ende der Auffahrt legte Mandy ihren Roller aufs Gras und bückte sich, um ein paar der rosafarbenen Blumen ihrer Mom zu pflücken. Sie könnte versuchen, einen Kranz daraus zu flechten, so wie

Amber es ihr letzte Woche gezeigt hatte, als alles noch normal gewesen war. Bevor Brittany verschwunden war und ihre Mom aufgehört hatte, zur Arbeit zu gehen, aus Angst, sie allein zu lassen.

Nach dem Telefonat hatte ihre Mom geweint, wollte Mandy aber nicht sagen, warum. Sie sagte nur, dass die Polizei den bösen Mann kannte und ihn gerade jagte. Sie sagte, Chief Lamar würde ihn fassen.

Mandy war sicher, dass ihre Mom recht hatte. Chief Lamar war letztes Jahr zu ihrer Schule gekommen und hatte über Sicherheit gesprochen. Er hatte ihnen genau erzählt, wie man einen Verbrecher jagte, und ihnen sogar seine Handschellen gezeigt. Sie fragte sich, ob er zurückkommen und erneut zu ihnen sprechen würde, jetzt, wo sie bald auf die Mittelschule ging.

Mit einem Armvoll der schönsten Blumen ihrer Mutter stand Mandy auf und sprang erschrocken zurück, wobei sie die Blumen fallen ließ. Hinter ihr stand jemand.

Mandy wirbelte herum, bereit, nach Amber zu rufen. Doch sie entspannte sich, sobald sie sah, wer es war. „Sie haben mich erschreckt."

„Tut mir leid, Mandy. Du musst mit mir kommen, Kleine. Deine Mom hatte einen Autounfall."

Tränen schossen ihr in die Augen. „Geht es ihr gut?"

„Ja, ihr geht es gut. Ich bringe dich jetzt zu ihr."

„Gut." Mandy wischte sich das Gesicht ab und nahm unbesorgt die dargebotene Hand. Chief Lamar hatte ihr an dem Sicherheitstag gesagt, dass man nie mit jemand Fremdem mitgehen durfte. Aber es war sicher etwas anderes, wenn die Person von der Polizei war.

19. KAPITEL

Ein beharrliches Klingeln dröhnte in Evelyns Ohren und lenkte sie von dem Bild von Cassie ab, die in einem gelben Blumenkleid durch ihren Garten lief. Evelyn versuchte, das Geräusch zu ignorieren, doch es übertönte Cassies Stimme, die vorschlug, Verstecken zu spielen.

Evelyn kämpfte ihre Hände aus dem Kokon aus Decken frei und hielt sich die Ohren zu. In ihrer Erinnerung strich sie mit den Fingern über einen riesigen lilafarbenen Fliederbusch. Dunkelviolette Pollen regneten auf ihre Kleidung, als sie in den Busch schaute und sah ... sah ...

„Evelyn."

Sie nahm die Hände von den Ohren und blinzelte. Ihre Augen brannten. Sie lag auf dem Bett, eingewickelt in eine Überdecke und ganz nah an Kyle gekuschelt. Sie blinzelte noch einmal und erkannte, dass sie sich immer noch in seinem Zimmer befand, hatte jedoch keinerlei Erinnerungen daran, wie sie von der Ottomane ins Bett gekommen war – oder dass sie eingeschlafen war. Sie hatte keine Ahnung, wie lange sie geschlafen hatte.

„Was?", fragte sie mit krächzender Stimme, weil ihre Kehle vom Weinen noch ganz rau war.

Er hielt ihr das Handy hin. „Du hast einen Anruf verpasst."

Sie brauchte eine Minute, um sich aus den Decken zu befreien und sich von Kyles Wärme zu lösen. Im Zimmer war es kochend heiß, doch so eng an Kyle geschmiegt zu sein hatte ihr ein Gefühl von Sicherheit gegeben. Sobald sie ihn nicht mehr berührte, kehrten die Angst, die Wut und die Trauer, die kurzfristig verschwunden gewesen waren, mit aller Macht zurück.

Sie nahm das Handy und schaute auf die Uhr. Halb elf. Sie hatte ungefähr sechs Stunden geschlafen. Es fühlte sich gleichzeitig wie viel länger und viel kürzer an.

Mit zitternden Händen hörte sie ihre Mailbox ab. Sie hatte einen Anruf von Tomas verpasst.

„Evelyn", sagte er, und anhand seiner Stimme erkannte sie sofort, dass etwas Schreckliches geschehen war.

Sie setzte sich auf, schlang die Arme um die Knie und wartete darauf, dass er es ihr erzählte. Ging es um Cassie? Hatten sie so schnell mehr über die Skelette in Erfahrung bringen können?

„Evelyn", sagte er schließlich noch einmal. „Seit heute Morgen wird ein weiteres Mädchen vermisst. Bitte kommen Sie aufs Revier."

Ihre Mailbox fragte sie drei Mal, ob sie die Nachricht speichern oder löschen wollte, und beendete die Verbindung, als sie nicht reagierte. Evelyn legte das Telefon beiseite und schaute Kyle an, der seine Finger mit denen ihrer freien Hand verschränkt hatte.

„Was ist passiert?"

„Er hat sich noch eine geschnappt."

Ihre Zunge hatte Schwierigkeiten, die Worte zu formen, und sie starrte ihn ungläubig an. Darnell sollte auf der Flucht sein, so weit wie möglich von Rose Bay weglaufen, wie es nur ging. Verdammt, selbst wenn Darnell nicht der Täter war, hätte der sich trotzdem verängstigt zurückziehen sollen.

Doch stattdessen war er in die Stadt zurückgekehrt und hatte sich ein weiteres Opfer gegriffen. Und sie hatte tief und fest geschlafen und von Cassie und besseren Zeiten geträumt.

Evelyn runzelte die Stirn und versuchte, sich zu erinnern, was genau sie geträumt hatte. Sie hatte mit Cassie Verstecken gespielt. Es war an dem Tag gewesen, an dem Cassie verschwunden war. Und sie hatte gespürt, dass etwas nicht stimmte.

Evelyn ließ sich gegen das Kopfteil des Bettes sinken. Sie war diesen Tag so oft durchgegangen. Zuerst für die Polizei, als Jack Bullock sie ihn wieder und wieder hatte erzählen lassen. Dann für sich, um zu sehen, ob ihr irgendetwas entgangen war.

Und jetzt wusste sie, dass sie das Wichtigste vergessen hatte. Sie hatte es gewusst. Sie hatte gespürt, dass irgendetwas nicht stimmte, dass jemand sie beobachtete. Es hatte eines Traumes bedurft – eines Traumes, der auf einer Erinnerung basierte –, um ihr das zu sagen. Wenn sie Cassie gewarnt hätte, wäre dann alles anders gekommen?

Ein Schluchzen stieg in ihr auf, aber Evelyn unterdrückte es und umklammerte Kyles Hand. Sie würde sich nicht von Fehlern aus der Vergangenheit begraben lassen. Nicht jetzt.

Sie schob die Decken zurück, die Kyle letzte Nacht über sie gebreitet hatte, und stand auf. Sie zitterte und merkte, dass das nicht nur von dem Ansturm der Gefühle kam. Sie konnte sich nicht erinnern, wann sie das letzte Mal etwas gegessen hatte.

Ihre Schuhe standen an der Ottomane. Sie zog sie an und ging den gestrigen Tag in Gedanken noch einmal durch, um herauszufinden, wann sie etwas gegessen hatte. Ein schneller Blick in den Spiegel verriet ihr, dass sie besser schnell in ihr Zimmer lief und sich umzog, bevor sie aufs Revier fuhr. Ihre Kleidung war zerknittert und schmutzig vom Keller, ihr Knoten hatte sich im Schlaf halb aufgelöst.

Sie stolperte zur Tür, doch bevor sie dort ankam, stellte Kyle sich vor sie. Sie schaute in seine besorgten Augen, und auf einmal fiel es ihr auf. „Musstest du nicht heute früh zurückfliegen? Hast du den Flieger verpasst?"

„Nein, Evelyn", sagte er geduldig, als hätte er es ihr schon einmal erklärt. „Der Rest meines Teams ist vor ein paar Stunden abgereist. Ich habe die Erlaubnis, hier bei dir zu bleiben. Ich habe einige meiner freien Tage genommen, von denen ich dir erzählt habe. Mein Chef kümmert sich um den Papierkram."

Freie Tage waren nicht leicht zu kriegen, und ohne Vorankündigung schon gar nicht, außer, es handelte sich um einen echten Notfall. Kyle hatte vermutlich gerade einen dicken Eintrag in seiner Personalakte riskiert – und alles nur für sie.

Danke zu sagen schien zu wenig zu sein, doch für mehr fehlte ihr die Energie.

„Geh duschen und dich umziehen. Ich komme in zwanzig Minuten mit etwas zu essen auf dein Zimmer und dann fahren wir aufs Revier, okay?"

Sie nickte und tapste auf Füßen, die ihr nicht richtig gehorchen wollten, aus der Tür. Als sie Kyle eine halbe Stunde später hinunter zu ihrem Mietwagen folgte und dabei in das Sandwich biss, dass er ihr im Coffeeshop in der Lobby gekauft hatte, fühlte sie sich wieder halbwegs funktionstüchtig.

Kyle setzte sich hinters Lenkrad. Obwohl er die vorletzte Nacht mit einer Observierung verbracht und dann Darnell gejagt und den ganzen Tag und bis in die Nacht hinein auf einem Feld voller Gräber gestanden hatte, wirkte er hellwach. Evelyn nippte an dem starken Tee, den Kyle ihr besorgt hatte, und drückte eine Hand auf ihren Magen, der gegen alles rebellierte, was sie herunterzuwürgen versuchte. Doch das Essen klärte ihren Kopf, und als Kyle den Wagen startete, rief sie ihren Partner an.

„Ich bin's, Evelyn", sagte sie, als Greg abnahm. „Erzähl mir alles."

Die Hintergrundgeräusche übertönten beinahe Gregs Stimme, als er ihr sagte: „Ich hoffe, dass du in der Nähe des Reviers bist. Du kennst die Spieler besser als ich. Und wir müssen jeden noch einmal genau unter die Lupe nehmen."

„Ich bin gerade auf dem Weg. Kyle fährt mich. Wer ist das Opfer?"

„Ein Mädchen namens Mandy Toland. Zwölf Jahre alt, genau wie die anderen. Ist direkt aus dem Vorgarten entführt worden. Sehr, sehr kleines Zeitfenster – ungefähr vor anderthalb Stunden. Die erste Entführung am helllichten Tag. Die Babysitterin sagt, sie habe Mandy beim Blumenpflücken beobachtet, als sie ein Taschentuch brauchte. Sie hat sich die Nase geputzt, ist ans Fenster zurückgekehrt und Mandy war fort. Sie ist nach draußen gelaufen und hat einen Kinderreim gefunden."

Evelyn umklammerte ihren Teebecher zu fest, sodass der Deckel hochsprang, aber das ignorierte sie. „Das ist die riskanteste Entführung von allen. Er hat sie sich in der Zeit geschnappt, die die Babysitterin brauchte, um sich ein Taschentuch zu holen. Wie lange kann das gedauert haben? Eine Minute? Weniger?"

„Vor allem, wo alle Polizisten in der Stadt ein Bild von Darnell am Armaturenbrett kleben haben."

„Warum kommt mir der Name des Opfers so bekannt vor?", fragte Evelyn.

Greg seufzte. „Das ist mit ein Grund, warum du so schnell wie möglich herkommen musst, Evelyn. Mandy ist eines der Mädchen, die du von den Fotos in Walter Wiggins' Badezimmer identifiziert hast."

„Oh verdammt, stimmt."

„Da ist noch mehr." Vorsichtig fügte Greg hinzu: „Der Gerichtsmediziner hat Brittanys Autopsie durchgeführt. Es gibt keinerlei Anzeichen von sexuellen Übergriffen."

„Was?" Aber Darnell Conway war ein sexuell motivierter Täter. Oder nicht?

„Ja. Beeil dich. Wir brauchen dich."

„Ich bin fast da", sagte sie, was Kyle zum Anlass nahm, aufs Gas zu treten. „Was hat Lauren gesagt? Konnte sie Darnell identifizieren?"

„Lauren hat kein Wort gesagt, seitdem du sie aus dem Keller geholt hast. Das Mädchen ist zutiefst traumatisiert."

Greg legte auf, bevor sie weitere Fragen stellen konnte. Evelyn starrte durch die Windschutzscheibe. Das Essen in ihrem Schoß war vergessen.

Wie war es Darnell – oder wem auch immer – gelungen, jetzt noch ein weiteres Opfer zu entführen? Und wenn es keine sexuellen Übergriffe gegeben hatte, wieso hatte Darnell sie sich überhaupt geschnappt? Konnte es doch Walter gewesen sein? Er hatte Mandys

Bild gehabt. Aber sein Motiv wäre das gleiche gewesen. Was war mit Frank Abbott? Das Feld lag nahe an seinem Haus. Aber woher sollte Darnell wissen, wo sich der Keller befand, wenn es nicht seiner war?

Was zum Teufel sah sie nicht?

Und nachdem sie bei Brittany so vollständig versagt hatte, gab es da noch eine Hoffnung, Mandy lebend nach Hause zurückzubringen?

„Wo ist sie? Wo ist meine Tochter?"

Mandy Tolands Mom war vor einer Stunde in die Kommandozentrale des CARD-Teams gekommen, um ihnen Informationen zu geben, aber ihre Stimme hallte immer noch in Tomas' Ohren nach. Sie klang zu sehr wie die Stimmen von Laurens und Brittanys Eltern.

Letzte Nacht war er derjenige gewesen, der Mark und Heather Douglas hatte sagen müssen, dass ihre Tochter nie mehr nach Hause kommen würde. Jack hatte neben ihm gestanden, ihn unterstützt, als Heather Douglas weinend und schreiend mit ihren Fäusten auf Tomas' Brust getrommelt hatte.

Er hatte es zugelassen, bis sie schließlich keine Energie mehr gehabt hatte. Dann waren sie von einem seiner erfahreneren Officers in die Rechtsmedizin gefahren worden. Tomas wusste, dass er Schlimmeres verdient hatte. Er hatte versagt. Er hatte sie alle im Stich gelassen.

Und das Schlimme war, es sah so aus, als wenn Evelyn von Anfang an recht gehabt hätte. Die Fehler wirbelten durch seinen Kopf – wie er sich ihrem Vorschlag widersetzt hatte, dass Darnell ein Verdächtiger war, nur weil er nicht auf das Profil passte. Wie er die Überwachung von Darnell zum genau falschen Zeitpunkt abgebrochen hatte. Und der Kerl war immer noch da draußen und es war ihm irgendwie gelungen, sich ein weiteres Mädchen zu nehmen.

Wie zum Teufel machte er das nur?

Tomas rieb sich mit der Hand über die Augen, die von zu wenig Schlaf brannten. Im Revier um ihn herum war es laut. Officers und FBI-Agents eilten umher und spielten Fangen mit einem Täter, der ihnen seit achtzehn Jahren voraus war.

Tomas schaute zum offenen Konferenzraum, in dem der neue Profiler – Greg irgendwas – eine Handvoll CARD-Agents in Verhörtechniken für die Hauptverdächtigen einwies. Die CARD-Agents würden hier die Führung übernehmen. Es war sein Job, die Verdächtigen aufs Revier zu bringen.

Ein Amber-Alert war rausgegangen, ein landesweiter Alarm, wenn ein Kind entführt wurde. Die meisten seiner Officers waren bereits draußen in ihren Wagen, suchten nach Darnell. Währenddessen musste er sich auf die anderen Verdächtigen konzentrieren.

Es war nicht allzu wahrscheinlich, dass Darnell Conway einfach über den Keller gestolpert war und der eigentlich jemand anderem gehörte, aber es war möglich. Oder vielleicht irrte Evelyn sich und Darnell hatte doch einen Partner. Und es war verdammt verdächtig, dass Walter Wiggins ein Foto von Mandy in seinem Haus hatte.

Ein Umstand, den er allerdings nicht nutzen durfte, um Walter zur Befragung einzubestellen, denn Evelyn hatte die Bilder illegal gefunden.

Tomas stieß einen Seufzer aus und rief in den Vorraum hinein: „Wo ist Jack?"

Es waren nur ein paar Officers auf dem Revier, und die meisten von ihnen waren auf dem Weg nach draußen. Ein junger Polizist schaute auf und zuckte mit den Schultern. „Er sagte, er müsse heute früh einer Spur nachgehen. Das war, bevor wir von Mandy erfahren haben."

„Was für eine Spur?", wollte Tomas wissen. „Hat das irgendetwas mit Wiggins zu tun?"

Der Neuling zuckte erneut mit den Schultern. „Er hat nur gesagt, dass es zwar weit hergeholt sei, er aber bald wieder zurück sei."

Verdammt, Jack. Er hatte erwartet, in die Fußstapfen seines Vaters zu treten und die Stelle als Polizeichef zu übernehmen. Dass es so nicht gekommen war, hatte ihn sehr verbittert. An einem guten Tag war Jack einfach nur nervtötend. An einem schlechten Tag war er richtiggehend streitsüchtig, benahm sich, als hätte er das Sagen, und verfolgte Spuren, ohne jemandem davon zu erzählen.

Und gerade heute konnte Tomas so etwas überhaupt nicht gebrauchen.

„Wo ist Evelyn?", fragte er Greg.

„Ich bin hier", antwortete sie.

Tomas drehte sich um, und da stand sie neben dem anderen FBI-Agent – dem, der aussah, als wäre er Soldat einer Eliteeinheit gewesen, und jetzt als Evelyns persönlicher Bodyguard auftrat.

Tomas nickte Kyle zu – kein Grund, den Kerl zu verärgern – und sagte an Evelyn gewandt: „Zwei meiner Officers sind gerade auf dem Weg, Walter abzuholen. Greg unterrichtet die CARD-Agents in Verhörstrategien, aber ich möchte Sie dabeihaben."

„Holen Sie auch Frank Abbott."

„Was?"

„Noreens Schwester ist vor neunzehn Jahren gestorben."

Tomas runzelte die Stirn und versuchte, die Neuigkeit zu verdauen. Noreen sprach immer noch ab und zu von ihrer Schwester, und es klang immer so, als lebe sie noch. Genau wie bei Earl, bevor er gestorben war. Warum hätten sie so etwas für sich behalten sollen?

„Frank ist nicht mein Hauptverdächtiger, aber wir müssen ihn überprüfen. Sein Haus liegt dem Feld am nächsten."

„Nein", widersprach Tomas. „Es gibt noch ein leeres Haus zwischen Franks und dem alten Bullock-Grundstück, auf dem wir den Keller gefunden haben."

„Ich meine, es liegt näher als das der anderen Verdächtigen."

Tomas entspannte seinen Kiefer. „Ich wusste nicht, dass Frank überhaupt verdächtigt wurde."

„Die CARD-Agents sind dem nachgegangen. Es ist nur eine entfernte Möglichkeit, aber …"

Sie wirkte nicht einmal so, als täte es ihr leid, dass sie ihm nicht vorher davon erzählt hatte. Tomas betete nur, dass sie Mandy bald – und lebend – finden und alle Bundesagenten Rose Bay für immer verlassen würden.

„T. J.!", rief er. „Hol bitte Frank Abbott hierher."

„Aus welchem Grund?", fragte T. J. in dem Moment, in dem Noreen mit aschfahlem Gesicht um die Ecke bog.

„Ich hole ihn", flüsterte sie.

„Nein." Tomas schüttelte den Kopf. „Du kannst T. J. begleiten und versuchen, ihn zu überzeugen, freiwillig mitzukommen, aber du gehst nicht alleine."

„Er hat das nicht getan, Tomas."

Sie wirkte so entsetzt, so klein und verletzlich. Es erinnerte ihn an seinen ersten Tag hier als Chief, als sie sich ihm vorgestellt und gefragt hatte, ob er sie jetzt feuern würde. In der Sekunde hatte er genau verstanden, warum Jacks Dad ein Mädchen ohne jegliche Erfahrung angestellt hatte.

Und bald darauf wusste er auch, warum er sie behalten hatte. Warum ihr immer mehr und mehr Verantwortlichkeiten übertragen worden waren. Sie arbeitete hart. Und sie widmete sich hingebungsvoll ihrem Job und der Stadt Rose Bay. Sie war klug, und soweit er das beurteilen konnte, hatte sie außerhalb des Reviers kaum ein Leben.

„Warum hast du es mir nicht gesagt, Noreen?", fragte er leise.

Sie starrte auf ihre Schuhe. „Mein Dad wollte nicht, dass irgendjemand es erfuhr. Und nachdem er gestorben war ..." Sie schaute ihn an und wand sich ein wenig. „Ich wusste nicht, wie ich sagen sollte, dass alles eine Lüge war."

„Ich weiß, dass er dein Onkel ist, Noreen. Aber ich muss dich bitten, zu versuchen, hierbei unparteiisch zu sein. Besteht auch nur die geringste Möglichkeit, dass er das getan hat? Um den Verlust von Margaret wettzumachen?"

Noreen schüttelte den Kopf, doch sie wartete einen Herzschlag zu lang und Tomas wusste, dass sie sich nicht sicher war.

„Bitte fahr mit T.J. Bring deinen Onkel dazu, freiwillig hierherzukommen und uns ein paar Fragen zu beantworten. Okay? Bring ihn auch dazu, uns noch einmal die Erlaubnis zu geben, sein Haus zu durchsuchen."

Noreen nickte zitternd, dann folgte sie T.J. aus der Tür.

„Ist das eine gute Idee?", fragte Evelyn. „Sie zu schicken, meine ich."

„Sie wird ihn hierherbringen", erwiderte Tomas. Er zeigte auf den Konferenzraum. „Sie sollten jetzt dort sein. Geben Sie den Agents alles, was sie brauchen, damit sie die richtigen Fragen stellen, denn Wiggins ist auf dem Weg. Aber ich muss fragen ..."

„Was?"

„Hat Greg Ihnen von Brittanys Autopsie erzählt?" Als sie nickte, sagte Tomas: „Lauren ist aus dem Krankenhaus entlassen worden. Sie sagt immer noch nichts, aber die Ärzte haben es bestätigt. Auch sie ist nicht sexuell missbraucht worden. Suchen wir überhaupt in der richtigen Richtung?"

Evelyn nippte an ihrem Tee und schwankte leicht, als wäre sie erschöpft.

Sie sah fürchterlich aus. Beinahe noch schlimmer als letzte Nacht. Er hoffte, dass sie ihm jetzt nicht zusammenbrach, denn er brauchte sie.

In seinen Tagen als Detective, bevor er nach Rose Bay gekommen war, hatte er einige grausame Ermittlungen durchführen müssen. Aber das hier überstieg diese Erfahrungen bei Weitem.

„Wiggins' MO war es, die Kinder langsam zu ihm zu locken, erst einmal ihr Vertrauen zu gewinnen. In D.C. hat er das über Monate hinweg getan."

„Ich habe die Akten gelesen", sagte Tomas ungeduldig.

„Also könnte er hier das Gleiche getan haben, obwohl die Mädchen nicht wegkonnten. Er könnte versucht haben, sie für sich zu gewinnen."

„Für sich zu gewinnen?", fragte Tomas ungläubig. „Er hat sie in einem Loch im Boden gefangen gehalten."

„Ich weiß. Es ist nicht logisch. Aber in seinem Kopf braucht Walter eine Entschuldigung für das, was er tut. Er sagt sich, dass sie freiwillig mitmachen …"

Tomas fluchte. „Das ist …"

„Ekelhaft. Ich weiß. Aber so hat er das schon vorher gemacht. Wie gesagt, es ist möglich, dass er versucht hat, hier genauso vorzugehen, nur in einer kontrollierten Umgebung. Es ist möglich, dass er gewartet hat, bis er das Gefühl hatte, sie würden ihm vertrauen."

„Und Brittany?"

„Die Beweise deuten an, dass ihr Tod ein Unfall war. Vielleicht ist es passiert, bevor Walter ausreichend Zeit hatte, ihr Vertrauen zu gewinnen."

Tomas schloss kurz die Augen. „Was ist mit Darnell?"

Evelyn verlagerte erneut ihr Gewicht. „Nun, ich verdächtige ihn, weil ich glaube, es besteht die Möglichkeit, dass er vor zwanzig Jahren die Tochter seiner damaligen Freundin sexuell missbraucht und dann ermordet hat."

Tomas nickte.

„Was bedeutet, er würde nicht warten. Wenn ich richtigliege mit dem, was damals passiert ist, vergreift er sich an den Mädchen, sobald er sie unter seiner Kontrolle hat. Da die beiden nicht missbraucht wurden, gibt es zwei Möglichkeiten."

„Die da wären?", hakte Tomas nach, als sie eine Pause machte.

„Entweder ich irre mich und er ist es nicht."

„Er ist aber direkt auf das Feld gelaufen", sagte Tomas.

„Ja, und es fällt mir schwer zu glauben, dass das ein Zufall war. Sehr schwer. Die andere Möglichkeit ist, dass er vor zwanzig Jahren unschuldig war."

Tomas schüttelte verständnislos den Kopf. „Wenn er unschuldig war, welches Motiv hätte er dann …"

„Es ist möglich, dass Charlotte Novak nicht sein Opfer, sondern der Auslöser war."

Als Tomas immer noch nicht zu verstehen schien, erklärte sie: „Er hat es nicht getan, aber die Tochter seiner Freundin zu finden, zu sehen, was ihr angetan worden ist, war der Auslöser dafür, dass er begann, seine eigenen Fantasien auszuleben. Und falls das der Fall ist ..." Sie zuckte mit den Schultern. „Er könnte einen ähnlichen MO haben wie Walter, was den fehlenden sexuellen Missbrauch erklärt."

„Verdammt", stöhnte Tomas. „Wie viele dieser Typen gibt es denn da draußen?"

„Zu viele", sagte Kyle, der bisher schweigend hinter Evelyn gestanden hatte.

Tomas schaute ihn an und fragte sich kurz, was wohl seine wahre Aufgabe war. Dann wandte er sich wieder Evelyn zu. „Wir haben eine landesweite Fahndung nach Darnell rausgegeben. Die meisten meiner Officers suchen nach ihm."

„Ich glaube, ich weiß, wo er sich verstecken könnte."

„Wo?" Tomas ließ den Blick durch das Revier streifen, das bis auf die CARD-Agents, die mit Mandys Eltern sprachen oder auf Walter und Frank warteten, leer war.

„Ich fahre hin", sagte Evelyn.

„Machen Sie Witze?", fragte Tomas, aber ihm blieb kaum etwas anders übrig.

„Ich nehme Mac mit."

Er runzelte die Stirn, musste jedoch zugeben, dass es schneller ginge, sie fahren zu lassen, als einen seiner Officers zurückzurufen. „Gut. Gehen Sie. Aber tun Sie nichts, was irgendwelche Beweise unverwertbar machen könnte, wenn diese Sache vor Gericht geht. Wenn er es war, will ich, dass dieser Mistkerl geröstet wird."

„Glauben Sie mir, das will ich auch."

Evelyn wandte sich zur Tür, aber vorher erhaschte Tomas noch einen Blick in ihr Gesicht und sah darin das brennende Verlangen nach Rache.

Er schickte ein schnelles Stoßgebet gen Himmel, dass sie den Scheißkerl nicht umbringen würde, wenn sie ihn fand, und eilte dann in das Lagezentrum des CARD-Teams, um dabei zu helfen, die Ankunft der anderen Verdächtigen vorzubereiten.

„Ich habe den Hauptschlüssel", sagte Kyle nüchtern, als sie an Kiki Novaks Haus ankamen.

„Und der wäre dein Fuß?"

„Ganz genau."

„Kiki wird vermutlich nicht öffnen, wenn ich klopfe. Aber bei dir vielleicht schon." Evelyn musterte ihn. Er trug Zivil, aber was noch lustig gewesen war, als sie ihn in seiner Rolle als Ingenieur getroffen hatte, war jetzt nur frustrierend. Kyle hatte zwar eine unbeschwerte Miene, aber seinen Körper oder die Intensität seines Blickes konnte er nicht verbergen. Und diese Dinge verrieten eindeutig, dass er in der Strafverfolgung arbeitete.

Er schenkte ihr ein breites Grinsen, das seine Grübchen hervorhob, und zwinkerte ihr zu.

Evelyns Blutdruck schnellte in die Höhe und sie erwiderte sein Grinsen – ihr erstes echtes Lächeln seit Tagen. „Okay. Mach das, und sie wird dir definitiv aufmachen."

„Was machst du so lange?"

Evelyn tätschelte ihre Waffe im Holster. „Die Rückseite des Hauses sichern."

„Meinst du wirklich, sie versteckt ihn?"

„Ich glaube, die Chancen stehen gut. Sie glaubt nicht, dass er ihre Tochter getötet hat."

Kyle nickte ernst, nahm sein Handy heraus und rief sie an, während er die Autotür öffnete. „Damit du hören kannst, was passiert."

„Gute Idee." Evelyn nahm den Anruf an und steckte ihr Handy zurück in die Tasche. Sie folgte Kyle, bis sie näher am Haus waren. Dann verschwand sie um das Nachbarhaus herum, um in Kikis Garten zu gelangen, ohne gesehen zu werden.

Es war Mittag, also waren Kikis Nachbarn vermutlich bei der Arbeit. Aber auf der Fahrt hierher hatte Evelyn Kikis Arbeitszeiten in dem Restaurant überprüft, in dem sie als Bedienung arbeitete. Kiki hatte sich den Tag freigenommen. Hoffentlich war sie zu Hause und nicht mit Darnell auf der Flucht.

Kyle ließ ihr Zeit, ihre Stellung zu beziehen, dann hörte sie ihn an Kikis Tür klopfen.

Das Schweigen in der Leitung dauerte so lange, dass Evelyn die Schultern sacken ließ. Falls Darnell im Haus war, würde er durch das Fenster schauen, Kyle erkennen und Kiki sagen, sie solle nicht aufmachen.

Evelyn schaute sich Kikis Haus an. Es gab zwei Türen, eine vorne und eine hinten. Falls Darnell drinnen war, konnte er sich entweder verstecken oder aus dem Fenster springen. Sie ließ ihren Blick über die Rückseite des Hauses gleiten und sah, dass alle Vorhänge zugezogen waren.

Falls Kiki nicht freiwillig aufmachte und Kyle einließ, hatten sie noch die Möglichkeit, das Megafon aus dem Auto einzusetzen und sich als FBI-Agents zu erkennen zu geben. Sie hatten keine Zeit, Kikis Zögern auszusitzen, aber die öffentliche Peinlichkeit, lautstark vom FBI gerufen zu werden, konnte manchmal Wunder bewirken. Gerade, als sie sich dieser Möglichkeit zuwenden wollte, hörte Evelyn ein: „Kann ich Ihnen helfen?" über das Telefon.

Evelyn drückte sich außer Sicht der Fenster gegen die Hauswand und wartete.

„Kiki Novak?"

„Ja." Kiki klang misstrauisch.

„Mein Name ist Kyle McKenzie. Ich bin vom FBI."

Evelyn hörte einen dumpfen Schlag, vermutlich von Kyles Hand, die gegen die Tür knallte, als Kiki versuchte, sie zuzuschlagen.

„Ich muss wissen, ob sich Darnell Conway hier aufhält."

Evelyn lauschte angestrengt.

Die Tür neben ihr sprang auf und erwischte sie unvorbereitet. Sie drückte sich von der Mauer ab, und Darnell sah sie.

Anstatt in die andere Richtung zu laufen, sprang er von den Stufen direkt auf sie zu.

Er traf sie wie ein Footballspieler und warf sie hart genug um, um ihr die Luft aus den Lungen zu pressen. Sie fiel zu Boden, ihr Körper prallte zuerst auf, dann ihr Kopf.

Darnell landete auf ihr, erhob sich dann halb und schaute sie knurrend an. Evelyn versuchte, Fuß zu fassen, doch Darnell hob seine Faust zu schnell.

Sie fand jedoch nie ihr Ziel.

Evelyn wusste nicht, woher er gekommen war, doch plötzlich war Kyle da, griff Darnell von der Seite an und riss ihn von ihr zu Boden. Er drehte Darnell mit Leichtigkeit um und legte ihm bereits Handschellen an, als Evelyn endlich auf die Füße kam.

„Darnell Conway, Sie sind verhaftet." Kyle zog ihn hoch. „Und Sie haben besser eine verdammt gute Erklärung dafür, dass Sie wussten, wo sich der Keller befindet."

20. KAPITEL

„Sie haben ihn gefunden."

Der ganze Raum wurde still, als Evelyn und Kyle mit Darnell Conway eintraten. Er trug immer noch Handschellen und ging mit gesenktem Kopf zwischen ihnen. Die Cops schienen wie erstarrt, bis Tomas nach vorne trat.

„Gut gemacht", sagte er und nahm Darnell am Ellbogen. „Ich bringe ihn ins Verhörzimmer und bin gleich wieder da."

Evelyn nickte. Carly und Greg kamen aus einem der anderen Verhörräume. Greg wirkte nicht sonderlich überrascht, während Carly sie mit offenem Mund anstarrte.

„Seine Exfreundin hat ihn versteckt?", vermutete Greg.

„Jupp."

„Wie sieht unsere Strategie aus?"

„Strategie?", fragte Carly. „Wir gehen ihn hart an. Mandy wird seit dreieinhalb Stunden vermisst. Wir müssen sie nach Hause bringen, damit es nicht noch eine vierte Tote gibt."

Sie drehte sich zu dem Raum um, in dem Tomas verschwunden war, und Evelyn packte ihren Arm.

Carly wirbelte herum und riss sich los. „Was? Sehen Sie das anders? Sie mögen ja vielleicht alles darüber wissen, wie diese Irren denken." Sie funkelte Greg an. „Aber – ist nicht böse gemeint – ich habe schon wesentlich mehr Fälle von Kindesentführungen bearbeitet als alle von Ihnen zusammen."

„Die BAU bekommt auch viele dieser Fälle", erwiderte Greg, der seit acht Jahren bei der BAU war, betont neutral.

„Dieser Mann ist schlau", sagte Evelyn. „Egal, wessen er sich schuldig oder nicht schuldig gemacht hat, er mag es, uns zu verhöhnen. Das hat er bei der Suchaktion sehr schön bewiesen. Er weiß genau, wie viel er sagen darf. Und wir wollen nicht, dass er sofort nach einem Anwalt ruft, was vermutlich das Erste sein wird, was er tut. Außer …"

„Außer Sie gehen rein?", fragte Carly.

„Außer wir ermutigen ihn, uns weiter zu verspotten. Außer wir lassen ihn denken, er wäre so viel klüger als wir, dass er keinen Anwalt benötigt."

Carly stemmte die Hände in die Hüften. „Und er wird glauben, so viel klüger als Sie zu sein?"

„Wenn er der Mörder ist", sagte Greg leise, „wartet er seit achtzehn Jahren darauf, Evelyn zu verspotten."

Carlys Hände rutschten von ihren Hüften, als sie zwischen ihnen hin und her schaute. „Kommen Sie damit klar, mit ihm allein da drin zu sein? Falls Sie recht haben, bedeutet das, er wird Sie mit dem verhöhnen, was er Ihrer Freundin angetan hat."

Evelyn atmete tief durch. „Ich weiß. Ich möchte Sie bei mir haben, Carly. Aber ich will die Führung übernehmen."

Als sie Gregs Blick auf sich spürte, schaute sie ihn an.

„Schaffst du das?", fragte er.

Sie biss die Zähne zusammen. „Natürlich", erwiderte sie, obwohl sie wusste, dass er eigentlich fragte: *Solltest du das wirklich tun?*

Kyle schaltete sich ein. „Was ist mit den anderen Verdächtigen?"

Greg schüttelte den Kopf. „Wir haben sowohl Walter als auch Frank hier. Carly und Tomas haben mit ihnen gesprochen und ich habe sie angeleitet. Bislang ist nichts dabei herausgekommen."

„Was denkst du?", wollte Evelyn wissen.

Greg schürzte die Lippen. „Ganz ehrlich? Wir können keinen von ihnen ausschließen, aber mein Bauchgefühl sagt mir, keiner von den beiden war es."

Carly schaute Greg an, dann wieder Evelyn. „Wenn es nicht Darnell ist", sagte sie, „ist Frank mein nächster Tipp."

„Warum?"

„Irgendetwas stimmt mit ihm nicht. Neunzehn Jahre lang so zu tun, als wäre seine Nichte noch am Leben? Ganz egal, was sein Bruder wollte, das ist einfach nur krank. Er wohnt in der Nähe des Kellers und kennt die Gegend verdammt gut. Er hat eine Firma, die es ihm erlaubt, seine Arbeitszeiten frei zu wählen, und Sie sagten, er gebe seiner Schwägerin die Schuld an dem, was seiner Nichte zugestoßen ist. Ganz zu schweigen davon, dass er, anders als Wiggins und Darnell, in der Gegend, in der die Mädchen entführt wurden, ganz sicher nicht auffallen würde."

Evelyn nickte und sah zu Greg.

„Das Timing lässt mich zögern", sagte er. „Sechs Jahre ist eine verdammt lange Zeit, wenn er es kaum erwarten konnte, wieder Mädchen zu entführen. So lange ist es her, seitdem Noreen achtzehn wurde und er ausgezogen ist, richtig?" Als Evelyn erneut nickte, fuhr er fort: „Angesichts dessen, wie schnell der Täter sich drei Mädchen geschnappt hat, riecht das nach Verzweiflung."

„Aber er ist nicht so verzweifelt, dass er Fehler begeht", gab Evelyn zu bedenken.

„Das stimmt. Wie ich schon sagte, beide Männer sind noch verdächtig, aber ich bin von keinem von beiden überzeugt. Bei Frank stimmt das Timing nicht, und Walter ist Erwachsenen gegenüber extrem schüchtern. Ich bin nicht sicher, dass er die Nerven hat, diese Entführungen durchzuziehen. Wenn jemand ihn in der Nähe eines Kindes gesehen hätte, wäre er garantiert noch einmal so verprügelt worden wie von Brittanys Dad."

„Nun, offensichtlich ist er nah genug an die Mädchen herangekommen, um die Fotos zu machen", wandte Kyle ein.

Verdammt, wusste denn jeder davon? Evelyn versuchte, sich ihr Unbehagen nicht anmerken zu lassen.

„Weshalb wir ihn nicht wirklich ausschließen können", schloss Greg. An Evelyn gewandt sagte er: „Aber dass Darnell auf das Feld und direkt an dem Keller vorbeigelaufen ist? Du weißt, was ich von Zufällen halte."

„Ja. Geht mir genauso." Sie passierten, aber öfter war es so, dass, wenn es eine Verbindung zu geben schien, es auch wirklich eine Verbindung gab.

„Okay. Legen wir los. Spielen Sie einfach mit", sagte sie zu Carly. „Dieser Mann liebt es, über seine körperliche Präsenz einzuschüchtern, und im Moment muss er ziemliche Panik schieben. Wir wollen diese Anspannung ein wenig lösen und ihm das Gefühl geben, dass er etwas Macht besitzt."

„Das ist der Plan, um Darnell zu befragen?", fragte Tomas, der sich wieder zu ihnen gesellte.

„Ja. Carly und ich gehen rein. Darnell liebt es, andere zu drangsalieren, und zwei Frauen empfindet er als weniger bedrohlich."

Bei diesen Worten verzog Carly das Gesicht, aber Fakt war, dass es in ihrem Beruf manchmal gut war, aufgrund des Geschlechts unterschätzt zu werden.

„Sie sollten sich ihm gegenüber an den Tisch setzen", wies Evelyn sie an. „Sie sind groß, also möchte ich, dass Sie ein wenig in sich zusammensinken – nicht so, als wären Sie gelangweilt, sondern so, als fühlten Sie sich in seiner Gegenwart ein wenig unbehaglich. Übertreiben Sie es nur nicht, das wird er sofort durchschauen. Nehmen Sie eine Mappe mit Darnells Namen darauf mit, aber öffnen Sie sie nicht."

„Was ist mit Ihnen?", wollte Tomas wissen.

„Ich hoffe, dass er mich anschaut und das Mädchen sieht, das ihm vor achtzehn Jahren durch die Lappen gegangen ist. Falls er unser Mörder ist, sollte er sich, wenn er mich sieht, gleichzeitig frustriert, aber auch ein wenig überlegen fühlen. Frustriert, weil ich ihm entkommen bin, und überlegen, weil er glaubt, ich habe immer noch Angst vor ihm." Das hatte sie ihn auch vor ein paar Tagen in den Dünen glauben lassen.

„Er wird gerade so viel sagen wollen, dass ich weiß, er könnte mich jederzeit geschnappt haben – ob das nun stimmt oder nicht. Und wenn er es ist, wird er mit der Macht prahlen wollen, die er besitzt, weil er Mandy hat. Der Trick ist, ihn ein kleines bisschen zu weit zu treiben, bis er es schließlich zugibt."

„Und Sie glauben, Sie können ihn dazu bringen?" Tomas wirkte skeptisch.

Evelyn nickte Carly zu. „Finden wir es heraus."

„Das ist doch Bullshit", sagte Darnell, sobald Evelyn und Carly den Raum betraten.

Er machte das gut; er wirkte wütend und ein wenig empört. Aber sein Blick war zu unstet, sein gesamter Körper zu angespannt.

Carly saß ihm gegenüber und legte die Mappe mit Darnells Namen darauf gut sichtbar auf den Tisch. Dann schaute sie Evelyn an und ließ ihre Schultern ein wenig heruntersacken.

Evelyn blieb am Rande des Raumes stehen, als wollte sie Darnell nicht zu nahe kommen. In Wahrheit pochte ihr Kopf von dem Aufprall auf dem Boden und sie war ziemlich sicher, wenn sie heute Abend in ihr Hotelzimmer zurückkehrte, würde sie feststellen, dass ihr ganzer Rücken voller blauer Flecke war.

„Mr Conway, Chief Lamar hat Ihnen Ihre Rechte vorgelesen, ist das korrekt? Sie haben darauf verzichtet, einen Anwalt hinzuzuziehen, und Sie sind sich bewusst, dass diese Unterhaltung aufgezeichnet wird. Haben Sie noch irgendwelche Fragen …"

„Ich kenne meine Rechte", bellte Darnell Carly an, dann schaute er zu Evelyn. „Glauben Sie wirklich, Sie kommen damit durch, mich so anzugreifen? Erst haben Sie unbefugt mein Grundstück betreten, dann das von Kiki …" Er verschränkte seine zitternden Arme vor der Brust und lehnte sich auf dem Stuhl zurück.

„Haben Sie eine Erklärung dafür, warum Sie über das Feld gelaufen sind?"

„Natürlich habe ich die! Sie und Ihr Freund haben mich gejagt."

„Also wollen Sie mir sagen, dass es reiner Zufall war, dass Sie genau über die Stelle gelaufen sind, wo später eines der Entführungsopfer gefunden wurde?" Bevor er antworten konnte, fügte sie hinzu: „Das Opfer, das überlebt hat."

Darnell schluckte schwer und rutschte unruhig auf dem Stuhl hin und her. „Das ist eine Falle, okay? Glauben Sie wirklich, dass ich Sie direkt zu ihnen geführt hätte, wenn ich es gewesen wäre? Das wäre doch einfach nur dumm."

Er beugte sich vor, sah kurz Carly an und dann wieder Evelyn. „Ich weiß, dass Sie nichts gegen mich in der Hand haben, denn ich habe es nicht getan! Und selbst ein Pflichtverteidiger könnte das hier abschmettern. Ich bin zufällig über ein Feld gelaufen. Na und?"

„Sie sind über ein Feld gerannt, während Sie versucht haben, vor zwei FBI-Agents wegzulaufen", sagte Carly.

„Sie. Haben. Mich. Gejagt", sagte Darnell langsam. „Und die da", er zeigte auf Evelyn, „hatte bereits widerrechtlich mein Grundstück betreten und alle möglichen Anschuldigungen gegen mich erhoben. Ihr Freund hat mich völlig grundlos mit der Waffe bedroht, als ich bei der Suche geholfen habe." Er lehnte sich feixend zurück, doch in seinen Augen sah sie Angst. „Was würde eine Jury wohl dazu sagen?"

„Was für eine Jury?", fragte Carly.

„Nun, Sie haben mich doch verhaftet, oder nicht? Sie glauben, Sie haben genug in der Hand, um mich wegen dieser Entführungen ...", er runzelte die Stirn, „und der Morde anklagen zu können."

Darnell verlagerte unruhig sein Gewicht, und Evelyn unterbrach ihn, bevor er zu weit in diese Richtung gehen und sich doch noch entscheiden könnte, einen Anwalt zu nehmen. „Warum haben Sie sich den Suchmannschaften angeschlossen?"

Er schaute sie eine Minute nachdenklich an, dann sagte er: „Warum nicht? Sie haben mir erzählt, dass ein kleines Mädchen entführt wurde. Natürlich wollte ich helfen, sie zu finden."

„Haben Sie mir nicht in den Dünen erzählt, dass Brittany tot ist?"

Carly zuckte zusammen, und Darnells Blick glitt langsam zu ihr hinüber, als versuche er zu ergründen, was für eine Rolle sie hier spielte. Dann fokussierte er sich wieder auf Evelyn.

„Das war eine logische Annahme. Jeder weiß, dass es der gleiche Kerl von vor achtzehn Jahren ist. Glaubt wirklich noch jemand, die Mädchen könnten nach all der Zeit noch am Leben sein?" Er zuckte mit den Schultern. „Ich nahm einfach an, wenn er sie damals getötet hat, würde er das jetzt wieder tun."

Als Carly sich interessiert vorbeugte, fügte er schnell hinzu: „Natürlich habe ich gehofft, dass ich mich irre. Deshalb habe ich mich an der Suche beteiligt."

„Kannten Sie eines der Mädchen, die vor achtzehn Jahren verschwunden sind?"

Er schnaubte. „Nein. Warum sollte ich Zwölfjährige aus anderen Städten kennen?"

Evelyn machte sich eine mentale Notiz, dass Darnell das exakte Alter der Opfer erwähnt hatte, und fuhr sanft fort. „Aber Sie haben auch damals bei der Suche geholfen, nicht wahr?"

Darnell setzte eine finstere Miene auf. „Ja. Und damals nahm ich an, man würde sie lebend finden. Zumindest das letzte Mädchen, Ihre Freundin."

Das war der Einstieg, auf den sie gewartet hatte, aber es ihn sagen zu hören fühlte sich wie ein Faustschlag in den Magen an. Sie verfluchte sich, weil sie wusste, dass sie sichtbar darauf reagiert hatte, aber als sie das Licht in Darnells Augen aufblitzen sah, erkannte sie, dass das tatsächlich gut war.

Bring ihn weiter aus dem Gleichgewicht, ermahnte sie sich. *Lass ihn glauben, dass er gewinnt.* Sie versuchte, ihren Ton neutral zu halten, doch ihre Stimme brach trotzdem, als sie sagte: „Cassie. Sie dachten, Cassie würde lebend gefunden?"

„Cassie", wiederholte Darnell langsam. „Ja, ich dachte, man würde sie lebend finden und nach Hause bringen."

„Aber das hat man nicht."

Darnell hob die Schultern. Seine nervösen Ticks ließen langsam nach. „Ich schätze nicht."

„Vielleicht war der Täter nie ein Mörder", sagte Evelyn.

Carly schoss ihr einen Blick zu, der sagte: Was zum Teufel haben Sie vor?, doch sie sprach es nicht laut aus.

Darnell wirkte ebenfalls misstrauisch. „Vielleicht", sagte er zögernd.

„Es sieht so aus, als wäre Brittanys Tod ein Unfall gewesen. In dem Fall sollte die Person, die das getan hat, es vielleicht offen gestehen. Bevor sie wegen Mordes verhaftet wird."

Darnell hob die Augenbrauen und verzog die Lippen, als er gekünstelt auflachte. „So wollen Sie es versuchen? Wirklich? Sie glauben, ich hätte es getan, und werde es zugeben, in der Hoffnung, was genau zu gewinnen? Eine etwas geringere Strafe? Sie reden hier von Kindesentführung! Und davon, ihnen grauenhafte Dinge anzutun. Ich habe es nicht getan, und ich werde weiß Gott nicht zulassen, dass Sie mir das anhängen!"

„Was, glauben Sie, hat man ihnen angetan?"

„Woher soll ich das denn wissen? Ich habe gehört, dass sie in einem Loch im Boden gefangen gehalten wurden! Das lässt nichts Gutes vermuten."

„Sie sind direkt über dieses Loch hinweggelaufen."

Darnell stieß einen übertriebenen Seufzer aus. „Sie haben mich dorthin *gejagt*."

„Ich bin Ihnen dorthin gefolgt", entgegnete Evelyn. „Und Sie schienen geglaubt zu haben, mich abgeschüttelt zu haben, als Sie in die Sackgasse einbogen."

„Ich bin nicht von hier …"

„Sie scheinen die Stadt aber offensichtlich gut zu kennen, nachdem Sie vor achtzehn Jahren so intensiv bei der Suche geholfen haben. Und Sie haben mich auch in den Dünen ziemlich schnell gefunden."

„Ich habe mich erkundigt, wo Sie sind", knurrte er. „Sie waren diejenige, die mir von der Suchaktion erzählt hat. Jemand anderes hat mir den Weg gezeigt und mir gesagt, wo ich Sie finden kann."

„Wer?"

Carly richtete sich auf ihrem Stuhl auf, als könnte sie es kaum erwarten, endlich Fragen über Mandy zu stellen, aber Evelyn wollte weiterhin die Richtung des Gesprächs wechseln, damit Darnell es sich in seiner Geschichte gar nicht erst gemütlich einrichten konnte.

Darnell seufzte erneut. „Ein Cop."

„Welcher?"

„Bullock heißt er, glaube ich." Er legte eine bedeutungsvolle Pause ein. „Sie wissen schon, der Typ, dem das Grundstück gehört."

„Woher wissen Sie das? Wenn Sie sich in dieser Stadt doch gar nicht so gut auskennen?"

Darnell schaute finster drein. „Ich … habe es in den Nachrichten gehört."

Evelyn nickte, obwohl sie keine Ahnung hatte, ob das in den Nachrichten erwähnt worden war oder nicht. „Okay. Warum sind Sie durch das Feld gerannt, Darnell? Sie waren bereits da, als wir um die Kurve bogen."

Darnell starrte auf den Tisch, dann endlich sah er auf. Er wirkte nachdenklich. „Ich bin reingelegt worden", sagte er. „Jemand hat mir eine SMS geschickt, okay? Ich sollte ihn dort treffen."

Carly verdrehte die Augen und fragte: „Wer hat Ihnen die SMS geschickt?"

Darnell rieb sich übers Kinn. „Ich bin mir nicht sicher. Das war so eine ... geschäftliche Sache."

„Das ist ziemlich praktisch", schnaubte sie.

„Für mich ist es das nicht! Ich meine, sehen Sie doch nur, was passiert ist. Jemand hat versucht, mir eine Falle zu stellen! Und ich habe es anfangs nicht erwähnt, weil ich weiß, dass es dumm klingt. Aber es ist wahr."

„Was für Geschäfte wickeln Sie denn auf verlassenen Feldern ab?", hakte Evelyn nach.

„Das hat was mit Verkäufen zu tun. Ist vertraulich."

„Und Sie wollen uns sagen, wer auch immer Ihnen die SMS geschickt hat, bevor Sie zu dem Feld gefahren sind, ist der Entführer?", fragte Carly ungläubig.

„Tja, ja. Muss ja wohl so sein, oder?"

„Und Sie glaubten, es wäre klug, auf einem verlassenen Feld Geschäfte mit jemandem abzuschließen, den Sie nicht kennen?", hakte sie nach. „Sie sagten vorhin, Evelyn wäre Ihnen bis dorthin gefolgt."

„Verdammt, ja, ich dachte nicht, dass sie mich einholen würde, okay? Und ich wollte einfach nur den, äh, Deal abschließen, bevor er mir durch die Lappen ging. Also habe ich versucht, sie abzuschütteln, damit sie mir das nicht versaut. Sie hat mich verfolgt. Sie wollte mich einfach nicht in Ruhe lassen!"

„Was fürchteten Sie denn, das ich finden könnte?", fragte Evelyn.

„Nichts! Es gibt nichts zu finden. Aber Sie haben versucht, mir den Mord an Charlotte anzuhängen. Und jetzt versuchen Sie, mir das hier anzuhängen. Aber ich habe nichts von alldem getan!"

„Das ist ein ziemlich großer Zufall, finden Sie nicht?", fragte Evelyn. „Überall, wo Sie sind, tauchen ermordete kleine Mädchen auf."

„Hey!" Darnell hob die Hände. „Charlotte ... das war grausam. Grausam, zu sehen, was man ihr angetan hat. Aber ich habe mit den anderen Mädchen nichts zu tun. Nur weil sie in der Nachbarstadt wohnen, heißt das nicht, dass ich sie kenne. Und ich kenne sie auch nicht."

„Ist das auch das, was Lauren uns erzählen wird?", fragte Carly.
„Die Polizei unterhält sich gerade mit ihr."

„Verdammt, ja, das ist genau das, was sie Ihnen erzählen wird."

Die Sicherheit in seiner Stimme machte Evelyn stutzig. Andererseits, falls Walter oder Frank der Mörder war, hatte keiner von ihnen versucht, wegzulaufen. Wenn der Mörder damit gerechnet hatte, dass Lauren gefunden wurde, würde er dann nicht auch Grund zu der Annahme haben, dass sie schweig?

Evelyn trat näher an Darnell heran und zog seine Aufmerksamkeit auf sich. „Sind Sie sicher?"

„Ja, ich bin sicher", sagte er, doch in seinen Augen blitzten Zweifel auf.

Evelyn stürzte sich darauf und trat noch näher. „Womit auch immer Sie sie bedroht haben, um sie vom Reden abzuhalten, es wird nicht funktionieren. Lauren ist umgeben von Polizisten. Sie werden sie überzeugen, dass Sie Ihre Drohung nicht wahr machen können."

Evelyn konnte sich denken, was das war. Pädophile waren ziemlich vorhersehbar. Sie drohten, die den Kindern nahestehenden Personen zu verletzen, falls das Kind irgendetwas verriet. Sie sagten ihm, sie würden ihm die Schuld geben oder es würde Schwierigkeiten bekommen. Je jünger oder je naiver das Opfer war, oder je mehr Kontrolle der Täter über sein tägliches Leben hatte, desto leichter war es.

Aber das Schweigen des Mädchens würde nur für eine gewisse Weile anhalten. Irgendwann würde es anfangen zu reden – vor allem, wenn es erfuhr, dass derjenige, der es bedroht hatte, weggesperrt war.

Darnell schaute zwischen ihnen hin und her. „Ich habe sie mit gar nichts bedroht."

„Die Polizisten werden ihr sagen ..."

„Sie werden ihr sagen, sie soll mich beim Namen nennen?", platzte Darnell heraus. Er sprang auf die Füße, woraufhin Carly sich ebenfalls erhob.

„Ich habe es nicht getan!" Er schaute sich panisch um, als ihm die Schwere der Anklage bewusst wurde. „Das ... ich wurde reingelegt! Verdammt! Die SMS war ein Trick ... eine ... eine Lüge."

„Wenn es diese SMS wirklich gegeben hat, zeigen Sie sie uns", sagte Carly.

„Ich ..." Darnell wandte sich wie ein gefangenes Tier von einer Agentin zur anderen. „Wenn das Mädchen behauptet, ich wäre es gewesen, hat ihr das jemand eingeredet!"

„Nun ist aber mal gut", gab Carly wütend zurück.

„Er hängt es mir an, weil *sie* glaubt, ich wäre es gewesen!" Darnell zeigte mit zitterndem Finger auf Evelyn. „Ich war es nicht! Verdammt! Ich habe diesen Keller nicht gebaut!"

Evelyn stemmte die Hände in die Hüften und funkelte ihn ungläubig an. Aus dem Augenwinkel sah sie, dass Carly es ihr nachmachte, obwohl sie schon die ganze Zeit misstrauisch dreingeschaut hatte.

„Ich war es nicht!" Darnell wich vom Tisch zurück, wobei er seinen Stuhl umstieß, was er jedoch nicht zu bemerken schien, als er sich immer weiter in Richtung Wand bewegte.

„Wenn Ihre Geschichte stimmt, dann zeigen Sie uns die SMS", verlangte Evelyn und machte einen Schritt auf ihn zu.

„Das kann ich nicht. Ich, äh, ich habe sie gelöscht. Aber Sie können bei meinem Provider nachfragen! Dort muss die Nummer doch auftauchen, oder?"

Carly runzelte die Stirn. „Wir können eine SMS möglicherweise wiederherstellen", sagte sie langsam.

„Ich habe eine SMS erhalten. Eine SMS, mich dort zu treffen. Bei dem großen Baum am Rand des Feldes." Darnells Stimme wurde immer höher. „Sie können die Anrufliste nach der Nummer durchsuchen, aber nicht die SMS. Die ist, äh, geheim – ich würde meinen Job verlieren."

„Sie wussten, wo der Keller war, als Sie auf das Feld gelaufen sind." Evelyns Stimme wurde bei jedem Wort lauter. „Sie haben selbst gesagt, dass Sie glaubten, ich würde Sie nicht einholen. Sie waren da, um in den Keller zu gehen, zu Ihren Opfern!"

„Nein!" Darnell schüttelte hektisch den Kopf. „Nein, ich habe nicht ..."

„Sie sind direkt darauf zugegangen!"

„Ich wusste nicht, dass es dort einen Keller gibt! Ich wollte zu dem Baum, zu meinem Date ... meinem Geschäftstreffen."

„Und es ist reiner Zufall, dass diesen Mädchen das Gleiche angetan worden ist, was man Charlotte angetan hat?" Evelyn behielt Tonfall und Haltung bei, als sie den Köder auslegte.

„Oh Gott. Oh Gott!" Darnells Augen weiteten sich. „Er hängt es mir an. Charlotte ... das war ein Unfall. Aber ich habe nicht ... ich habe nicht ..."

Evelyn stockte in ihrer Bewegung auf Darnell zu und erkannte, dass er es gesehen hatte. Sie erwartete, dass er sie erneut höhnisch angrinsen würde, weil er wusste, dass man an Brittany oder Lauren keine Hinweise auf sexuellen Missbrauch finden würde.

„Ich … Das meinte ich nicht. Ich habe nicht …" Darnell schloss die Augen und glitt an der Wand zu Boden. „Ich will einen Anwalt."

„Den werden Sie auch brauchen", sagte Carly. Sie zog ihn auf die Füße und führte ihn aus dem Raum, um ihn in eine Zelle zu stecken.

Evelyn stand wie erstarrt an der gleichen Stelle, an der sie gestanden hatte, als Darnell mit der Wahrheit herausgeplatzt war.

Er hatte Charlotte Novak getötet.

Aber er war nicht der Kinderreim-Killer.

Wer war es dann?

21. KAPITEL

„Glauben Sie ihm?", fragte Tomas an Evelyn gewandt. Er saß zusammengesunken auf einem Stuhl in der Kommandozentrale.

Um ihn herum saßen Carly, Greg und Kyle und schauten sie erwartungsvoll an. Die restlichen Agents und Polizisten, die nach Darnell gesucht hatten, waren auf andere Spuren angesetzt worden. Die meisten davon stammten aus Hinweisen zu Mandys Verschwinden und möglichem Aufenthaltsort. Bislang hatte keine von ihnen etwas gebracht.

„Dass er nicht der Kinderreim-Killer ist?" Evelyn nickte. „Ja. Das glaube ich. Sie haben die Befragung gesehen. Er wusste nicht, in welcher Verfassung sich Lauren und Brittany befunden haben."

„Besteht die Chance, dass er lügt?", wollte Tomas wissen.

„Das bezweifle ich. Er dachte, er würde wegen aller Taten angeklagt, was ihn dazu gebracht hat, den Mord an Charlotte zu gestehen. Das hätte er meiner Meinung nach nicht getan, wenn er wirklich der Entführer wäre. Zumindest nicht auf diese Weise und nicht so schnell."

„Das sehe ich genauso", stimmte Greg zu. „Er ist wegen Charlotte in Panik geraten. Aber er ist nicht unser Mann."

„Er hat gesagt, ihr Tod sei ein Unfall gewesen", erinnerte ihn Tomas.

„Auf keinen Fall!", widersprach Greg. „Er hat sie umgebracht, damit sie nicht verraten konnte, dass er sie missbraucht hat. Und sein Geständnis mag ungewöhnlich sein, aber es wird halten. Vor allem, weil ich ahne, warum er so zurückhaltend war, was die SMS betraf."

„Und warum?", fragte Tomas.

„Als er sie das letzte Mal erwähnte – bevor er sich selber unterbrochen hat –, sagte er, er wollte zu seinem *Date*."

„Das könnte es sein", sagte Evelyn. „Deshalb war er so nervös. Er war so sehr darauf bedacht, zu verbergen, was er auf dem Feld vorhatte, dass er nicht sorgfältig genug auf seine Sprache geachtet hat."

Carly warf die Locken zurück, die ihr durch die Luftfeuchtigkeit wild vom Kopf abstanden. „Warum zum Teufel sollte er ein *Date* geheim halten wollen?"

„Falls es wirklich jemanden gibt, der Darnell das anhängen will, was würde ihn dazu bringen, sich abends auf ein verlassenes Feld zu begeben?", fragte Greg. „Was könnte in der SMS gestanden haben?"

Carly lehnte sich auf ihrem Stuhl zurück. „Natürlich. Ich hätte es wissen müssen."

Tomas schaute sie beide an. „Was?"

„Ich wette, wenn wir uns Darnells Computer ansehen, finden wir eine ganze Reihe von Chats zwischen ihm und jemandem, der behauptet, ein zwölfjähriges Mädchen zu sein", sagte Greg.

Tomas rieb sich die Augen. „Würde er so etwas wirklich mitten in einer Ermittlung tun?"

„Pädophile sind ziemlich entschlossene Mistkerle."

„Und er hat nicht vermutet, dass ihn jemand in eine Falle locken will?"

„Ich bin mir sicher, dass er das vermutet hat. Aber entweder war der Kerl sehr überzeugend, oder Darnell konnte nicht widerstehen, einen Blick zu riskieren, nachdem er glaubte, Evelyn abgeschüttelt zu haben."

„Nun, vielleicht können wir Darnells SMS zum richtigen Kinderreim-Killer nachverfolgen", sagte Tomas.

„Wir werden es versuchen", erwiderte Carly. „Aber ich muss sagen, jeder, der so clever ist, das zu tun, was unser Täter getan hat, wird so eine Nachricht vermutlich nicht von seinem eigenen Handy aus verschickt haben." Sie stand auf und fing an, im Raum auf und ab zu gehen. „Wenigstens wird Kiki Novak jetzt endlich die Wahrheit erfahren. Endlich kann sie einen Abschluss finden."

„Ich denke, das wird es für sie eher noch schlimmer machen", sagte Evelyn traurig.

„Warum?", fragte Carly. „Nach zwanzig Jahren geht der Mörder ihrer Tochter endlich ins Gefängnis, und vermutlich für den Rest seines Lebens."

„Ja, aber sie hat ihm geglaubt. Sie hat ihn versteckt, als wir dachten, er wäre der Kinderreim-Killer. Sie hat nach dem Tod ihrer Tochter noch neunzehn Jahre mit ihm zusammengelebt. Sie hat ihn in ihr Haus gebracht, hat ihn als Ersatzvater für Charlotte behandelt. Wenn wir Charlottes Mörder nie gefunden hätten, hätte sie weiter glauben können, dass es ein Zufall war, ein Fremder, der Charlotte auf dem Heimweg von der Schule aufgelauert hat. Jetzt muss sie mit dem Wissen leben, dass es ihr Freund gewesen ist. Jetzt muss sie mit der Schuld leben, ihm nicht nur Zugang zu Charlotte verschafft, sondern ihm auch all die Jahre zur Seite gestanden zu haben."

„Wollen Sie mir etwa sagen, Sie sind traurig, dass wir den Fall abschließen können?", wollte Carly wissen.

„Natürlich nicht." Aber es machte sie tatsächlich traurig, und als sie Kyles Blick über den Tisch hinweg auffing, sah sie, dass er wusste, dass sie nicht nur an Kiki Novak dachte. Hatte ihre Mutter sich je schuldig gefühlt? In den Jahren, die Evelyn nicht mehr bei ihr wohnte, hatten ihre Großeltern dafür gesorgt, dass ihre Mutter sich fernhielt. Und in den dreizehn Jahren seit der Krankheit ihrer Grandma hatte ihre Mutter versucht, sie anzurufen, aber Evelyn hatte sich geweigert, mit ihr zu sprechen, hatte sich geweigert, ihr zu vergeben.

Sie hatte keine Ahnung, was ihre Mom über die Nacht vor zwanzig Jahren glaubte. Redete sie sich ein, dass Evelyn gelogen hatte, weil sie nicht akzeptieren konnte, jemanden ins Haus gebracht zu haben, der ihrer Tochter wehtun wollte? Wusste sie, was sie beinahe zugelassen hatte? Lebte sie mit ihrer Schuld? Oder versuchte sie immer noch, sie in einem Meer aus Alkohol zu ertränken?

Evelyn versuchte, sich einzureden, dass es ihr egal war, und setzte sich gerade hin, um zum Thema zurückzukehren.

Carly kam ihr zuvor. „Wenn es nicht Darnell Conway ist – und ich stimme Ihnen zu, er ist es nicht –, warum hat er dann so viel Aufmerksamkeit auf sich gezogen, ist Ihnen in die Dünen gefolgt und hat sich den Suchmannschaften angeschlossen?"

„Charlotte", sagte Greg nur.

„Er wusste, dass wir ihn verdächtigen, weil Jack Bullock und ich ihn zu Hause befragt haben. Und er ist zwanzig Jahre damit durchgekommen. Er wollte damit angeben. Er nahm an, dass er nach so langer Zeit nichts mehr zu befürchten hatte. Die forensischen Beweise konnten ihm nichts nachweisen, also fühlte er sich überlegen. Er hat nicht vorgehabt, es jemals zuzugeben, aber er genoss es, mich zu verhöhnen."

„Wirklich?" Carlys Augenbrauen schossen in die Höhe. „Das kommt mir ziemlich mutig vor. Und riskant. Vor allem, wenn er immer noch im Internet nach Mädchen suchte."

„Nun, die andere Seite von ihm ist sein Zwang", warf Greg ein. „Er denkt zuerst wie ein Pädophiler mit seinen ganz bestimmen Impulsen. Er wollte Teil der Suchaktion sein, wenn wir die Mädchen finden. Er wollte da sein, wollte sie sehen."

„Ekelhaft", murmelte Tomas.

Carly schloss die Augen. Sie sah erschöpft aus. „Ja, das ergibt Sinn … auf total kranke Weise."

„Also, wenn es nicht Darnell ist", sagte Kyle. „Wer ist dann der Nächste auf der Liste?"

„Frank?", schlug Carly vor.

Greg nickte langsam.

„Was ist mit Walter Wiggins?", wollte Tomas wissen.

„Er ist auch immer noch nicht aus dem Schneider", stimmte Evelyn ihm zu.

Tomas betrachtete die ernsten Gesichter der Agents. „Sie wirken von keinem von beiden sonderlich überzeugt."

Das lag daran, dass sie, wenn sie hätte wetten müssen, alles auf Darnell gesetzt hätte.

Evelyn sagte es Tomas geradeheraus: „Oder es ist jemand, den wir bisher noch gar nicht berücksichtigt haben."

Mandys Tränen verebbten, als sie aufschaute und einen kleinen Lichtstrahl sah. Sie hatte zuvor noch nie Angst vor der Dunkelheit gehabt, aber sie hatte auch noch nie eine solch tiefschwarze Finsternis gesehen wie die, die sie hier umfing. Sie war unter der Erde, in eine Decke gehüllt, die nicht darüber hinwegtäuschen konnte, wie hart der Boden war.

Der gesamte Raum war aus Erde gemacht. Der Boden, die Decke, die Wände. Und sie sollte hier leben! Das hatte man ihr zumindest erzählt.

Mandy drückte einen Teddybären an ihre Brust. Es war nicht ihr Teddy. Er war alt und roch, als hätte er zu lange auf jemandes Dachboden gelegen. Aber wenigstens war er etwas, an dem sie sich festhalten konnte. Ansonsten wären es nur sie und die Dunkelheit.

Erneut breitete sich Angst in ihr aus. Eine Angst, die sie noch nie zuvor empfunden hatte. Sie wusste nicht, wo sie war. Sie wusste nicht, wie lange sie schon hier unten hockte. Aber es fühlte sich sehr, sehr lange an.

Ihr Herz klopfte, ihr Mund war trocken und ihre Augen brannten vom Weinen. Sie hatte schreien wollen, den Menschen zurufen, wo sie war, aber sie wusste, das konnte sie nicht. Sie wusste, was passieren würde, wenn sie auch nur einen Ton sagte. Und sie wollte nicht, dass man ihrer Mom oder ihrem Dad wehtat. Also blieb sie stumm.

Aber der Lichtstrahl lockte sie an.

Es hatte bisher kein Licht gegeben. Langsam, ganz langsam stand Mandy auf. Eine Hand hielt den Teddy umklammert, die andere streckte sie vor sich aus und machte einen Schritt. Dann noch einen, bis ihre Finger sich um die Stufe einer Leiter schlossen.

Es war schwierig, hinaufzuklettern und gleichzeitig den Teddy festzuhalten, aber Mandy wollte ihn nicht loslassen. Sie zog sich mit schweißnassen Händen hinauf und hatte Angst, dass sie oben ankommen und die Tür wieder aufgehen würde und …

Sie schloss die Augen. *Denk nicht daran!*

Sie hob eine zitternde Hand und drückte gegen die Tür. Sie bewegte sich!

Mandy keuchte auf, dann schlug sie schnell die Hand vor den Mund, wobei sie fast von der Leiter gefallen wäre. Sie versuchte es noch einmal. Die Tür war nicht richtig verschlossen worden.

Mandy drückte fester, doch sie war nicht stark genug, um sie zu öffnen. Bei dem Gedanken, ihre Mom und ihren Dad nie wiederzusehen, fing sie an zu schluchzen. Aber sie kämpfte die Tränen nieder, klemmte sich den Teddy unter den Arm und drückte mit beiden Händen, so fest sie konnte, gegen das Holz.

Die Klapptür schlug zurück und ließ den Sonnenschein hinein, der so hell war, dass weiße Flecken vor ihren Augen tanzten, selbst wenn sie die Lider fest zusammenpresste. Ihr Atem ging in kurzen, panischen Stößen, als sie sich hochstemmte und auf die Erde fiel.

Sie war umgeben von hohem Gras. Sie rappelte sich auf, ging in die Hocke und schaute sich um. Doch da war niemand, nur weites, leeres Land.

Unsicher schaute sie sich um. Wohin sollte sie gehen? Wohin?

Der große Schatten eines über sie hinwegfliegenden Ibisses glitt an ihr vorbei, und Mandy stolperte vorwärts und folgte seinem Weg. Dabei betete sie, dass er sie nach Hause führen würde. Den Teddy fest an ihre Brust gedrückt, lief sie, so schnell sie konnte.

Ihre Füße blieben an etwas hängen, und sie fiel zu Boden, schlug sich das Schienbein an und das Knie auf. Doch sie ignorierte den Schmerz, sprang wieder auf die Füße und rannte weiter.

„Wir haben Mandy Toland gefunden."

Tomas' Ankündigung hallte von den Wänden der beinahe leeren CARD-Zentrale wider. Evelyn sprang auf die Füße.

Kyle, der neben ihr saß, erhob sich etwas langsamer. „Lebendig?"

„Ja." Tomas wandte sich in die Richtung, aus der er gekommen war. „Sie ist entkommen. Ich fahre ins Krankenhaus, um mit ihr zu reden. Ich möchte, dass Sie mich begleiten, Evelyn."

Evelyn riss die Fotos aus der Akte, die Carly gerade angelegt hatte, ließ ihre Aktentasche stehen und eilte zur Tür.

„Ich bleibe hier und sehe mir das weiter an", sagte Kyle. „Ich rufe dich an, wenn mir was auffällt."

In der letzten Stunde waren sie den Autopsiebericht von Brittany Douglas sowie alles, was im Erdkeller gefunden worden war, durchgegangen. Kyle gehörte jetzt zwar zum HRT, aber genau wie sie hatte er in einer ganz normalen Einheit des FBI angefangen. Sie bei der Abteilung für Gewaltverbrechen, er in der zur Terrorismusbekämpfung. Er wusste, wie man Beweise und Autopsieberichte las.

Evelyn nickte ihm dankbar zu und folgte Tomas dann nach draußen. Sie konnte immer noch nicht glauben, dass Kyle sich freigenommen hatte, um hier bei ihr zu sein.

Sobald sie eine Minute hatte, die nicht von dem Fall bestimmt wurde, würde sie herausfinden müssen, was das zwischen ihnen beiden war. Und was das für ihre Karriere bedeuten könnte – falls sie dann noch eine hatte.

„Wo ist Carly?", fragte Tomas auf dem Weg durch die beinahe leere Polizeistation.

„Sie spricht noch mal mit Frank. Sie hat ihren Partner mit reingenommen und Greg leitet sie von außen an."

Tomas sah sie an, als er ihr die Tür aufhielt. „Warum Greg? Warum nicht Sie? Und führt das irgendwohin?"

„Greg hat die Befragungen von Frank und Walter von Anfang an geleitet. Er weiß, was los ist. Wir haben uns vorher darüber unterhalten, aber es schien mir besser zu sein, wenn ich mir die Informationen vom Tatort noch einmal ansehe. Und nein, bislang haben die Befragungen noch nichts erbracht. Was wissen wir bisher über Mandy?"

Sie liefen zu Tomas' Wagen und stiegen ein, dann raste er mit heulenden Sirenen vom Parkplatz.

„Ein Mann, der am Stadtrand von Rose Bay wohnt, hat uns angerufen. Er hat Mandy gefunden, als sie schmutzig, blutend und verwirrt über sein Grundstück lief. Der Krankenwagen hat sie bereits abgeholt. Wir treffen sie am Krankenhaus."

„Wissen Mandys Eltern es schon?"

„Sie sind auch auf dem Weg."

„Sie konnte fliehen?"

Tomas nickte und raste mit zusammengebissenen Zähnen durch die Straßen von Rose Bay. „Soweit wir das bisher wissen. Der Mann, der angerufen hat, sagte, sie habe nicht geredet. Anfangs ist sie sogar vor ihm davongelaufen, also hat er nach seiner Frau gerufen und gemeinsam ist es ihnen gelungen, sie davon zu überzeugen, dass sie ihr helfen wollten. Sie hat sich geweigert, ihr Haus zu betreten, deshalb haben sie draußen mit ihr auf den Krankenwagen gewartet."

„Wo genau hat man sie gefunden?", wollte Evelyn wissen, als Tomas auf den Krankenhausparkplatz einbog.

„Ganz am äußeren Rand von Rose Bay. Das Paar, auf dessen Grundstück sie aufgetaucht ist, lebt auf über vierzig Hektar Land. Sie haben sie auf dem Feld entdeckt und sind ihr hinterhergelaufen. Sie sagten, sie sei aus westlicher Richtung gekommen, was die gleiche Gegend ist, in der wir Brittany und Lauren gefunden haben."

Evelyn stieg aus dem Wagen und schlug die Tür hinter sich zu. „Wie weit ist das Haus des Ehepaares davon entfernt?"

„Ungefähr eine Meile."

„Könnte es dort, wo wir Brittany und Lauren gefunden haben, noch mehr Keller geben?"

Tomas fuhr sich mit den Fingern durchs Haar und eilte auf den Eingang des Krankenhauses zu. „Sie wissen, wie viel freies Land es da draußen gibt, Evelyn. Wir haben zwar die ganze Gegend abgesucht, aber unsere Priorität lag darauf, den Keller und die alten Gräber zu sichern."

Er hielt ihr erneut die Tür auf, und Evelyn beeilte sich, zu ihm aufzuschließen. Der Geruch nach Desinfektionsmitteln und Krankheit stieg ihr in die Nase und erinnerte sie an all die Male, die sie ihre Großmutter nach dem Schlaganfall im Krankenhaus besucht hatte. Sie konnte kein Krankenhaus betreten, ohne dass diese Erinnerungen wieder auf sie einstürzten. Die Angst, ihre Grandma zu verlieren, nur zwei Jahre nachdem sie ihren Grandpa verloren hatte. Die Angst, ganz allein auf der Welt zu sein.

„Wir dachten, wir hätten alles, wonach wir gesucht haben", fuhr Tomas fort und riss sie aus ihren Gedanken. „Ich meine, wir haben drei ältere Leichen und wir haben Lauren und Brittany gefunden. Die Anzahl der Opfer stimmte. Daher haben wir uns letzte Nacht nicht darauf konzentriert, weitere Keller zu finden."

„Aber wir haben immer noch jemanden da draußen, oder?"

„Natürlich. Heute Morgen haben meine Leute immer noch vor Ort gesucht, als Mandy vermisst gemeldet wurde. Auf keinen Fall ist sie dorthin gebracht worden. Nicht genau zu dieser Stelle." Kopfschüttelnd näherte er sich dem Empfang. „Aber das Feld erstreckt sich über Hunderte Hektar. Könnte sie dort irgendwo anders versteckt worden sein?"

„Ja, das ist durchaus möglich."

Eine Krankenschwester kam auf sie zu. „Kommen Sie, Chief Lamar."

„Wie geht es ihr?", fragte Evelyn.
„Sie ist gerade erst eingeliefert worden. Ihre Eltern sind auch da. Sie müssen warten, bis der Arzt sie untersucht hat, aber sie ist eindeutig schwer traumatisiert."

Tomas seufzte. „Sie redet auch nicht?"

„Noch nicht", erwiderte die Krankenschwester und führte sie einen langen, sterilen Korridor hinunter in einen Warteraum. Dort verabschiedete sie sich und versprach, bald mit dem Arzt zurückzukommen.

„Was ist mit Lauren?" Evelyn setzte sich auf einen der Stühle.

Tomas nahm neben ihr Platz. „Kein einziges Wort", sagte er. „Wir haben sie ein paar Mal dazu bringen können, zu nicken oder mit dem Kopf zu schütteln, aber das ist auch alles."

„Haben Sie ihr Fotos von Verdächtigen gezeigt?"

„Verdammt, Evelyn, das Mädchen ist immer noch vor Angst wie gelähmt. Ehrlich gesagt glaube ich nicht, dass sie in der Verfassung ist, sich Bilder anzusehen. Und ich glaube auch nicht, dass ihre Eltern das zulassen würden."

Er seufzte wieder, und Evelyns Blick wurde von den Stressfalten auf seiner Stirn angezogen, die bei ihrer Ankunft vor vier Tagen noch nicht da gewesen waren.

„Ich weiß nicht, was dieser Kerl Lauren angetan hat, aber wie gesagt, sie redet nicht. Sie ist immer noch hier, und nicht nur, weil sie offensichtlich medizinisch behandelt werden muss. Sie hat Angst davor, nach Hause zurückzukehren. Wir haben Polizisten vor ihrem Zimmer positioniert, und bis wir diesen Kerl finden, werden wir auch welche zur Überwachung ihres Hauses abstellen. Das Krankenhaus wird sie vermutlich noch weitere vierundzwanzig Stunden hierbehalten."

Er stützte die Ellbogen auf die Knie und legte sein Kinn in seine Hände. „Ich dachte, wenn wir Darnell gefasst hätten, wäre alles vorbei." Er sah sie an. „Sind Sie sicher, dass er es nicht ist?"

„Zu neunundneunzig Prozent."

„Verdammt." Er vergrub sein Gesicht einen Moment in den Händen, dann richtete er sich wieder auf. „Okay. Also jetzt ist Frank unser Hauptverdächtiger? Glauben Sie, Mandy konnte fliehen, weil wir ihn auf dem Revier festgehalten haben?"

Evelyn zuckte mit den Schultern. „Vielleicht."

Tomas' gesamter Körper spannte sich an. „Sie sind doch diejenige, die weiß, wie diese Mistkerle ticken. Was wird er als Nächstes tun? Jetzt, wo wir Mandy haben? Denn falls Sie oder Greg oder Carly nicht bald etwas finden, muss ich sowohl Frank als auch Wiggins gehen lassen. Wir haben gegen beide nichts in der Hand, außer Ihrem Bauchgefühl – und den Vorgeschichten der beiden. Wird in der Sekunde, in der ich sie entlasse, ein weiteres Mädchen verschwinden?"

Die Worte hingen in der Luft, bis die Krankenschwester mit einem Arzt im Schlepptau zurückkehrte, der müde und abgespannt aussah.

Evelyn und Tomas sprangen auf. „Und?", fragte Tomas.

„Keine Anzeichen von sexuellem Missbrauch", sagte der Doctor ruhig. „Sie hat ein paar oberflächliche Verletzungen – sie könnten von einem Sturz kommen, vielleicht, als sie weggelaufen ist –, aber das ist auch alles." Der Arzt senkte die Hand, die Mandys Krankenakte hielt. „Sie ist allerdings traumatisiert. Seitdem sie eingeliefert wurde, hat sie kein Wort gesagt. Nicht einmal zu ihren Eltern."

„Können wir mit ihr reden?", fragte Tomas.

Der Arzt nickte. „Sie ist ein starkes Kind. Aber gehen Sie es langsam an."

„Kommen Sie, Evelyn." Tomas ging den Flur hinunter und schaute sich dann um.

Der Arzt deutete auf eine Tür, und Tomas klopfte.

„Herein", rief eine tränenerstickte Stimme.

Tomas öffnete die Tür, und sobald Evelyn eingetreten war, schloss er sie hinter ihr.

Das Zimmer war zu klein für sie, Tomas und Mandys Eltern. Es fühlte sich überfüllt und stickig an, und Mandy wirkte vollkommen verängstigt, wie sie da so winzig in dem Erwachsenenbett lag. Sie trug einen Krankenhauskittel und hielt einen blauen Teddybären im Arm, der offensichtlich aus dem Geschenkshop des Krankenhauses stammte, denn er trug ein T-Shirt, auf dem „Gute Besserung" stand.

Mandys Vater, ein großer, breitschultriger Mann mit dunklen Ringen unter den Augen und einer stoischen Miene, folgte ihrem Blick und wandte seinen Kopf von seiner Tochter ab. „Sie wollte den Teddy, den sie bei sich hatte, nicht abgeben", flüsterte er. „Deshalb haben wir diesen hier im Souvenirladen gekauft."

Evelyn schaute von ihm zu Mandys Mom, einer zierlichen Blondine mit rot geränderten Augen, die sich an Mandy klammerte, als wolle sie sie nie wieder loslassen. „Sie hatte einen Teddybären bei sich?"

Mandys Dad nickte. „Die Ärzte haben ihn mitgenommen, genau wie ihre Kleidung." Er sah Tomas ernst an. „Sie sagten, das seien wichtige Beweisstücke."

Tomas drückte ihm die Schulter. „Ja, wegen möglicher Fasern und Spuren, die wir darauf finden könnten. Jim, wir möchten Mandy gerne ein paar Fotos zeigen. Sind Sie damit einverstanden?"

Jim wandte sich an seine Frau, deren Lippen zitterten, als sie nickte. „Okay. Aber wir bleiben hier bei ihr im Zimmer."

„Natürlich."

Evelyn kniete sich neben Mandys Bett. Das Kind war noch blasser als die weiße Krankenhausbettwäsche. Sie wirkte zerbrechlich, ihre Augen riesig, und sie verfolgte nervös jede Bewegung. Sie war vor siebeneinhalb Stunden verschwunden, doch sie sah aus, als wäre sie monatelang fort gewesen.

Ein Gewicht drückte Evelyns Brust zu. Von all den Mädchen hatte Mandy am meisten Glück gehabt und vermutlich das geringste Trauma erlitten.

Sie versuchte, ihre Gefühle beiseitezuschieben, und schenkte Mandy ein, wie sie hoffte, aufmunterndes Lächeln. „Hi, Mandy. Ich heiße Evelyn. Ich bin vom FBI. Weißt du, was das ist?"

Das Mädchen nickte nicht, es reagierte gar nicht, sondern starrte Evelyn nur mit ihren viel zu großen, viel zu misstrauisch dreinblickenden Augen an.

„Ja, das weiß sie", sagte ihre Mom.

„Ich bin hier, um denjenigen zu finden, der das getan hat, Mandy. Er kann dir nicht mehr wehtun. Wir stellen Polizisten vor deine Tür und die werden erst wieder gehen, wenn wir ihn haben, okay?"

Mandy umklammerte den Teddy fester und presste die Lippen aufeinander.

Evelyn widerstand dem Drang, zu Tomas zu schauen. Mit Opfern zu reden war nicht gerade ihre Stärke, aber ihre Worte hätten Mandy beruhigen sollen. Stattdessen wirkte sie noch nervöser.

„Ich möchte dir ein paar Fotos zeigen", fuhr sie fort. „Wenn einer dieser Leute der Mann ist, den wir verhaften sollen, weil er dich angegriffen hat, kannst du einfach nicken. Okay?"

Mandy reagierte wieder nicht, also nahm Evelyn das erste Foto von ihrem Stapel. Es zeigte Darnell Conway.

Mandys Blick flackerte zu ihrer Mutter, dann zurück zu Evelyn, dann zu dem Foto, aber ansonsten zeigte sie keinerlei Reaktion.

„Kommt er dir bekannt vor?", hakte Evelyn nach.

Als Mandy nichts tat als zu starren, schluckte Evelyn ihre Frustration herunter und blätterte zum nächsten Foto weiter. Frank Abbott.

Wieder ging Mandys Blick kurz zum Foto und zurück zu Evelyn. Doch mehr nicht.

„Okay, wie ist es mit ihm?" Evelyn zeigte ihr das Foto von Walter Wiggins.

Mandy sah es an und kurz blitzte Unbehagen in ihrem Gesicht auf. Es war so subtil, dass Evelyn es vermutlich übersehen hätte, würde sie das Mädchen nicht so eindringlich beobachten.

„Ist das der Mann, der dich mitgenommen hat?", fragte sie.

Sie stellte die Frage noch zwei Mal, doch Mandy antwortete nicht und auch ihre Miene blieb gleich.

Schließlich stand Evelyn auf und nickte Tomas zu.

„Danke, dass Sie uns mit ihr haben reden lassen", sagte Tomas zu den Eltern. „Innerhalb der nächsten Stunde werden wir Officers vor der Tür stationieren. Bitte rufen Sie uns an, wenn Mandy wieder spricht."

„Hat sie jemanden identifiziert?", fragte Mandys Mom leise.

„Ich weiß es nicht", erwiderte Evelyn ehrlich. Mandy hatte Walter erkannt, aber er wohnte in der Stadt und hatte Fotos von ihr gemacht. Bedeutete dieser Anflug von Angst, dass er sie entführt hatte? Oder hieß es nur, dass sie gesehen hatte, wie er sie beobachtete, und wusste, dass sie sich von ihm fernhalten sollte?

Solange sie nicht anfing zu reden, konnte man das nicht mit Sicherheit sagen.

Evelyn wandte sich zum Gehen, doch Mandys Dad packte ihren Arm.

„Wer war das auf dem Bild?"

„Sir, wir wissen nicht …"

„Wer war es?", dröhnte er.

„Jim", sagte seine Frau und löste seine Hand von Evelyns Arm. „Wir müssen uns auf Mandy konzentrieren. Lass die Polizei sich darum kümmern, den Täter zu fassen."

Als er finster das Gesicht verzog, fügte seine Frau hinzu: „Aber wenn Sie bis heute Abend niemanden verhaftet haben, werden wir unseren Anwalt hinzuziehen. Sie hätte in Sicherheit sein sollen. Sie hätten schon längst jemanden verhaftet haben sollen!"

„Wir arbeiten …"

„Sie hätte sicher sein sollen", wiederholte Mandys Mom.

„Es tut mir so leid", sagte Tomas.

„Gehen Sie einfach. Gehen Sie und verhaften Sie denjenigen, der das getan hat", sagte Jim müde, dann wandten er und seine Frau sich wieder ihrer Tochter zu.

Evelyn nickte und verließ das Zimmer. Sobald die Tür hinter ihr ins Schloss gefallen war, sagte sie: „Holen wir Mandys Sachen ab, die man ihr hier abgenommen hat. Ich möchte gerne den Teddy sehen."

„Ein Spielzeug", überlegte Tomas laut, als sie den Flur hinunter zu der Krankenschwester gingen, die ihnen zuvor geholfen hatte. „Bei Lauren im Keller hat es kein Spielzeug gegeben."

„Nein, nur diese Kinderzeichnung."

„Sie glauben, die hat eines der Mädchen von vor achtzehn Jahren gemalt?", fragte er. Das Bild war offensichtlich alt, also konnte es nicht von Brittany oder Lauren stammen.

„Vermutlich. Was bedeutet, der Entführer hat ihnen Wachsstifte und Papier zur Verfügung gestellt. Es ist möglich, dass er das Spielzeug tagsüber dagelassen und abends mitgenommen hat. Oder er hat, vielleicht in der Absicht, dass wir den Keller finden, nicht nur alle Fingerabdrücke abgewischt, sondern auch alles andere mitgenommen."

„Aber warum hat er das Bild dortgelassen?"

Evelyn schüttelte den Kopf. „Vielleicht wollte er uns wissen lassen, dass er sich um sie gekümmert hat?"

Tomas blieb abrupt stehen. „Evelyn, er hat Brittany umgebracht! Und soweit wir bisher wissen, die anderen drei Mädchen vor achtzehn Jahren auch."

Evelyns Herz zog sich schmerzhaft zusammen, als sie versuchte, nicht an das Eine zu denken, woran sie nicht denken wollte. Der forensische Anthropologe war gekommen und die Zahnabdrücke wurden überprüft, aber es könnte trotzdem noch eine Weile dauern, bis sie wüssten, wer die Toten waren. „Ich spreche nicht von dem, was wahr ist. Sondern von seiner Wahrnehmung. Wenn wir davon ausgehen, dass sein Motiv darin liegt, die Mädchen zu ‚retten', dann glaubt er, sich gut um sie zu kümmern. Und wie ich schon am Anfang sagte, selbst wenn es wirklich um sexuellen Missbrauch geht, würde jemand wie Walter eine Entschuldigung dafür suchen. Er könnte sich einreden, ihnen zu helfen. Und er könnte es sogar glauben."

„Verdammt", murmelte Tomas, gerade als die Krankenschwester mit einer Tüte, in der sich Mandys Sachen befanden, auf sie zukam. Tomas nahm ihr die Tüte ab, dann gingen sie nach draußen.

Die Sonne schien hell, eine leichte Brise wehte über den Parkplatz und machte die Temperatur erträglich. Evelyn schaute in den wolkenlosen Himmel, der so perfekt war – und auch so trügerisch, denn es war immer noch ein Kindesentführer auf freiem Fuß.

„Glauben wir Darnells Beteuerungen, dass jemand ihm eine SMS geschickt und um ein Treffen auf dem Feld gebeten hat?", fragte Tomas, sobald sie im Wagen saßen und die Klimaanlage auf vollen Touren lief.

„Carly versucht, sich das von der Telefongesellschaft bestätigen zu lassen."

Tomas zog ein paar Latexhandschuhe über und öffnete die Tüte, die die Krankenschwester ihnen gegeben hatte. Er zeigte Evelyn den Teddy und rümpfte die Nase. „Der ist alt."

Evelyn starrte den Stoffbären an. Er gehörte nicht Cassie, aber sie versuchte, im Kopf die Fallakten von vor achtzehn Jahren durchzugehen. „Sieht er aus wie irgendetwas, das einem der ursprünglichen Opfer gehört hat?"

„Ich glaube nicht."

„Also hat er ihn vermutlich für sie gekauft."

„Sie glauben, er hat ihn achtzehn Jahre lang behalten?"

„Riecht so", erwiderte Evelyn. „Wir sollten ihn testen lassen. Sehen, ob wir irgendwelche DNA von den ursprünglichen Opfern daran finden."

Tomas nickte, steckte den Teddy in die Tüte zurück und sah sich die anderen Beweisstücke an. „Eine Unterhose, Turnschuhe, ein Kleid. Warten Sie, da steckt was in der Tasche des Kleides." Sein Gesicht wurde aschfahl, als er einen kleinen Anstecker herausholte. „Was zum Teufel…"

„Was ist das?"

Tomas' Hand zitterte, als er ihr die Nadel hinhielt. „Dieser Anstecker gehörte Jacks Vater."

„Nun, es war sein Land, auf dem wir Lauren gefunden haben, und …"

„Nein, Evelyn. Er hat ihn an dem Tag verliehen bekommen, als er in Rente gegangen ist. Darauf steht RBPD Chief. Ein besonderer Anstecker für den Polizeichef von Rose Bay. Als er starb, ging die Nadel an Jack über. Er trägt sie immer. Jeden Tag. An seinem Jackenaufschlag."

Ein ungutes Gefühl breitete sich in Evelyns Magen aus. „Wo ist Jack?"

Tomas schüttelte den Kopf. „Er ist vor Stunden losgezogen, um einer Spur nachzugehen. Ich habe ihn seit dem frühen Morgen nicht mehr gesehen."

„War das, bevor Mandy vermisst gemeldet wurde?"

Tomas fluchte. „Ja."

„Fahren wir zum Revier zurück."

Tomas lenkte den Wagen vom Parkplatz auf die Straße. „Auf keinen Fall kann es Jack Bullock sein. Das ist nicht möglich."

Evelyn wollte ihm gerne zustimmen. Doch in ihrem Kopf fügten sich zu viele Dinge zusammen. Wie er von der Sekunde ihres Eintreffens in Rose Bay an darauf gedrungen hatte, dass sie wieder gehen sollte. Der seltsame Eindruck, den er auf Kyle gemacht und der diesen dazu animiert hatte, ihn einem Hintergrundcheck zu unterziehen. Die Tatsache, dass der Keller sich auf seinem Grundstück befand.

Als Evelyn den Kopf gegen die Rückenlehne sinken ließ, stieg eine Erinnerung in ihr auf – Jack, der sie vor achtzehn Jahren befragt hatte. Wie aggressiv er vorgegangen war, wie hart und wütend seine Augen gewirkt hatten. Wie er verlangt hatte, dass sie ihm Einzelheiten erzählte, die sie nicht wusste, bis sie weinend zusammengebrochen war.

Hatte er die ganze Zeit über Cassie in diesem Keller gefangen gehalten?

22. KAPITEL

Sie hockte im Keller, Tränen rannen ihr über die Wangen. Neben ihr lagen die Teile des Teeservices, das sie so lange geliebt hatte, zerbrochen auf dem Boden.

Das Mädchen war fort. Natürlich hatte sie es gewusst, denn sie hatte den Türriegel offen gelassen. Sie hatte gewusst, dass das Mädchen weglaufen würde. Sie wollte, dass sie weglief, denn so würde sie weiterleben.

Das Mädchen war nicht das richtige gewesen. Nichts war richtig.

Seit achtzehn Jahren war nichts mehr richtig gewesen. Die ganze Zeit über hatte er ihr Schwestern gebracht und sie ihr dann wieder weggenommen.

Und die ganze Zeit war sie so einsam gewesen.

Jedes Mal, wenn sie merkte, dass er wirklich wütend war, wenn sie wusste, dass ein weiteres Mädchen gehen musste, versuchte sie alles, um seine Meinung zu ändern. Aber egal, wie sehr sie ihn anflehte, sie ihr nicht wegzunehmen, er tat es doch. Und ließ sie ganz allein zurück.

Doch so würde es nicht weitergehen.

Sie hatte nicht gewollt, dass das kleine Mädchen starb. Mandy hieß sie. Mandy hatte am Anfang auch geweint. Dann war sie einfach verstummt.

Und sie hatte gewusst, dass es mit Mandy auch nicht funktionieren würde.

Deshalb hatte sie dafür gesorgt, dass Mandy fliehen konnte. So war es besser. So würde Mandy wenigstens leben.

Aber es bedeutete auch, dass sie wieder alleine war. Immer allein.

Sie schloss die Augen und atmete den vertrauten Duft des Kellers ein. Einfach nur atmen. Ein letztes Mal. Als die Jahre vergingen, hatte sie angefangen, sich unter der Erde wohler zu fühlen als überall anders.

Sie öffnete die Augen, trocknete ihre Tränen und sammelte die Scherben ihres Teeservices auf. Er mochte es nicht, wenn sie Unordnung machte. Und sie sollte nichts zurücklassen.

Denn sie wusste, was kommen würde. Es wäre bald an der Zeit umzuziehen.

„Wir haben eine offizielle Fahndungsmeldung nach Jack rausgegeben", verkündete Jacks Partner T. J. grimmig, als Evelyn und Tomas die Kommandozentrale des CARD-Teams betraten.

„Gut", sagte Evelyn, bevor Tomas etwas sagen konnte.

„Jack kann auf keinen Fall ...", setzte T. J. an.

„Die Meldung besagt nur, dass er vermisst wird", unterbrach Tomas ihn ruhig. „Kein Grund, mehr daraus zu machen, als es ist."

„Mehr als es ist?", gab T. J. angespannt zurück. „Sie glauben, er ist der Kinderreim-Killer!"

„Alles, was wir bislang wissen, ist, dass Mandy seinen Anstecker in der Tasche hatte", sagte Evelyn. „Wir müssen alle Möglichkeiten berücksichtigen."

„Sie haben Jack schon als Kind gehasst!", rief T. J.

„Nein, ich ..."

„Ich will Sie draußen auf der Straße haben, T. J.", ging Tomas dazwischen. „Sie kennen Jack am besten. Sprechen Sie mit seiner Frau. Er ist einer von uns, also gehen wir, bis wir etwas anderes wissen, davon aus, dass er genau das tut, was er gesagt hat."

„Vielleicht steckt er in Schwierigkeiten", beharrte T. J., doch Zweifel mischten sich in seine Stimme.

„Machen Sie sich einfach auf die Suche nach ihm", sagte Tomas. „Und halten Sie mich auf dem Laufenden."

Nachdem T. J. die Tür hinter sich geschlossen hatte, stieß Tomas einen Seufzer aus. „Kann es wirklich *Jack* sein?"

„Er hatte die ganze Zeit Zugang zu den Untersuchungen, was bedeutet, er konnte allen ständig einen Schritt voraus sein", sagte Kyle. „Und als Polizist wirkt er in keinem Viertel fehl am Platz. Außerdem würde er die Kinder nicht gewaltsam entführen müssen, weil sie mit einem Polizisten vermutlich freiwillig mitgehen würden."

Tomas wirkte unbehaglich, und Evelyn wusste, warum. Falls Jack Bullock junge Mädchen entführt hatte, während er als Polizist in Rose Bay tätig war, war das ein PR-Albtraum, der dieses Revier zerstören und Tomas den Job kosten könnte.

„Es ist schon verdächtig, dass der Keller sich auf ungenutztem Land befindet, das ihm gehört", sagte Greg.

„Jeder hier weiß, dass das Land brachliegt", erwiderte Tomas. „Jack und Miranda wohnen mitten in der Stadt. Jack war nie daran interessiert, da draußen zu bauen. Er hat das Land nur behalten, weil er ein wenig sentimental ist, wenn es um seinen Vater geht."

„Ich hatte eher an vor achtzehn Jahren gedacht", sagte Greg. „Damals hatte Jack eine gute Ausrede dafür, sich auf dem Feld aufzuhalten. Und würden Suchmannschaften sich die Mühe machen, auf dem Land

243

des Polizeichefs zu suchen? Vor allem, wenn alle in der Stadt wussten, dass er oft da draußen war und versuchte, ein Haus zu bauen?"

„Okay." Tomas straffte die Schultern und wandte sich an Evelyn. „Sie meinen also, in Jacks Vergangenheit hat es irgendein tragisches Ereignis gegeben, das mit einem jungen Mädchen zu tun hat und von dem keiner von uns weiß? Oder dass er ein Pädophiler ist?"

Evelyn zuckte unter den hässlichen Fragen zusammen. Aber Polizist zu sein sprach Jack nicht automatisch von allen Sünden frei. Sie hatte sich ihren Platz in der BAU gesichert, als sie während ihrer Zeit in der Abteilung für Gewaltverbrechen in Houston einen Vergewaltiger in den Reihen der Polizei ausfindig gemacht hatte.

„Angesicht des Autopsieberichts erscheint es mir wahrscheinlicher, dass der Mörder versucht, einen Verlust in seinem eigenen Leben wettzumachen", sagte Evelyn schließlich.

„Tja, so etwas gibt es bei Jack nicht", sagte Tomas stur.

„Soweit wir wissen", warf Greg ein.

„Ich habe ihn überprüft, nachdem ich ihn das erste Mal getroffen habe", sagte Kyle.

„Warum?", platzte Tomas heraus.

„Weil ich ein komisches Gefühl hatte", erwiderte Kyle ungerührt. „Es war nur ein oberflächlicher Check, bei dem aber nichts in dieser Richtung herausgekommen ist. Er hat allerdings seinen Sohn verloren, als der noch ein Baby war. Er und seine Frau haben keine weiteren Kinder bekommen."

„Das konnten sie nicht." Tomas hielt einen Moment inne. „Könnte das alles etwas mit dem Verlust seines Sohnes zu tun haben?", fragte er schließlich widerstrebend.

„Vermutlich nicht", erwiderte Greg. „Der Entführer hat gezielt zwölfjährige Mädchen ausgesucht, was stark darauf hinweist, dass er so jemanden verloren hat."

Tomas schüttelte den Kopf. „Nun, dann kann es nicht Jack sein. Er hatte nie eine Tochter."

„Von der wir wissen", wiederholte Evelyn die Eingangsbemerkung von Greg. „Es besteht immer die Möglichkeit, dass er eine Affäre hatte. Oder es könnte auch ein Mädchen sein, das ihm nahestand. Was ist mit Noreens Schwester?"

„Was soll mit ihr sein?", fragte Tomas.

„Jack und Noreen scheinen sich sehr nahe zu sein. War das mit ihrer Schwester vor deren Tod auch so?"

„Das bezweifle ich. Ich glaube nicht, dass Jack Earl oder dessen Frau nahestand. Ja, er und Noreen sind jetzt so etwas wie befreundet, aber dazu ist es erst gekommen, nachdem sein Vater sie angestellt hat. Außerdem haben Sie doch gesagt, dass Jack nichts vom Tod von Noreens Schwester wusste, bis Sie ihm davon erzählt haben."

Evelyn runzelte die Stirn. „Das stimmt. Oder zumindest hat er das behauptet."

„Ich glaube wirklich, dass Sie hier in die falsche Richtung ermitteln", sagte Tomas. „Jack und ich sind nicht immer einer Meinung, aber er ist ein guter Kerl. Ich kann mir nicht vorstellen, dass er das war. Es muss noch eine andere Erklärung geben."

„Er war stark in die ursprünglichen Ermittlungen eingebunden", merkte Evelyn an.

„So wie alle, die damals hier waren", gab Tomas zurück.

„Er scheint eine starke Abneigung gegen Evelyn zu haben", sagte Kyle. „Vor allem, wenn man bedenkt, dass er sie seit über zehn Jahren nicht mehr gesehen hat und seine einzige Interaktion damals darin bestand, sie bezüglich des Verschwindens ihrer Freundin zu befragen."

Greg nickte langsam. „Jacks Verhalten gegenüber Evelyn ist seltsam. Was wir bei unserem Verdächtigen erwarten würden, denn immerhin sollte sie eines seiner ursprünglichen Opfer sein, doch es ist ihm nicht gelungen, sie zu entführen."

„Und warum nicht?", fragte Tomas. „Warum hat er die Entführung nicht durchgezogen?"

„Er könnte aus irgendeinem Grund zur Arbeit gerufen worden sein", schlug Kyle vor.

„Cassies Eltern haben ihr Verschwinden erst am nächsten Morgen bemerkt", sagte Evelyn.

„Ja, aber Jack ist Polizist. Selbst wenn er nicht im Dienst war, war sein Vater der Chief. Sollte in jener Nacht irgendetwas vorgefallen sein, ist er eventuell zum Einsatz gerufen worden."

„Können wir das überprüfen?", fragte Greg.

„Ah, Mist", sagte Tomas.

„Was?"

„Das müssen wir nicht überprüfen. Es wird in einem der alten Berichte erwähnt. Als die Nachricht von Cassies Entführung einging, mussten einige Cops von einem anderen Einsatzort abberufen werden, an dem sie die halbe Nacht gearbeitet hatten. Ein schlimmer Autounfall auf der Brücke."

„War Jack einer von ihnen?", drängte Kyle.

„Ich weiß es nicht." Tomas zuckte mit den Schultern. „Aber die Chancen stehen verdammt gut. Das hier war schon immer ein kleines Revier. Ich weiß, dass selbst die Polizisten, die dienstfrei hatten, zu dem Unfall einberufen worden sind. So steht es zumindest im Bericht."

„Okay. Dann haben wir eine Erklärung dafür, was ihn möglicherweise davon abgehalten hat, Evelyn damals auch zu entführen. Außerdem passen Zeit und Gelegenheit für die anderen Entführungen", fasste Greg zusammen. „Aber haben wir auch ein Motiv? Und was ist mit der Lücke von achtzehn Jahren?"

Evelyn überlegte kurz. „Könnte ein Fall, an dem er gearbeitet hat, der Auslöser gewesen sein?"

„Wie meinen Sie das? Was für ein Fall?", fragte Tomas.

„Nachdem Jack und ich in seinem Haus mit Walter Wiggins gesprochen haben ..."

„Was?", hakte Tomas nach, als ihre Stimme verebbte.

„Mir ist nur gerade etwas eingefallen. Diese Bilder, die ich bei Wiggins gefunden habe? Jack hat das Bad vor mir benutzt."

Tomas schloss kurz die Augen. „Wollen Sie damit andeuten, er hat sie dort als Beweis platziert?"

„Ich weiß es nicht, Tomas. Aber der Grund, warum ich überhaupt über sie gestolpert bin, war, dass der Deckel des Spülkastens nicht richtig draufsaß, und das in einem Raum, der so penibel ordentlich war." Sie seufzte. „Wir wissen alle, wie sehr Jack darauf erpicht war, Walter Wiggins für irgendetwas einzubuchten. Vielleicht war das ein Versuch, ihm etwas anzuhängen."

„Das ist aber ein sehr gefährlicher Versuch, Evelyn." Greg klang skeptisch. „Er musste vorher davon ausgehen, dass du dir diese Bilder illegalerweise ansiehst."

Evelyn spürte, wie ihr die Hitze ins Gesicht stieg, nickte aber. „Vielleicht war das ursprünglich gar nicht sein Plan. Vielleicht hatte er vor, sie dort zu hinterlassen, weil er Walter auf irgendeine andere Weise auflaufen lassen wollte, die uns einen Grund für eine Hausdurchsuchung liefern würde, bei der wir später die Bilder legal finden würden."

„Verdammt", murmelte Tomas.

Eine Minute lang herrschte Schweigen im Raum, dann fragte Greg: „Was wolltest du noch über Jack und den Fall sagen, Evelyn?"

„Was? Oh, stimmt ja. Das mögliche Motiv. Als Jack und ich von Wiggins' Haus zurückgefahren sind, sagte er, dass Fälle, in denen es um

Kinder geht, immer die schlimmsten sind. Er hat davon gesprochen, wie hilflos er sich immer fühlte, wenn er wegen häuslichen Missbrauchs oder Vernachlässigung gerufen wurde, weil er nichts tun konnte."

„Kommen Sie", sagte Tomas. „So geht es uns doch allen. Jeder gute Polizist kennt dieses Gefühl."

„Vielleicht hat Jack beschlossen, etwas dagegen zu unternehmen?", schlug Greg vor. „Hat er an einem Fall gearbeitet, bei dem ein zwölfjähriges Mädchen aufgrund von elterlicher Vernachlässigung ums Leben gekommen ist?"

„Ich habe keine Ahnung", gab Tomas zu. „Da müssen Sie in den Akten nachschauen. Oder vielleicht weiß T. J. was."

„Also ist es möglich", schloss Greg. „Aber trotzdem bleibt diese Lücke von achtzehn Jahren."

„Vielleicht war der Stress zu viel, in der eigenen Stadt Kinder zu entführen, während der Vater die Ermittlungen leitete." Evelyn überlegte kurz. „Vielleicht ist er einer von denen, die ihre Impulse gut unter Kontrolle haben. Das haben wir ab und zu schon gesehen."

„Ja, das kommt vor", stimmte Greg zu.

Evelyn wusste, dass er sich an einen Fall erinnerte, in dem ein Serienmörder jahrelang untergetaucht war, bevor er plötzlich angefangen hatte, die Presse mit seinen Trophäen zu narren. Er hatte zwanzig Jahre lang mit dem Töten aufgehört, und dann hatte ihn auf einmal der Drang überfallen, mit seinen Taten anzugeben. Am Ende hatte er sich selbst gestellt. Hätte er das nicht getan, wäre der Fall vermutlich niemals gelöst worden.

Hatten sie es hier mit einer ähnlichen Situation zu tun? Hatte Jack seine Bedürfnisse achtzehn Jahre lang unterdrückt, bevor etwas in seinem Leben passiert war, das ihn dazu getrieben hatte, erneut anzufangen? Und was könnte das gewesen sein? Vielleicht der Moment, als er akzeptiert hatte, niemals den Platz seines Vaters als Polizeichef einzunehmen?

Evelyn schaute nacheinander Greg, Tomas und Kyle an. „Ich denke, wir sollten Jack Bullock als unseren neuen Hauptverdächtigen betrachten."

„Miranda hat Jack nicht mehr gesehen, seitdem er heute Morgen zur Arbeit gegangen ist", sagte T. J., als er in die Kommandozentrale auf dem Revier zurückkehrte.

Evelyn schaute mit müden Augen zu ihm auf. Sie hatte eine weitere Stunde zugesehen, wie Greg und Carly ein letztes Mal mit Frank und

Walter gesprochen hatte, dann waren die beiden nach Hause entlassen worden.

„Hast du an den üblichen Orten nachgesehen?", fragte Tomas.

„Ja. Nichts. Und auch von den anderen Officers hat seit heute Morgen keiner mehr was von ihm gehört."

„Mist", seufzte Tomas.

„Vielleicht steckt er in Schwierigkeiten", sagte T. J.

„Ja, weil Rose Bay ja auch so eine Keimzelle des Verbrechens ist", erwiderte Tomas sarkastisch. „Sorry, T. J. Weißt du, ob Jack es je mit einem Fall von häuslicher Gewalt gegen ein zwölfjähriges weibliches Opfer zu tun hatte?"

T. J. runzelte die Stirn. „Nicht mit mir, nein."

„Es müsste schon lange her sein", sagte Greg. „Hat er je irgendetwas in der Art erwähnt?"

„Nein."

„Okay", sagte Greg. „Dann fangen wir mit den Fällen von vor achtzehn Jahren an und arbeiten uns langsam weiter zurück."

„Das ist doch Blödsinn", widersprach T. J., aber er hörte sich nicht sehr überzeugend an.

„Wie wäre es mit einer erneuten Suche auf dem Feld, auf dem Lauren gefunden wurde?", schlug Kyle vor.

„Es sind bereits einige Officers vor Ort", erwiderte Tomas.

„Was ist mit dem Helikopter?"

T. J. seufzte. „Unser Pilot hat sich leider heute Morgen eine Lebensmittelvergiftung zugezogen."

„Ich kann ihn fliegen."

„Wirklich?" Tomas sah Kyle prüfend an. „Haben Sie das beim FBI gelernt?"

„Nein. Ich hatte meinen Pilotenschein schon, bevor ich zum FBI kam. Ich stamme aus einem kleinen Ort. Neben Football und Barbecues gab es da nicht viel zu tun. Aber wir hatten einen kleinen Flughafen im Nachbarort. Ich konnte schon fliegen, bevor ich Auto fahren konnte."

Evelyn schaute ihn überrascht an. Als sie ihn vor einem Jahr kennengelernt hatte, hatte sie einen großspurigen Adrenalinjunkie gesehen, der nichts wirklich ernst nahm und immer die neueste FBI-Ausrüstung trug. Langsam waren sie Freunde geworden. Und noch langsamer hatte sich etwas anderes, Stärkeres entwickelt. Aber je mehr sie über ihn erfuhr, desto bewusster wurde ihr, dass sie gerade einmal an seiner Oberfläche gekratzt hatte.

Kyle erwiderte ihren Blick einen Moment zu lang, dann zwinkerte er ihr zu und sah wieder Tomas an. „Ich kann mit ihm eine Runde drehen. T. J., wollen Sie mich begleiten?"

T. J. sah Tomas fragend an. „Geht das?"

„Um die Genehmigung kümmere ich mich", sagte Tomas. „Sie fliegen einfach mit und suchen das Gelände noch mal ab. Ich will wissen, wo zum Teufel Jack steckt. Und wenn er sich irgendwo auf diesem Feld befindet – und nicht bereits in einem der Keller verschwunden ist –, wird er aus der Luft wesentlich schneller zu finden sein."

„Gut", sagte T. J. „Aber wenn wir Jack finden und es eine logische Erklärung gibt, sollen Sie sich daran erinnern, dass ich es die ganze Zeit gewusst habe."

„Gehen wir", sagte Kyle und ging zur Tür.

T. J. folgte ihm.

„Wie sollen wir das aufteilen?", fragte Tomas.

Evelyn betrachtete die achtzehn Jahre alten Akten, die vor ihnen ausgebreitet lagen. Sich durch den dicken Stapel und die beiden Kisten unterm Tisch zu arbeiten könnte die ganze Nacht dauern. Und obwohl es bei der Motivsuche stark helfen würde, einen passenden Fall zu finden, mussten sie im Moment erst einmal herausfinden, wo Jack sich aufhielt.

Das gehörte jedoch nicht mehr zu ihrer Aufgabe. Als Profilerin wusste sie, dass sie sich in diesem stickigen Raum durch die Akten arbeiten sollte, um den einen Fall zu finden, der einen Polizisten zu einem Kindesentführer gemacht haben könnte.

Aber je länger sie hier feststeckte, desto schwerer fiel es ihr zu atmen. Es war, als würde die Vergangenheit immer weiter auf sie zukriechen, doch sie konnte ihr immer noch keinen Sinn geben, konnte sie immer noch nicht wieder geraderücken.

„Kriegen Sie das mit Greg zusammen hin? Carly sollte bald zurück sein, um Ihnen zu helfen, richtig?" Ohne auf eine Antwort zu warten, ging Evelyn rückwärts zur Tür, um endlich nach draußen zu kommen, wo sie wieder atmen konnte. „Ich muss noch mal eine Runde um den Block drehen."

„Willst du Kyle und T. J. begleiten?", fragte Greg besorgt.

„Nein. Nur ein wenig herumfahren."

„Okay", sagte Tomas, der sich bereits auf die Akten konzentrierte. „Wir rufen Sie an, wenn wir etwas finden."

Greg schaute ihr hinterher, als sie weiter rückwärts in Richtung Tür ging. „Ist alles okay, Evelyn?"

„Ja. Ich fahre nur noch mal die Straße ab, die dahin führt, wo Lauren gefunden wurde."

„Die Polizei ist bereits da draußen", sagte Greg.

„Ich weiß. Ich will sie auch gar nicht stören. Ich muss die Gegend nur noch mal sehen."

Greg kniff die Augen ein wenig zusammen. „Warum?"

Er kannte sie inzwischen schon gut genug, um zu wissen, dass irgendetwas sie störte. Sie wusste, wenn sie hierbliebe und die Akten durchginge, um nach zwölfjährigen Mädchen zu suchen, die gestorben waren, würde sie sowieso nur Cassie vor sich sehen. Doch anstatt ihm das zu sagen, erzählte sie ihm den anderen Teil der Geschichte. „Ich habe das Gefühl, etwas Offensichtliches zu übersehen. Deshalb muss ich mir den Tatort noch einmal anschauen."

„Rufen Sie uns an, wenn Ihnen etwas Neues einfällt", sagte Tomas und schob dann einen schwankenden Stapel Akten zu Greg. „Sie nehmen den hier."

Bevor Greg noch weiterfragen konnte, eilte Evelyn zu ihrem Wagen. Sie kurbelte die Fenster herunter, weil sie mehr Luft brauchte, und der Wind wirbelte ihr ums Gesicht. Es würde bald Regen geben.

Sie hatte vorgehabt, direkt zu der Sackgasse zu fahren, zu der sie Darnell Conway gestern gefolgt war. Aber anstatt Richtung Stadtgrenze zu fahren, lenkte sie den Wagen in die entgegengesetzte Richtung zur Magnolia Street.

Seit dreizehn Jahren war sie nicht mehr hier gewesen, aber es sah noch genauso aus wie immer – eine gewundene Straße, gesäumt von gestutzten Magnolienbäumen, die über und über von weißen Blüten bedeckt waren. Die Häuser lagen etwas von der Straße zurückgesetzt und sahen auch noch genauso aus – groß, im klassischen South-Carolina-Stil mit Säulen vorne und hohen Hecken, die sie vor neugierigen Nachbarn schützten.

In der Sackgasse am Ende der Straße wirkte das Haus der Byers verloren. Alle Garten- und Terrassenlichter waren ausgeschaltet. Waren Mr und Mrs Byers drinnen, saßen sie im schwindenden Tageslicht und warteten darauf zu hören, ob eines der Skelette, die auf dem Feld am anderen Ende der Stadt gefunden worden waren, ihre Tochter war?

Evelyn wusste, sie sollte anhalten, in die Einfahrt biegen und mit ihnen sprechen. Das war sie ihnen schuldig. Aber sie konnte es einfach nicht.

Stattdessen fuhr sie langsam an dem Haus vorbei, betrachtete die knorrige alte Eiche im Vorgarten, auf die sie und Cassie so gerne geklettert waren. Ganz oben hatten sie zusammengesessen, dort, wo die Äste unter ihrem gemeinsamen Gewicht schon leicht anfingen zu schwanken, und hatten über alle möglichen Sachen gekichert, an die Evelyn sich nicht mehr erinnern konnte.

Direkt nebenan sah das alte Haus ihrer Großeltern noch ziemlich so aus wie damals. Die neuen Besitzer hatten die Türen und Fensterläden in einer anderen Farbe gestrichen und ein paar mehr Blumen im Vorgarten gepflanzt. Ansonsten konnte Evelyn, wenn sie die Augen zusammenkniff, beinahe ihren Großvater sehen, wie er in dem Schaukelstuhl auf der überdachten Veranda saß, und ihre Großmutter, die neben ihm stand und sich die Augen mit einer Hand beschattete, um Evelyn und Cassie beim Spielen zuzusehen.

Ein trauriges Lächeln zitterte auf ihren Lippen bei der Erinnerung. Diese Tage waren schon lange vorbei. Ihr Grandpa war lange fort. Cassie war lange fort. Und ihre Grandma war zwar körperlich noch da, aber im Geist von Jahr zu Jahr weniger.

Sie durfte nicht in Erinnerungen verweilen. Es war an der Zeit, einen Abschluss zu finden, weiterzugehen.

Mit einem letzten Blick auf den Ort, der sie zu der gemacht hatte, die sie jetzt war – dem vermutlich letzten Blick, den sie jemals auf diese Straße werfen würde –, drückte Evelyn aufs Gas und machte sich auf ans andere Ende der Stadt.

Schneller als erwartet war sie an der langen Sackgasse, und hier löschte sie alles aus ihren Gedanken, außer dem Tag, an dem sie Darnell hier heraus gefolgt war und den Keller gefunden hatte. Irgendetwas an diesem Tag nagte an ihrem Bewusstsein, ein kleines Informationsdetail, das sich weigerte, aufzutauchen. Vielleicht würde das, was auch immer ihr Unterbewusstsein störte, sich hier hervortrauen.

Sie fuhr langsam, musterte die überwachsenen Felder zu beiden Seiten. Häuser und Bäume standen wie zufällig verteilt, aber meist ein Stück von der Straße entfernt. Sie erinnerte sich daran, Darnell zu dieser Straße gefolgt zu sein und sich gefragt zu haben, was zum Teufel er vorhatte. Sie kam jetzt an Frank Abbotts Grundstück vorbei, genau wie an jenem Tag, und dann an einem anderen, mit Brettern vernagelten Haus. Danach fuhr sie um die Kurve mit der kleinen Baumgruppe, wo sie und Kyle ursprünglich stehen geblieben waren.

Das Feld kam in Sicht. An seinem Rand standen Streifenwagen. Das Feld selber war hell erleuchtet von tragbaren Scheinwerfern. Mehrere Stellen waren mit Polizeiband abgesperrt. Der Keller – und die Gräber.

Die Gräber. Evelyn stellte die Automatik auf Parken und starrte auf die Officers, die auf dem riesigen Feld immer noch nach Beweisen suchten. Über sich, in der Ferne, hörte sie das näher kommende Summen eines Helikopters.

Irgendetwas war mit den Gräbern. Evelyn kämpfte mit ihrem Gehirn, um das zu greifen, was auch immer ihr seltsam vorgekommen war. Und dann sah sie es plötzlich, so klar, als würde sie in den kleinen Sarg schauen.

Brittanys Leiche, eingewickelt in eine weiche blaue Decke.

Evelyns Herzschlag beschleunigte sich. Jemand hatte diese Decke sorgfältig um Brittany gewickelt, bevor er sie in die Erde hinabgelassen hatte. Jemand hatte sie vor den Elementen beschützen wollen, hatte sich selbst im Tod noch um sie gesorgt.

Das war ein wichtiger Hinweis auf das Verhalten des Täters, der ihr total entgangen war.

Evelyn ging in Gedanken zu dem Tag zurück, an dem sie Greg angerufen und sich mit ihm über die möglichen Gründe unterhalten hatte, warum der Mörder nicht zu ihr zurückgekehrt war. Während dieses Gesprächs waren sie zu dem Schluss gekommen, dass er mit jemandem zusammengelebt hatte, dem aufgefallen wäre, wenn er fehlte. Jemand, der damals vielleicht nichts vermutet hätte, heute aber schon. Jemand, der gewusst hatte, was los war.

Eine Frau, die wusste, was los war.

Evelyn schlug mit der Hand auf das Lenkrad. Sie war wütend auf sich, weil es ihr nicht eher aufgefallen war. Die Leiche so sorgfältig einzuwickeln war ein Zeichen der Reue. Es wurde oft in Fällen gesehen, wo ein Elternteil sein Kind getötet hatte, und beinahe immer handelte es sich bei dem Täter um eine Frau. In diesem Fall um eine Frau, die sowohl das Opfer als auch den Täter beschützte?

Wer auch immer den Kinderreim-Killer vor achtzehn Jahren davon abgehalten hatte, Evelyn auch zu entführen, wusste immer noch, was vor sich ging. Weil sie diejenige gewesen war, die Brittany sorgfältig in die Decke gewickelt hatte, bevor sie in ihr Grab gelegt worden war.

Das bedeutete, der Mörder war nicht der Einzige, der wusste, wo sich sein neues Versteck befand. Eine Frau war ebenfalls in die Sache involviert. Eine Frau, die alles wusste.

23. KAPITEL

Evelyn saß am Ende von Jack Bullocks Auffahrt in ihrem Wagen und betrachtete das kleine, ordentliche Häuschen. Die Verandabeleuchtung war angeschaltet, genau wie die Lichter im vorderen Zimmer. Miranda Bullock war vermutlich drinnen und wartete darauf, dass Jack nach Hause kam.

Wartete sie darauf, dass die Polizei ihn fand? Oder wusste sie genau, wo er war?

Die Mutter eines Säuglings, der innerhalb der ersten zwei Monate seines Lebens gestorben war, hätte allen Grund, ein zwölfjähriges totes Mädchen in eine Decke zu hüllen, bevor sie ihrem Ehemann gestattete, sie zu begraben. Die Ehefrau eines überheblichen und obsessiven Polizisten könnte außerdem Grund zur Furcht haben, diesen Mann zu verraten, wenn sie wusste, dass er ein Kindesentführer war.

Vor allem, wenn sie seine Beweggründe verstand. Falls Jack wegen etwas, das er in seinem Beruf erlebt hatte, mit den Entführungen angefangen hatte, könnte seine Frau seiner Sichtweise zugestimmt haben. Ein vernachlässigtes oder missbrauchtes Kind, das das Gesetz nicht beschützen konnte? Vielleicht war das Kind bei ihnen besser dran. Sie konnten keine eigenen Kinder haben, also hatten sie Platz, dieses hier bei sich aufzunehmen.

Und einer der älteren Cops hatte ihr erzählt, dass Jacks Frau schon immer eine Tochter hatte haben wollen.

Aber das durfte natürlich niemand wissen. Und wo könnte man die Kinder besser verstecken als auf einem Stück Land, das ihnen gehörte, das sie aber nicht benutzten? Land, das einst einem Polizeichef und nun einem Officer gehörte. Wieso sollte da jemand Verdacht schöpfen?

Evelyn nickte stumm vor sich hin, als sie die Argumente durchging, die Miranda vielleicht angeführt hatte. Es war zu leicht, sich vorzustellen, wie sie die Entführungen über die Jahre gerechtfertigt hatte.

Evelyn griff nach ihrem Handy, um Greg anzurufen und ihm zu sagen, dass sie Jacks Frau befragen würde, da merkte sie, dass sie es auf dem Revier vergessen hatte.

„Mist", murmelte sie, stieg aber trotzdem aus dem Wagen und ging aufs Haus zu. Ihr Auto stand direkt vor der Einfahrt, sodass es den Nachbarn bestimmt auffallen würde. Außerdem war sie bewaffnet. Und T. J. hatte vorhin hier vorbeigeschaut und gesagt, dass Jack nicht zu Hause war.

Selbst wenn er nach T. J.s Besuch nach Hause gekommen war, wäre es am klügsten, wenn er behauptete, genau das getan zu haben, was er angekündigt hatte: einer weit hergeholten Spur nachzugehen, die ins Nichts geführt hatte. Niemand könnte ihm das Gegenteil beweisen, und obwohl Jack zu diesem Zeitpunkt vermutlich schon wusste, dass sie ihn verdächtigten, hatten sie doch nicht mehr gegen ihn in der Hand als die Anstecknadel seines Vaters. Gegen eine lebenslange Laufbahn und Familientradition bei der Polizei würde das nicht ausreichen.

Evelyn klopfte an die Tür, die so schnell geöffnet wurde, als hätte die Person dahinter ihr Herankommen beobachtet.

Miranda Bullock sah zerbrechlich aus. Sie war noch kleiner als Evelyn, hatte misstrauisch dreinblickende braune Augen und ihre braunen, mit grauen Strähnen durchsetzten Haare streng auf dem Kopf zusammengebunden.

„Wie können Sie es wagen, meinen Ehemann wie einen gemeinen Verbrecher zu behandeln?", zischte sie weit aggressiver, als Evelyn es von jemandem erwartet hätte, der so verhärmt aussah.

„Ich bin Evelyn Baine", erwiderte sie und ignorierte die Frage. „Ich möchte Sie nur ein paar Dinge fragen."

„T. J. war bereits hier", gab Miranda schnippisch zurück. „Jack ist nicht zu Hause. Er arbeitet."

„Tja, auf dem Revier weiß aber niemand, wo Ihr Ehemann steckt", sagte Evelyn.

„Das geht Sie auch nichts an. Jack ist seit einundzwanzig Jahren bei der Polizei. Bevor er Polizist wurde, hat er für seinen Vater gearbeitet und alle möglichen Aufgaben auf dem Revier erledigt. Er hat als Teenager angefangen. Er weiß besser als alle anderen auf dem Revier, was er tut – einschließlich des neuen *Chiefs*." Das letzte Wort spuckte sie förmlich aus.

„Nun, welche Spuren er auch immer verfolgt, ich würde ihn dabei gerne unterstützen", sagte Evelyn sanft und wechselte damit die Taktik, die sie bei dieser Frau eigentlich hatte anwenden wollen. Es war offensichtlich, dass Miranda sich niemals gegen ihren Ehemann wenden würde. Was Evelyn in ihrem Verdacht nur noch bestärkte. Wie weit würde Miranda gehen, um Jack zu beschützen?

„Blödsinn." Miranda betrachtete Evelyn mit einem missbilligenden Blick von oben bis unten.

Evelyn erkannte den Blick sofort, zwang sich jedoch, keine Reaktion zu zeigen. Sie wusste, dass Jacks Abneigung ihr gegenüber zumindest zum Teil auf ihrer Hautfarbe beruhte. Es sollte sie also nicht überraschen, dass es seiner Frau genauso ging.

„Ma'am, ich möchte nur gerne wissen ..."

„Verlassen Sie mein Grundstück", fauchte Miranda und wollte die Tür zuschlagen.

Evelyn stemmte ihre Hand dagegen, bevor die Tür ins Schloss fallen konnte, und Miranda schien von ihrer Kraft erstaunt zu sein. Evelyn bedachte sie mit einem stahlharten Blick, den sie in ihren Jahren beim FBI perfektioniert hatte und der sagte: *Unterschätzen Sie mich nicht.*

„Es wird auch nicht lange dauern."

Miranda kaute auf der Unterlippe und schaute zwischen Evelyns Hand an der Tür und ihrem Gesicht hin und her. Ihre eigene Hand, mit der sie die Tür immer noch zudrücken wollte, zitterte. „Gut." Sie ließ los und ging ins Haus.

Evelyn schloss die Tür hinter sich und sah sich wachsam um, während sie Miranda in ein kleines Wohnzimmer folgte. Nur weil Miranda sagte, dass Jack nicht da wäre, hieß das nicht, dass das auch stimmte. Aber das Haus fühlte sich leer an und niemand sprang aus den Schatten hervor.

„Jemand hat gestern Jacks Anstecker geklaut", verkündete Miranda, sobald Evelyn sich gesetzt hatte.

Verdammt. „Hat T. J. Ihnen erzählt, dass wir ihn gefunden haben?", fragte Evelyn ganz ruhig, obwohl sie innerlich kochte. Sie konnte nicht glauben, dass T. J. der Frau von Jack verraten hatte, was sie gegen ihn in der Hand hatten.

„Ja. Er sagte, das Mädchen, das heute Morgen verschwunden ist, hat ihn bei sich gehabt. Jack hat ihn gestern verloren."

„Hat er ihn verloren oder wurde er ihm gestohlen?"

„Tja, wer weiß das schon? Aber er war nicht an seiner Jacke, als er gestern Abend nach Hause kam."

Evelyn hakte nicht nach, sondern fragte stattdessen: „Wann haben Sie Jack das letzte Mal gesehen?"

„Heute Morgen."

„Um wie viel Uhr?"

Miranda zuckte mit den Schultern. „Weiß ich nicht mehr. Bevor er zur Arbeit gegangen ist."

„Seine Schicht müsste jetzt schon vorbei sein, oder?"

„Nicht wenn ein Kind vermisst wird."

„Wir haben sie gefunden", sagte Evelyn. „Also sollte er dann nicht inzwischen zu Hause sein?"

Miranda verschränkte die Arme vor der Brust. „Nein. Er nimmt diese Fälle sehr ernst. Er wird nicht eher ruhen, bis dieser Kerl gefasst ist."

„War er immer schon so engagiert?"

„Ja", behauptete sie. „Jack ist ein guter Polizist."

„Wissen Sie, ob es einen speziellen Fall gibt, der ihn antreibt?" Bevor Miranda Nein sagen konnte, fügte Evelyn im Plauderton hinzu: „So einen haben wir ja alle."

Ihre Augen verengten sich. „Sicher, davon hat er auch ein paar. Aber er nimmt jeden Fall ernst. Er gibt alles für seinen Job."

„So viel, dass er keine Zeit mehr für ein Familienleben hat?", fragte Evelyn.

„Er hat mehr als genügend Zeit für mich. Aber sein Beruf ist sehr wichtig. Der muss immer an erster Stelle kommen." Sie sagte das wie etwas, das sie selber wieder und wieder gehört hatte.

Evelyn nickte. „Natürlich. Wie sieht es mit Kindern aus?"

Miranda löste ihre verschränkten Arme und legte ihre zitternden Hände in den Schoß. „Was soll damit sein?", fragte sie schließlich schwach.

„Haben Sie welche?" Das war eine gemeine Frage an eine Frau, die ihr einziges Kind verloren hatte, vor allem, wenn Jack unschuldig war oder sie nichts von dem wusste, was er tat. Aber falls er schuldig und sie seine Komplizin war, würde ihre Reaktion Evelyn eine Menge verraten.

Miranda konnte Evelyn nicht in die Augen sehen. Sie antwortete auch nicht, sondern erhob sich nur steif. „Ich möchte, dass Sie gehen. Und ich werde meinem Mann von Ihrem Besuch erzählen."

Den letzten Teil sagte sie, als wäre er eine Drohung.

Evelyn stand auch auf und musterte Miranda nach irgendeinem Anzeichen von Schuldgefühlen.

Aber die Frau hatte ihre Schultern gestrafft und den Kiefer angespannt, und auf ihrer Miene spiegelte sich nur Zorn.

Als Evelyn sich nicht sofort bewegte, trat Miranda aggressiv vor und schrie: „Raus hier! Gehen Sie endlich!"

Evelyn hob abwehrend die Hände und ging rückwärts zur Tür. „Okay. Bitte sagen Sie Jack, er soll mich anrufen, wenn er nach Hause kommt."

„Oh, das wird er", rief Miranda, als Evelyn an der Tür angelangt war. „Und Sie können darauf wetten, dass er ein paar Takte mit Ihnen reden wird."

Sobald Evelyn draußen war, knallte Miranda die Tür so fest hinter ihr zu, dass Evelyn den wütenden Windstoß an ihrem Rücken spürte.

Langsam ging sie zu ihrem Wagen zurück. Dabei warf sie einen Blick zurück zum Haus. An einem der vorderen Fenster bewegte sich eine Gardine. Miranda beobachtete sie immer noch. Oder könnte es doch Jack gewesen sein?

Evelyn konnte es nicht sagen, und dann glitt die Gardine auch schon zurück an ihren Platz.

So viel dazu, etwas aus Jacks Frau herauszuholen.

Evelyn stieg ins Auto und ließ sich in den Sitz sinken, ohne den Motor anzumachen. Wo zum Teufel sollte sie als Nächstes suchen?

Waren Greg und Tomas inzwischen auf einen Fall in Jacks Vergangenheit gestoßen, der ihn motiviert haben könnte, junge Mädchen zu entführen? Evelyn hatte ihr Handy nicht dabei, wollte aber auch nicht zurück zum Revier fahren. Also ließ sie ihre Gedanken zu all den Informationen wandern, die sie in den letzten vier Tagen über Jack erfahren hatte.

Als sie alles durchging, was sie wusste, schreckte sie auf einmal auf. Noreen. Jack stand ihr nahe, also hatte sie sich gefragt, ob er ihre Schwester gekannt hatte, bevor diese gestorben war. Ob Margaret der Auslöser gewesen war. Das war ihr anfangs als sehr weit hergeholt vorgekommen.

Aber was war mit Noreen? Frank Abbott war immer noch einer ihrer Verdächtigen. Er stand nicht so weit oben auf ihrer Liste wie Jack Bullock, aber sie wusste nicht, wo sie nach weiteren Informationen über Jack suchen sollte. Und wenn Frank der Mörder war, war Noreen vielleicht die Frau in seinem Leben, die Angst hatte, ihn auszuliefern.

Vor achtzehn Jahren hätte Earls rapide abnehmende Gesundheit Franks Entführungen ein Ende setzen können. Damals wäre Noreen zu jung gewesen, um irgendetwas mitzubekommen. Aber nun, vor allem, seitdem sie auf dem Polizeirevier arbeitete, hatte sie vielleicht Verdacht geschöpft. Vielleicht hatte sie es zu spät herausgefunden, um Brittany retten zu können, aber sie hatte sie sorgfältig in eine Kinderdecke eingewickelt, bevor ihr Onkel sie begrub.

War das möglich?

Evelyn lehnte sich in ihrem Sitz zurück. Der Motor des Wagens lief inzwischen, doch sie stand immer noch vor Jack Bullocks Haus. Draußen wurde es langsam dunkel, und Jack war immer noch nicht zu Hause.

Dagegen konnte sie nichts unternehmen, also wandte sie sich in Gedanken wieder Frank und Noreen zu. Ihr Vater und ihre Schwester waren tot, ihre Mom anscheinend kein Teil ihres Lebens, also war alles, was Noreen blieb, das Revier und ihr Onkel Frank.

Sowohl Jack als auch Tomas hatten gesagt, dass Noreen unglaublich klug sei. Wenn sie erkannt hatte, dass es ihr Onkel war, wäre sie dann in der Lage, ihn auszuliefern?

Auf jeden Fall hatte sie gemischte Gefühle ihm gegenüber. Verbitterung über die Art, wie er sie mit ihrem Vater allein gelassen hatte, sobald sie achtzehn war. Dankbarkeit, dass er so lange bei ihr geblieben war. Loyalität und Liebe, weil er der einzige Angehörige war, den sie hatte.

Evelyn wusste, wie es war, nur wenige Menschen im Leben zu haben – zu wenige Familienmitglieder, zu wenig Freunde. Sie wusste genau, wie es war, solange wie nur möglich an dem wenigen festzuhalten, das sie hatte.

Noreen ging es vermutlich ähnlich. Evelyn konnte sich leicht vorstellen, dass ihre Liebe und ihre Loyalität gegenüber ihrem Onkel zu weit reichten.

Sie legte einen Gang ein und setzte sich in Bewegung. In ihr reifte eine Idee. Noreen war erst vierundzwanzig. Sie war naiv und ungeschickt im Umgang mit Menschen. Außerhalb des Reviers hatte sie kaum ein Leben. Wenn sie ihren Onkel ausliefern würde, würde das ihr gesamtes Leben auf einen Schlag zerstören.

Evelyn versuchte, sich in Noreens Lage zu versetzen. Sich vorzustellen, wie es war, wenn man erkannte, dass der einzige Verwandte, den man noch hatte, ein Mörder war. Da sie seit Jahren auf dem Revier arbeitete, wusste sie, dass für eine solche Tat die Todesstrafe durchaus möglich war. Und wenn ihr Onkel der Mörder war, was würden die Polizisten, mit denen sie zusammenarbeitete, über sie denken? Würden sie die Nichte des schlimmsten Verbrechers in der Geschichte von Rose Bay als Kollegin haben wollen? Vermutlich nicht.

Also falls Frank Abbott wirklich der Mörder war und Noreen ihn verraten würde, bliebe ihr danach nichts.

Evelyn beschleunigte und lenkte den Wagen in Richtung von Noreens Wohnung. Das Mädchen hatte erwähnt, dass es in einem kleinen Apartmenthaus in der Nähe des Reviers lebte. Evelyn würde vor Ort herausfinden, in welcher Wohnung genau.

Denn egal, was Noreens Motiv gewesen sein mochte, um das Geheimnis ihres Onkel zu wahren – Noreen glaubte an ihren Job, dessen war Evelyn sich sicher.

Sie erinnerte sich an die vielen Stunden, die Noreen gearbeitet hatte, um die Suchmannschaften zu koordinieren. Die Arbeit, die sie mit nach Hause genommen hatte, und ihre Anrufe, um sie über neueste Entwicklungen auf dem Laufenden zu halten. Als Frank das erste Mal als Verdächtiger auf Evelyns Radar erschienen war, hatte es so ausgesehen, als glaube Noreen ernsthaft an seine Unschuld.

Was bedeutete, falls Frank schuldig war, war sie vermutlich erst in den letzten Tagen auf etwas gestoßen, hatte erst kürzlich von seinem grauenhaften Geheimnis erfahren – vermutlich, nachdem Brittany schon tot gewesen war.

Evelyn konnte sich gut das Entsetzen vorstellen, das sie empfunden haben musste, als sie erfuhr, was er getan hatte. Hatte Noreen ihn zur Rede gestellt? Hatte sie so von Brittany erfahren? Oder hatte sie seine Verstecke gekannt und Brittany bereits tot vorgefunden, zu spät, um gerettet zu werden? Wie auch immer, wenn diese Theorie stimmte, wenn Noreen diejenige gewesen war, die Brittany in die Decke gehüllt hatte, hatte sie es getan, weil sie sich schuldig fühlte.

Schuldig, weil sie es nicht früher bemerkt hatte. Schuldig, weil sie mit einem Mörder verwandt war. Schuldig, weil sie ihn – und ihr Leben in Rose Bay – zu sehr liebte, um ihn auszuliefern.

Aber wenn sie sich schuldig fühlte, bedeutete das auch, dass Evelyn sie überzeugen konnte, ihren Onkel aufzugeben – vorausgesetzt, sie ging es richtig an.

Vorausgesetzt, ihre aufkeimende Theorie war richtig.

Doch in Wahrheit hatte sie zu viele Theorien und zu wenige Fakten. Täterprofile zu erstellen war nun mal keine exakte Wissenschaft.

Auf gewisse Weise war das besser, denn es führte sie an Orte, wie physische Beweise alleine es nicht konnten.

Aber es war auch unglaublich frustrierend. Denn es gab immer auch Aspekte eines Profils, die reine Vermutung waren. Die richtige Vermutung konnte Punkte verbinden, die eine normale Ermittlung niemals finden würde. Die falsche Vermutung konnte Zeit, Arbeitskraft und Ressourcen verschwenden und alle von der richtigen Fährte abführen.

Im Moment war Evelyn, was ihr Profil betraf, so unsicher wie nie zuvor.

War es Jack? War es Frank? Verdammt, war es vielleicht sogar Walter Wiggins oder ein anderer Bewohner von Rose Bay, den sie bislang noch gar nicht in Betracht gezogen hatte?

Der einzige Weg, das herauszufinden, war, ihren Theorien so weit wie möglich zu folgen und zu sehen, was sie finden würde.

Sie biss die Zähne zusammen und parkte vor dem einzigen Apartmentkomplex in Laufweite zum Revier. Ein schneller Halt im Büro des Hausmeisters verriet ihr, dass Noreen Abbott hier wohnte, aber vor einer Stunde weggegangen und bislang nicht zurückgekehrt war.

Von dem Telefon des Hausmeisters aus rief Evelyn auf dem Revier an und erwischte Greg. „Wie läuft die Suche?"

„Bis jetzt noch nichts. Jack hat in seinen Anfangsjahren ein paar fiese Fälle von häuslicher Gewalt gehabt, aber keinen mit einem zwölfjährigen Mädchen." Greg klang deprimiert. „Und bei dir?"

„Ich war bei Jacks Haus. Seine Frau war nicht glücklich, mich zu sehen. Und T. J. hat ihr das mit der Ansteckanadel verraten."

„Mist."

„Ja. Hey, ist Noreen da?"

„Nein. Aber Carly ist zurück."

„Okay."

„Kommst du jetzt wieder her?"

„Bald. Danke, Greg." Sie legte auf, verabschiedete sich vom Hausmeister und kehrte zu ihrem Wagen zurück.

Das Revier lag gleich die Straße hinunter. Zeit, zurückzukehren.

Aber nachdem sie den Wagen angelassen hatte, wandte sie sich in die andere Richtung. Zurück zu der Sackgasse, wo sie Darnell Conway auf Jack Bullocks Grundstück gefunden hatte. Die gleiche Sackgasse, in der Frank Abbott lebte.

Frank wusste bereits, dass er zu den Verdächtigen zählte. Ein weiterer Besuch von ihr würde ihn nicht überraschen.

Aber Noreen könnte bei ihm sein. Wenn sie das Mädchen nur alleine sprechen könnte, würde sie sie vielleicht dazu bringen, zu gestehen, was sie über ihren Onkel in Erfahrung gebracht hatte. Vielleicht würde sich der ganze Fall dann endlich auflösen.

Der Schotterweg fühlte sich anders an, als die Dunkelheit um sie herum immer dichter wurde und der Donner durch die Luft hallte. Irgendwie unheilvoller. Vielleicht lag es daran, dass sie wusste, was am anderen Ende Straße auf dem Feld gewesen war.

Wie um ihren Verdacht zu bestätigen, hörte Evelyn das Summen eines tief fliegenden Helikopters. Er flog zurück Richtung Stadt.

Evelyn fuhr weiter und bog in Frank Abbotts Einfahrt ein. Ganz am Ende stand ein altes Auto, das bei ihrem letzten Besuch noch nicht da gewesen war. Gehörte es Noreen?

Sie parkte, stieg aus und sah sich auf seinem Grundstück und dem großen, überwachsenen Feld hinter seinem heruntergekommenen Haus um. Hohes Gras, ähnlich wie auf dem Feld am Ende der Straße. Es erstreckte sich meilenweit, nur ab und zu von kleinen Baumgruppen durchbrochen. Die Scheune am Ende der Auffahrt, halb versteckt hinter dem Haus, die mit Franks Erlaubnis vor ein paar Tagen von einigen FBI-Agents durchsucht worden war.

Sie hatten hier nichts gefunden. Und im Haus auch nicht. Was zu erwarten gewesen war, da Frank sie ja eingeladen hatte, sein Haus zu durchsuchen. Wenn er der Mörder war, würde er sichergehen, dass sich weder im Haus noch in der Scheune irgendetwas Belastendes finden würde.

Sie wollte nicht wirklich mit Frank reden. Er wusste, dass sie ihn verdächtigte, und würde ihr sowieso nichts sagen. Aber Angst hatte sie davor auch nicht. Frank war nach seinem Verhör entlassen worden, sie hatten nichts gegen ihn in der Hand. Und Rose Bay war die Art Kleinstadt, in der Neuigkeiten wie die, wessen Anstecknadel Mandy Toland auf ihrer Flucht bei sich gehabt hatte, schnell die Runde machten.

Frank wusste vermutlich bereits, dass Jack nun der Hauptverdächtige war. Wenn Frank der Mörder war, würde er ihr das unter die Nase reiben. Sie hatten ihn überprüft, Darnell und Walter, und die ganze Zeit hatte Jack Bullock an dem Fall mitgearbeitet.

In der Hoffnung, dass Noreen hier wäre und sie gar nicht mit Frank reden müsste, ging Evelyn die lange Auffahrt zum Haus hinauf. Falls Noreen hier war, so hatte Evelyn beschlossen, würde sie die Jack-Karte ziehen. Sie würde Noreen erzählen, dass sie sie auf dem Revier brauchten, um ein paar Theorien über Jack durchzugehen, weil die beiden sich so gut kannten. Sobald Noreen dann mit ihr im Auto wäre, würde sie anfangen, die echten Fragen zu stellen.

Aber je näher sie dem Haus kam, desto mehr sanken ihre Hoffnungen. Trotz des Wagens in der Auffahrt wirkte das Haus dunkel und leer. Die Verandabeleuchtung war aus, und auch sonst gab es auf der Vorderseite des Hauses keine Lichter.

Anders als bei ihrem letzten Besuch waren jetzt alle Vorhänge zugezogen. Evelyn klingelte trotzdem.

Als niemand antwortete, klingelte sie erneut und beobachtete dabei aufmerksam alle Fenster nach einem Anzeichen, dass irgendjemand nachschaute, wer da war. Aber alles blieb still.

Evelyn seufzte und wollte gerade aufgeben, als ein Blitz den Himmel durchriss und Regen ihr auf den Kopf fiel. Es war die Art Gewitter, die es in South Carolina im Sommer oft gab. Es tauchte blitzschnell auf und war genauso schnell wieder vorbeigezogen.

Innerhalb von Sekunden war sie bis auf die Knochen durchnässt. Schnell rannte sie zu ihrem Wagen. Ein weiterer Blitz erhellte die Umgebung, und Evelyn standen alle Haare im Nacken zu Berge.

Sie griff nach ihrer Waffe und wirbelte herum, doch ihre SIG verließ niemals das Holster. Die Eingangstür von Frank Abbotts Haus stand offen und der kalte Stahl einer Waffe drückte sich hart gegen ihre Stirn.

Und gehalten wurde diese Waffe von Noreen Abbott.

24. KAPITEL

„Noreen." Evelyn schluckte, ihr Blick schoss hoch zu der Waffe, die an ihre Stirn gedrückt wurde.

Sie konnte den Lauf gerade so am Rande ihres Blickfelds sehen. Eine Glock – die Pistole, die die meisten Polizisten trugen. Eine solide, fähige Waffe mit keinerlei Sicherheitsmechanismus. Man musste nur dreieinhalb Pfund Druck ausüben, um den Abzug zu betätigen und eine Kugel abzufeuern.

Sie wusste, was ein Schuss aus dieser Nähe anrichten würde. Sie hatte es schon an Tatorten gesehen. Es wäre nicht schön. Er würde ein Stück ihres Kopfes wegblasen und Blut und Gehirnmasse auf dem Boden hinter ihr verteilen. An der Stelle, wo ihre Stirn gewesen war, würde er einen Kreis aus schwarzem Pulver hinterlassen, der den Agents, die ihren Fall untersuchen würden, verriet, wie nah sie ihren Mörder an sich herangelassen hatte.

Wie zum Teufel hatte sie zulassen können, dass Noreen sich so an sie heranschlich?

Das war ein Anfängerfehler. Ein potenziell tödlicher Anfängerfehler.

Evelyn hob langsam ihre Hände, bewegte sie von ihrer Waffe weg und versuchte, Noreen zu versichern, dass sie keine Bedrohung für sie darstellte.

Noreens Blick schoss wild hin und her, und ihre Haut war unnormal blass. Ihr langes Haar klebte ihr klitschnass am Kopf, und der Wind schlug ihr vereinzelte Strähnen ins Gesicht. Die Hand, mit der sie die Waffe hielt, zitterte ein wenig, sodass der Lauf auf Evelyns Stirn tanzte.

Sie wirkte verängstigt, wie eine Frau, die noch nie zuvor eine Waffe in Händen gehalten hatte. Was sie irrwitzigerweise noch gefährlicher machte, denn sie hatte ihren Finger vermutlich am Abzug liegen, was bedeutete, es konnte viel eher passieren, dass sie versehentlich abdrückte. Und nach der Wut zu urteilen, die ihr verbissener Gesichtsausdruck zu erkennen gab, würde sie bei der kleinsten Provokation schießen.

„Noreen, ich bin's, Evelyn Baine." Das wusste Noreen natürlich, aber vielleicht konnte Evelyn sie davon überzeugen, dass sie gekommen war, um mit ihr über Jack zu reden. Dass sie nichts über Noreens Onkel wusste. Wenn sie sich dumm stellte, als würde sie denken,

Noreen hätte nicht gewusst, wer sie war, als sie die Waffe zog, würde Noreen vielleicht mitspielen.

„Ich weiß, wer Sie sind, Evelyn", sagte Noreen mit einer Stimme, die so sehr zitterte wie die Waffe. „Und ich weiß, warum Sie hier sind."

„Es geht um Jack ..."

„Sie glauben, Sie könnten mich für dumm verkaufen?", wollte Noreen wissen.

„Nein, natürlich nicht", erwiderte Evelyn ruhig, obwohl ihr Herz wie ein wildes Tier in ihrer Brust schlug. Es war noch keine Minute her, dass sie ihre Hände in einer ergebenden Geste erhoben hatte, und doch fühlten sie sich schon taub an, als wenn alles Blut aus ihnen gewichen wäre. „Wir haben bei Mandy Toland einen Anstecker gefunden. Ich wusste nicht, ob du davon gehört hattest. Er gehört Jack. Ich bin hergekommen, um dir das zu erzählen und dich um Hilfe zu bitten."

Noreen neigte ihren Kopf und ihre Stimme war auf einmal ganz ruhig, als sie sagte: „Wollen Sie das vielleicht noch einmal probieren?"

Mist, warum hatte sie nicht versucht, mehr über Noreen in Erfahrung zu bringen, als sie noch die Chance dazu gehabt hatte? Noreen war jung; sie konnte noch nicht lange aus dem College raus sein, wenn sie überhaupt hingegangen war. Sie war schüchtern, in sozialen Kontakten ungeschickt und stammte aus einer kaputten Familie. Sie war isoliert aufgewachsen, mit zu viel Verantwortung und kaum etwas, das man als Kindheit bezeichnen konnte. Sie hatte ihr Dasein einem anderen Zweck gewidmet – einem Leben bei der Strafverfolgungsbehörde.

So vieles davon konnte Evelyn auch über sich sagen. Sie verstand auf gewisse Weise, wo Noreen herkam, wie sie sich fühlte, wie sie und die Welt um sich herum sah. Aber wagte Evelyn, auszusprechen, warum sie wirklich hier war? Könnte sie schaffen, dass Noreen diese Ähnlichkeiten sah und akzeptierte, dass es einen anderen Weg gab als den, den sie eingeschlagen hatte – einen Weg, auf dem sie nicht die Fehler ihres Onkels verstecken musste?

Der harte Lauf der Waffe zitterte wieder an Evelyns Stirn. Regen strömte auf sie hinab. Ihr war kalt. Ihr Körper wollte zittern, aber sie unterdrückte es. Jede Bewegung könnte bei Noreen die Sicherungen durchbrennen lassen.

„Noreen, ich weiß, was für eine tolle Leistung Sie seit Jahren für das Revier, für Rose Bay erbringen." Es war leicht, ehrlich zu klingen, weil Evelyn wusste, dass es die Wahrheit war. Und irgendwie schaffte sie es sogar, sich ihre Angst nicht anmerken zu lassen.

Noreens Ellbogen sackte nach unten. Die Waffe zeigte kurz nach oben, bevor sie ihren Arm wieder streckte und die Pistole erneut auf Evelyns Stirn richtete. „Das zählt jetzt nicht mehr."

Panik erfasste Evelyn. *Bitte, lass Noreen nicht selbstmordgefährdet sein.* Wenn sie glaubte, an einen Punkt gelangt zu sein, von dem es kein Zurück mehr gab – wenn sie glaubte, für Brittanys Tod verantwortlich zu sein, weil sie ihn nicht hatte verhindern können –, würde es ihr dann etwas ausmachen, einen weiteren Tod auf ihr Gewissen zu laden? Würde es ihr überhaupt etwas ausmachen, Evelyn das Leben zu nehmen?

Oder würde sie es als letzte Chance sehen, ihren Onkel zu beschützen? Immerhin war Frank aus dem Revier entlassen worden. Die Polizei jagte Jack Bullock. Nur Evelyn war allein zu Franks Haus zurückgekehrt.

Also könnte es sein, dass Noreen glaubte, sie könne Evelyn loswerden und alle würden es auf Jack schieben.

Evelyn verfluchte sich stumm. Sie hatte gedacht, weil Jack der Hauptverdächtige war, wäre sie hier sicher. Es wäre ihr nie in den Sinn gekommen, dass sie hier in noch größerer Gefahr schwebte.

„Noreen, nehmen Sie die Waffe herunter. Lassen Sie uns reden, okay?"

Noreen starrte sie finster an und trat gerade so weit zurück, dass sie die Waffe ein wenig von Evelyns feuchter Haut lösen konnte. Sie stabilisierte den Griff mit beiden Händen und hielt den Lauf weiter auf Evelyn gerichtet. Dann befahl sie: „Gehen Sie voran."

„Noreen, es ist immer noch Zeit, hiermit aufzuhören. Im Moment haben Sie noch keine Schuld an dem, was passiert ist."

Das stimmte nicht ganz, falls sie geholfen hatte, Brittany zu begraben, und falls sie Laurens oder Mandys Entführung hätte verhindern können, aber es war nah dran. Sie hatte Beweise für ein Verbrechen verschwinden lassen, aber sie hatte diese Kinder nicht selber entführt. Sie hatte Brittany nicht getötet. „Sie können sich hier immer noch selber helfen."

„Glauben Sie das wirklich?", fragte Noreen, doch in ihrer Stimme war keine Hoffnung, nur Verachtung und ein Hauch von Überheblichkeit, den Evelyn nicht einordnen konnte.

„Ja, das glaube ich", behauptete sie.

Noreen verzog angeekelt die Lippen. „Sie sind ein Trottel. Gehen Sie jetzt weiter."

Die Waffe zitterte, und jetzt, wo Noreen ein wenig Abstand zwischen sie beide gebracht hatte, sah Evelyn, dass sie richtig geraten hatte: Noreen hatte ihren Finger am Abzug liegen.

„Okay." Evelyn hob die Hände. „Können Sie bitte den Finger vom Abzug nehmen?" Sie lächelte ein wenig, als wäre das alles nur ein Missverständnis zwischen Freunden. „Sie machen mich ein wenig nervös."

Noreen schob den Unterkiefer vor. „Sie sollten auch ein bisschen nervös sein." Sie schüttelte den Kopf, und ihre Stimme klang ganz traurig. „Sie hätten nicht herkommen sollen, Evelyn. Jetzt werfen Sie Ihre Waffe dorthin. Ganz langsam. Ich arbeite, seitdem ich achtzehn bin, auf dem Polizeirevier. Das sind sechs Jahre. Ich weiß also, wie man das macht. Sollten Sie irgendetwas Dummes versuchen ..." Sie lächelte. „Nun, wie Sie schon sagten, mein Finger liegt auf dem Abzug."

Evelyn nickte langsam. „Okay. Klar." Verdammt. Noreen war wesentlich entschlossener, ihren Onkel zu beschützen, als Evelyn erwartet hatte. Wenn sie noch irgendeine Chance haben wollte, Noreen zu beruhigen, musste sie sie an ihre Hingabe zur Polizeistation erinnern.

Doch obwohl es gegen alles, was sie beim FBI gelernt hatte, und ihren Instinkt verstieß, zog sie jetzt erst einmal ihre Waffe ganz langsam und mit zwei Fingern aus dem Holster und warf sie Noreen zu.

Die Waffe landete auf dem Gras neben dem Weg, ein kleines Stück hinter Noreen.

Doch anstatt sich zu bücken, um sie aufzuheben und damit Evelyn die kleine Ablenkung zu geben, auf die sie gehofft hatte, zeigte Noreen mit ihrer Waffe den Weg hinunter. „Weiter."

Evelyn dreht sich um. Jede ihrer Bewegungen war bedächtig und sie hielt ihre Hände oben, bis ihr Rücken Noreen zugewandt war. Sie spürte, wie ihre Schulterblätter sich anspannten, weil sie wusste, dass Noreen die Waffe direkt auf ihren Hinterkopf gerichtet hielt. Sie bewegte einen Fuß, dann den anderen, bis sie wieder in der Auffahrt waren.

Der Regen fiel immer noch in Strömen. Er rann Evelyn in die Augen, und sie sehnte sich danach, ihn sich vom Gesicht zu wischen. Doch sie konnte nicht mehr tun, als ihn wegzublinzeln. „Wohin gehen wir?"

„In Richtung Feld", sagte Noreen und knipste eine Taschenlampe an. Evelyns Kehle schnürte sich zusammen.

Doch sie widersprach nicht. Sie trat einfach vom Weg auf das matschige Feld. Sie folgte dem Pfad, den Noreen mit ihrer Taschenlampe erhellte, während es um sie herum immer dunkler wurde. Dünnes

Gras wurde mit jedem Schritt höher, bis es die Rückseiten ihrer Waden streifte, aber Evelyn schaute sich nicht um.

Ihr Wagen stand immer noch in der Auffahrt. Sie wollte Noreen nicht darauf aufmerksam machen, weil ihn vielleicht jemand sehen könnte und wüsste, dass sie hier gewesen war.

Doch als Noreen sie weiter und weiter ins Feld dirigierte, erkannte Evelyn, dass es egal war. Dieses Feld ähnelte dem anderen am Ende der Straße zu sehr. Es reichte zu weit. Nichts als hüfthohes Gras, das aussah, als verberge es nichts, in Wahrheit aber zu viel verbergen konnte.

Verdammt. Frank hatte gesagt, die Suchmannschaften seien bereits hier gewesen, hätten nach Lauren und Brittany gesucht. Es gab keinen Grund für sie, ihretwegen hierher zurückzukehren.

Sie hatte nur Greg erzählt, dass sie noch einmal an den Tatort zurückkehren würde. Sie hatte jedoch nichts von ihrem Verdacht gegenüber Frank erzählt. Er hätte keinen Grund, anzunehmen, dass sie hierhergefahren war.

Sie versuchte, eine Strategie zu entwickeln. Sie wollte Noreen anschauen, doch das musste sie nicht. Sie spürte die Waffe stetig an ihrem Hinterkopf und hörte Noreen hinter ihr herschlurfen, während der Regen langsam nachließ.

„Stehen bleiben", sagte Noreen schließlich, und wie auf Kommando hörte auch der Regen ganz auf.

Evelyn blieb stehen und wandte sich mit erhobenen Händen langsam zu Noreen um. Entsetzen schnürte ihr den Magen zusammen, als sie das Feld um sich herum sah. Das Gras war so hoch, dass es ihre Leiche leicht verbergen konnte. Zumindest, bis die Geier ihren Duft wahrnahmen. Was Noreen und Frank auf jeden Fall ausreichend Zeit ließ, die Stadt zu verlassen und unterzutauchen.

Würde Noreen sie hier auf dem Feld hinrichten?

„Wie läuft es mit der Suche?", fragte Kyle, als er mit T. J. im Schlepptau in die Kommandozentrale des CARD-Teams zurückkehrte.

Greg und Tomas waren noch da, wo er sie zurückgelassen hatte, nur sahen die Aktenberge jetzt noch höher aus. Bei ihnen waren jetzt Carly und ihr Team, die alle Polizeiakten durchgingen und ihre eigenen Quellen anzapften.

Greg blinzelte ein paar Mal und rieb sich dann die Augen. „Langsam. Wir haben einen möglichen Fall, aber er ist nicht so nah, wie ich ihn als soliden Motivator gerne hätte, also suchen wir weiter."

„Ich habe die Officers, deren Schicht beendet war, nach Hause geschickt", sagte Tomas. „Alle anderen sind draußen und suchen nach möglichen Orten, an denen Jack stecken könnte. Bislang hat ihn noch niemand gefunden."

„Das hat gar nichts zu sagen", meinte T.J., aber sein Protest war nicht mehr ganz so überzeugend.

„Wie war der Flug mit dem Hubschrauber?", wollte Greg wissen.

„Wir haben drei weitere Plätze entdeckt, an denen der alte Chief möglicherweise versucht hat, Häuser zu bauen." Kyle zeigte auf T.J., der eine Landkarte ausbreitete, auf der sie die Stellen markiert hatten. „Ich schlage vor, gleich morgen früh ein paar Officers zu den Stellen zu schicken, um zu überprüfen, was da ist. Nur für den Fall, dass der Chief für jedes seiner Häuser einen Erdkeller ausgehoben hat."

„Oder Jack", sagte Greg.

„Ja. Wo ist Evelyn?"

Greg schaute auf die Uhr und runzelte die Stirn. „Sie ist direkt nach euch los. So gegen acht." Er schaute zu Tomas. „Wann hat sie noch mal angerufen?"

Tomas zuckte mit den Schultern und blätterte durch die Akten. „Gegen halb zehn?"

„Das war vor einer Stunde." Greg legte besorgt die Stirn in Falten. „Sie sagte, sie sei auf dem Rückweg. Verdammt."

„Was?", fragte Kyle nun auch besorgt.

„Sie wollte sich noch einmal den Tatort anschauen. Als sie angerufen hat, sagte sie, dass sie auch bei Jacks Frau war. Was wollen wir wetten, dass sie noch mal da hingefahren ist?" Greg lächelte kläglich. „Jemandem Bericht zu erstatten und sich regelmäßig zu melden ist nicht unbedingt Evelyns Stärke."

„Sie glauben, sie ist bei Jack im Haus?", fragte T.J. „Warum?"

„Evelyn ist sehr hartnäckig", erklärte Greg. „Es ist möglich, dass sie noch einmal zum Tatort gefahren ist, aber ich bezweifle es. Die Polizisten sind alle von dort zurückgekommen. Es ist zu dunkel, um viel tun zu können, vor allem im Regen. Als ich mit Evelyn gesprochen habe, fragte sie mich, wer schon wieder hier sei. Ich sagte ihr, dass Carly auf dem Weg ist. Evelyn wusste, dass wir Unterstützung bekommen und sie hier nicht wirklich brauchen." Greg sah T.J. an. „Warum haben Sie Jacks Frau von der Anstecknadel erzählt?"

„Was?", platzte Tomas heraus. „Verdammt, T.J."

T. J. rieb sich verlegen über den Nacken. „Es tut mir leid. Jack ist seit beinahe zehn Jahren mein Partner. Ich konnte einfach nicht glauben …"

Als seine Stimme verebbte, brachte Kyle sie zu dem Thema zurück, das ihm im Moment am wichtigsten war. Und das war nicht Jack. „Wir haben Evelyns Wagen in der Sackgasse am Tatort gesehen, als wir zurückgeflogen sind. Warum ist sie da überhaupt hingefahren?"

Und warum hatte Greg sie nicht aufgehalten? Das letzte Mal, als sie dort gewesen war, hatten sie Brittanys Leiche gefunden. Und die Skelette von älteren Opfern ausgegraben, von denen eines beinahe mit Sicherheit zu ihrer alten Freundin aus Kindertagen gehörte.

Kyle gefiel die Idee nicht, dass sie allein dort draußen war. Was wollte sie damit bewirken?

Er kannte Evelyn gut genug, um zu vermuten, dass sie von Schuldgefühlen angetrieben wurde. Sie und Cassie waren beide als mögliche Opfer auserkoren worden, aber nur Cassie hatte man entführt. Evelyn hatte seitdem mit dem Schuldgefühl der Überlebenden leben müssen – verdammt, sie hatte sich über dieses Schuldgefühl definiert!

Noch einmal an den Ort zurückzukehren, an dem Cassie vermutlich gestorben war, würde ihr auch keine Ruhe geben. Sie würde sich danach nur noch schlechter fühlen.

Kyle holte sein Handy heraus. „Ich frage mal nach, wo sie ist, und fahre dann zu ihr."

Greg schüttelte den Kopf und hob ein neben ihm liegendes Handy hoch. „Sie hat ihr Telefon hier vergessen."

Kyle runzelte die Stirn und steckte sein Handy wieder weg. Dann streckte er die Hand nach ihrem aus. „Okay. Ich fahre mal ein wenig rum. Mal sehen, ob ich sie irgendwo finde."

Greg erhob sich hinter seinem Tisch. „Hast du ein schlechtes Gefühl, Mac?"

Kyle schüttelte den Kopf. „Nein, nur ein trauriges."

„Mist." Greg rieb sich die Augen. „Sie sagte, sie habe das Gefühl, als hätte sie etwas übersehen. Deshalb wollte sie sich den Tatort noch einmal angucken. Ich habe nicht nachgedacht …" Er zuckte mit den Schultern. „Soll ich mitkommen?"

„Nein. Mach du hier weiter. Ich rufe dich an, wenn ich sie gefunden habe."

„Bitte, Noreen, tun Sie das nicht", flehte Evelyn.

In der Dunkelheit konnte sie kaum Noreen sehen, die immer noch die Waffe auf sie gerichtet hatte. Sie hielt sie mit beiden Händen – Händen, die nicht länger zitterten. Sie wirkte auch nicht mehr verängstigt, sondern nur resigniert.

Sie umklammerte die Taschenlampe unter dem Pistolengriff, sodass der Strahl Evelyn direkt unter den Augen traf – genau dort, wo die Kugel eindringen würde, wenn Noreen abdrückte.

„Mit wem haben Sie über meinen Onkel gesprochen?", wollte Noreen wissen.

„Mit meinem Partner", sagte Evelyn schnell und mit gezwungenem Selbstvertrauen in der Stimme. Wenn Noreen dachte, dass auch andere davon wussten, würde Evelyn zu töten ihr nicht wirklich helfen und vielleicht würde sie es sich dann noch mal überlegen.

„Meinen Sie damit Ihren Freund oder den anderen Profiler?"

„Meinen Freund?" Frank hatte Kyle als ihren Freund bezeichnet und behauptet, er hätte das von Darnell. Aber hatte Frank sie vielleicht die ganze Zeit über beobachtet?

Die Vorstellung jagte ihr eine Gänsehaut über den Rücken. Sie wusste nicht, wie lange sie schon hier draußen waren, aber um sie herum herrschte tiefste Finsternis. Beobachtete Frank sie vom Haus aus? Sah er den Schein von Noreens Taschenlampe?

Hatte er Noreen rausgeschickt, um sie hier zu erschießen? Um Noreen zu einer Komplizin all seiner Taten zu machen und sich ihre Loyalität noch mehr zu sichern?

Hatte er vor zuzusehen, während Noreen sie umbrachte – achtzehn Jahre nachdem er geplant hatte, es selber zu tun?

Wut brandete in ihr auf und wärmte ihre kühle Haut. Evelyn blinzelte und kniff die Augen ein wenig zusammen, um Noreen und ihre Reaktion auf das, was sie jetzt sagen würde, besser sehen zu können. „Wollen Sie wirklich zulassen, dass Ihr Onkel Ihr Leben auf die gleiche Weise zerstört, wie er die Leben von all diesen kleinen Mädchen zerstört hat?"

Noreens stoischer Gesichtsausdruck bekam Risse und die Glock zitterte. Der Strahl der Taschenlampe warf kleine Kreise auf Evelyns Gesicht.

In der Hoffnung, auf der richtigen Spur zu sein, fuhr Evelyn fort. „Sie können ihn nicht weiter beschützen. Es wird rauskommen. Alles, was Sie jetzt noch tun können, ist, zu wählen, auf welcher Seite Sie stehen. Und da gibt es nur eine richtige Wahl, und das wissen Sie, Noreen."

Noreens Lippen zitterten, und Evelyn fügte eilig an: „Jeder auf dem Polizeirevier von Rose Bay mag Sie, als gehörten Sie zur Familie. Sie haben Sie aufgenommen, Ihnen einen Platz gegeben, an den Sie gehören."

Noreen runzelte die Stirn und öffnete den Mund, als wollte sie widersprechen.

Evelyn unterbrach sie. „Ich verstehe es. Ich verstehe, wie es ist, ohne viele Verwandte aufzuwachsen. Ich verstehe, wie es ist, sich gegen die eigene Familie stellen zu müssen. Und ich verstehe, wie es ist, sich eine neue Familie zu suchen und sie in einer Gruppe von Polizisten zu finden. Das haben Sie getan, Noreen – genauso wie ich. Sie gehören dazu."

„Jetzt nicht mehr", flüsterte Noreen mit schüchterner Kleinmädchenstimme.

„Doch, das tun Sie", beharrte Evelyn. „Sie müssen eine Wahl tre..."

„Nein!", schrie Noreen. „Holen Sie Ihre Handschellen heraus, Evelyn, und legen Sie sie sich an."

Evelyn verlagerte unruhig ihr Gewicht. Nervöse Energie brannte in ihrem Körper. Sie war schon einmal von jemandem in Handschellen gelegt worden, der ihr Böses gewollt hatte. Alles in ihr rebellierte gegen die Vorstellung, das noch einmal zuzulassen.

Aber die Tatsache, dass Noreen sie gefesselt haben wollte, gab ihr auch Hoffnung. Würde sie das tun, wenn sie vorhatte, sie zu töten?

„Jetzt!" Noreen machte einen schnellen Schritt auf sie zu und drückte die Waffe erneut gegen Evelyns Stirn. „Lassen Sie mich es nicht noch einmal sagen."

Sie sprach die Worte irgendwie seltsam aus. Unheilvoll. Als wenn man sie schon öfter zu ihr gesagt hatte und sie sie nur wiederholte.

Stammte Noreens Entschlossenheit, ihren Onkel zu beschützen, teilweise daher, dass er sie als Kind körperlich oder mental missbraucht hatte? Ihr Vater war ungefähr zu der Zeit krank geworden, als Cassie verschwand, was bedeutete, Noreen war damals sechs Jahre alt gewesen. Frank hatte bei ihnen gewohnt, bis Noreen achtzehn wurde. Das war eine lange Zeit, um ein Kind durch Liebe, Loyalität und Angst von sich abhängig zu machen.

Evelyn holte ihre Handschellen heraus. Dabei sagte sie sich die ganze Zeit, dass sie es nicht tun sollte, dass Noreen sie nur bewegungsunfähig machen könnte, damit Frank kommen und das beenden könnte, was er vor achtzehn Jahren angefangen hatte.

Aber wenn sie sich entscheiden müsste, direkt hier von Noreen erschossen zu werden oder sich Handschellen anzulegen und noch ein wenig länger zu leben – lange genug, um aus dieser Nummer wieder herauszukommen –, hatte sie eigentlich keine andere Wahl.

Sie ließ die Handschellen erst um das eine, dann um das andere Handgelenk zuschnappen, wobei sie darauf achtete, sie so lose wie möglich anzulegen. Sie könnte sich daraus zwar trotzdem nicht befreien, aber jedes Stückchen Bewegungsfreiheit mehr könnte helfen.

„Gut." Noreen entspannte sich ein klein wenig und senkte die Glock ein bisschen. „Jetzt machen Sie ihn auf."

Sie richtete den Strahl der Taschenlampe links von Evelyn auf den Boden. Panik flackerte in Evelyn auf. Ebenerdig in den Boden eingelassen war ein glänzendes neues Holzbrett mit einem Riegel. Ein weiterer Keller.

Evelyn sah zu Noreen auf. Sie versuchte, ein ausdrucksloses Gesicht zu wahren, aber sie musste nicht erst Noreens Reaktion sehen, um zu wissen, dass es ihr misslang.

War Mandy hier festgehalten worden? Was war mit den anderen Mädchen? Waren sie immer in dem anderen Keller gewesen oder war eine von ihnen auch hier gefangen gehalten worden? War Cassie hier gewesen?

In ihrer Brust explodierte ein scharfer, unerwarteter Schmerz. Wie lange war Cassie in einem dieser Keller gefangen gewesen?

Hatte sie die Tage in Panik verbracht, so wie Brittany, bevor ihr Leben gewalttätig beendet worden war? Oder hatte sie jahrelang im Untergrund gehockt und sich gefragt, warum niemand sie befreite?

Hatte Frank sie jeden Tag besucht? Hatte er ihr wehgetan? Oder hatte er sie tagelang alleine gelassen, eingesperrt in die Dunkelheit, ohne zu wissen, ob sie langsam zu Tode hungern würde oder ob er käme und sie noch ein wenig länger leben durfte?

Gott, was war schlimmer? Dass der Schmerz schnell endete, oder zu viele Jahre in Hoffnung zu leben, bis sie einem schließlich genommen wurde? Und als der Tag gekommen war – hatte sie den Tod da willkommen geheißen?

Evelyn merkte erst, dass sie weinte, als die Tränen auf ihre gefesselten Hände fielen.

„Sie denken an Cassie", sagte Noreen sanft, traurig.

Evelyn hob den Kopf und wischte sich die Tränen ab. „Ihr Onkel hat sie getötet! Er hat meine beste Freundin getötet!" Sie zeigte mit ihren Händen in Richtung Kellertür. Noreens Waffe schnellte hoch bei der schnellen Bewegung. „Nachdem er sie hier im Dunkel eingesperrt hat! Wie können Sie ihn beschützen? Wie können Sie das nur tun?"

Noreen schüttelte den Kopf. „So war es nicht. Sie sollte glücklich sein. Sie alle sollten glücklich sein."

Sie klang so ernst. Wie lange hatte Frank sie seiner Gehirnwäsche unterzogen?

Evelyn hatte angenommen, dass Noreen es erst nach Brittanys Tod und Laurens Entführung mitbekommen hatte. Aber vielleicht hatte sie es schon wesentlich früher erfahren. Es schien jedoch unwahrscheinlich, dass sie irgendeine Ahnung hatte, was vor sich ging, bevor ihr Onkel zu ihnen gezogen war, denn da war sie ja noch im Kindergarten. Aber danach? Vielleicht hatte er ihr ein paar Jahre nach seinem Einzug davon erzählt. Nachdem sie gelernt hatte, von ihm abhängig zu sein. Da war seine Gegenwart vermutlich das Einzige, was sie im Hause ihres Vaters hielt. Falls Frank sich entschieden hätte, wieder zu gehen, was wäre dann mit Noreen passiert? Ihre Mutter hatte offensichtlich keinerlei Interesse an ihr gezeigt. Die Beziehung zu Frank war eine mächtige Verbindung, die auf Not basierte und zu einem Zeitpunkt in ihrem Leben entstanden war, zu dem sie extrem leicht zu beeindrucken war.

Falls das der Fall war, hatte Evelyn dann irgendeine Chance, diese verdrehte Bindung zu durchbrechen?

Noreen schüttelte den Kopf, als könne sie Evelyns Gedanken lesen. „Sie glauben mir nicht. Aber es war nur ..." Sie zuckte mit den Schultern. „Sie würden es nicht verstehen."

Erneut deutete sie mit der Waffe auf den Keller, und ihr beinahe kindlich klagender Tonfall wurde hart und befehlend. „Aufmachen." Sie richtete die Waffe auf Evelyn und wahrte dabei einen zu großen Abstand, als dass Evelyn sich hätte auf sie stürzen können.

Evelyns nasse Kleidung rieb über ihre Haut, als sie sich vorbeugte und den Riegel öffnete, der die Kellertür verschloss. Dann zog sie heftig daran, um sie zu öffnen. Es gab eine Metallleiter, die nach unten führte, genau wie in dem anderen Keller. Doch diese Leiter reichte nicht ganz so weit, und die Installation wirkte nachlässiger und weniger stabil.

Es war zu dunkel da unten, um irgendetwas zu sehen, aber in der Sekunde, in der Evelyn die Tür öffnete, überkam sie ein unangenehmes Gefühl, das ihr die Haare zu Berge stehen ließ. Da unten war irgendjemand, darauf hätte sie ihre Marke verwettet.

Frank? Ein neues Opfer?

„Runterklettern", sagte Noreen, als Evelyn sich wieder aufrichtete.

„Noreen ..."

„Jetzt. Runterklettern. Sofort", kreischte Noreen.

273

Wenn Frank nicht so viel Land gehören würde, wenn es irgendwo Nachbarn gegeben hätte, hätten sie ihr Schreien gehört. Aber das am nächsten liegende Haus auf dieser Seite war zu weit weg, und an dem auf der anderen Seite hatte Evelyn ein Zu-verkaufen-Schild gesehen.

„Noreen", versuchte sie es noch einmal.

Noreens Gesicht verhärtete sich. Ihre Augen wirkten flach und ausdruckslos, als sie die Waffe direkt auf Evelyns Brust richtete.

Evelyn atmete tief ein und betete, dass es nicht der letzte Atemzug war, den sie überirdisch nehmen würde. Dann packte sie die Leiter mit ihren gefesselten Händen. Etwas ungeschickt drehte sie sich dann um und kletterte in den Keller hinunter. Er war winzig und die Decke so niedrig, dass sie sich, wenn sie sich von der Leiter in den Hauptteil des Kellers bewegte, ducken musste.

Sie stand auf dem festgetretenen Lehmboden und blinzelte, um sich an die Dunkelheit zu gewöhnen. Draußen war es auch dunkel gewesen, aber hier schien die Dunkelheit wesentlich dichter zu sein.

Dann spürte sie etwas in der Ecke. Jemanden.

Sie ging ein Stück näher heran, wollte aber auch nicht zu nah rangehen.

Als sie erkannte, wer das war, keuchte sie auf. Es war Jack.

Er lag zusammengerollt in der Ecke, die Hände in einem seltsamen Winkel vor seinem Körper. Vermutlich war er auch gefesselt. Er blutete aus einer Wunde am Kopf und war bewusstlos. Zumindest hoffte sie, dass er bewusstlos war und nicht tot.

Sie ging weiter auf ihn zu, um seinen Puls zu fühlen, als etwas sie dazu antrieb, sich umzudrehen und zu Noreen hinaufzuschauen. Die stand oben an der Öffnung, die Waffe nach unten zielend und den Strahl der Taschenlampe direkt in Evelyns Augen leuchtend.

Dann jedoch bewegte sie sich, und das kleine bisschen Licht fing an, zu verschwinden. Sie schloss die Tür, das wusste Evelyn, und Panik breitete sich in ihr aus.

„Noreen, bitte! Noreen, ich kann Ihnen helfen! Bitte tun Sie das nicht!"

Die Tür hörte auf, sich zu bewegen, und Evelyn verspürte einen Moment lang Erleichterung, doch einen Augenblick später erleuchtete die Taschenlampe Noreens Gesicht. Darin sah Evelyn Entschlossenheit, Hingabe und einen Hauch Traurigkeit.

Langsam breitete sich ein Lächeln auf Noreens Gesicht aus, dann schlug die Klappe zu und tauchte Evelyn in totale Finsternis.

25. KAPITEL

„Warten Sie!", schrie Evelyn, so laut sie konnte, ohne sicher zu sein, dass Noreen sie oben überhaupt hören konnte.

Schmutz rieselte auf ihren Kopf, als die Tür zugeschlagen wurde, ein Hinweis darauf, dass der Keller nicht so stabil war, wie er hätte sein sollen. Luft gab es hier unten ausreichend, aber Evelyns Lungen zogen sich trotzdem zusammen, als liefe sie Gefahr, zu ersticken. Der Geruch von Dreck füllte ihre Nase, darunter der durchdringende, metallische Duft von Blut. Panik drohte sie zu überwältigen, als sie sich vorstellte, hier unten gefangen zu sein.

Würden Noreen und Frank die Tür mit Erde bedecken und sie und Jack hier unten verhungern lassen? Vorausgesetzt, Jack war überhaupt noch am Leben.

Würde ihre Grandma sich fragen, was mit ihr passiert war? Genau wie Cassies Eltern sich seit dem Verschwinden ihrer Tochter fragten, ob sie je zurückkehren würde?

Evelyn unterdrückte einen Schluchzer, dann schloss sie die Augen und redete sich gut zu, sich zu beruhigen.

Während sie Noreen weiter anschrie, sie solle die Tür öffnen, schob sie eine Hand in die Hosentasche. Noreen hatte ihr den Schlüssel für die Handschellen nicht abgenommen. Vorsichtig zog Evelyn ihn heraus und drehte ihn zwischen den Fingern so, dass er in die richtige Richtung zeigte. Etwas ungelenk steckte sie ihn ins Schloss, wobei sie sich allein auf ihr Gefühl verlassen musste. Die Handschelle an ihrer rechten Hand sprang auf.

Evelyn ließ den Schlüssel im Schloss stecken und machte sich nicht die Mühe, die andere Hand auch zu befreien. Stattdessen überlegte sie, ob sie besser nach Jack sehen oder Noreen zurückrufen sollte.

Sie traf ihre Entscheidung schnell. Falls Noreen vorhatte, sie hier unten zu lassen und nie mehr zurückzukommen, könnte sie für keinen von ihnen mehr etwas tun.

Also sprang sie vor, packte die Leiter und kletterte hinauf. Sie brauchte nur einen Schritt, bis sie an die Holztür über ihrem Kopf klopfen konnte. Sie lehnte sich an die Leiter, um nicht das Gleichgewicht zu verlieren, und hämmerte mit ihren Fäusten gegen die Tür.

Sie hämmerte so lange, bis sich Splitter in ihre Haut bohrten und ihre Hände sich wund und geschwollen anfühlten. Dabei schrie sie. „Noreen! Das ist nicht das Vermächtnis, das Ihre Schwester gewollt hätte!"

Die Tür schwang so schnell und unerwartet zurück, dass Evelyn abrutschte. Sie versuchte, sich an der Leiter festzuhalten, schaffte es aber nicht und fiel nach hinten. Der Tunnel zur Tür hinauf war sehr schmal, sodass ihr Kopf gegen die Wand hinter ihr knallte. Dann fiel sie zu Boden und ihre Beine gaben unter ihr nach.

Der Strahl der Taschenlampe tanzte über ihr Gesicht und blendete sie. Evelyn kniff die Augen zusammen. Das Licht fuhr fort, über ihr Gesicht und ihre Augen zu streifen, und sie erkannte, dass Noreen in den Keller hinunterstieg.

Evelyn blieb auf dem Boden, fand ihr Gleichgewicht und machte sich bereit, sich auf Noreen zu stürzen, sobald sich die Gelegenheit dazu bot. Hoffnung und Angst vermischten sich, als Noreen näher kam.

Das Licht veränderte sich, und Evelyn sah, dass die Waffe wieder auf sie gerichtet war, doch dieses Mal war Noreen näher dran. In diesem Teil des Kellers war nicht viel Platz für Noreen, um eine sichere Distanz zu wahren. Und nicht viel Platz für Evelyn, sich zu bewegen.

Sie blieb unten, wartete auf ihre Chance und tat, was sie am besten konnte: Sie versuchte, ein Profil von Noreen zu erstellen, damit sie sie im Gespräch dazu bringen konnte, einen Fehler zu machen.

Der erste Fehler von Noreen war gewesen, so nah heranzukommen. Wenn Evelyn es schaffte, auf Armeslänge an Noreen heranzukommen, könnte sie sie entwaffnen. Sie musste es nur genau timen, denn wenn Noreen es schaffte, einen Schuss abzugeben, würde sie auf diese Entfernung garantiert nicht danebenschießen.

Adrenalin schoss durch Evelyns Adern. Sie hielt die Hände eng zusammen und hoffte, dass Noreen nicht bemerkte, dass sie nicht mehr gefesselt waren. Sie blinzelte ein paar Mal schnell hintereinander, um an dem Licht vorbeizusehen, das sie anstrahlte und Noreen in Dunkelheit badete.

„Meine Schwester ist durch die Nachlässigkeit meiner Mutter gestorben." Noreens Stimme zitterte vor Emotionen.

Evelyn musste sie nicht sehen, um zu wissen, dass ihr Tränen übers Gesicht liefen. Sie musste jetzt sehr vorsichtig vorgehen. Also bemühte sie sich um eine leise und ruhige Stimme, als sie sagte: „Ihr Onkel tötet auch Kinder, Noreen. Mädchen im Alter Ihrer Schwester. Einige von ihnen haben auch Geschwister zurückgelassen. Geschwister, die sie vermissen. Familien, die sie vermissen – selbst jetzt noch."

Die Taschenlampe in Noreens Hand zitterte, und endlich konnte Evelyn ihr Gesicht sehen. Sie weinte. Langsame, stumme Tränen, die ihr über das vom Regen feuchte Gesicht liefen. In ihren Augen lag Traurigkeit, aber auch noch etwas anderes. Etwas, das die Alarmglocken in Evelyns Kopf angehen ließ. Etwas, das zu sehr nach Wahnsinn aussah.

Wie hatte ihr das all die Male, die sie mit Noreen auf dem Revier gesprochen hatte, entgehen können? Und als Noreen sie angerufen hatte? Noreen hatte sie vom Suchtrupp aus angerufen. Noreen hatte sie auf Darnell angesetzt. Und Darnell hatte gesagt, er habe eine SMS erhalten, die ihn auf das Feld hinausgelockt hatte, wo Lauren gefunden worden war.

„Sie haben Darnell die SMS geschickt, oder?" Jetzt ergab alles einen Sinn. Noreen arbeitete mit der Polizei zusammen. Sie wusste vermutlich, wie sie sich zu verhalten hatte, und sie hatte eine beinahe kindlich naive Ausstrahlung. Evelyn konnte sich vorstellen, wie sie Darnell davon überzeugte, dass sie eine Zwölfjährige war, die dumm genug war, sich mit einem Fremden auf einem freien Feld zu treffen.

„Sie haben ihm eine SMS geschickt, kurz bevor Sie mich angerufen haben. Sie wollten, dass Lauren gefunden wird." Hoffnung stieg in ihr auf. Die Hoffnung, dass Noreen wirklich einen Weg aus alldem hinaus suchte. „Sie haben versucht, zu verhindern, dass Lauren das Gleiche zustößt wie Brittany. Sie haben versucht, sie zu retten, nicht wahr, Noreen?"

Noreen scharrte mit den Füßen. Ihre Schultern waren gebeugt, ihr Blick ging zu Boden. „Sie war nicht richtig. Aber ich wollte nicht, dass sie auch sterben musste."

Evelyn versuchte, sich ihre Reaktion nicht anmerken zu lassen, als wenn sie das von dem Moment an gewusst hatte, als sie zu Franks Haus gekommen war, um mit Noreen zu sprechen.

Als Noreen stirnrunzelnd zu Boden sah, bewegte Evelyn sich ein wenig. Langsam und vorsichtig schob sie sich in eine bessere Position, sodass sie ihre Wadenmuskeln einsetzen konnte, um sich hochzudrücken und auf Noreen zu stürzen, wie ein Hundertmeterläufer vor einem großen Rennen. Sie musste nur dafür sorgen, dass Noreen weitersprach, die Waffe in dem engen Raum nur ein kleines Stückchen zur Seite bewegte.

„Das haben Sie gut gemacht, Noreen", sagte Evelyn in dem gleichen beruhigenden Tonfall. „Sie haben das Leben des kleinen Mädchens gerettet."

Noreens Blick glitt an ihr vorbei in die Dunkelheit des Kellers. Ihre Körpersprache veränderte sich, als sie in sich zusammensackte und ihr

Kinn unterwürfig senkte. Ihre Stimme schien sich auch zu verändern. Sie klang höher und kindlicher, als sie sagte: „Sie sind immer weggegangen. Er hat sie immer weggenommen."

Evelyns Herz schien für einen Moment stehen zu bleiben, um dann mit doppelter Geschwindigkeit weiterzuschlagen. *Immer?* Hatte sie die Mädchen gesehen, die Frank damals entführt hatte, als sie erst sechs Jahre alt gewesen war?

Was für ein Horror für ein kleines Kind, dachte sie traurig. Hatte sie damals gewusst, was los war? Vielleicht war ihr Vater früher krank gewesen als bekannt war. Vielleicht war Frank eher involviert gewesen, als alle dachten.

War Noreen vor achtzehn Jahren im Keller gewesen? Ein ziehender Schmerz gesellte sich zur Traurigkeit. Hatte sie Cassie im Keller getroffen?

Sie musste weiterreden, musste dafür sorgen, dass Noreen weitersprach. Aber ihr Mund fühlte sie wie zugeklebt an, als Erinnerungen an Cassie ihren Geist erfüllten. Dann verblassten die Bilder und sie sah nur noch ein kleines, bleiches Skelett in einer Kiste im Boden.

Evelyn würgte und verlor ihr Gleichgewicht. Sie stützte sich mit einer Hand am Boden ab und sah zu Noreen auf.

Die Ablenkung hatte ihren Vorteil zunichtegemacht. Noreen wirkte zwar verwirrt, aber sie hielt die Waffe wieder direkt auf Evelyn gerichtet.

Dann reckte sie ihr Kinn und richtete den Blick auf Evelyns Hand. Die Hand ohne Handschelle.

Noreen hob eine Augenbraue. „Ich habe vergessen, Ihnen die Schlüssel abzunehmen." Sie nickte, als machte sie sich eine mentale Notiz für die Zukunft – für den Fall, dass sie noch einmal einen Polizisten oder Agent entführen müsste.

„Er hätte sie niemals wegnehmen dürfen." Evelyn zwang die Worte mit erstickter Stimme heraus in dem Versuch, Noreens Fokus wieder auf etwas anderes zu richten. Wenn Noreen ihr jetzt sagen würde, dass sie die Handschellen wieder anlegen und ihr den Schlüssel zuwerfen sollte, würde sie es tun müssen.

Aber ihr Plan schien zu funktionieren, denn bei ihren Worten legte sich wieder ein Schleier aus Traurigkeit über Noreens Gesicht.

„Sie sollten meine neue Schwester sein", sagte sie. „Bei jeder, die er mir gebracht hat, hat er gesagt, sie sei jetzt, wo Peggy weg ist, meine große Schwester." Sie schüttelte den Kopf. Ihre Haare tanzten um ihren Kopf, ihre nassen Klamotten ließen sie kleiner und jünger aussehen als vierundzwanzig.

Die Mädchen hatten nie eine Chance gehabt.

Der Gedanke schoss Evelyn durch den Kopf, aber sie schob ihn grob beiseite. Vor achtzehn Jahren hatte Noreen keine Wahl gehabt, aber jetzt hatte sie die schon. Sie hätte ihren Onkel melden können, sobald er wieder angefangen hatte, Kinder zu entführen. Sie hätte sich weigern können, ihm zu helfen.

„Ihr Onkel hat sich falsch verhalten ..."

„Nein, nicht Onkel Frank."

„Was?"

„Es war mein Vater. Mein Vater hat sie zu mir gebracht."

Sie war nicht da.

Kyle stand mit laufendem Motor am Rand des Feldes, in dem sie den Keller gefunden hatten. Die Scheinwerfer seines Wagens durchschnitten das hohe Gras und vermischten sich mit dem Schein der tragbaren Lampen, die die Polizei am Tatort zurückgelassen hatte. Das gelbe Absperrband flatterte im Wind, und Nebel erhob sich vom Boden.

Das hier war der letzte Ort, an dem er Evelyns Auto gesehen hatte, als er über die Straße geflogen war. Aber hier war es nicht mehr.

Auf dem Weg hierher war er kurz bei Jack vorbeigefahren, nur für den Fall, dass Evelyn dort war und Verstärkung brauchte, aber er hatte nur Jacks Frau vorgefunden, die wütend und unkooperativ gewesen war.

Wo zum Teufel war Evelyn?

Die Sorge über ihr emotionales Wohlergehen wich einer tieferen Besorgnis. War sie in Gefahr?

Kyle wendete und fuhr den Weg zurück, den er gekommen war – die lange, gewundene Schotterstraße hinunter. Das Haus, das dem Grundstück von Jacks Vater am nächsten lag, hatte zugenagelte Fenster und ein Zu-verkaufen-Schild im Vorgarten. Das danebenstehende Haus kam ihm irgendwie bekannt vor.

Kyle bremste langsam ab und versuchte, sich zu erinnern, warum. Dann fiel es ihm ein. Er hatte es auf einem Bild auf dem Polizeirevier gesehen. Greg hatte einfach weitergeblättert und gesagt, dass Polizisten das Haus und die Scheune auf seine und Evelyns Empfehlung hin durchsucht hatten. Es war das Haus von Frank Abbott.

Sie hatten Frank gehen lassen, obwohl sie ihn nicht zu hundert Prozent als Verdächtigen hatten ausklammern können.

Bei ihrer ersten Begegnung an dem Tag, an dem Kyle sich an der Suche nach den Mädchen beteiligt hatte, war er ihm etwas knurrig, aber ansonsten ganz normal vorgekommen. Aber die Tatsache, dass er mitgesucht hatte, konnte ein Anzeichen für seine Schuld sein.

Hatte Evelyn über seinen Status als Verdächtigen nachgedacht, während sie hier draußen gewesen war?

Kyle bog in die Auffahrt und rollte langsam zum Haus. Die Außenbeleuchtung war aus, und auch im Haus brannte kein Licht. Ein altes, zerbeultes Fahrzeug stand ganz oben in der Einfahrt.

Er seufzte und legte den Rückwärtsgang ein, als ihm die Reifenspuren im Matsch auffielen, die um das Auto herum zur Scheune führten. Es war vermutlich nichts, aber sein Instinkt als Ermittler machte sich gerade laut genug bemerkbar, um den Schalthebel zurück in die Parkposition zu schieben und auszusteigen.

Alles war dunkel und still. Kyle nahm seine Taschenlampe zur Hand und machte sich auf den Weg zum Haus. Er ging den langen Weg hinauf und klopfte an die Tür, doch niemand öffnete.

Mit einem letzten Klopfen drehte Kyle sich um. Er würde kurz einen Blick in die Scheune werfen. Wenn er dort nichts fand, würde er Greg und die Polizei von Rose Bay anrufen und um Verstärkung bitten.

Evelyn starrte Noreen verständnislos an. „Ihr Vater? Aber der ist doch tot." Oder nicht?

„Vor achtzehn Jahren hat er noch gelebt." Noreen straffte die Schulter und sah gleich mehr wie die junge Frau aus, die Evelyn so oft auf dem Revier gesehen hatte.

Sie war größer als Evelyn. Sie stand in der Öffnung zum Keller, und ihr Kopf war nur wenige Zentimeter unter der offenen Tür. Sie war außerdem kräftiger als Evelyn und in dem schmalen Tunnel gab es nicht viel Platz.

Was bedeutete, Evelyn war nah dran. Nur noch nicht nah genug.

„Meine Mom hat Peggy sterben lassen", behauptete Noreen. „Sie hat Peggy meinem Dad weggenommen und sie dann sterben lassen. Er sagte, Gott allein sei es zu verdanken, dass er wenigstens mich hatte beschützen können." Entschlossenheit mischte sich in ihre Stimme, als sie hinzufügte: „Und er sagte, er würde nicht zulassen, dass andere Eltern ihren Kindern das Gleiche antun."

Der Platz neben der Leiter war eng, und Evelyn hockte in einem Teil, wo die Kellerdecke noch niedriger wurde. Hinter sich spürte sie Jack, aber er gab keinen Ton von sich. Er war vielleicht schon tot.

„Noreen, Sie wissen, dass das nicht seine einzige Motivation war." Evelyn versuchte sich in eine Position zu bringen, aus der sie zuschlagen konnte.

Noreen stabilisierte die Waffe und trat an die Leiter, woraufhin ein Klumpen Erde von der Wand fiel und vor ihren Füßen landete. „Tun Sie das nicht, Evelyn."

„Meine Füße sind eingeschlafen." Was teilweise der Wahrheit entsprach.

„Pech gehabt", erwiderte Noreen nervös, während sie die Hände fester um den Griff der Glock schloss.

Evelyn blieb, wie sie war, die Beine leicht verdreht unter sich gezogen. „Ihr Vater hat damals nach einem Ersatz gesucht. Und nun tut Ihr Onkel das Gleiche."

Tat er das wirklich? Oder hatte er ein anderes Motiv? Sie und Greg hatten gezögert, Frank als Verdächtigen zu benennen, weil er nicht mit Noreens Schwester aufgewachsen war. Aber vielleicht war Frank auf etwas anderes aus als sein Bruder und nutzte nur die gleichen Methoden, weil Earl nie gefasst worden war.

Sie hatte die Möglichkeit eines Nachahmungstäters komplett ausgeschlossen und nun verfluchte sie sich dafür. Aber alles an den Verbrechen war so ähnlich gewesen, bis hin zu den Nachrichten, die auf demselben Papier geschrieben worden waren. „Hat Ihr Onkel bei den ursprünglichen Entführungen geholfen?"

Sie war sich so sicher gewesen, dass nur eine Person die Entführungen begangen hatte, aber es würde erklären, warum Frank jetzt alles genauso machte.

Noreen schüttelte den Kopf und erwiderte beinahe im Plauderton: „Onkel Frank wusste nichts davon. Vor achtzehn Jahren hat er beinahe jeden Tag mit meinem Dad verbracht. Sie hatten gemeinsam eine Firma. Mein Gott, mein Dad hat sogar den Firmenvan für die Entführungen genutzt, und Frank hat nichts davon mitbekommen."

„Was hat ihn nach all der Zeit dazu getrieben, dort weiterzumachen, wo Ihr Vater aufgehört hat?"

Ein leichter Zweifel stieg in ihr auf, als sie die Frage stellte. Wie sollte sie Noreen davon überzeugen, sie gehen zu lassen, wenn sie mit ihrem

Profil so sehr danebengelegen hatte? Wenn es ihr nicht gelungen war, Franks wahre Motivation herauszufinden?

Und wie hatte sie sich so irren können? Im Kopf ging sie noch einmal die verhaltensanalytischen Beweise durch, doch sie passten immer noch nicht ganz zusammen. Log Noreen sie an? Beschuldigte sie einen toten Mann, um nicht zugeben zu müssen, dass ihr Onkel die ganze Zeit der Mörder gewesen war?

Aber wie konnte Noreen glauben, dass ihr das irgendetwas half? Selbst wenn sie nicht beschlossen hätte, Evelyn unter der Erde gefangen zu halten, um sie zum Schweigen zu bringen, war Earl Abbott tot. Falls Noreen die Wahrheit über ihren Vater sagte – und Evelyn nahm an, dass sie das tat –, blieb immer noch Frank als Verantwortlicher für die neuesten Entführungen.

„Onkel Frank ist ein Idiot." Noreen spuckte die Worte förmlich aus.

Unbehagen erfüllte Evelyn. Noreens Aussage hätte ein Zeichen dafür sein sollen, dass sie endlich Evelyns Seite der Geschichte sah und sich gegen ihren Onkel wandte. Doch sie lehnte an der Leiter und schien sich hier unter der Erde vollkommen wohlzufühlen. Und die Hand, mit der sie die Waffe auf Evelyn gerichtet hielt, war ganz ruhig.

„Mein Dad war auch ein Idiot", sagte Noreen leise, als fürchtete sie, jemand könnte sie hören. „Er hätte nicht tun sollen, was er getan hat. Er hätte sie nicht gehen lassen dürfen. Wenn er ihnen mehr Zeit gegeben hätte ..."

„Was dann, Noreen?"

„Wenn er ihnen mehr Zeit gegeben hätte, hätte es funktioniert."

„Was hätte funktioniert?"

Noreens Blick hielt ihren fest. Ihre Augen wirkten weit weg und unfokussiert. „Sie hätten sich daran gewöhnt. Sie hätten ihm geglaubt, dass sie die sind, von denen er behauptete, dass sie es wären. Und er sagte, sie wären Peggy. Ich habe es ihnen gesagt. Ich habe ihnen gesagt, dass es besser für sie ist, wenn sie sagen, was er hören will."

Sie blickte stirnrunzelnd zu Boden. „Sie waren älter als ich und ich wusste es." In einem plötzlichen Wutanfall schwang sie die Waffe wild auf und ab. „Warum haben sie nicht einfach getan, was er wollte?"

Evelyn versuchte, sich gegen den Schmerz zu wappnen. *Oh Cassie. Du hast dich ihm widersetzt, oder? Hast dich an deiner Identität festgehalten, egal was kommt. Und das hat dich umgebracht.*

Der Gedanke trieb ihr die Tränen in die Augen, aber ihr Herz schwoll vor Dankbarkeit an. Sie war stolz auf das kleine Mädchen, das sie vor so langer Zeit gekannt hatte.

„Das nennt man Mut", sagte sie fest, obwohl sie wusste, dass sie es besser nicht sagen sollte.

Noreen sah sie finster an. „Wenn er ein bisschen länger gewartet hätte, wären sie schon eingeknickt. Alle von ihnen. Er hat sie entsorgt, weil sie nicht wie Peggy waren. Aber wenn sie *versucht* hätten, wie Peggy zu sein, so wie er es gewollt hat, hätte er sie vielleicht bleiben lassen." Ihre Stimme wurde ein wenig schwermütig und sehnsüchtig. „Außerdem hätte er es dann nicht mit jemand anderem versuchen müssen."

„Was war mit mir?", fragte Evelyn, weil sie es auf einmal unbedingt wissen musste.

„Warum er zwei haben wollte?" Noreen zuckte mit den Schultern. „Vielleicht um seine Chancen zu verdoppeln, eine Schwester für mich zu finden. Er hat nie zuvor versucht, zwei zu nehmen."

„Nein. Aber warum ist er nicht zurückgekommen, um mich zu holen? Was ist in jener Nacht geschehen?" War das der Zeitpunkt gewesen, an dem Frank über die Wahrheit gestolpert war?

„Er ist krank geworden." Noreen senkte die Hand mit der Waffe und schaute traurig drein. „In jener Nacht hatte er seinen ersten Schlaganfall. Er hat sich zum Großteil davon erholt, aber mit dem CADASIL wusste er, dass es mit ihm bergab ging. Das hatten ihm seine Ärzte schon vor Jahren gesagt, als es mit dieser fürchterlichen Migräne losging. Niemand hatte erwartet, dass er so lange so gut funktionieren würde, wie er es getan hat."

Sie seufzte. „Dann konnte er es plötzlich nicht mehr machen. Er brauchte bei den alltäglichsten Verrichtungen Hilfe. Und in jener Nacht hätte er es definitiv nicht geschafft, den Baum raufzuklettern, um Sie zu holen. Er hat es ja kaum mit Ihrer Freundin zurück nach Hause geschafft."

Schauer überliefen Evelyn, als sie erkannte, wie viel Earl Abbott seiner sechsjährigen Tochter erzählt hatte. Sogar, dass er vorgehabt hatte, die Eiche hinaufzuklettern, die vor Evelyns Fenster wuchs, um sie zu entführen.

Was war mit Cassie? Was ist mit ihr passiert? Die Worte lagen ihr auf der Zunge, aber sie konnte sie nicht aussprechen. In ihrem Herzen wusste sie die Antwort, aber sie hatte Angst, sie bestätigt zu bekommen.

Vielleicht war Frank da ins Spiel gekommen. Evelyn wusste, er hatte sein ganzes Leben ändern müssen, um sich um seinen Bruder zu kümmern. Ein paar Jahre später war er sogar bei ihm eingezogen. Aber vielleicht hatte Earl in jener Nacht, als es ihm kaum gelungen war, Cassie in sein Haus zu bringen, Frank angerufen. Und Frank hatte, anstatt die Polizei zu rufen, sie in den Keller gebracht, wie sein Bruder ihn gebeten hatte.

Konnte das sein? Dann war Frank zu sehr damit beschäftigt gewesen, sich um seine und Earls Firma zu kümmern, seinen Bruder zu pflegen, die Rechnungen zu bezahlen.

Vielleicht war an dem Tag mit Cassie etwas tief in ihm Vergrabenes erwacht. So wie sie gedacht hatte, Charlotte Novak zu finden hätte etwas in Darnell wachgerufen, falls er nicht der Mörder gewesen wäre. Was, wenn Frank diesem Drang eine Weile widerstanden hatte? Vielleicht hatte er, nachdem er die Verantwortung für seinen Bruder los gewesen war, das Verlangen verspürt, dort weiterzumachen, wo Earl aufgehört hatte.

Er war vor sechs Jahren aus dem Haus seines Bruders ausgezogen, aber Earl war erst letztes Jahr gestorben. Das könnte durchaus ein Trigger für Frank gewesen sein. Vielleicht hatte er dort angefangen, zu planen, zu studieren, wie sein Bruder es gemacht hatte, und sich darauf vorbereitet, Earls Taten fortzuführen.

Die Nerven in Evelyns Nacken prickelten und verrieten ihr, dass sie auf der richtigen Spur war.

„Mein Dad hat sie mit ins Haus gebracht", fuhr Noreen fort und wirkte beinahe erleichtert, jemanden zu haben, mit dem sie ihre Erlebnisse teilen konnte. „Er hat mich mit ihnen spielen lassen. Jedes Mal hat er mir gesagt, die jetzt sei meine Schwester. Er hat mir Zeit gegeben, sie kennenzulernen. Sie konnten natürlich nicht die ganze Zeit im Haus bleiben. Nur wenn er da war. Wenn er arbeiten musste und nachts mussten sie in den Keller."

Ein Licht blitzte in Noreens Augen auf, ein Hauch von Glück. „Manchmal hat er mich mit ihnen dort hinuntergehen lassen, damit sie nicht so einsam waren."

Evelyn wurde von Ekel gepackt. Earl Abbott hatte die Mädchen entführt, um den Tod seiner ältesten Tochter wiedergutzumachen, und dann hatte er seine verbliebene Tochter mit seinen Opfern im Boden eingesperrt?

Kein Wunder, dass Noreen so geschädigt war. Es war erstaunlich, dass es ihr überhaupt gelungen war, ein halbwegs normales Leben zu führen und ihren Job auf dem Polizeirevier auszuüben.

Sie dissoziierte, erkannte Evelyn. Das taten viele Kinder, die mit Missbrauch welcher Form auch immer aufgewachsen waren. Verdammt, Evelyn selber tat es. Warum also nicht Noreen? Die Menschen um sie herum würden sie als etwas zurückhaltende junge Frau sehen, die niemandem erlaubte, ihr zu nahe zu kommen. Und sie würden die hart arbeitende Frau sehen. Aber sie würden nicht sehen, was darunterlag ...

Sie würden nicht sehen, dass unter der schüchternen, ein wenig hilflos wirkenden Verwaltungsassistentin jemand steckte, der nie wirklich erwachsen geworden war. Ein Teil von ihr war immer noch ein Kind, das auf eine Schwester hoffte.

Deshalb war sie so entschlossen, Frank zu beschützen.

Es ging nicht wirklich um Liebe oder Loyalität, nicht einmal um Angst, so wie Evelyn vermutet hatte. Vielmehr ging es darum, dass Noreen das Gleiche von ihrem Vater her kannte. Und darum, dass sie immer noch wollte, was ihr Vater ihr vor so vielen Jahren versprochen hatte – einen Ersatz für die große Schwester, die sie verloren hatte.

„Haben Sie das Bild gemalt, das wir im Keller auf dem alten Bullock-Grundstück gefunden haben?", fragte Evelyn.

Noreen grinste. „Ja! Ich habe es für Peggy gemalt. Damit ihr Zimmer ihr besser gefiel. Damit sie tat, worum er sie bat, und damit sie bleiben wollte. Ich habe Wochen gebraucht, um meinen Vater davon zu überzeugen, mich das Bild für sie malen zu lassen. Er mochte den Keller nicht. Für ihn war er nur ..."

Noreen runzelte die Stirn und schüttelte den Kopf, als kämpfte sie einen inneren Kampf, welche Realität sie glauben sollte. „Der Keller war nur wegen der Polizei. Und später hat er die Mädchen dorthin gebracht, wenn er sie nicht länger wollte."

Evelyn zögerte. Sie wusste nicht, welche Richtung sie am besten weiterverfolgen sollte. Für welches Opfer Noreen das Bild auch anfangs gemalt hatte, jetzt war sie so in ihrer Fantasie gefangen, dass sie das Mädchen beim Namen ihrer Schwester genannt und den Keller als ihr Kinderzimmer bezeichnet hatte.

Evelyn könnte versuchen, sie zu zwingen, die Realität zu sehen, und darauf hoffen, dass sie sich der Sichtweise der Strafverfolgungsbehörden anschloss, für die sie schon so lange arbeitete. Oder sie könnte sie mit ihrer Fantasie fortfahren lassen und versuchen, sie davon zu überzeugen, dass Frank laufen zu lassen bedeutete, er würde ihr Peggy wieder und wieder wegnehmen.

Es war eindeutig, dass Frank zu dem gleichen Schluss gekommen war wie Evelyn. Dass Noreen immer noch zum Teil ein Kind war, das sich nach seiner großen Schwester sehnte. Und er hatte gesehen, wie er diese Sehnsucht nutzen konnte. Er konnte Noreen nutzen, ihre Verbindungen zum Polizeirevier, um damit durchzukommen und seine Spuren zu verwischen, sollte jemand ihm zu nahe kommen.

Aber wie könnte Evelyn es schaffen, seinen Einfluss auf Noreen jetzt zu durchbrechen?

Sollte sie sie zwingen, die Illusion aufzugeben, in der sie den Großteil ihres Lebens verbracht hatte? Oder sollte sie sie tiefer in diese Illusion hineinstoßen?

Beide Ansätze waren riskant. Für den Moment beschloss Evelyn, die Entscheidung aufzuschieben und zu sehen, ob sie Noreen irgendwie dazu bringen konnte, ihren festen Griff um die Waffe zu lockern.

„Warum hat er den Keller auf dem Grundstück des Polizeichefs gebaut?"

Noreen lachte. Ein hohes Kichern, das klang wie von einem Kind. „Den hat Jacks Vater gebaut! Ist das nicht toll? Mein Dad hat ihn nur gefunden. Er wusste, dass der Chief nie zu einem seiner zusammengestürzten Häuser zurückkehren würde. Also war es perfekt! Einen besseren Platz, um sie zu verstecken, konnte es gar nicht geben. Niemand würde auf dem Grundstück des Polizeichefs suchen."

Sie beugte sich zu Evelyn. Ein weiterer Klumpen feuchter Erde fiel von der Wand hinter ihr, als sie flüsternd hinzufügte: „Wenn er den Eindruck gehabt hätte, dass die Polizei ihm auf die Schliche kam, hätte er Chief Bullock die Schuld in die Schuhe geschoben."

Evelyn versuchte, sich ihre Skepsis nicht anmerken zu lassen. Hatte Earl Abbott wirklich geglaubt, dass das funktionieren würde?

„Sie haben auch gedacht, es wäre Jack", sagte Noreen gereizt, als könnte sie Evelyns Gedanken lesen.

Sie alle hatten geglaubt, es wäre Jack. Ein gut versteckter Anstecker, ein Keller auf Jacks Land. Und dann Jack, der zum genau richtigen Zeitpunkt verschwunden war. „Haben Sie Jacks Anstecker geklaut?"

„Das war ganz leicht." Noreen klang stolz und mehr wie die Erwachsene, die Evelyn vom Revier her kannte.

Es machte sie nervös, wie mühelos Noreen zwischen ihren beiden Persönlichkeiten hin und her schwankte. Die Erwachsene, die mit der

Polizei zusammenarbeitete, und das Kind, das erst seinen Vater und dann seinen Onkel dabei beobachtet hatte, wie sie kleine Mädchen entführten.

„Haben Sie ihn auch hierhergelockt, damit Ihr Onkel ihn bewusstlos schlagen und hier runterschleppen konnte?" Wenigstens hoffte sie, dass er nur bewusstlos war. Je länger sie sich unterhielten, ohne dass sie eine Bewegung aus seiner Richtung vernahm, desto mehr Sorgen machte sie sich, dass Jack sich nie wieder bewegen würde.

Noreen verdrehte die Augen. „Mein Gott, Evelyn. Da gebe ich mir solche Mühe, damit alles zusammenpasst und ja nichts rauskommt, aber das hätte ich mir auch sparen können. Sie sind genau wie Jack. Sie haben keine Ahnung, oder?"

Entsetzen stieg in Evelyn auf. „Sie haben die Polizei zu Lauren geführt. Sie haben es vermutlich so arrangiert, dass Mandy fliehen konnte, oder? Um sie zu beschützen?"

Noreen nickte ernst. „Das habe ich. Ich wusste, was passieren würde, wenn sie mich verrieten, aber ich wollte nicht, dass einer von ihnen wehgetan wird. Als das mit Brittany nicht hingehauen hat ..." Sie erschauerte.

„Brittanys Tod war ein Unfall, oder?"

Tränen stiegen in Noreens Augen auf. „Ja. Und dann mit Lauren und Mandy wusste ich es einfach. Ich wusste, dass sie auch nicht funktionieren würden. Sie würden nicht mitspielen. Und ich wollte nicht, dass ihnen etwas zustößt."

„Was wäre ihnen denn zugestoßen?", hakte Evelyn nach.

„Ich hätte ihnen vielleicht wehgetan." Noreens Stimme war kaum noch ein Flüstern. Sie fing Evelyns Blick mit großen und bedauernd dreinblickenden Augen auf. „So wie ich Brittany wehgetan habe. Ich wollte nicht, dass sie stirbt." Sie ließ den Kopf sinken. „Ich wollte nur meine Schwester."

Erkenntnis und eine neue Art von Angst schossen durch Evelyns Körper. „Sie sind diejenige, die da weitergemacht hat, wo Ihr Dad aufgehört hat. Sie sind jetzt der Kinderreim-Killer, oder?"

26. KAPITEL

Die Scheune hatte keine Fenster.

Kyle runzelte die Stirn, nachdem er einmal um das Gebäude herumgegangen war. Er konnte nicht hineinsehen. Als er anfing, zur Auffahrt zurückzugehen, erregte ein schmatzendes Geräusch seine Aufmerksamkeit. Schritte im Matsch.

Kyle zog seine Waffe und hob gleichzeitig die Taschenlampe an, die das Gesicht von Frank Abbott erleuchtete. Schnell ließ er den Strahl über Franks Hemd gleiten, das er lose über einem T-Shirt trug, und dann zu seinen Händen. Leer.

„Was tun Sie hier?", fragte Frank.

Kyle kam näher, bis er einen knappen halben Meter von Frank entfernt war. Irgendetwas an dessen Ton ließ seine inneren Alarmglocken läuten, sodass er seine Waffe nicht wieder einsteckte.

„Können Sie die wegstecken?", fragte Frank, und Kyle erkannte, was ihn so misstrauisch gemacht hatte.

Frank wirkte zu unbesorgt. Zu wenig überrascht.

„Was machen Sie überhaupt hier?"

„Ich suche Evelyn Baine." Kyle hielt seine Glock immer noch lose an seiner Seite. Er sprach in lockerem Tonfall, schaute Frank aber auf eine Weise an, die er vor seinem Wechsel zum HRT in der Abteilung zur Terrorbekämpfung perfektioniert hatte. Eine Warnung, dass Frank nicht herausfinden wollte, was passierte, wenn er ihn anlog. „Müssen wir uns über die Strafen für einen Angriff auf einen Federal Agent unterhalten?"

Frank guckte grimmig und setzte dann eine unbeeindruckte Miene auf. Aber seine Augen verrieten ihn. Sie weiteten sich und tanzten dann nervös zu der Waffe, bevor er wieder Kyle ansah.

„Hab ich nicht gesehen", sagte Frank.

Kyle trat einen Schritt näher und musterte ihn eindringlich. „Sind Sie sich da sicher?"

Frank nickte und hob abwehrend die Hände. „Ja, vollkommen. Ich habe sie nicht mehr gesehen, seitdem ich das Revier verlassen habe."

Er verbarg etwas, das merkte Kyle, aber er war ziemlich sicher, dass es nichts mit Evelyn zu tun hatte. Er war eine Sackgasse.

Nur um sicherzugehen, fragte Kyle: „Wessen Auto ist das da in Ihrer Auffahrt?"

Frank scharrte mit den Füßen. „Das gehört meiner Nichte. Sie ist vorbeigekommen, um nach mir zu sehen. Sie war erschöpft, also habe ich ihr gesagt, sie soll im Gästezimmer schlafen und morgen nach Hause fahren."

„Wo ist Ihr Wagen?"

„Im Schuppen."

Kyle musterte ihn und wartete darauf, dass Frank wieder nervös wurde, doch das wurde er nicht. „Ich möchte mich gerne mit Ihrer Nichte unterhalten."

„Sie hat vierzig Stunden durchgearbeitet! Sie schläft jetzt, und ich werde sie nicht wecken."

„Sie könnte wissen, wo Evelyn ist."

„Sie ist schon seit Stunden hier. Nach allem, was das Mädchen durchgemacht hat, hat sie ein wenig Ruhe verdient."

„Was hat sie denn durchgemacht?"

Frank verschränkte die Arme vor der Brust. „Ich meine nur, sie hat härter als alle anderen an diesem Fall gearbeitet."

„Nein, das meinten Sie nicht."

„Sie sind vom FBI. Sie müssen die Geschichte doch gehört haben. Sie wissen, warum sie den Job auf dem Revier bekommen hat. Dass sie dem alten Chief leidtat, weil sie sich so viele Jahre um ihren Dad gekümmert hat. Letztes Jahr musste sie sein Haus zwangsversteigern, und nun muss sie an einem solchen Fall mitarbeiten."

Kyle sah das Zu-verkaufen-Schild an dem Haus neben dem Feld von Jack Bullock vor sich. „Sie hat hier gleich nebenan gewohnt?"

Frank schaute auf seine Füße. „Ja. Bis seine Schulden ihr über den Kopf wuchsen und sie sich eine Wohnung nehmen musste. Jetzt wohnt sie direkt beim Polizeirevier, als wenn sie nicht schon oft genug Arbeit mit nach Hause genommen hätte. Ich weiß nicht, wo Evelyn ist, aber sie ist nicht hier."

„Kann ich mich mal im Haus umsehen?"

„Meinetwegen, kommen Sie rein", knurrte Frank. „Aber Sie halten sich von meinem Gästezimmer fern. Ich gestatte nicht, dass Sie meine Nichte wecken."

Kyle nickte. Er hatte von Greg gehört, wie Frank den Agents erlaubt hatte, sein Haus und seine Scheune zu durchsuchen. Seine Einwilligung kam zu schnell, seine Miene war zu lässig. Evelyn war nicht im Haus.

„Die Polizei wird in fünf Minuten hier sein", sagte er zu Frank, dann steckte er seine Glock ins Holster und machte sich auf den Weg zu seinem Wagen. Er würde von unterwegs auf dem Revier anrufen und bitten, das Haus noch einmal zu durchsuchen – nur für den Fall.

Frank drehte sich ebenfalls um. Dabei blies der Wind sein Hemd hoch und enthüllte eine Waffe, die in seinem Hosenbund steckte. Eine SIG.

Kyle wirbelte herum, doch Frank war schneller und sprang auf ihn zu. Er war zwanzig Jahre älter als Kyle, hatte aber ausreichend Muskeln im Oberkörper und traf ihn wie ein Profi-Footballspieler.

Kyle schlug auf dem Boden auf und Frank griff nach seiner SIG.

Das war sein zweiter Fehler. Der erste war, einen HRT-Agent anzugreifen.

Kyle verlagerte schnell sein Gewicht, stieß Frank von sich und brachte ihn aus dem Gleichgewicht. Dann packte er Franks Hand, die die Waffe hielt, und drehte sie.

Frank schrie auf und ließ die Waffe fallen.

Ohne den Druck von Franks Handgelenk zu nehmen – das offensichtlich gebrochen war –, schob Kyle ein Knie unter ihn und drehte Frank so um, dass er auf dem Rücken lag.

Dann stand Kyle auf, verdrehte Franks Arm in die andere Richtung und drehte ihn dadurch auf den Bauch. „Wo zum Teufel ist Evelyn?"

„Ich weiß es nicht", fluchte Frank mit dem Gesicht im Schlamm.

Kyle holte seine Handschellen heraus und ließ sie erst um Franks gebrochenes, dann um sein gesundes Handgelenk zuschnappen. „Sie haben ihre Waffe."

„Nein, habe ich nicht", behauptete Frank, doch seine Stimme zitterte – ob vor Schmerzen oder weil er log, konnte Kyle nicht sagen. Aber sobald er die SIG in seinen Hosenbund gesteckt hatte, wusste er, dass er recht hatte. Es war eine SIG Sauer P228. Die meisten FBI-Agents trugen Glocks, aber nicht Evelyn. Sie mochte die SIG.

Klar, Frank könnte auch eine besitzen. Doch er war ein großer Kerl, und eine P228 wurde von Frauen bevorzugt, weil sie kleiner war als die normale P226.

„Wo ist sie?"

„Ich weiß es nicht", behauptete Frank erneut.

Also zog Kyle ihn an den Armen auf die Füße, was an seinem frisch gebrochenen Handgelenk grauenhaft schmerzvoll sein musste.

„Ich weiß es nicht", sagte Frank ein drittes Mal mit vor Schmerzen hoher Stimme.

Kyle wirbelte den Mann herum.

Tränen schimmerten in Franks Augen, aber Kyle sah darin auch Aufrichtigkeit. Er wusste wirklich nicht, wo sie war.

„Mir gefällt der Name nicht", schmollte Noreen. „Mein Vater hat ihn auch nicht gemocht. Die Kinderreime sollten alles erklären. Er hat mir immer gesagt, sie hätten ihn den Kinderreim-Retter nennen sollen."

Panik vermischt mit Wut flackerte in Evelyns Magen auf. Wut auf sich, weil ihr Profil so inkorrekt war. Von allen ihren bisherigen Fällen war das hier der eine, der ihr ganzes Leben definiert hatte. Und sie hatte ihn vermasselt.

Wenn sie hier unten starb, würde Noreen dann ungeschoren davonkommen? Würde jemals irgendjemand erfahren, was Cassie und den anderen Mädchen wirklich zugestoßen war?

Die Wut krampfte all ihre Muskeln zusammen. Ihre Hände zitterten vor dem mit einem Mal überwältigenden Wunsch, Noreen zur Eile zu drängen.

Es war eine Sache, Noreen als manipulierte, unwillige Komplizin zu sehen. Ein beschädigtes Mädchen, das erst unter der Fuchtel ihres psychotischen Vaters und später unter der ihres genauso kriminellen Onkels gestanden hatte.

Aber das entsprach nicht der Wahrheit. In Wahrheit war Noreen genauso schuldig wie ihr Vater. Sie hatte gewusst, was er vor achtzehn Jahren getan hatte. Und anstatt irgendjemandem davon zu erzählen, hatte sie geschwiegen. Und als sie erwachsen war, hatte sie dann drei anderen Mädchen genau das Gleiche angetan.

Die Wut breitete sich in ihr aus, bis ihre Brust schmerzte und sie sich krank fühlte. Bis sie wusste, dass der Hass ihr aus den Augen sprühte.

„Sehen Sie mich nicht so an, Evelyn", sagte Noreen sanft mit ihrer Kleinmädchenstimme. „Wenn ihre Eltern so auf sie aufgepasst hätten, wie sie es sollten, hätte ich keine von ihnen mitnehmen können. Es ist ihr Fehler. Der Fehler von diesen fürchterlichen Eltern! Nicht meiner. Sie haben es verdient, bestraft zu werden."

Wut blitzte in Noreens Augen auf. „Keiner von ihnen hat es verdient, seine Tochter wiederzubekommen. Aber vielleicht lernen sie es jetzt. Vielleicht kümmern sie sich nun so um diese Mädchen, wie sie es sollten."

Wie wahnhaft war Noreen? Evelyn biss sich auf die Zunge, um sich einen entsprechenden Kommentar zu verkneifen. Es war egal, was Noreen wirklich glaubte und was sie nur sagte, um ihre Verbrechen zu rechtfertigen. Wichtig war nur, aus diesem Keller herauszukommen, um dafür zu sorgen, dass sie für den Rest ihres Lebens weggesperrt wurde.

Es wäre nicht in einem stockdunklen Keller, wo sie nie wüsste, ob jemand zu ihr zurückkehren oder ob sie langsam im Dunkeln zu Tode hungern würde. Wo sie nie wüsste, was passierte, sobald die Kellertür sich öffnete, welche Schmerzen oder Folter kämen. Niemals wüsste, ob sie ihre Familie je wiedersehen würde – oder auch nur den nächsten Morgen.

Genau das hätte Noreen verdient, doch Evelyn würde sich mit Gitterstäben zufriedengeben müssen – oder wahrscheinlicher noch mit einer psychiatrischen Einrichtung. Ihr Blick fiel auf Noreens Waffe, und sie fing an, schneller zu atmen. Ihre Hände zuckten vor Verlangen, sich darauf zu stürzen. Sie zu benutzen.

„Denken Sie nicht einmal daran", knurrte Noreen. Es war, als hätte sie einen Schalter umgelegt und wäre wieder die Person, die sie normalerweise der Welt präsentierte, nur weniger schüchtern, weniger zögerlich. „Wenn Sie versuchen, sich die Pistole zu schnappen, drücke ich ab." Sie zeigte vage auf den hinteren Bereich des Kellers. „Jack hat mir das Schießen beigebracht. Ich bin gut."

„Wie können Sie ihm das dann antun?", fragte Evelyn und versuchte, ihren Herzschlag zu beruhigen, die Wut und den Schmerz zu dämpfen, die in ihrem Inneren tobten.

Noreen zuckte mit den Schultern. „Er kam her, um nach Frank zu suchen. Ich habe es heute Morgen in seinen Augen gesehen. Er wusste, dass er etwas übersehen hatte. Er wusste nur nicht genau, was. Ich musste mich um ihn kümmern, bevor er es herausfand und feststellte, dass es nicht mein Onkel war."

„Wie haben Sie ihn hier heruntergebracht?" Hatte Frank davon gewusst? Hatte er geholfen? Wie hatte Noreen ihn in den Keller bekommen? Er war viel größer als sie. Auf keinen Fall konnte sie ihn die Leiter hinuntergetragen haben.

Noreen kicherte. „Ich habe ganz unschuldig getan und angefangen zu weinen. Ich habe ihm gesagt, dass ich auf dem Grundstück meines Onkels etwas gefunden habe. Er ist mitgekommen, um es sich anzusehen, und ich habe so getan, als hätte ich Angst, hier runterzuklettern. Er ist mit gezogener Waffe hineingegangen, um sich umzusehen. Da habe ich ihm einen Schlag auf den Kopf versetzt." Kurz blitzte Reue in Noreens Gesicht auf, dann blinzelte sie sie fort. „Ich musste es tun."

„Sind Sie da auf die Idee gekommen, es ihm anzuhängen?"
„Nein. Das habe ich schon vor einer ganzen Weile beschlossen." Sie sah Evelyn finster an. „Das war *Ihre* Schuld. Sie sind der Wahrheit zu nahegekommen. Ich habe versucht, Sie loszuwerden."
„*Sie* haben auf mich geschossen?"
„Ja. Ich habe Sie verfehlt, aber lassen Sie sich davon nicht beirren. Das Fenster hat meinen Schuss abgelenkt. Auf die Entfernung treffe ich normalerweise immer ins Schwarze."

Um sie vom Thema Waffen abzulenken, fragte Evelyn schnell: „Was hat das mit Jack zu tun?"

„Ich habe nur versucht, Sie loszuwerden, weil außer Ihnen keiner auch nur den Hauch einer Ahnung hatte. Aber Jack hat mich an dem Abend angerufen, als ich auf dem Weg nach Hause war. Er hatte Fragen zu dem Fall und meinte, Sie und er hätten sich über meine Schwester unterhalten. Ich habe mir Sorgen gemacht, dass Sie, wenn Sie weitergraben, irgendwann auf die Wahrheit stoßen. Oder zumindest glaubte ich das. Ich fürchte, ich habe Sie überschätzt."

Evelyn biss die Zähne zusammen und zwang sich, nichts zu erwidern. Ja, sie hatte das hier übersehen. Wenn Noreen sie nicht mit einer Waffe bedroht hätte, wäre sie dann jemals auf die Wahrheit gekommen?

Vor lauter Zweifeln war ihr ganz schlecht. Zweifel bezüglich der einzigen Sache in ihrem Leben, deren sie sich sicher war – ihrer Fähigkeit als Profilerin.

Vielleicht war sie nicht die Profilerin, für die sie sich hielt. Vielleicht hatte Dan von Anfang an recht gehabt und hier hätte es einen erfahreneren Profiler gebraucht. Hatte ihr Beharren darauf, nach Rose Bay zu kommen, den Fall zerstört? Wenn Noreen damit durchkam, wäre es alleine ihr Fehler.

„Ich wollte es noch einmal probieren", sagte Noreen. „Aber ich wusste, ich musste warten, bis es dunkel war. Also musste ich Ihnen in der Zwischenzeit einen Schritt voraus sein. Ich wollte Ihnen nicht sagen, dass meine Schwester tot ist, aber ich wollte erst recht nicht, dass Sie es alleine herausfinden. Und ich wusste, ich konnte Sie glauben machen, es wäre mein Onkel." Sie lächelte. „Und das hat ja auch geklappt."

Das Lächeln schwand. „Ich dachte, das würde mir Zeit verschaffen, damit ich Ihnen noch einmal zum Hotel folgen und darauf warten konnte, bis Sie aus Ihrem Wagen aussteigen. Aber dann tauchte der andere Profiler auf und ich sah, dass ich mir einen anderen Plan ausdenken musste. Jack war die offensichtliche Wahl. Mein Dad wollte es seinem Dad anhängen. Also habe ich mich für Jack entschieden. Das war einfach am logischsten, weil die Keller sich ja auf seinem Land befinden."

Noreen seufzte. „Es ist wirklich schade, weil Jack immer nett zu mir gewesen ist. Aber ich muss das Geheimnis bewahren. Es gibt immer noch Mädchen, die gerettet werden müssen." Ihre Stimme wurde wehmütig. „Ich muss jetzt woanders nach Peggy suchen."

„Wenn Sie gehen, sobald die Entführungen aufhören, wird das Aufmerksamkeit auf sich ziehen", sagte Evelyn.

Noreen lächelte – ein verspanntes, verstörendes Lächeln. „Oh, ich warte, bis Jack gefunden wird. Jeder weiß, dass wir befreundet sind. Ich werde behaupten, es wäre zu viel für mich, hierzubleiben. Und dann ziehe ich woanders hin. Ich muss allerdings aufhören, Nachrichten zu hinterlassen." Sie schaute auf. „Sorry, Dad."

Evelyn machte sich bereit zum Sprung, aber Noreens Blick war zu schnell wieder bei ihr.

Halte sie am Reden, sagte Evelyn sich, als Misstrauen in Noreens Augen schimmerte.

Sie stellte die erste Frage, die ihr einfiel. „Hat Ihr Dad Sie hierfür ausgebildet?"

Noreen schaute sie an, die Lippen zu einem ausdruckslosen Lächeln verzogen. „Ich weiß, was Sie hier versuchen, Evelyn." Sie winkte mit der Waffe. „Aber ich habe bislang mit niemandem darüber reden können, und es ist schön, es endlich einmal zu erzählen. Es kommt mir nur richtig vor, dass Sie es sind."

Evelyn starrte sie nur an.

„Ja, das ist es", sagte Noreen. „Sie haben so lange nach Cassie gesucht. Es scheint mir nur fair, dass Sie es erfahren sollen, bevor ... Nun, wie auch immer, mein Dad hat mich nicht ausgebildet. Nachdem er krank wurde, hat er nicht mehr darüber gesprochen. Ich wusste, er hoffte insgeheim, wieder gesund zu werden, um mir eine weitere Schwester bringen zu können, aber das wurde er nicht."

Sie seufzte schwer. „Er ist mit dem Gefühl gestorben, mich im Stich gelassen zu haben. Und ich war jahrelang wütend auf ihn, weil er mich keines der Mädchen hat behalten lassen, die er mir gebracht hatte. Weil er mich allein gelassen hat. Und als ich sein Haus verlor ..."

Ein Schluchzen stieg in ihr auf. Die Hand, mit der sie die Waffe hielt, zitterte. Dann schniefte Noreen einmal und beruhigte sich wieder. „Aber wie sich herausstellte, war das gut. Denn als ich das Haus ausgeräumt habe, wusste ich auf einmal, was ich tun musste. Ich erkannte, dass es nicht vorbei sein musste. Vor allem, als ich sein altes Papier und seinen Computer einpackte. Und vor ein paar Monaten, als Sie die alte Akte angefordert haben, war ich diejenige, die sie aus dem Archiv geholt hat."

Evelyn spürte, wie ein Schaudern sie durchfuhr. Hatte *sie* Noreen dazu gebracht, den letzten Schritt zu gehen?

„Ich hatte versucht, eine legale Möglichkeit zu finden, die alten Nachrichten noch einmal zu lesen. Ich habe natürlich Zugang zu den Beweismitteln, aber wir führen Buch darüber. Und ich wollte nicht ohne Grund meinen Namen dort eintragen." Sie lächelte sehnsüchtig. „Aber das verschaffte mir die Zeit, alle Nachrichten auswendig zu lernen, um sicherzugehen, dass ich sie korrekt imitieren konnte." Ihr Blick verschwamm, als wenn sie in die Vergangenheit schaute.

Evelyn versuchte, die Schuldgefühle zurückzudrängen, und bewegte sich vorsichtig, um ihre steifen Beine zu strecken, die schon anfingen zu kribbeln, weil sie sie so lange angewinkelt hatte.

„Das Haus nicht mehr zu haben war allerdings eine Herausforderung. Vor allem, nachdem ich beschlossen hatte, den Bullock-Keller aufzugeben." Sie runzelte die Stirn und richtete ihre Aufmerksamkeit wieder zu schnell auf Evelyn. „Aus offensichtlichen Gründen konnte ich die Mädchen ja nicht in meine Wohnung bringen. Und nachdem ich dann Darnell zu dem Bullock-Keller geführt hatte, musste ich diesen hier ausheben."

Während sie sprach, fiel ein wenig feuchter Lehm von der Decke. Noreen verzog das Gesicht. „Ich bin nicht so gut darin. Ich brauche mehr Übung. Und dieser ist sowieso nicht ideal, weil er auf Onkel Franks Land liegt."

„Er weiß es, oder?"

„Nein. Er hat in letzter Zeit so viel zu tun, dass er kaum zu Hause ist. Und als ich hierhin ausweichen musste, hatte die Polizei dieses Grundstück sowieso schon verworfen, weil sie es ja bereits durchsucht hatten." Sie lächelte und ihre Augen blitzten auf. „Danke dafür."

„Sie glauben doch nicht wirklich, dass Sie hiermit durchkommen, oder?"

„Natürlich tue ich das. Jack wird dafür verurteilt werden. Und wenn nicht, nun ja, Sie und der andere Profiler hatten ja bereits meinen Onkel im Verdacht ..."

„Sie wollen das Ihrem eigenen Onkel anhängen?"

„Er ist nicht meine erste Wahl."

„Und das ist es?", wollte Evelyn wissen. „Sie arbeiten auf einem Polizeirevier! Haben Sie nie darüber nachgedacht, wie falsch das alles ist?"

Noreen schüttelte traurig den Kopf. „Sie verstehen es immer noch nicht. Cassie war bei uns besser dran."

Die Wut überrollte Evelyn so schnell, dass sie erst erkannte, dass sie ihre Hände zu Fäusten geballt hatte und aufgestanden war, als sie mit dem Kopf gegen die Decke stieß. Ein großer Erdklumpen brach ab und regnete auf ihre Haare.

Noreen zog die Waffe näher an ihre Brust, behielt sie aber weiter auf Evelyn gerichtet. „Ich habe Sie wütend gemacht. Aber es stimmt. Wenn Sie ein wenig darüber nachdenken würden, würden Sie es sehen. Aber dafür haben wir keine Zeit."

Ein Anflug von Panik überkam Evelyn. Sie hatte noch nicht den richtigen Moment gefunden, um Noreen außer Gefecht zu setzen, und wenn sie es jetzt tat, standen die Chancen gut, dass sie dabei umkam.

Trotzdem, wenn Noreen sich bereit machte zu schießen, hatte Evelyn keine andere Wahl. Sie spannte ihre Wadenmuskeln an und machte sich bereit, vor und zur Seite zu springen.

„Ich schätze, ich sollte Ihnen danken", sagte Noreen. Ihr Finger lag immer noch am Abzug, bewegte sich aber nicht. „Ursprünglich wollte ich Jack einfach verschwinden lassen, damit jeder annimmt, er wäre untergetaucht. Aber dann hätten Sie weitergesucht. Also brauchte ich Sie auch. Dass Sie hergekommen sind, hat meinen Plan wesentlich vereinfacht. Ich dachte, ich würde sie noch einmal anrufen und versuchen müssen, Sie alleine herzulocken."

„Wenn Sie vorhaben, es so aussehen zu lassen, als hätte ich Jack erschossen und sei dann selbst getroffen wurden, hätten Sie meine Waffe behalten sollen", sagte Evelyn wesentlich ruhiger, als sie erwartet hatte.

Aber Noreen lächelte nur. „Das ist nicht der Plan." Sie zeigte auf den hinteren Bereich des Kellers, in dem es immer noch zu still war. „Das hier ist Jacks Waffe. Es wird ein Mord mit anschließendem Selbstmord werden, Evelyn. Jack war kurz davor, gefasst zu werden, also hat er erst Sie getötet und dann sich."

Noreen streckte die Arme und brachte die Pistole in Position.

„Aber Jack ist verletzt!", platzte es aus Evelyn heraus.

Noreen verdrehte die Augen. „Sie wirken wie jemand, der sich wehrt, Evelyn. Sie haben ihn angegriffen, bevor er Sie erschossen hat." Sie seufzte. „Es ist zu schade, dass mein Dad gerade in der Nacht krank wurde."

Ihr Finger fing an, sich am Abzug zu bewegen, als sie hinzufügte: „Ich glaube, Sie und ich hätten gute Schwestern sein können."

Kyle verlagerte sein Gewicht und hob Franks gefesselte Hände noch höher in die Luft.

Frank schrie. Sein gebrochenes Handgelenk musste höllisch wehtun.

Normalerweise würde Kyle sich nicht so einer Taktik bedienen, obwohl er technisch gesehen nichts verkehrt machte. Aber auch wenn Frank nicht genau wusste, wo Evelyn war, so wusste er doch irgendetwas.

„Wo ist sie?", knurrte Kyle.

Frank schüttelte den Kopf.

Kyle riss an seinem linken Arm, sodass die Handschellen noch mehr an seinem gebrochenen Handgelenk zogen.

„Verdammt!", schrie Frank. „Ich weiß nicht, wo sie ist!"

„Was wissen Sie dann?" Kyle ließ Franks Arme los, sodass der Mann wieder auf die Füße fiel.

„Wollen Sie mich totprügeln, wenn ich es Ihnen nicht sage?", höhnte Frank, während ein Strom von Tränen von seinen Augen zu seinem Kinn rann.

Kyle machte einen aggressiven Schritt nach vorne. Er legte so viel Eindringlichkeit, wie er nur konnte, in seinen Blick und seine Stimme. „Sie haben keine Ahnung, was ich für diese Frau tun würde."

Frank zuckte zurück. Er blinzelte die Tränen fort und Kyle sah Traurigkeit in seinen Augen. „Ich schwöre, ich wusste nichts darüber", flüsterte er.

„Worüber wussten Sie nichts?", hakte Kyle ungeduldig nach. Wo zum Teufel war Evelyn?

Frank seufzte und ließ den Kopf sinken. „Bis vor Kurzem habe ich keinen von ihnen verdächtigt. Ich wollte es nicht glauben, aber …"

„Verdammt, Frank! Spucken Sie es aus!"

„Sie hat mich in letzter Zeit so oft besucht. Eines Abends bin ich auf der Couch eingeschlafen, und als ich aufwachte und nach draußen guckte, sah ich den Strahl einer Taschenlampe." Er zuckte zusammen, als er Kyle endlich in die Augen schaute. „Sie ist die einzige Angehörige, die ich noch habe."

Noreen Abbott.
„Verdammt", murmelte Kyle. Als er heute ausgeholfen hatte, hatte er die Fallnotizen gesehen. Niemand hatte je eine Frau verdächtigt. „Wo sind sie hingegangen? Wo hat Noreen Evelyn hingebracht?"
Frank schüttelte den Kopf. „Ich kann es Ihnen wirklich nicht sagen. Ich habe Evelyns Auto in der Auffahrt gesehen, und auf einmal wusste ich es." Er presste die Lider zusammen. „Diese verdammten Mietwagen. Ich kann alles kurzschließen, was älter ist. Ich habe ihn in den Schuppen gefahren. Ich war einfach ... Ich wusste nicht, was ich sonst tun sollte, um sie zu beschützen." Er öffnete die Augen wieder und die Tränen flossen immer schneller. „Sie ist alles, was ich noch habe. Ich konnte sie einfach nicht verraten."

Kyle griff nach seinem Telefon. Die Polizei musste sofort zum Bullock-Grundstück zurückkehren. Die anderen zusammengefallenen Gebäude, die er aus der Luft gesehen hatte, waren alles Stellen, an denen Noreen versuchen könnte, Evelyn zu verstecken.

Sie konnte nicht auf den nächsten Morgen warten.

„Nicht bewegen", warnte er Frank und rief dann Greg an. Sobald sein Freund ranging, sagte Kyle: „Ich bin am Haus von Frank Abbott und brauche sofort Verstärkung. Noreen Abbott ist die Mörderin. Und sie hat Evelyn."

Das war's.

Noreen lächelte ihr gruseliges, kindliches Lächeln, während ihr Finger langsam gegen den Abzug drückte.

Evelyn zögerte nicht. Sie sprang auf Noreen zu und hielt sich dabei so weit rechts wie nur möglich. Ihr Ziel war es, Noreen aus dem Gleichgewicht zu bringen und aus der Zielrichtung der Waffe herauszukommen.

Sie waren so nah beieinander, dass es schwer war, den nötigen Schwung aufzubringen, doch sie traf Noreen, so fest sie konnte, und knallte sie gegen die Leiter. Dreck rieselte von den Wänden auf sie herab.

Noreen stöhnte, als ihr rechter Ellbogen kollabierte, und die Waffe zeigte nach unten links. Dann ging sie los und ein ohrenbetäubender Knall erfüllte den kleinen Raum.

Mit klingelnden Ohren schwang Evelyn eine Faust in Richtung Noreens Rippen.

Aber Noreen erholte sich wesentlich schneller, als sie erwartet hatte. Sie drehte sich zur Seite und Evelyns erster Schlag traf die

Leiter. Schmerz raste von ihren Fingerknöcheln bis zu ihrem Ellbogen hinauf.

Dann richtete Noreen die Waffe wieder auf sie.

Evelyn drehte sich ebenfalls zur Seite, packte Noreens rechten Arm am Ellbogen und drückte fest zu, damit ihre Nerven dichtmachten und ihre Finger sich öffneten.

Doch die Waffe fiel nicht. Jack musste sie in Selbstverteidigung unterrichtet haben, denn sie machte einen Schritt zurück und versuchte, Evelyn einen Finger ins Auge zu stechen. Als Evelyn zurückzuckte, zog Noreen ihr die Fingernägel über die Wange, bis Blut floss.

Ihr Gesicht brannte und fachte Evelyns Wut an. Sie schlug ihre Faust in die Stelle zwischen Noreens Schulter und Brust. Sie schlug so fest zu, wie es ihr mit dem fehlenden Schwung möglich war. Ihre Hand pochte vor Schmerzen, doch Noreen hielt die Waffe immer noch fest.

Und dann war Noreens freie Hand irgendwie in ihren Haaren und sie zog fest daran. Sie riss Evelyns Kopf zur Seite und schlug ihn gegen die Leiter.

Evelyn war ziemlich sicher, dass sie schrie, als sie zurückschlug, auch wenn sie den Schrei nicht hörte. Sie hörte gar nichts, weil ihre Ohren immer noch von dem Schuss klingelten. Sie schlug nach oben und traf Noreen unter dem Kinn; die Handschellen, die an ihrem Handgelenk baumelten, knallten gegen Noreens Kehlkopf.

Noreens Kopf zuckte nach hinten, doch sie ließ Evelyns Haare immer noch nicht los. Sie riss Evelyn zu sich und brachte sie damit aus dem Gleichgewicht. Dann fiel sie gegen Noreen.

Sie hielt immer noch deren rechten Ellbogen in ihrer linken Hand und schaffte es so, die Waffe von sich wegzuhalten. Aber ihr Griff wurde schwächer, als sie ihre Hand ausstreckte, um nicht zu fallen.

Noreen machte einen Schritt nach hinten, stieß gegen die Wand hinter sich und zog Evelyn mit sich.

Sie schaffte es, wieder auf die Füße zu kommen, obwohl Erde auf sie herabrieselte und in ihre Augen und ihren Mund fiel. Spuckend versuchte sie, Noreens Ellbogen wieder fester zu packen, während Noreen versuchte, ihn ihr zu entziehen.

Für eine unscheinbare Verwaltungsassistentin war Noreen erstaunlich stark.

Evelyn wirbelte herum, versuchte, Noreens Arm mit beiden Händen zu packen, um die Waffe wegzuhalten. Als sie sich drehten, drückte Noreen so hart gegen ihre Brust, dass sie nach hinten fiel.

Ihr Kopf schlug gegen die niedrige Decke am Rand des Tunnels. Sie stieß sich ab und stolperte vor, als Noreen die Waffe herumschwang. Evelyns Hand schoss hervor und schlug Noreen die Waffe aus der Hand.

Ein Schuss löste sich, und dieses Mal schlug die Kugel direkt neben Evelyns Kopf in der Wand ein. Ein weiterer Erdklumpen löste sich und fiel zwischen sie. Dann stieß etwas von hinten gegen Evelyns Beine und ließ sie auf die Knie fallen.

Als sie zu Boden stürzte, brach die Decke ein. Erde fiel auf sie herab, drückte sie nieder und presste ihr alle Luft aus den Lungen.

Mit fiebrigen Händen versuchte Evelyn, die Erde von sich zu schieben, um Luft zu holen, doch das Gewicht auf ihr war zu schwer. Der gesamte Keller war eingestürzt, und sie konnte sich nicht bewegen.

Sie schnappte keuchend nach Luft und atmete Dreck ein. Ihr Körper zuckte und hustend versuchte sie, mehr Luft in ihre Lungen zu bekommen.

Verzweifelt stemmte sie ihre Arme auf den Boden und versuchte, sich hochzustemmen, doch nichts passierte.

Schmerz und Panik explodierten in ihr, während ihre Lungen weiter instinktiv nach Luft schnappten und sie dabei beinahe erstickte. Ihre Lungen fingen an zu brennen, und sie sah weiße Punkte vor ihren geschlossenen Augen. Sie würde hier ersticken.

Noreens Vater hatte Cassie ermordet. Und jetzt hatte Noreen sie gerade getötet.

27. KAPITEL

„Ich habe Frank Abbott in Handschellen", sagte Kyle zu Greg, als ein Schuss die Luft zerriss. Das Geräusch war gedämpft, aber er schoss jede Woche im Training Hunderte von Kugeln und trug dabei Ohrenschützer. Das Geräusch hätte er überall erkannt.

„Beeil dich", sagte er zu Greg, dann rannte er los. „Rühren Sie sich nicht vom Fleck", rief er Frank zu.

Der Schuss war von hinter dem Haus gekommen, aber als Kyle daran und an der Scheune vorbeigelaufen war, sah er nur ein weites, leeres Feld mit hüfthohem Gras. Ein Feld, das dem am anderen Ende der Straße, wo man Lauren gefunden hatte, viel zu ähnlich war.

Er ließ den Strahl seiner Taschenlampe hin und her gleiten auf der Suche nach irgendeinem Anzeichen von Leben, doch er sah gar nichts. „Evelyn", rief er, doch die einzige Reaktion war der einsame Ruf einer Eule.

„Verdammt." Der Mond war nur eine dünne Sichel, die beinahe kein Licht spendete, und der Nebel erhob sich mittlerweile aus dem Feld und schränkte die Sicht noch weiter ein. Das Feld erstreckte sich weit, aber das Geräusch hätte auch von einem entfernt stehenden Haus kommen können. Oder von unter der Erde – obwohl es unglaublich dumm wäre, eine Waffe in einem Keller wie dem abzuschießen, den er am Tatort gesehen hatte.

Kyle trat weiter aufs Feld hinaus und leuchtete mit der Taschenlampe von links nach rechts, sah aber immer noch nichts.

Dann ertönte ein zweiter Schuss, und eine Staubwolke erhob sich direkt vor ihm aus dem Boden, keine sechzig Meter entfernt.

Kyle rannte los. Als er noch dreißig Meter von der Stelle entfernt war, schien sich jemand aus dem Gras zu materialisieren und über das Feld wegzulaufen.

Er konnte nicht mit Sicherheit sagen, wer es war, aber er wusste, dass es sich nicht um Evelyn handelte, also lief er weiter. Er legte einen kleinen Sprint ein und rannte, so schnell er konnte, auf die Staubwolke zu.

Als er endlich dort ankam, fiel er auf die Knie.

Da war ein Loch im Boden. Vielleicht zwei Meter tief. Eine verdrehte Metallleiter baumelte an einer Seite am Rand. Auf dem Grund war Erde aufgeschüttet und füllte zum großen Teil das, was einst der Eingang gewesen sein musste.

Er leuchtete mit der Taschenlampe in den winzigen Spalt zwischen dem Tunnel und der Haupthöhle. Ein weiterer Keller. „Evelyn!"

Niemand antwortete, und Kyle konnte im Inneren der Höhle nichts sehen. Aus diesem Winkel war es unmöglich zu sagen, ob der ganze Keller eingestürzt war oder nur der Eingang.

Er legte sich auf den Bauch, beugte sich hinunter ins Loch und fing an, die Erde mit seinen Händen abzutragen und aus dem Tunnel zu werfen. Falls Evelyn unter der Erde begraben war, zählte jede Sekunde.

Er arbeitete sich in Richtung Höhle vor und verbreitete den schmalen Spalt, weil er davon ausging, dass, wenn Evelyn hier unten war, sie hinten in der Höhle wäre. Als der Spalt breiter wurde, hielt Kyle seine Taschenlampe darauf und sah hinten eine gefesselte, regungslose Gestalt. Doch es war nicht Evelyn.

„Mist!" Kyle grub in der Erde direkt vor ihm und warf sie mit beiden Händen hinter sich.

Er wollte in den schmalen Raum neben der Leiter springen, hatte aber zu viel Angst, auf ihr zu landen, falls sie wirklich hier unter dem Berg Erde verschüttet war. Also beugte er sich weiter und weiter vor und trug so viel Erde ab, wie er nur konnte.

Sein Herz schlug in einem unnatürlichen Tempo und er betete, dass sie, falls sie dort unten war, eine Luftblase hatte, in der sie atmen konnte. Denn wenn nicht, war vermutlich schon zu viel Zeit vergangen.

Er arbeitete schneller, hing kopfüber im Tunnel und hob jedes Mal seinen gesamten Oberkörper, um die Erde aus dem Loch zu werfen. Mehr und mehr Erde, bis er ganz davon bedeckt und der Tunnel halb leer war.

Und dann bewegte sich plötzlich etwas in der Erde unter ihm.

Anstatt noch mehr Erde zu fassen, packte Kyle die Seiten des Tunnels und schob sich zurück. Dann drehte er sich um und ließ sich vorsichtig in den Tunnel hinab, wobei er so nah an der Leiter blieb wie möglich.

Als er den Boden erreicht hatte, die Füße ganz an den Rand gestemmt, schob er die Erde in Richtung des schmaleren Endes des Tunnels, bis er Haut sah. Langsam schob er seine Hände in die Erde, packte den freigelegten Arm und zog.

Evelyn rutschte einen Zentimeter nach vorne, dann schlug sie mit dem Arm um sich und ihr Kopf tauchte aus der Erde auf.

Erleichterung packte ihn, als sie keuchend nach Luft schnappte, dann hustete und Erde auf ihn spuckte.

Er hörte jemanden immer wieder „Gott sei Dank" sagen, doch es dauerte eine Weile, bis er erkannte, dass er das war. Seine Hände glitten über ihren Rücken, schoben mehr Erde zur Seite, damit sie sich befreien konnte. Dann zog er sie hoch und in seine Arme, während sie weiter versuchte, Luft zu kriegen.

„Jack", krächzte sie schließlich.

„Der Keller über ihm ist nicht zusammengestürzt", beruhigte Kyle sie. „Ich hebe dich raus und dann hole ich ihn."

„Bin … nicht sicher … ob … er noch … lebt", brachte sie heraus.

Kyle nickte grimmig und löste seinen Griff um sie, damit er sie ansehen konnte. Sie war so voller Erde und Lehm, dass außer dem Weiß ihrer Augen und ihrem Mund ihr Gesicht nicht zu erkennen war.

„Nor…", würgte Evelyn.

„Ich weiß, dass es Noreen ist", sagte Kyle. „Frank Abbott steht in Handschellen vorne am Haus. Verstärkung ist unterwegs. Bist du bereit?"

„Ja", stieß sie hervor.

Er steckte ihre SIG in ihr dreckiges Holster und hob Evelyn dann hoch und aus dem Tunnel.

Danach drehte er sich um und machte sich daran, die Öffnung zur Höhle wieder freizulegen. Der eingestürzte Teil hatte sich auf den Bereich konzentriert, in dem Evelyn sich befunden hatte, also brauchte er weniger Zeit als erwartet, um ein Loch zu buddeln, das groß genug war, um durchzuklettern.

Als er sich in den hinteren Bereich der Höhle vorschob, musste er sich auf sein Gefühl verlassen, weil er die Taschenlampe draußen gelassen hatte. Er hörte ein leises Stöhnen. „Jack? Ich bin's, Kyle McKenzie. Ich hole Sie hier raus, Mann. Entspannen Sie sich einfach."

Endlich fand er Jack. Seine Hände waren vor seinem Körper gefesselt und er blutete, aber er lebte. Kyle schlang einen Arm um Jacks Brust und zog ihn rückwärts durch die Höhle in den Tunnel.

Jack war wesentlich schwerer als Evelyn und so war es nicht einfach, ihn hochzuheben. Evelyn packte ihn von oben, Kyle schob von unten, und gemeinsam schafften sie es, ihn rauszuhieven.

Die zurückgelassene Taschenlampe warf einen gruseligen Lichtkreis über den Eingang des Kellers und erhellte den Erdhügel, den Kyle aufgehäuft hatte, und die nagelneue Holztür, die offen stand. Evelyn saß auf dem Boden neben Jack. Sie wirkte benommen, atmete aber normal.

Kyle nahm die Taschenlampe in die Hand und richtete den Strahl auf Jack. Er hatte eine hässliche Platzwunde am Kopf, aber es sah so aus, als hätte sie aufgehört zu bluten. Ansonsten schien er in ganz guter Verfassung zu sein.

Jack schaute zu ihm auf. „Noreen Abbott. Ist sie entkommen?"

Evelyn drehte sich zu ihm um.

Kyle richtete die Taschenlampe nach rechts in die Ferne. „Sie ist da lang gelaufen."

„Auf mein Land? Oder nach nebenan, zu dem alten Haus ihres Vaters?", fragte Jack und schloss die Augen. „Ich kann nicht glauben, dass sie es war. Ich kann nicht glauben, dass es Noreen war. Sie hat meinen Anstecker genommen. Das habe ich erkannt, nachdem sie mich hierhergelockt hat. Unmittelbar, bevor sie mir den Schlag gegen den Kopf versetzte. Alles passte auf einmal zusammen, aber es war zu spät, um etwas zu unternehmen."

Er öffnete erneut die Augen und schaute Evelyn an. „Ich schulde Ihnen eine Entschuldigung. Ich hätte nie gedacht, dass Noreen ..." Er seufzte schwer und legte eine Hand an seinen Kopf. „Und ich habe aufgrund Ihrer Vorgeschichte Ihrem Urteil in diesem Fall nicht getraut ..."

Evelyn nickte und drückte kurz seine Hand. „Das Einzige, was zählt, ist, dass es hier endet. Dass wir sie kriegen."

„Trotzdem", beharrte Jack. „Sie sollen wissen, dass ich mich geirrt habe. Jetzt und auch vor achtzehn Jahren. Ich hätte Sie nicht so sehr bedrängen dürfen. Es ging nie um Sie. Ich wollte den Fall nur lösen, den Fall, bei dem es meinem Dad nie gelungen ist. Er hat ihn bis zu seinem Tod verfolgt."

„Danke, Jack. Mir tut es auch leid." Sie stand zitternd auf, als die näher kommenden Polizeisirenen immer lauter wurden. Der benommene Ausdruck verschwand hinter der ernsten Profilermiene, die Kyle so gut kannte. „Für Noreen ist alles zusammengebrochen. Erst ihr Plan, dort weiterzumachen, wo ihr Vater aufgehört hat, weil sie auf die gleichen Probleme gestoßen ist wie er. Sie konnte Peggy einfach nicht ersetzen. Dann ihre Mord-Selbstmord-Geschichte, um damit davonzukommen. Jetzt starrt sie auf einmal die Realität an, und die kann sie nicht akzeptieren. Vermutlich fängt sie jetzt an, zu dekompensieren."

„Was bedeutet das?", wollte Jack wissen, der sich schwach und verraten anhörte.

Auf der anderen Seite des Hauses wurden die Sirenen lauter und verstummten dann. Die Verstärkung war da.

Evelyns Hand glitt automatisch zu ihrem Holster, in dem ihre SIG wieder steckte. „Das bedeutet, dass sie mental abbaut. Gefasst zu werden ist für sie jetzt eine reale Möglichkeit, und sie fängt an, instabil zu werden. Das ist die gefährlichste Phase, wenn man es mit jemandem mit dieser Persönlichkeitsstruktur zu tun hat – sowohl für sie als auch für uns."

Jack schaute sich um. „Wieso?"

„Wir wissen, wer sie ist. Was bedeutet, ihr gehen die Alternativen aus. Und sie wird Fehler machen." Evelyn zeigte zum Keller. „Wie zu versuchen, einen Polizisten und einen Federal Agent zu töten. Oder sich."

„Und wie hilft uns das nun? Sie ist abgehauen."

Evelyn nickte, sah Jack aber schon gar nicht mehr an. Sie schien mit sich selbst zu sprechen. „Ja, aber wir wissen, wohin. Sie wird zu dem Ort zurückkehren, an dem sie sich am sichersten und glücklichsten fühlt."

„Nach nebenan?", fragte Kyle. „Wo sie aufgewachsen ist?"

Evelyn schüttelte den Kopf. Als sie Kyle anschaute, hatte sie ein Funkeln in den Augen, das ihm nicht gefiel. „Nein, in den ursprünglichen Keller."

Bevor er sie bitten konnte, auf Verstärkung zu warten, schob sie den Kiefer vor und rannte los in Richtung des Bullock-Feldes.

„Evelyn, warte!", rief Kyle ihr hinterher, aber natürlich gehorchte sie nicht.

„Verdammt." Die Verstärkung war immer noch nicht hinter dem Haus angelangt. „Warten Sie auf die Cops", sagte er zu Jack. „Sagen Sie ihnen, sie sollen Frank verhaften und uns dann am Keller treffen."

Ohne auf eine Antwort zu warten, setzte er Evelyn nach.

„Versuch ja nicht, mich aufzuhalten", warnte Evelyn ihn, als Kyle zu ihr aufschloss.

Sie wurde nicht langsamer, worauf er vermutlich gehofft hatte. Stattdessen konnte sie dank des Lichts seiner Taschenlampe noch schneller durch das weite, offene Feld rennen. Sie hätte müde und kaputt sein müssen, weil sie unter einem Meter Erde begraben gewesen war. Doch sie fühlte nur eine brennende Wut, die sie antrieb.

Von Noreen war keine Spur zu sehen, aber es konnte nur einen Platz geben, wo sie hin war.

„Du weißt, wo sie hingelaufen ist", sagte Kyle. „Wir können uns den Polizisten vor Franks Haus anschließen und gemeinsam rüberfahren."

„Und sie vorwarnen? Auf keinen Fall."

„Evelyn." Kyle packte ihren Arm und hielt sie zurück.

Sie versuchte, sich zu befreien. „Ich werde sie nicht davonkommen lassen!"

„Natürlich nicht. Aber lass uns das rational angehen, okay?"

In seinen Augen lag Besorgnis. Doch das war ihr egal. Sie riss ihren Arm so heftig zurück, dass Kyle ihn loslassen musste, wenn er nicht riskieren wollte, sie zu verletzen. Und sie hatte recht.

„Wage es ja nicht, mich aufzuhalten."

Ohne ihm die Möglichkeit einer Erwiderung zu geben, rannte sie wieder los, so schnell sie konnte. Sie hörte ihn hinter sich fluchen, während sie lief und versuchte, in der Dunkelheit ohne seine Taschenlampe etwas zu sehen.

Sie kam an Earl Abbotts Haus vorbei und wurde ein wenig langsamer. Nein, hier fühlte Noreen sich nicht am sichersten. Sie war gerne unter der Erde. Weiter vorne sah sie die Scheinwerfer vom Tatort.

Das ganze Feld lag in einem leichten Nebel und machte es schwer, klar zu sehen, aber sie konnte Noreen nirgendwo entdecken. Hatte sie sich geirrt? Hatte sich Noreen doch für das alte Haus ihres Vaters entschieden? Oder hatte sie einen Notfallplan? Dachte sie, irgendwie damit durchkommen zu können? Dass sie die Stadt verlassen und irgendwo neu anfangen könnte?

Evelyns Profilerinstinkte sagten ihr, dass Noreen im Originalkeller wäre, wo für sie alles angefangen hatte. Aber ihre Profilerinstinkte hatten sich im Laufe dieser Ermittlung schon zu oft geirrt.

Panik mischte sich unter ihre Wut, und sie beschleunigte ihr Tempo, bis es sich anfühlte, als würden ihre Füße kaum den Boden berühren. Sie spürte Kyle neben sich, auch wenn ihr Sichtfeld auf das gelbe Absperrband zusammengeschrumpft war, das in der Brise flatterte.

Als sie endlich dort ankam, blieb Evelyn stehen. Ihr Blick folgte dem Bogen von Kyles Taschenlampe, die er einmal von links nach rechts schwenkte.

Sie schaute ihn an, nickte dann in Richtung des offenen Kellereingangs und zog ihre SIG aus dem Holster.

„Ich gehe rein", flüsterte Kyle.

Sie schüttelte den Kopf und trat näher an den Keller, wobei sie darauf achtete, nicht zu nah ranzugehen. Kyle leuchtete in den Tunnel hinab.

Evelyn sah nichts, aber wenn Noreen dort unten war, wäre sie in der Höhle weiter hinten. Wo die Mädchen, die sie und ihr Vater entführt hatten, gefangen gehalten worden waren.

„Gib mir Deckung", flüsterte sie Kyle zu und ging mit erhobener Waffe näher ran.

Sie wusste nicht, ob Noreen ihre Waffe beim Einsturz des Kellers verloren hatte oder ob es ihr gelungen war, sie festzuhalten. Und sie hatte Noreens Worte von vorhin nicht vergessen: Wäre nicht die Autoscheibe zwischen ihr und Evelyn gewesen, hätte Noreens Kugel sie getroffen.

„Ich gehe rein", sagte Evelyn leise. Von unten hörte sie keine Bewegung, kein Geräusch. Aber plötzlich wusste sie mit Sicherheit, dass Noreen unter ihr war.

Sie hatte keine Taschenlampe, also streckte sie die Hand nach Kyles aus, ohne ihn anzuschauen, und er gab sie ihr zögernd. Sie richtete den Strahl in den Tunnel und trat einen Schritt vor. Dann neigte sie den Kopf, um so weit wie möglich in die Höhle hineinschauen zu können. Nichts.

Was bedeutete, sie hatte keine andere Wahl, als hineinzugehen.

Sie atmete tief ein und drehte sich herum. Dann ging sie in die Hocke, um über die Leiter hinunterzuklettern. Bevor sie den ersten Schritt machen konnte, flog etwas – jemand – auf sie zu.

Evelyn riss die Taschenlampe hoch, hatte sie aber noch nicht ganz auf die Gestalt gerichtet, da stürzte Kyle sich von der Seite darauf.

Sie landeten hart auf dem Boden und Evelyn rappelte sich auf die Füße. Sie hob ihre Waffe gemeinsam mit der Taschenlampe, aber Kyle hatte Frank fest auf die Erde gedrückt.

„Wie zum Teufel ..."

Dann spürte sie eine Bewegung hinter sich und wirbelte herum, Waffe und Taschenlampe auf den Keller gerichtet. Eine dunkle Silhouette schoss in die Höhle zurück. Ihr Herz raste. Sie hatte recht gehabt, Noreen war da unten.

„Hast du Frank?", fragte Evelyn, ohne sich umzudrehen.

„Ja." Kyle klang schwer genervt. „Er hätte bereits in Haft sein müssen. Er ist immer noch gefesselt."

„Lasst sie in Ruhe", bellte Frank.

Evelyn drehte sich blitzschnell um und hob ihre Waffe. „Sie wissen, was Sie getan hat!"

„Tun Sie ihr nicht weh", flehte Frank. „Earl hat sie zu dem gemacht. Sie ist auch ein Opfer."

Evelyn biss die Zähne zusammen und senkte ihre SIG. Dann wandte sie sich wieder dem Keller zu und leuchtete erneut mit der Taschenlampe hinein. „Ich gehe rein", sagte sie zu Kyle.

„Leg ihr Handschellen an und bring sie nach oben", sagte Kyle, und sein Ton verriet, dass er fürchtete, sie hätte einen anderen Plan.

„Pass auf Frank auf", erwiderte Evelyn nur und setzte einen Fuß auf die Leiter. Dieses Mal schaute sie in den Keller anstatt gegen die Wand. Das war zwar ungewohnt, aber sicherer.

Mit ihrem Herzschlag in den Ohren und Cassies Bild im Kopf erreichte Evelyn den Boden. Die gleiche Klaustrophobie, die sie beim ersten Mal hier unten verspürt hatte, das gleiche Gefühl des Gefangenseins kehrte zu ihr zurück. Der Geruch von Erde, Schimmel und Tod füllte ihre Nase, obwohl sie wusste, dass Letzteres nur in ihrem Kopf existierte.

Sie umklammerte ihre Waffe fester, ging ein wenig in die Knie und betrat die Höhle.

In der Ecke, neben dem Kinderbett, in dem Cassie vermutlich einst geschlafen hatte, hockte Noreen. Sie hatte die Knie zur Brust gezogen und die Arme fest darumgeschlungen. Sie war beinahe genauso schmutzig wie Evelyn, doch über ihre Wangen zogen sich saubere Spuren. Sie hatte geweint.

Als Evelyn eintrat, hob sie den Blick. In ihren Augen schwammen Tränen. „Ich habe ihn so sehr angefleht, dass ich Cassie behalten darf", weinte sie. „Sie war die Richtige. Mein Dad hat es nicht gesehen, aber ich wusste es. Cassie war dazu bestimmt, meine Schwester zu sein. Und ich habe mich so sehr bemüht, eine wie sie zu finden, aber ich habe es nicht geschafft."

„Halten Sie den Mund", krächzte Evelyn. „Nehmen Sie die Hände über den Kopf und stehen Sie langsam auf."

Noreen rührte sich nicht, blinzelte nur die Tränen zurück und suchte flehend Evelyns Blick. „Wenn er nur nicht krank geworden wäre … Er hat mir von Ihnen erzählt, davon, dass Sie und Cassie wie Geschwister waren. Genau das habe ich auch gewollt."

„Aufstehen." Evelyns Hände umklammerten den Griff ihrer Waffe so fest, dass es wehtat.

„Ich möchte nur, dass Sie es verstehen", flüsterte Noreen.

Evelyn zwang sich, sich ein wenig zu entspannen, aber ihre Arme fingen an, vor Wut zu zittern, und sie konnte die Worte nicht länger zurückhalten. „Sie haben sie sterben lassen! Sie haben Cassie *sterben* lassen!" Sie erstickte beinahe an dem Wort und spürte, wie ihre Augen sich mit Tränen füllten.

Noreen schüttelte den Kopf. „Ich wollte nicht, dass er das tut. Ich war sechs. Ich konnte ihn nicht aufhalten. Er hat sie in den Keller gebracht und ..."

Evelyns Ohren fingen an zu klingeln und ihr Blick schien sich zu verdunkeln. Noreens Worte wurden immer leiser. Ein Teil von ihr hatte gehofft, gebetet, dass es noch eine Chance gab. Aber Cassie war wirklich fort. Und Noreen hatte es gewusst.

Evelyns Atem ging viel zu schnell, als sie ihre SIG auf Noreens Stirn richtete. Eine Erinnerung an das erste Mal, als sie Cassie gesehen hatte, kam ihr in den Sinn. Cassie war an die Haustür gekommen und hatte gefragt, ob Evelyn mit ihr spielen wollte. Sie sagte, sie würden beste Freundinnen werden. Und das waren sie gewesen.

Noreen und ihr Vater hatten ihr das gestohlen. Sie hatten Cassie gestohlen, sie hatten jede Chance auf ein normales Leben gestohlen, die Evelyn je gehabt hatte.

Die Waffe zitterte in ihren Händen, ihr Finger spannte sich an, als sie ihn an den Abzug legte.

„Evelyn." Kyles ruhige Stimme durchdrang den Zorn, der in ihr tobte. „Ich habe noch ein paar Extra-Handschellen."

Ihre baumelten immer noch von ihrem Handgelenk. Sie war sich nicht sicher, ob sie sie brauchte. Vielleicht hatte Noreen ihre Waffe noch. Etwas in ihr wünschte sich, dass Noreen sie jetzt ziehen würde und Evelyn damit einen akzeptablen Grund gab, ihre abzufeuern.

Sie hatte als Profilerin grauenhafte Dinge gesehen. Doch nie in ihrem Leben hatte sie jemanden erschießen wollen.

„Bring sie nach oben", sagte Kyle. Seine Stimme war so ruhig, obwohl er wissen musste, was ihr durch den Kopf ging. „Bringen wir sie aufs Revier. Verschaffen wir Cassie die Gerechtigkeit, die sie verdient. Tu es auf die richtige Art."

Evelyn löste ihren schmerzhaften Griff um die Waffe und zog ihren Finger vom Abzug zurück, wo er doch eigentlich hingehörte.

Sie wollte so verzweifelt abdrücken, dass es ihr Angst machte. So ein Mensch war sie nie gewesen. So ein Mensch wollte sie nie werden. Nicht einmal, um Cassie zu rächen.

Ein Schluchzer entfuhr ihr, und sie schluckte schwer, um ihre Gefühle in den Griff zu kriegen. „Stehen Sie jetzt auf, Noreen."

„Tun Sie es einfach", flüsterte Noreen. „Ich sterbe lieber hier unten wie meine Schwestern. Hier gehöre ich hin."

„Sie gehen hier auf Ihren eigenen Füßen raus", befahl Evelyn. „Oder ich schlage Sie bewusstlos und bringe Sie hoch. Es ist Ihre Entscheidung."

Eine Minute lang wirkte Noreen so, als wolle sie sich weigern. Dann schaute sie geschlagen auf, erhob sie langsam und kletterte aus dem Keller.

Einen Moment später rief Kyle runter: „Sie ist unbewaffnet und in Handschellen."

Evelyn schaute sich ein letztes Mal im Keller um und spürte eine tiefe Traurigkeit, die sie, da war sie sicher, nie wieder verlassen würde. Dann steckte sie ihre SIG ins Holster und kletterte ebenfalls nach oben.

Noreen kniete auf dem Boden neben ihrem Onkel. Beide waren in Handschellen. Über die Sackgasse, die zum Feld führte, näherten sich Streifenwagen mit heulenden Sirenen. Kyle hob seine Hand.

Evelyn drehte sich um und starrte in die dunkle Tiefe des Kellers. Dann hob sie den Kopf und legte ihre Hand in Kyles, hielt sie ganz fest.

Sie hatte die Wahrheit gefunden, nach der sie seit achtzehn Jahren suchte. Jetzt musste sie nur noch einen Weg finden, mit ihr zu leben.

EPILOG

„Du kannst das."

Evelyn schaute Kyle an, während ihr Mietwagen mit laufendem Motor in der Auffahrt der Byers stand. Sie beobachtete das Haus seit fünf Minuten und versuchte, den Mut aufzubringen, hineinzugehen.

Am Vorabend, nachdem Noreen und Frank aufs Revier gebracht und Jack im Krankenhaus versorgt worden war, war Evelyn mit Kyle ins Hotel zurückgekehrt. Sie war vom Läuten ihres Handys wach geworden. Der forensische Anthropologe hatte die Skelette vom Feld eindeutig identifiziert. Es handelte sich um die drei ersten Opfer des Kinderreim-Killers.

Cassies Eltern waren bereits informiert worden, aber Evelyn konnte die Stadt nicht verlassen, ohne noch einmal persönlich mit ihnen gesprochen zu haben.

Kyle verschränkte seine Finger mit ihren. „Du hast ihnen den Abschluss gebracht, den sie benötigten, Evelyn."

Sie nickte und stellte den Motor ab. „Ja. Ich wünschte nur, ich hätte andere Neuigkeiten." Es war lächerlich – Cassie war gestorben, als sie zwölf Jahre alt war, aber ein irrationaler Teil von ihr fühlte sich, als wäre es ihre Schuld, dass sie diesem Fall kein anderes Ende hatte geben können.

„Soll ich hier warten?", fragte Kyle und erwartete offensichtlich, dass sie Ja sagen würde.

Sie schüttelte den Kopf. „Komm bitte mit mir."

„Natürlich."

Er stieg aus dem Wagen und ging neben ihr zu der breiten Veranda, die sich einmal ums Haus zog und die genauso aussah wie die vom Haus ihrer Großeltern. Und von dem Haus, das sie in Virginia gekauft hatte, weil es sie an die schöne Zeit hier erinnerte.

Es war nicht der Ausgang, den sie sich erhofft hatte, als sie vor fünf Tagen hierhergeflogen war, aber trotz allem verspürte sie einen gewissen inneren Frieden, den sie schon sehr, sehr lange nicht mehr empfunden hatte.

Evelyn streckte die Hand nach der Klingel aus, aber Julie Byers öffnete die Tür, bevor sie auf den Knopf drücken konnte. Evelyn sagte nichts, und Julie trat vor und zog sie in ihre Arme.

Die Arme fühlten sich heute stärker an als vor ein paar Tagen. „Danke, Evelyn", flüsterte Julie. „Danke, dass du sie nach Hause gebracht hast."

Sie trat zurück, und Evelyn sah Tränen in ihren Augen funkeln. Sie sah, dass Julie heute Morgen geweint hatte, als man ihr die Nachricht überbrachte, aber in ihrem Gesicht lag auch noch etwas anderes als Trauer.

Evelyn brauchte eine Minute, um herauszufinden, was anders war, doch dann erkannte sie es. Die angespannten Falten, die Julies Gesicht bei ihrem letzten Treffen dominiert hatten, waren gemildert.

Evelyn zeigte auf Kyle. „Das ist Kyle McKenzie. Er arbeitet mit mir zusammen."

„Ich erinnere mich." Sie zog Evelyn an der Hand ins Haus. „Kommt rein." Sie nickte Kyle zu, der ihnen schweigend folgte.

Julie führte sie ins Wohnzimmer, an das Evelyn sich noch aus ihrer Kindheit erinnerte. Die Möbel waren neu, aber das große Fenster in den Garten hinaus war noch das gleiche. Evelyn sah Cassie vor sich, wie sie lächelnd auf der breiten Fensterbank saß.

Cassies Vater saß in einem Sessel in der Ecke. Er wirkte so zerbrechlich wie bei ihrer letzten Begegnung, und ihr Herz zog sich schmerzhaft zusammen, weil sie wusste, wie sehr er gehofft hatte, seine Tochter lebend zu finden.

Er streckte seine Hand aus und Evelyn trat näher. Julie hielt immer noch ihre andere Hand fest. „Danke", krächzte er. Ungeweinte Tränen schimmerten in seinen Augen. „Der Leichenbeschauer hat uns gesagt, sie habe nicht gelitten."

Evelyn schenkte ihm ein zittriges Lächeln und nickte. Das konnte niemand mit Sicherheit sagen, aber man hatte festgestellt, dass sie nicht lange nach ihrer Entführung gestorben war. Noreen hatte ihre Taten nach dem Muster ihres Vaters durchgeführt, also standen die Chancen gut, das Cassie bis dahin nichts angetan worden war, und sie hatte nicht hungrig und allein in dem Keller vor sich hinvegetiert.

Keiner wusste genau, wie Earl seine Opfer getötet hatte, und anhand der Skelette war die Todesursache nicht mehr eindeutig festzustellen. Noreen wusste es auch nicht. Sie wusste nur, dass ihr Vater die Mädchen weggebracht hatte, sobald er beschloss, dass sie nicht „richtig" waren, nicht die Lücke ausfüllten, die seine tote Tochter hinterlassen hatte.

Aber Evelyn wusste eines mit Sicherheit.

„Sie war mutig", sagte sie und erinnerte sich daran, was Noreen ihr erzählt hatte. Dass Cassie sich geweigert hatte, so zu tun, als wäre sie jemand anderes. „Sie hat nie aufgegeben. Und sie hat nie nachgegeben."

Tränen liefen ihr über die Wangen, als sie hinzufügte. „Ich bin so stolz, dass sie meine beste Freundin war. Sie war einer der besten Menschen, die ich je kennengelernt habe."

Cassies Eltern lächelten sie an. Es war ein echtes Lächeln, und Evelyn wusste, dass bei den beiden jetzt endlich der Heilungsprozess einsetzen konnte.

„Wir werden morgen einen Grabstein für sie aussuchen", sagte Julie. „Es wird gut sein, sie nah bei uns zu haben, an einem Ort, wo wir sie besuchen und mit ihr reden können."

Cassies Dad drückte Evelyns Hand fester, als sie es für möglich gehalten hätte. „Ich hoffe, du kommst mal wieder vorbei und besuchst uns, Evelyn."

Sie nickte. Sie hatte gedacht, das hier wäre ihr letzter Besuch in Rose Bay, aber nun erkannte sie, dass sie irgendwann zurückkehren wollte. Um Cassies Eltern zu sehen. Um Cassies Grabstein zu sehen, die verdiente Anerkennung für ihr Leben. Es mochte nur kurz gewesen sein, aber trotzdem sehr besonders.

Als sie und Kyle ein paar Minuten später zum Auto zurückkehrten, fragte Evelyn: „Haben wir noch Zeit, an den Strand zu fahren, bevor wir zum Flughafen müssen? Ich möchte dir etwas zeigen."

Er hob ihre Hand an die Lippen und grinste. „Wenn wir unseren Flug verpassen, beschlagnahme ich ein Flugzeug und fliege dich höchstpersönlich nach Hause."

„Gut." Sie glaubte zwar nicht, dass er das wirklich konnte, aber bei Kyle konnte man nie wissen.

Auf dem Weg zum Strand, an dem Darnell sie vor wenigen Tagen verfolgt hatte, überlegte Evelyn, wie sehr die Stadt sich seit ihrer Ankunft verändert hatte. Noreen und Frank waren in Haft. Frank würde vermutlich keine lange Strafe bekommen, aber Noreen käme nie wieder frei.

Genauso wie Darnell Conway. Die Mordanklage alleine reichte, um ihn für immer wegzusperren, aber die Polizei hatte auch seinen Computer durchsucht und stellte gerade weitere Anklagepunkte gegen ihn zusammen. Aufgrund seines Geständnisses im Fall Charlotte tat Kiki alles, was sie konnte, um zu helfen. Evelyn hoffte, dass Walter Wiggins ihm bald im Gefängnis Gesellschaft leisten würde. Evelyn hatte im Krankenhaus mit Jack gesprochen, und er hatte geleugnet, irgendetwas mit den Fotos in Wiggins' Haus zu tun zu haben. Sie hatte immer noch leichte Zweifel daran, aber nicht daran, dass Wiggins durchaus erneut rückfällig werden könnte. Tomas hatte Officers abgestellt, die ihn rund um die Uhr bewachten und dafür sorgten, dass er nie wieder einem Kind zu nahe kommen konnte.

Rose Bay hatte noch einen langen Heilungsprozess vor sich, aber die Menschen hier erhielten endlich die Chance, weiterzumachen. Und das Gleiche galt für sie.

Evelyn parkte und führte Kyle den langen Weg zum Strand hinunter. Dann kletterte sie über die Felszunge zu der Stelle, die Cassies Mom ihr und Cassie vor achtzehn Jahren gezeigt hatte. Kyle folgte ihr, ohne eine Frage zu stellen, und Minuten später waren sie ganz allein an dem schmalen Strand.

Die Dünen lagen hinter ihnen und der unberührte weiße Sand glitzerte in der Sonne. Vor ihnen plätscherte das Meer gegen das Ufer. Das Wasser hatte beinahe die Farbe von Kyles Augen.

Evelyn zog ihre Schuhe aus und fühlte den Sand zwischen ihren Zehen. Dabei nahm sie Kyles Hand und schaute auf das Meer hinaus. „Das hier war unsere Stelle. Cassie und ich dachten, es wäre unsere kleine private Insel."

Sie schloss die Augen und atmete die salzige Meeresluft ein. Dann legte sie ihren Kopf in den Nacken und spürte die Brise auf ihrem Gesicht.

Sie hatte keine Ahnung, was sie in Aquia erwartete. Ihre Stelle bei der BAU stand auf wackligen Füßen. Sie würde kämpfen müssen wie eine Löwin, wenn sie sie behalten wollte. Aber da war noch mehr – die Mission ihres Lebens, nämlich, herauszufinden, was mit Cassie geschehen war, war zu einem Abschluss gekommen.

Evelyn konnte sich nicht erinnern, wann sie das letzte Mal darüber nachgedacht hatte, was sie wollte – und das nichts mit Cassie zu tun hatte. Doch jetzt öffnete sich ihr die Welt auf eine ganz neue Weise. Sie hatte Möglichkeiten, über die sie sich vorher nie erlaubt hatte, nachzudenken. Sie würde endlich herausfinden können, was *sie* eigentlich wollte.

Auf gewisse Weise machte ihr das Angst. Sie wusste gar nicht so recht, was sie wollte. Aber andererseits war es auf einmal ganz, ganz leicht.

Sie öffnete ihre Augen und schaute Kyle an, der geduldig neben ihr stand. Plötzlich schienen alle Gründe, aus denen sie gezögert hatte, mit jemanden aus dem Bureau auszugehen, unwichtig. „Was sagst du noch immer, wenn jemand keine Einträge in seiner Personalakte hat?"

Er grinste und zeigte dabei die Grübchen, die ihr Herz wie das eines Teenagers flattern ließen. „Wenn du keine hast, bist du entweder ein Arschkriecher oder sitzt nur faul auf deinem Hintern herum."

Er zog sie an der Hand zum Wasser. „Mach dir keine Sorgen über den verfahrensrechtlichen Kram. Du bist zu gut. Dan wird dich niemals gehen lassen."

Sie lächelte ihn an. In ihrem Herzen war eine Leichtigkeit, die sie seit ihrem zwölften Lebensjahr nicht mehr empfunden hatte. „Gut. Und was hattest du darüber gesagt, ein paar Tage freizunehmen?" Er hatte darüber gewitzelt, irgendwo hinzufahren, aber sie wusste, dass unter dem Witz ein Stück Hoffnung verborgen war. „Hast du die Zeit immer noch?"

In seinen Augen blitzte Überraschung auf, aber er nickte. „Und wie ich die habe."

„Gut." Sie zog an der Hand, die ihre hielt, und tauchte ins Wasser, zog ihn mit sich. Es war ihr egal, dass sie ihre Kleidung ruinierten oder was sie auf dem Flug anziehen wollten. Es war an der Zeit, dass sie anfing, ihr Leben zu leben.

Sie war sich ziemlich sicher, dass das ganz in Cassies Sinne war.

– ENDE –

DANKSAGUNGEN

Ich möchte den Menschen danken, die ihr Wissen mit mir geteilt haben, darunter Special Agents von der FBI-Academy in Quantico und vom Außenbüro in Washington. Außerdem geht ein besonderer Dank an Ian Anderson und Chris Kobet, weil sie mir geholfen haben, die Schlüsselelemente herauszufinden, und meine schweren Fragen immer beantwortet haben. Alle Fehler oder Freiheiten sind alleine mir zuzuschreiben.

Ein Dank geht an meinen Kritikpartner Robbie Terman, der immer bereit für ein Brainstorming oder ein Kritikgespräch ist und mich ganz wunderbar beruhigen kann. Und an meine Mom Chris Heiter, die jedes Buch in dem kurzen Zeitrahmen liest, den ich ihr vorgebe. Danke auch an meine Tante Andy Hammond und meinen Onkel Tom Dunikowski für euer Feedback und dafür, dass ihr von jedem neuen Roman so begeistert seid – von euch zu hören weckt in mir immer den Wunsch, mehr zu schreiben. Danke an meine Schwestern Kathryn Merhar und Caroline Heiter für eure Unterstützung und Liebe während des nervenzerreißenden Prozesses, mein erstes Buch draußen in der Freiheit zu sehen. Danke an meine Freunde Charlie Schaldenbrand und Kristen Kobet dafür, dass ihr das neue Buch haben wolltet, bevor ich es noch geschrieben habe. Und an Mark Nalbach für das Erstellen des Videotrailers, das Reparieren meiner Website und das Einspringen, wann immer ich einen Grafiker brauche – danke, dass du alles so gut aussehen lässt. Und natürlich ein großer Dank an meine Krimi-Autoren-Gruppe: Ann Forsaith, Charles Shipps, Sasha Orr und Nora Smith – danke, dass ihr mich antreibt, jede Szene noch besser zu machen.

Ein Dank geht auch an meinen Agenten Kevan Lyon, weil du schon so lange an mich glaubst und mich bei jedem Schritt unterstützt. Danke an meine Lektorin Paula Eykelhof – ich weiß nicht, womit ich so viel Glück verdient habe, aber ich weiß, dass du meinen Schreibstil und mein Leben auf viele, unglaubliche Arten bereichert hast. Und danke an das gesamte Team von Harlequin – danke für eure harte Arbeit an meinen Büchern, von der Covergestaltung über Marketing und Verkauf und alles dazwischen.

Und zum Schluss ein großer Dank an meine Familie und Freunde für eure Liebe, Unterstützung und Ermutigung, die ihr mir im Laufe der Jahre habt zukommen lassen.

Lesen Sie auch von Elizabeth Heiter:

Deutsche Erstveröffentlichung

Band-Nr. 25738
9,99 € (D)
ISBN: 978-3-95649-000-2
eBook: 978-3-95649-305-8
320 Seiten

Elizabeth Heiter
Kalte Gräber

Jeder Fundort erzählt eine Geschichte. Und diese lässt FBI-Profilerin Evelyn Baine das Blut in den Adern gefrieren. Die Leichen zweier entsetzlich misshandelter junger Frauen, senkrecht bis zum Hals im feuchten Waldboden eingegraben. Die Gesichter zerstört durch Witterung und wilde Tiere. Das Werk des „Totengräbers von Bakersville".

Scheinbar willkürlich macht er Jagd auf junge Frauen und hortet ihre Leichen. Evelyn weiß, um den Totengräber zu erwischen, muss sie ihm geben, was er will – und das ist sie selbst.

„Ein exzellenter Thriller – atemberaubende Spannung, rasante Entwicklung und einprägsame Charaktere."
Suzanne Brockmann, New York Times-Bestsellerautorin

„Eine schnell getaktete, hochspannende Story, die schwer wieder beiseite zu legen ist."
Publishers Weekly

Klappen-broschur

Band-Nr. 25827
10,99 € (D)
ISBN: 978-3-95649-168-9
384 Seiten

Erica Spindler
Opfernacht

In einer Weinkiste vergraben, wird die mumifizierte Leiche eines Babys auf dem Gut der „Sommer Winery" gefunden. Kurz darauf kann Detective Daniel Reed seine Vermutung bestätigen: Es handelt sich bei dem kleinen Körper um Dylan Sommer. Der kleine Junge ist vor 25 Jahren aus der Obhut seines Babysitters verschwunden. Ein Fall an den sich Daniel nur zu gut erinnert. Nun hofft er, das Rätsel um das Verschwinden und den Tod des Säuglings endlich lösen zu können. Als jedoch wenig später eine weitere Leiche in den Weinbergen gefunden wird, wirft das ein ganz neues Licht auf den alten Fall ...

Spannung made in Germany!

Deutsche Originalausgabe

Cordula Hamann
Spurlos im Schnee

Ein Dorf, nach einem Lawinenunglück von der Außenwelt abgeschnitten. Ein entflohener Serienmörder, der sich im Schnee versteckt …

Band-Nr. 25820
10,99 € (D)
ISBN: 978-3-95649-117-7
eBook: 978-3-95649-414-7
320 Seiten

Deutsche Originalausgabe

Tanja Noy
Teufelsmord

Über 20 Jahre sind vergangen seit drei grausame Morde in Julia Wagners niedersächsischer Heimat als „Teufelsmorde" Schlagzeilen machten. Doch jetzt taucht eine nach gleichem Muster zugerichtete Leiche auf …

Band-Nr. 25758
9,99 € (D)
ISBN: 978-3-95649-029-3
eBook: 978-3-95649-330-0
384 Seiten